中原狐

八月天 著

山西出版传媒集团
北岳文艺出版社
·太原·

图书在版编目（CIP）数据

中原狐 / 八月天著. —太原：北岳文艺出版社，
2018.10 （2021.1重印）

ISBN 978-7-5378-5682-9

Ⅰ.①中… Ⅱ.①八… Ⅲ.①长篇小说－中国－当代
Ⅳ.①I247.5

中国版本图书馆CIP数据核字（2018）第208983号

书名：中原狐	特约编辑：李　路　韩玉龙	封面设计：侯　建
著者：八月天	责任编辑：张　丽	排版设计：百川视觉

出版发行：山西出版传媒集团·北岳文艺出版社
地址：山西省太原市并州南路57号　邮编：030012
电话：0351－5628696（发行部）
0351－5628688（总编室）　传真：0351－5628680
网址：http://www.bywy.com　E－mail：bywycbs@163.com
经销商：新华书店
印刷装订：三河市同力彩印有限公司

开本：710mm×1000mm　1/16
字数：333千字　印张：22.5
版次：2018年10月第1版
印次：2021年1月河北第2次印刷
书号：ISBN 978-7-5378-5682-9
定价：69.80元

"狐性"的阐释
——《中原狐》序

几年前,大约是2009年,我曾经为八月天的两篇小说《父亲的王国》和《低腰裤》写过一篇短评,文章也涉及了八月天从小小说写作到中短篇以至长篇小说写作的一些情况。在此后的这段时间里,不断看到八月天有新作问世,而且取得了很好的反响。再后来,八月天成为河南省文学院的签约作家,参加文学界的活动多了起来,我们的接触也自然多了一些。

八月天是我很欣赏的那种人。他为人特别低调,办事认真而不迂腐,换句话说,特别靠谱儿。这些年,张扬的人多,不靠谱儿的更多,像八月天这样的人,殊为难得。应该说,以八月天的处世态度和行事方式,干什么都会有所成就。可他偏偏对文学非常热爱,有着一份难得的执着,更重要的是,他的执着不是一根筋的执拗,而是默默地探索、思考,不断从生活中发现,不断把自己的发现转化为文学,并不断寻找更好的表达方式。

《中原狐》是八月天的第二部长篇小说,也是他最为用心的一部作品。从作品内容可以看出,尽管具体的事件可能有虚构成分,但作品总体上说是有作者的影子在里边的,我觉得作品几乎调动了作者全部的人生经验。在这样的写作中,故事可能会借用发生在别人身上的事件，但就主人公人生经历的走向、对人生的体验与把握来说，则必然来自作者的生活经历及其对此所进行的深入思考。如此一来，作品就有了非常可贵的品格，那就是接地气、有温度。

《中原狐》描写的是贫寒的农家子弟宋书恩努力跳出农门的故事，书写的是底层人物的隐忍与挣扎、抗争与奋斗，以及爱与背叛、人性的扭曲与觉醒、生命的沉沦与觉悟。就题材本身讲，《中原狐》说不上多么新鲜，它原本也不是一部猎奇猎艳的作品。应该说作品的题材和走向与《平凡的世界》接近，都是以生活在农村的底层人物为主人公，描写他们进入城市的艰难历程。当然，作品的时代背景不同，《中原狐》更贴近当下的生活。另外一点重要的不同在于，《中原狐》是把更多的笔墨放在了对中原人性格的揭示上，放在了灵魂的拯救上。

中原是中华民族最重要的发祥地，黄河的不断泛滥在给这里带来无尽灾难的同时，也带来了肥沃的土地，促进了农耕文明的发展，使这里成为中华文化最核心的区域。正因如此，得中原方能得天下，一代代枭雄逐鹿中原，使这里的人民在经历水旱灾害的同时，也不断遭受战火的蹂躏。这种自然和历史大剧的反复上演，使中原人形成了隐忍、顽强的性格，他们在各种环境下都能快速适应，从而得以生生不息。这个适应的过程，使他们出于生存的需要凝聚出了各种人生的智慧和为人的豪气，但同时又形成了狡黠、投机的性格特点。八月天把这种性格概括为"狐性"，这也是他把作品命名为"中原狐"的原因。

宋书恩出生于一个贫寒的农家，从他爷爷"大龟孙"的乳名就可以看出，这个家庭在村里地位的低下。出生在这样的家庭，想生存下去就要看别人的脸色，要夹起尾巴做人。宋书恩爷爷用"用得着人家咱就是孙子"的口头禅总结了他的生存策略，并深刻影响了宋书恩。于是我们看到，在宋书恩成长与走上社会的生活道路中，这个策略始终在他身上发挥着作用，像一种顽疾吞蚀着他的灵魂，已经深入骨髓，想戒都戒不掉。宋书恩成长的年代，或者说20世纪后半叶的中国，农村人口生存的最大愿望就是能跳出"农门",通过"农转非"成为城里人,农民常称之为"国家人"。宋书恩最初从求生存到求转变的过程中,为此不惜有负恩人、背叛爱情。及至进入学校、企业、媒体、官场,为了"转干"完成身份变化以求职位升迁,他低调做人,处处示弱,忍辱负重。他的生存策略与当时社会巨大的"场"获得了良好的契合,使他逐步失去信仰,甘于堕落。于是,趋炎附势、逢迎拍马,成为他基本的处世方式,吃喝玩乐、送礼行贿、"叨菜"捞钱、婚外恋等成为他的"家常便饭"。《中原狐》把大量篇幅用在对宋书恩这种性格的揭示上,就是要对国人这种普遍的劣根性进行批判。应该说,这是自鲁迅以来中国新文学一个优秀的传统,八月天对此有着良好的继承。

从叙事的角度看,《中原狐》采用了第三人称有限视角的叙事方式,叙事主要通过宋书恩的视角展开,使叙事总体显得相对集中,较少旁生枝节。从中明显可以看出八月天在叙事上的自觉。对现代小说来讲,能否有效调度叙事,自如完成叙事视角的转换,是一个小说写作者是否入门的重要标志。目前中国的长篇小说写作,每年纸质出版的已达近五千部。其中有很多作者在作品出版后总是抱怨得不到重视,总是觉得自己的作品揭示了深刻的社会问题,规模宏大,堪称史诗。但他们不明白的是,这种以全能视角展开、按事件发生顺序线性推进的叙事,从艺术上讲乏善可陈,这些作品往往也无法提供新鲜而有效的人生经验和时代经验;从作品内容上讲常常毫无新意,读来味同嚼蜡。这样的作品基本上应归入不入流作品之列。八月天的《中原狐》在对作品内容有诸多思考的同时,对叙事也有着很好的把握,是非常可贵的。

长篇小说写作的另一个关键点是结构。缺乏结构意识对长篇小说写作来说是致命的缺陷。遗憾的是,我们现在看到的很多长篇小说,常常是按时间顺序展开,像平地上泼水,流到哪儿算哪儿。《中原狐》在以宋书恩为主线的同时,加入了白狐、傻改柱、爷爷、父亲等几条若隐若现的辅线,显示出了作者结构作品的匠心。

几条辅线的加入，不仅调节了作品的叙事节奏，增加了作品的厚度，更重要的是，它构成了作品的背景，为作品的展开提供了现实和文化基础。

宋书恩爷爷"大龟孙"这个乳名，源于中原地区起"赖名"的风俗。这样一个卑贱的名字，成为他"总是点头哈腰，一脸媚笑"的卑贱性格的标志。但是，他的"用得着人家咱就是孙子"的"孙子"，显然表明他不是真想当"孙子"而在"装孙子"。这种"装孙子"背后的卑微和自贱，恰恰反映的是其内心的不甘，是在利用别人，寻找机会伺机而动。中原是老子的出生地，他的一部《道德经》，阐述的就是以弱化强、以弱胜强的哲学。几千年后，他的中原老乡仍然深谙他的哲学精髓，以"装孙子"的方式来求得生存和改变。作为对比，作品中的宋书恩之父宋恒四，正是因为年轻时不会"示弱"，而碰得头破血流，尽管有参军、教书等改变命运的机会，他却因自己可怜的"血性"而失败，一步一步陷入困境。同样不懂"示弱"的是宋恒四的二儿子宋书仲。宋恒四将在外面的失败转化为对内的强势，他用拳头让宋书仲由一个"充满了刺激与新奇"创意的"玩家""冒险家"，变成了一个口吃、少言寡语的人。而宋书恩因为掌握了爷爷的"装孙子"哲学，方能历尽磨难而"成功"。傻改柱是一个傻子，给人的印象也是傻气、好笑、好玩儿。作者在作品中加入傻改柱这条线当然不只是像马戏团小丑那样场间插科打诨活跃下气氛那么简单。《中原狐》中，傻改柱基本的特点是敢说真心话，不虚饰，率性、本真。更重要的是，傻改柱虽傻，对爱情却非常执着，这与宋书恩的负情恰成鲜明对比，更有助于揭示宋书恩的性格缺陷。为了阐释"狐性"，作品还引入了白狐这条线索，显得神秘而隐晦。这是提示宋书恩"少奸巨猾"性格的点题之笔。

应该说，宋书恩人格的形成，是整个社会环境造成的。从童年到成年，他从内心深处是企图摆脱一些骨子里固有的东西的，但最终却不得不妥协。《中原狐》的可贵之处在于它不仅着力表现这样的人格，更要挖掘其形成的社会和文化基础，并为问题的解决寻找到一条可行的道路。作品最后，宋书恩在非典疫情中惊醒，"在不断地质疑与拷问中，宋书恩最终找到了自己的答案：自己之所以随波逐流，趋炎附势，就是因为缺失信仰！"

信仰的缺失是当前许许多多社会问题产生的根源，它本身也成为当前最重大的一个社会问题和文化问题。问题的产生当然有其复杂的历史因素和现实因素，但这个问题如不能很好地解决，必然会对民族的未来产生重大的影响。正因如此，才有了高层对核心价值观的重视，对文艺的重视。尽管我们不能说《中原狐》为这一问题的解决提供了良好的途径，但作品通过宋书恩自省，表达了对找回信仰、回归人性的思考。有认识，有思考，就是解决问题的一个良好开始。这也是作品令人欣喜的一个重要方面。

何 弘[*]

2017年2月

---

[*] 何弘，著名评论家、研究员，中国作家协会全委会委员、理论批评委员会委员，现任河南省文联副主席，河南省作家协会、河南省文艺评论家协会副主席，河南省文学院院长，多次任茅盾文学奖、鲁迅文学奖评委。

目　录

第一章　醉酒事件……………………………………………… 1

第二章　疼痛与麻木…………………………………………… 19

第三章　为爱情痴迷…………………………………………… 37

第四章　发芽的梦想…………………………………………… 49

第五章　思念家乡……………………………………………… 57

第六章　灭顶之灾……………………………………………… 79

第七章　豆蔻年华如野草……………………………………… 88

第八章　大哥的婚事…………………………………………… 102

第九章　转机…………………………………………………… 110

第十章　所谓下海……………………………………………… 120

第十一章	负情	127
第十二章	江湖	143
第十三章	同学	154
第十四章	老家	167
第十五章	情债	179
第十六章	抉择	185
第十七章	柳暗花明	194
第十八章	重逢	206
第十九章	家事	220
第二十章	职场	231
第二十一章	重返母校	236
第二十二章	情惑	251
第二十三章	温水煮青蛙	263
第二十四章	无意插柳	278
第二十五章	春风得意时	285
第二十六章	功夫在诗外	295
第二十七章	叨菜	307
第二十八章	迷在当下	317
第二十九章	多事之秋	331
第三十章	心向何方	342

第一章　醉酒事件

一九八三年六月的一个夜晚，中北省柳青县一高沉入一片静谧之中。校园南部的教学区，一排排带走廊的瓦房被银白的荧光所笼罩——教室内的荧光灯下，学子们正在上晚自习。偶尔，有学生或老师走过被巨大的法桐树冠遮掩的甬道。与教学区紧挨着的，是教师办公区，这里的灯光显然没有教学区的那么雪亮，分散在各个房间的白炽灯透过纱窗射向黑夜，显得有些力不从心。再往北，穿过一个月亮门就是学生宿舍区了，甬道东边是男生宿舍区，西边是女生宿舍区。学生宿舍区一片漆黑，几乎没有一点灯光。这个时间，没有几个学生会留在宿舍。

宋书恩从宿舍出来，感觉特别热，身上不停地冒汗。他把衬衣的扣子全部解开，敞着前胸。他没有穿背心，胸部和肚子裸露着，白白的皮肤因为酒精而发红，肋骨交叉的部位长满了旺盛的胸毛。他摇摇晃晃地向教室走去。路过女生宿舍大门的时候，他站在门口不动了——他看到靠近大门的宿舍前一个女生穿着小背心在洗衣服。

为了女生安全，学校把女生宿舍区围成了一个院子，安上了大门，一到夜里就上锁。平时，男生们是不能随便进这个院子的，只能趁从门前路过的时候，往里偷偷看一眼。夏天，还会看到令人炫目的风景：女生们穿着短小内衣"春光"泄露，或是披散着刚刚洗过的头发散发着迷人的风情。

宋书恩平时几乎没有向女生院里送过秋波。这天晚上，酒后的他出乎意料的大胆。那个洗衣服的女生穿着小背心在灯光下走来走去，一下子吸引住了他。他站在那里长时间地欣赏她的绰约风姿：无袖低领的小背心，似乎透明的花裙子，飘如瀑布的长发……最让他动心的，是那高高耸起的不安分的胸脯，还有小背心遮不住的雪白肌肤。

他看呆了。正是晚自习时候，宋书恩因为喝酒迟到，而那个女生大概为了洗衣服要旷课了。她为他提供了一次欣赏美妙身材的机会。

宋书恩站在那里欣赏少女身材的时候，并没有想要走过去，他只是想看看，并没有更多的想法。

宋书恩正看得入迷，那个女生朝院门走来，她手里提了一个水桶。宋书恩却没有反应过来，站在那里一动不动。她认出了他，惊讶地说："想不到是大名鼎鼎的宋书恩，我以为是哪个学混呢。"

宋书恩认出了是二年级的校花凌燕，她因为在学校的元旦联欢会成功演唱《童年》而一举成名。

她的话让宋书恩有点难为情，他支支吾吾地说："我……我正要去教室呢，你洗衣服啊？"

凌燕脆脆地笑了几声，说："我没说你啥，全校同学谁不羡慕你宋书恩呀，字写得好，作文写得好，学习成绩好，一定能考上重点大学。哪个女生不仰慕你啊，咯咯咯……你要不急着去教室，劳驾你帮我抬桶水怎么样？"

几句好话让酒精作用大脑的宋书恩有点儿飘飘然了。他毫不犹豫地跟着她去抬水了。

宋书恩忘记了男生不能随便出入女生宿舍院，跟凌燕抬着水就到了宿舍门前，而且鬼使神差地跟她进了宿舍，接着凌燕拉灭了灯泡，扑在了他的怀里。

开始，宋书恩很享受地与她抱在一起，把脸埋在她脖子里乱蹭，为她头发上的香味所陶醉。他还没有接吻的经验，根本不知道如何表达他的激情。

她呼吸急促地紧紧抱着他……迷醉中的他却突然清醒了，他想到了高考在即，要专心复习，想到了他与云丽霞的默契交往，还有身处女生宿舍的危险。他两手开始扳着她的肩膀向外推她，他要马上离开。他推，她却更用力地抱他。他要走，她

第一章 醉酒事件

不让走，推来扯去，凌燕终究没有宋书恩力大，让他挣脱了。这时候凌燕莫名其妙地尖叫了一声，她只是不想让他走，并没有恶意。宋书恩听到她的尖叫，脚步更快。他刚走出院门，巡逻的老师正好闻声赶到，拿手电一照，他撒腿就跑，他前边跑，老师后边追，他飞也似的穿过黑漆漆的甬道，一道围墙横在面前，他稍做停息，纵身一跃双手便攀住墙顶，一用力便轻松翻过。老师拿手电照了照高高的墙，不得不停止追赶。

宋书恩从两米多高的墙上跳下来，稳稳地落在地上。这时候他才知道自己的潜能竟如此之大。

无论如何，他都解释不清他的行为了——老师与同学都会认定，他这是夜闯女宿舍，调戏女生。这样的行为，在他的意识里就是流氓罪。更让他无地自容的，是无法面对云丽霞。他们虽然没有山盟海誓，也没有过很亲密的举动，但他能感受到，两颗心是默契的，彼此都把对方跟自己连在一起，而自己却做下了如此无脸见人的丑事。这样想的时候，他的眼泪汹涌而下，恨不得抽自己几个耳光。

十几年寒窗苦读，就这样付诸东流，怎么面对父亲，面对爷爷，面对大哥二哥……

怎么就喝了那么多酒？宋书恩心里像刀剜一样疼痛。一失足成千古恨，这次的醉酒事故，让他的大学梦顷刻化为乌有。

照完毕业相，几个同学一起喝酒，硬把宋书恩拉去了。本来，他是不想喝酒的。赵祥激他，说他不敢喝，他就较上了劲，端起一茶杯六十度的柳青白干与赵祥一起一饮而尽，足足有半斤。

那杯酒下肚后，他感觉整个胸腔都在燃烧。酒精让他情绪激昂，他一改平时的温顺，在几个活跃的同学面前毫不示弱，逐个与大家碰杯，又喝下去不少。

从来没有喝过这么多酒的宋书恩并没有醉倒，只是显得特别兴奋，不停地说话。回到学校，他跑到宿舍，把自己的小木箱打开，拿出自己仅有的十几块钱，准备给赵祥——喝酒花的钱是大家平摊的，他可不愿意落下白吃白喝的名声。

宋书恩走在田间的路上，刚刚收割过的麦田弥漫着淡淡的甜甜的气息。我怎么就犯下这样的错误？学校是回不去了，不但会被开除，还会被送到派出所——太可怕了，他曾经目睹因犯流氓罪被公安人员押着游街的小流氓，真丢人啊！家也不能回。父亲知道他这种事情，肯定会打折他的腿，他绝不会容忍自己的儿子如此不争气。我去哪里呢？我能去哪里呢？宋书恩反复地问自己。

他漫无目的地走着，流着眼泪，胡思乱想着。学校的灯光已经远去，也许学校治安室的保卫人员已经出来追赶了，不能让他们抓回去，坚决不能。他想。

前面的路边有一个麦秸垛，他很想扒拉下一些麦秸在上边躺一会儿。不停地奔走使他特别累，腿有点儿软，头脑也有些迷糊。但被抓回去的恐惧让他不敢停下来，他顺着小路，向着更远的田野走去。

要远离学校，远离县城。在这种念头的督促下，他绕着县城走了很久，直到他感觉自己安全了，才在一个路边的小沟里蹲下来。学校在县城西南方远离闹市的旷野，东、南、西都是田野，向北几十米则是从县城南端流过的柳青河。他从学校逃出来，一直向西走了很远，又向北绕到县城的东北边。已经是凌晨两三点，一弯月牙儿挂在天边。他疲惫而悲伤地蹲在夜幕下的小沟里，刚才还汗津津的身上有了些许凉意。蹲着的两腿开始发酸，他把身子向后靠了靠，后背依到了沟壁，顾不得衣服沾上泥土，两腿向前一伸，就坐在了地上，顿时舒服了许多。他把双臂交叉放在胸前，头一歪，很快就进入了梦乡。

他开始做梦：一会儿是与人打架，两手无力地乱舞；一会儿是从空中跌落，却总落不到地上；一会儿是他在跑，一群人在后边追，两腿却迈不开，眼看着就要被追上……

最后一个梦是在一个灯火通明的大礼堂里，他站在台上朗诵诗歌，却怎么也张不开嘴，急得头上直冒汗。突然扩音器一阵啸叫，一激灵，惊醒过来，他揉揉眼睛，看见一辆拖拉机冒着黑烟扬着尘土远去，太阳温热地照在他的脸上。

不知道什么时候他躺在沟里了，浑身是土，脸上还能看出昨夜的泪痕。他站起来拍拍身上的土，摇了摇头。

事情出来了，后悔也没用了，他想。可我现在怎么办呢？

他把手伸到了裤袋里，摸到了口袋里的十几块钱。真是天意，自己已经把外出的路费装在身上了。他不禁苦笑了一下。在极度的沮丧中挣扎了一番之后，他似乎豁然开朗了。反正到了这一步，听天由命吧。

他突然冒出一个念头：去省城，城市盖大楼的那么多，总能在建筑工地找个活儿挣口饭吃吧。

有了这个想法，他开始向县城西边的火车站走去。花几块钱买张火车票，几个小时就可以到省城了。

一个县级小站人不多，有些冷清。宋书恩小心翼翼地站在离火车站几十米的地方四下看了看，确定没有学校的人，也没有穿制服的公安，才快步走向售票处。

他很容易就买到了去省城的火车票。

火车要在一个半小时之后开，他焦灼地在候车室等着，不停地观察着周围，生怕突然冒出老师和公安把他抓住。候车室等车的人并不多，或坐或站，根本没人注意到他的不安。

当南驶的列车缓缓启动的时候，宋书恩悬着的心才放下来。

我走了，再无颜回来。亲爱的母校、亲爱的同学，还有亲爱的云丽霞……我对不起你们。我的大学梦、我的"商品粮"梦、我的光耀门庭梦，都随着我的醉酒事件，像柳青河水一样永远地流逝了。

宋书恩出事了。消息传来，教室里一片唏嘘。柳青县一高八三届的学习尖子宋书恩跑到女生宿舍耍流氓被发现逃跑了。这样的事件无疑是个"炸弹"，在学校乃至社会上都掀起了轩然大波。

云丽霞当即就蒙了。她哭出了声，一边哭一边说："宋书恩怎么会耍流氓？他不会，他一定不会……"

同学们都傻了一样地看着云丽霞，一个男同学小声说："看来云丽霞是真善良，对一个同学能这么同情，难得。"

　　晚自习被宋书恩事件搅得一团糟。当下课铃声响起的时候，教室里仍然没有同学离开。几个女生围着云丽霞，深深为宋书恩惋惜，也有女同学像云丽霞一样流起了眼泪。云丽霞与宋书恩的关系，只有高小青知道，她默默地陪在云丽霞身边。说什么都是多余的。

　　平时与宋书恩处得好的几个男同学跑到出事的女生宿舍院，听到有人说："那个男生追着高二一个叫凌燕的女生抱人家，凌燕一喊他就往外跑，巡逻的老师拿手电筒一照，是宋书恩。老师一边追一边喊他站住，他却一眨眼就翻过墙跑了。"

　　宋书恩被凌燕说成了一个不折不扣的小流氓，她说他追着她要抱她，她就喊人了。

　　云丽霞把课桌上的书猛地推到地上，再一次哭着说："真不争气，丢死人了……"

　　后来，云丽霞知道了宋书恩那天晚上跟班里几个同学喝了酒，就找到赵祥，追问宋书恩喝酒的事。

　　"你们几个咋回事？自己考学无望还拉人家宋书恩的后腿，这下好了，你们把他毁了！"

　　"哟，我说云丽霞同学，喝酒的又不是光他自己，我们都喝了，谁也没跑到女生宿舍，就他自己跑去了，你怎么能埋怨我们？"

　　赵祥想了想又说："这不对呀，就是我们有责任，也轮不到你问罪呀。你算哪一路神？逮着我在这儿训话，越位了啊。"

　　云丽霞被呛得无话可说。这时候她又开始恨那个让宋书恩犯错误的高二女生凌燕。她是全校闻名的校花，人长得漂亮，还喜欢打扮。据说那天晚上她穿着小背心在宿舍门口的灯泡下走来走去，让喝多酒的宋书恩情不自禁……

　　在那段最伤心的时间里，云丽霞几乎每天都跑到野外悄悄流泪。她沿着他们曾经走过的路，一边回忆与他在一起的点点滴滴，一边诅咒他的丑行。

　　可她想不通，宋书恩怎么会跑到女生宿舍找凌燕呢？他为什么不找自己？他们

第一章　醉酒事件

在一起拉过手，她甚至还主动往他身上靠，想让他拥抱一下，而他却很理智，一直都没抱过她。可他怎么就去抱凌燕了呢？怎么会去耍流氓呢？这个道貌岸然的小色狼！

宋书恩的高中生活艰苦而充满希望。因为背负着父亲及整个家族对他的期望，他学习特别努力，总是起得很早，睡得很晚。

在进入高中的第一年，宋书恩普通得就像一滴雨落在水里，没有一点儿特别。在县一高，从全县二十多个乡镇考来的学生中，他的成绩只能算中上等。这时候他才知道，进了县一高，离大学还远着呢。他了解过，从恢复高考到一九八〇年，县一高每年考上大学的仅仅占百分之二十多点儿。

在众多的同学中，宋书恩的穿着打扮总是很破旧，明显不入流，但还算干净整洁。

他家很穷——这个只有五个男人组成的家庭，在刚刚实行生产责任制的第一年，仍然没有解决全年吃馒头的问题（在学校的食堂，他吃得最多的还是玉米面窝头），更不用说摆脱贫困。当然，他也没有表现出明显的寒酸与贫穷。只是，他绝不敢像经济条件好的同学那样，隔三岔五地到学校外边的营业食堂吃一顿肉丝面或者肉壮馍[1]。

一九八〇年秋后，大哥宋书魁去煤矿做了一个下煤窑的临时工（那时候农村户口只能当临时工）。下煤窑虽然危险，但收入还算高。为了让家里尽快富裕起来，特别是能供得起宋书恩上学，再苦再累大哥都不怕。

爹说，书魁虚岁都二十了，该寻媳妇了，书恩上学也得花钱，家里没钱不中啊，得想办法挣钱。

想什么办法呢？父子俩苦思冥想也没有想出挣钱的门路。正愁眉不展，本家一个在煤城的姑姑捎信给他们：要是不怕吃苦，下煤窑一月可以挣二三百块钱，那可真不少。爹没有表态，他还有些犹豫。宋书魁二话没说，收拾行李就准备出发了。

---

　　[1]　肉壮馍——河南特产。

宋书恩知道了大哥去下煤窑，心里很不是滋味。他除了拼命学习，没有更好的报答方式。可以说，他不仅仅是为自己，也是为了整个家族的振兴。

这期间，宋书恩在本班没有一个能相互沟通的同学，烦恼的时候，他喜欢给发小焦楚扬、马平川和邢梁写信——焦楚扬在县三中，马平川与邢梁在长青乡高中。

宋书恩很少回家，三十多公里的路坐公共汽车来回要花一块多钱，这是他两星期甚至更长时间的菜钱，他是万万舍不得的。家里也没有自行车——那时候一个村就没几辆自行车。宋书恩经历过的一件事，足以说明自行车的珍贵——有一次，宋书恩跟二哥宋书仲一起去集上卖兔子，想借本家大爷宋恒栓家新买的"飞鸽"车（这当然是宋书仲的主意），兄弟俩跑到宋恒栓家，看见"飞鸽"车在堂屋当门放着，下边车轱辘垫了两块蓝莹莹的新砖，上边还蒙了一条崭新的棉布床单，宋恒栓正站在一边仔细相看呢。

宋书仲说："大爷，我想骑骑恁家的洋车，中不中？"

宋恒栓问："你会骑不会骑？"

宋书仲赶紧说："会骑会骑，我骑得可老家儿[1]了。"

宋恒栓又问："你去哪儿呀？"

宋书仲说："去长青赶集，卖兔子。不远，到晌午就回来了。"

宋恒栓上眼皮往下一耷拉，不紧不慢地说："长青这么近，这样吧，我背你去吧。"

宋书仲不解地瞪大眼睛，说："背着我？俺都恁大了，不叫你背，再说俺俩哩，还有一篮子小兔，你也背不动。"

宋书恩拉拉他，小声说："还听不懂？这就是不让骑，走吧。"

后来，全村人都知道了宋恒栓经常拿"××这么近，我背你去吧"这句话来打发借车的人。

宋书恩去学校，通常是大哥或二哥骑着爷爷的破自行车送他，如果爷爷的车不

---

[1] 老家儿——老练的意思。

在家，他就步行。回家时候，他再想办法蹭同学的车。为了蹭车，他不怕出力，一路上都骑车带着同学。

宋书恩永远忘不了那个为他考上高中设的庆祝酒席——爷爷与父辈们的话时时响在他耳边。

宋书恩考上县一高，不光在金马村、五村联中引起了轰动，还在包括金马村、马前村等在内的五个村中掀起了一股读书热潮，好像他不是考上了高中而是考上了大学，很多原来不支持孩子上学的家长，都改变了主意，开始教育孩子好好读书，向金马村的宋书恩学习，也考上县一高。有些人还眉飞色舞地说，只要考上县一高，那基本上就是迈进了大学的门，注定要吃"商品粮"的。

宋恒四高兴得忘记了宋书仲根本没有报名考试的烦恼，逢人就说，俺书恩考上咱县最高的学府了，那就等于上大学了。那时候小四儿宋书晖已经四五岁，能站着拉风箱烧火了。他经常像影子一样跟在爹的后边，薅草、拾柴火也都很像回事。

一九八〇年是金马村实行责任制的第一年，当年宋恒四家里分到的二亩责任田打了一千多斤小麦。一家拥有这么多小麦，这在生产队的时候是想都不敢想的。宋书恩拿到录取通知书的当天晚上，宋恒四就在家里摆了一个庆祝酒宴——请来了他的父亲和三个哥哥，还有本门的三四个兄弟。

宋书恩生平第一次被准许坐在宴席上（宋书仲就没有这待遇，被爹安排在厨屋烧锅），与大哥宋书魁坐在一起。

在宴席上，宋结实端着酒碗慷慨地说："咱宋家坟头上冒烟了，书恩能考上县一高，多少年了，三里五村还没有过，更别说金马村了，咱宋家打我记事就没出过文化人，书恩真给咱壮脸。恒四，这也是你修的福，今儿个你多弄几瓶酒，咱爷儿几个喝他个痛快。"

宋结实说过一仰脖子把碗里的酒一饮而尽，把酒碗递给做酒司令[1]的宋恒元，宋恒元挨个儿给每人倒酒，轮到宋书恩，他说："三儿，今儿个这酒席就是为你摆的，你也喝一点儿。"

---

[1] 酒司令——酒席上负责倒酒的人。

宋书恩看着大大爷递过来的酒碗，犹豫地看看爹，说："我还是个学生，就不喝了吧大大爷？"

宋恒四豪爽地把手一挥，说："喝，今儿个是特例。"

他又对站在身边的宋书晖说："书晖，长大了学你三哥，也考高中，考大学，考上了也给你摆酒席，叫你喝酒，中不中？"

宋书晖尖细而响亮地回答："中，我也考高中，考大学。"

宋书恩矜持地接过酒碗，小心地喝了一口，辛辣与刺激同时充满了他的口腔，他摇摇头，说："这酒真辣。"

宋结实说："吃香的喝辣的，这辣的说的就是酒，会喝了这酒就是香的，那个美，得会品。"

二大爷宋恒宝说："书恩，以后发达了吃香的喝辣的，你二大爷去找你可得叫喝酒啊，可不能不认老家人。"

宋书恩不好意思地低头笑笑，说："才上高中，今后不知道啥样呢，要是有那一天，保准酒管饱。"

酒席到最后，几乎成了一个募捐会，宋结实带头拿出十块钱，说："书恩上高中学费得好几十，恒四也不宽裕，咱都帮一把，多少出一点儿。"

宋恒元没吭声去家里拿回来五块钱放在桌上，说："人家想上还上不成哩，咱书恩考上了，就是砸锅卖铁也得叫他交上学费。"

其他的叔叔大爷也都悄悄地回家拿了钱，嫡亲的拿五块，本家的有拿五块的，有拿三块两块的。

宋恒四含着泪说："本来我准备粜点儿粮食给书恩凑学费，这下不用愁了。"

他又对宋书恩说："书恩，你爷爷，你大爷、叔叔，都给你出了钱，以后这恩你得报啊。"

宋书恩眼里一热，泪水夺眶而出，他点点头，不知道说什么好。

喝得有点儿激动的宋书魁抱着宋书恩的肩膀说："三弟，你争气，你大哥学习不中，这辈子是没啥出息了，咱家就靠你了，无论如何你都得考上大学，将来混个

第一章　醉酒事件

一官半职，也让咱弟兄几个沾沾光。学费的事你不用操心，我跟咱爹作再大的难都要把你供到上大学。"

那一晚，成为宋书恩心头的一块石头，有时候压得他喘不过气来，成为他大脑中经常闪现的画面。

在高中阶段，宋书恩从来都不敢奢望谈恋爱。

他在学校的文学社里是个名人，曾有过女社友对他表示意思，都被他果断地拒绝——他的情况，根本没心情去享受这美好的情感，内心装载的很多东西，让他对恋爱像对瘟疫一样惧怕。

在高三的最后一个学期，即将面临高考的时候，宋书恩与一个女同学发生了恋情——云丽霞走进了他的视野。

这时候，他感觉胜券在握了，几次模拟考试他的成绩都进入年级前十，北大、复旦也许有点儿遥远，但考上重点大学应该不在话下。这时候，宋书恩认为自己有资格与任何一个女生谈恋爱了，甚至可以带着挑剔的眼光去选择她们。

那天是星期六，可以不上晚自习，但大多数同学吃过晚饭还是去教室学习。马上就要高考了，大家都像吃了兴奋剂一样不知疲劳，废寝忘食地做最后的拼搏。这天云丽霞想放松一下，吃过晚饭就到校外的田间散步。她悠闲地走在麦田中间的小路上，猛一抬头看到了令她怦然心动的一幕：在金黄的晚霞中，一个少年双手抱膝坐在路边的土冈上，眺望着远方的麦田，他那神态、那深沉，都令她神往。

忽然，随着一阵轻微的"沙沙"声，路边的一垄麦子晃动起来，一条一米长短的青花蛇从麦田游出，一忽儿穿过小路，消失在路另一边的麦田之中。

这时，她听到了少年浑厚而稚气未脱的声音，这个十七八岁的少年望着蛇消失的麦田，像哲学家一样慷慨陈词："蛇，这就是你引诱夏娃偷吃禁果的结果，惩罚你终身吃尘土，用肚子爬行走路。"

"这可是上帝的声音，你把自己当作上帝了？"云丽霞接着宋书恩的话说道，"按照上帝的意思，蛇还应该是女人的仇敌。所以我讨厌蛇。"

"你也看过《圣经》？"宋书恩问道。

"你以为只有你自己读书多呀？"

…………

三年来，宋书恩没有犯过什么错误，不光学习成绩一直优秀，还写得一手好字、一手好文章。但这都不足以引起云丽霞对他的爱慕，突然使她迷恋于他的理由，就是那个五月的傍晚。

在云丽霞以往的心目中，宋书恩最多是个品学兼优的同学。而眼前的一幕，激活了他在她大脑中的信息：棱角分明的脸庞、浓眉毛长眼睛、高鼻梁大嘴巴，高高瘦瘦，穿着整齐，话不多却很有深度，走路总是低着头……此时，宋书恩的所有信息都成了吸引她的元素。

在云丽霞与他进行了一番关于蛇的对话以后，宋书恩站起来与她一起走向离学校更远的田野。

三年来他们第一次单独相处，而且是在夕阳西下的野外。他们肩膀挨着肩膀，沿着田间小路走了很远很远，在麦子散发的隐隐香味中流连忘返，直到夜幕把麦田笼罩成一片黑暗。他们谈论学习、谈论读书，这时候她才知道，一向沉默寡言的宋书恩，读了那么多古今中外的名著，有着丰富的内心和思想。

她还知道了宋书恩的家庭情况——他向她说起了娘走的那个夏天。

那个夏天的知了特别多，宋书恩每天下晚自习回家，都能在马路边抓到几十只不出壳或刚刚出壳的知了，第二天娘就把这些知了用盐腌渍一下，在锅里烤得焦黄焦黄的，吃起来美味无比。

那天中午放学，他走到村口，看见一群低年级的小学生在堰冈上起哄。他是个好学生，很少凑这样的热闹，本来想走过去，却听见一个男孩儿喊他："书恩哥，傻改柱拾了个媳妇，你来看看吧。"

果然，傻改柱正在扯着一个一看就是傻子的女人手脚乱舞。他对着一群孩子说："都看啊，俺和俺媳妇就像栓宝跟银环，扯着手下山了。"

第一章　醉酒事件

　　傻改柱边说边拉着傻女人小跑着下了堰冈，然后朝着他家走去。小学生们也跟在后边跑下来，有个孩子因为跑得太快摔倒了。

　　傻改柱家与宋书恩家隔一条胡同，他也跟着走。一会儿，到了村街上。这时，他看见爹慌慌张张地跟在大爷、叔叔们抬的一张小床后边从胡同口出来，大哥宋书魁和大娘、婶婶们也脚步混乱地跟着，大哥还流着眼泪。

　　傻改柱若无其事地扯着傻女人进了他家的胡同，后边跟着一群孩子。

　　宋书恩停下来，大哥看见了他，走到他跟前说："娘病得厉害，得去公社医院。你回家跟你二哥自己弄点儿吃的去上学。"

　　宋书恩朝小床上看了一眼，娘闭着眼睛，头发凌乱，脸色苍白。他使劲喊了一声："娘！"

　　他的声音被淹没在混乱中，娘没有答应他，抬娘的人很快就走出去很远，爹回头对他说："三儿，回家吧，别耽误上学。"

　　宋书恩孤零零地站在大街上，望着远去的人群，心里一阵茫然。只有十岁的他，不知道娘究竟得了什么病，更不会想到娘会死去。他在大街上无助地待了很久，才蔫蔫地回家了。

　　宋书仲正坐在堂屋门槛上，一手拿着黑乎乎的红薯干馍，一手拿着一块腌白菜帮吃得起劲，两腮鼓鼓囊囊的，见宋书恩来了，含糊不清地说："你咋来恁晚啊？都去长青医院给咱娘瞧病了。今儿晌午没饭，吃点儿馍喝点水就中了。"

　　"我看见咱娘了，可多人。"宋书恩说。他不想吃，一点儿胃口也没有，少气无力地歪在门框上。

　　宋书仲说："快点儿吃，吃完喝点儿凉水咱就去上学。"

　　宋书恩从当门桌子上的馍筐里拿了一个窝头，又把手伸进桌子底下一个黑瓷坛里摸出一块白菜帮，甩甩白菜帮上浸着的盐水。

　　"我叫咱娘，她不吭声。"宋书恩啃了一口窝窝头，咬了一口白菜帮，问宋书仲，"你说，咱娘是啥病啊？都不会说话了。"

　　"咱二大娘说没事，去长青把娃娃生下来就好了。你小孩子就别瞎操心了，快吃，吃完就上学。"宋书仲一副很懂的样子，他已经开始啃第二个窝窝头了。

当宋书恩与二哥宋书仲下午放学回到家的时候，家里一片混乱。院子里，爹双手抱头蹲在地上一言不发，大爷、叔叔们蹲在爹面前抽着闷烟，与爹一样默不作声；堂屋里，正当门放着那张抬娘的小床，娘仍然静静地躺在床上，脸被床单盖着。大哥宋书魁站在小床边号哭着，一遍一遍地喊着娘。奶奶和大娘、婶婶们也哭哭啼啼地说着什么，一个孩子在里间的大床上很尖细地啼哭着，如爹平日里拉的板胡一样尖啸。

宋书恩和二哥来到小床前，大哥说："娘死了，咱没娘了……"

接下来大哥又哭，宋书恩跟二哥一起扑在小床上大哭，哭一声喊一声娘："啊——娘！啊——娘！啊——娘！……"

母亲给他们生下一个弟弟，自己却离开了人世。

娘出殡的那天，宋书恩与他的两个哥哥，还有大爷、叔叔家的孩子们，都身穿白布长衣，头扎白布条跪趴在灵棚里。宋书恩跟着哥哥们不停地哭着娘，他的眼泪已经哭干，到最后几乎成了机械地号叫。他的眼里，是漫天的白色，白花花的孝衣、白花花的纸幡、白花花的纸钱——他幼小的心灵被炫目的白色笼罩，以至于在很长的时间内，他一见到白色都会情不自禁地产生恐惧。

娘的葬礼很简单，没有响器，没有花圈，只有哭声与焚纸。后来，还是傻改柱与傻媳妇的表演为娘的葬礼增添了一点儿热闹。

光着脊梁的傻改柱拉着傻媳妇在离灵棚不远的地方唱起了豫剧《朝阳沟》那段经典的"咱两个在学校"。这个三四十岁的傻子唱起戏来有模有样，不光词记得很准，腔调也拿得不差，引得很多人围观。——这个有时候说话很有道理的傻子，终究还是没心眼儿，他完全不懂得去同情邻居家失去亲人的悲痛，而是趁着人多去寻欢作乐。

傻改柱的脸上、身上、胳膊上、手上，布满了青一块紫一块的痕迹，还有横一道竖一道的血印子。那是傻媳妇送给他的礼物。他唱了一段《朝阳沟》之后，指着傻媳妇对围观的人们说："我傻，她神经，俺俩就傻过吧，也不用领结婚证了。"

第一章 醉酒事件

人们一阵哄笑。

这时候，邻村一个叫忙牛的傻子拿了一沓烧纸，来到灵前跪下磕头。别看这些傻子不懂事，却知道如何在三里五村的红白事中混一顿吃喝，改善一下生活——这里有个风俗，傻子或残疾人，遇见白事，只要花几分钱买一张草纸，到灵前磕个头，就可以理直气壮地坐在丧宴上大吃大喝。红事（结婚或生孩子做九天）更简单，什么都不用买，帮忙提提水或烧烧火，甚至啥都不用干，就可以坐在喜宴上饱餐一顿。

傻忙牛与傻改柱又表演了一场"卖妻"戏——傻改柱不知道怎么惹了傻媳妇，傻媳妇大打出手，在傻改柱脸上又抓又掐，把傻改柱弄得嗷嗷乱叫。

有人就撺掇傻忙牛去拉架，傻忙牛碎步跑过去，往傻改柱和傻媳妇中间一站，面朝傻媳妇说："你这个媳妇咋恁厉害？敢打老头儿？你再打他他就不要你了。"

傻媳妇含糊不清地说："谁让他光扒我的裤子？谁让他光扒我的裤子……"

傻改柱说："你再敢打我我休了你，不要你，把你卖给傻忙牛。"

傻忙牛一听，马上说："你真的卖给我？你说多钱，我买。"

傻改柱大声说："二十块，二十块钱你给我我就让她跟你走。"

傻忙牛把手伸到口袋里摸了一阵，摸出一沓毛票，用手蘸着唾沫数钱。数完了说："只有七块，老改，七块钱，你卖不卖？你要卖了这钱就给你。"

傻改柱说："不中，七块钱忒少，你再加点。"

人群中有人喊："改柱，你卖了吧，你再不卖还不把你身上挖成蜘蛛网啊？"

人们又一阵哄笑。

又有人说："改柱，你不费一分钱白睡了三天，卖多少钱都是赚，卖了吧。"

傻改柱伸手抓过傻忙牛手里的钱，说："七块就七块，我卖，吃过饭你就领她走。"

傻改柱又对傻媳妇说："你光打我，我不要你了，你跟他走吧。"

傻媳妇嘴里呜呜啦啦不知道说的啥，一伸手又在傻改柱脸上抓了几道鲜红的血印。傻改柱捂着脸哼哼呀呀，说："这娘儿们真鸟厉害，卖了不后悔。"

傻牤牛问傻改柱："她叫个啥？我得知道她叫啥吧？"

傻改柱说："我也不知道她鸟叫个啥，对了，我七块钱卖给你的，就叫老七吧，中不中？"

傻牤牛说："老七，中，中。"

傻改柱对傻媳妇说："老七，你往后就叫老七。老七就是你，记住啊。"

…………

每每回忆起娘的葬礼，宋书恩最深切的感受就是冷。那是夏天，宋书恩却感觉家里哪儿都是冰冷的。出殡的路上，下起了大雨，把所有的人都淋成了落汤鸡，棺材上的黑颜料在雨水的冲刷下变得深浅不均。路的泥泞让人走起来趔趔趄趄。孝子的白衣溅满了泥水，扎在头上的白布条因为被淋湿而耷拉下来，紧贴在头上、脸上，使他们看起来更加狼狈。墓坑里积了一些水，四周的土成了泥，二十几个壮劳力费了很大劲才把棺材放好。在铁锨的舞动下，湿淋淋的泥团落在棺材上，发出沉闷的嗵嗵声。十五岁的宋书魁的哭声已经有了成年男子的厚重，震耳欲聋；宋书仲的哭声尖锐而突出，听起来就像要把声带震破；宋书恩的哭声尖细而无力，他这样的年龄，承载如此的沉重，让他疲惫得连脚都抬不起来了。

宋书恩被三大爷背回家之后，昏睡了一天一夜。他像死去一样沉静地躺在床上，任凭如何叫都不醒。奶奶摸摸他的额头，说不热，没事，让他睡吧，睡醒了就好了。

他睡醒之后，坐起来就喊娘。他闭着眼叫了一声娘，没有听到答应，他又叫了一声娘，还没有听到答应，他揉揉眼四下看了看，看见大哥、二哥在看他。他突然想起娘被埋在墓坑里，再也见不到她了，不觉又抽泣不止。

大哥带着哭腔喊道："别哭了，哭当啥用啊……"

话音一落，大哥自己却哭起来，二哥也憋不住，顿时，弟兄三个哭成一片。爹那时没有在家，他抱着刚刚出生的小四去找奶吃了。

他们的哭声引来了奶奶，她踮着她的小脚颠颠地跑过来，把宋书恩抱到怀里，说："别哭了三儿，你娘个龟孙真狠心，把恁弟儿几个扔到这说走就走，不是个啥好娘，咱都不想她。"

弟兄三个都停止了哭声，当然不是因为奶奶说得有道理，事实上他们根本就没有听清奶奶说的啥，只是奶奶的声音使他们减缓了恐惧与悲伤。

失去娘的悲痛，像连阴雨一样笼罩着宋书恩和他的家庭，阴郁得让人透不过气来。

娘被埋在地里以后，家里好像突然没有了魂。爹整天像一根木头一样沉默，大哥哭丧着脸，下晌回家除了吃饭就躺在床上闷头睡觉，宋书恩和二哥都小心翼翼地不敢多说一句话，只有那个刚刚出生的小四娃毫无顾忌地大声哭闹，使沉闷的气氛更加令人窒息。奶奶偶然的光临会让家里的气氛缓和一会儿，她一走就又恢复到原状。

有一天，奶奶对爹说："恒四，你得提把劲儿，你看看你，你看看几个孩子，苦楚个脸，也不说话，这还是过日子吗？人死都死了，她死了咱就不过了？啊？咱该咋过还得咋过，孩子们等着你养活哩，你不提劲咋办啊？"

宋书恩把娘的死归罪于小四儿，他不但夺走了娘的生命，还把家里闹得鸡犬不宁。小四儿一点也不懂事，一饿就大哭大闹不说，还把大床弄得腥臭不堪。

家里的粗粮小四儿是吃不动的，爹为了不让他挨饿哭闹，只好抱着他在全村跑来跑去找有奶的大娘婶婶嫂子。爹之前很少求过人，现在要赔着笑脸求人家，把别人孩子的口粮让给小四儿一口，加上丧妻的痛苦，心里的苦不言而喻。

有人提出把小四儿送人，奶奶看他那么辛苦，也劝他："恒四，小四儿恁小，光靠寻人家的奶吃也不是长法，万一再养不成人，还不如趁早送给个好人家。"

爹脸一沉，闷声闷气地说："不，不能送人，他娘拿命换了他，我说啥也得把他养成人，不就是求人吗，我不怕。谁都不用管，我去给他找奶吃。"

在小四儿几个月大时候，爹抱着他在村里跑来跑去找奶吃的情形，成为一道别致的风景……

说起母亲，宋书恩泪流满面。云丽霞陪着他伤心，拿出小手绢让他擦泪。云丽霞还主动把手伸给他，他们的手紧紧地握在了一起。

自从经历了那个五月的傍晚，云丽霞对宋书恩有些迷醉了。

云丽霞只要坐在教室，就会下意识地向后边宋书恩的座位瞟一眼，有时候会与他的目光相遇，两人相视一笑，甜蜜便在她的心里荡漾开来。这时候，云丽霞就会走一会儿神，心不由得飞到田野的小路上。走神太久了，她就不好意思地拍拍额头，克制自己不去想他，用心复习功课。

在接下来的一段时间，云丽霞与宋书恩每个周六都会相约外出散步。云丽霞有点儿迷恋他，她甚至在其他时间约过宋书恩。宋书恩却能把握住，坚持只在周六出去。云丽霞更加佩服他，她在心里对自己说："云丽霞，你必须努力，与他一起考上大学，只有这样与他才可能有美好的未来。"

就在云丽霞默默享受着宋书恩带来的甜蜜和编织着美好未来的时候，宋书恩却向她兜头浇了一盆凉水，让她几乎崩溃。

那一年，云丽霞高考落榜，不得不走复读的路。

第二章　疼痛与麻木

　　坐在列车上，望着窗外渐去渐远的县城，宋书恩突然悲从心生，满眼泪水。这一走，我将从此远离家乡，成为一个漂泊的游子。爷爷奶奶、父亲哥哥、大爷叔叔，我会想你们的。不争气的书恩对不住你们了……

　　伤心与焦虑，加上一夜折腾，宋书恩昏昏地睡了过去，在喧闹的火车上他睡得死一样安稳。

　　睁开眼，宋书恩发现已经是下午。他猛然想起自己在火车上，走到哪里了？他有些茫然。四下一看，对面、邻座都换了人。一问，才知道省城已过去二三百公里了。

　　列车停在一个小站，宋书恩匆忙下车，准备再乘车返回。他有点儿懊恼，恨自己操心不够，又惹出这样的麻烦。

　　这是中北省最南端的沙源县一个名叫灵安的小镇，铁路顺着小镇的东侧向南北延伸，一条小河从站台的南边流过，河边有郁郁葱葱的垂柳。宋书恩坐在小河边的一个石礅上，等着从南返回的列车。两个多小时过去了，也没有等到能坐的车。临近傍晚，他有些饿了，下意识地去摸口袋里所剩的八块钱，准备买点什么东西充充饥。这一摸，他惊呆了——他的那八块钱，没了！他惊慌地翻遍了身上所有的口袋。

　　他的眼泪再一次涌出。在这远离家乡的陌生之地，身无分文，这可怎么办啊？

　　他呆呆地坐在那里，汗水浸湿了他的衬衫。刚刚经历了一场对他来说无疑是毁灭性的打击，现在又面临如此的困境，一个不曾涉足社会的中学生，真有点儿不知所措了。

他出了车站，漫无目的地走在大街上，饥肠辘辘，脚步沉重得像灌了铅一样。此时，他才真正体味到"在家千日好，出门一时难"的古训，惆怅似浪潮一样冲击着他的心扉。

腹中又一次战鼓般敲响饥饿的声音。他无可奈何，只好再次紧紧腰带。街道两旁，任何一种吃的东西都散发着迷人的诱惑，他抑制住跃跃欲出的口水，眼里又开始涨潮。

忍耐饥饿的程度是有限的，当这种状态达到一定程度时，人就会想尽一切办法寻找填饱肚子的途径。宋书恩正是在这种状态下顿生灵感——尽管这做法很让他有点难为情。

他的眼睛在搜寻着，目光扫过一个个这样那样男人女人的脸庞，最后终于落在一个他以为善良、五十来岁的卖黄瓜的老汉身上。他勇敢地向那老汉走去。

"大爷，我……"他刚开口，喉咙就有些哽咽，脸也直发烧。

"大爷，我坐车坐过了，身上的钱又被偷走，这会儿饿得慌，你给我根黄瓜吃吧。"他一口气说完，低着头不敢看老汉的脸。

那老汉果然如他想的那样善良，他一边询问他的情况，一边拿起一根黄瓜让他吃。他尽量吃得慢些，眼泪喷薄而出。

老大爷的询问，让宋书恩泣不成声。

宋书恩只说自己是外出打工，没有把事情的原委告诉老汉。老汉听了之后说："年轻人想出来找点儿活儿干干，不是坏事儿。这样吧，你跟我走吧，跟我看菜园，管你吃，一个月再给你弄二十块钱，啥时候想走了你再走，咋样？"

宋书恩点点头，他真想大喊大爷你万岁。大爷又为他在小饭馆要了一碗肉丝面，他顾不得热饭的滚烫，舞动筷子快速把面吃完，又咕咚咕咚把一碗热汤饮下去，立刻浑身都是汗了，肚里舒服了，心里也妥帖了。

后来宋书恩每每回忆起那天的肉丝面，都认为是这辈子他吃过的最好吃的面。

第二章 疼痛与麻木

当太阳变得又红又大，西边天际燃起一片火烧云的时候，宋书恩坐着老汉的毛驴车跟他回家了。

老汉姓何。能进入何大爷这个和睦的家庭，对此时的宋书恩来说肯定是一件幸运的事情。

何大爷与老伴儿只有一个女儿——何玉凤。何玉凤是那种第一眼看起来很平常、越看越耐看的女孩儿，细眉杏眼，皮肤红润，身材结实而丰满。她比他大两岁，看起来却比他还小。她高中毕业在村里的小学做民办教师，平日里也喜欢读书。

家里突然来了一个年龄相当的小伙子，对于怀春的何玉凤来说也是不小的惊喜，她表面上表现得很冷静，心里却说不出地高兴。她主动帮娘张罗晚饭，还跑到代销点去买了瓶酒，特许爹喝二两。

饭间，何玉凤对宋书恩问这问那，宋书恩一直都很拘谨，不敢抬头看。他的内心说不出是什么滋味。面对何玉凤的热情，他表现得异常木讷，总是用"嗯"来应答。

吃过晚饭，何大爷领着宋书恩去菜园。菜园离家里很近，地头盖了一间小屋。进了屋拉开灯泡，靠一边放着铁锹、铁锸、铲子、荆篮、竹篓、小板凳等用具，另一边放着一张双人木床。何大爷拿着一把手电，带宋书恩出了小屋，一边照来照去，一边说："门前这一片种的都是自己吃的，有辣椒、豆角、小葱、荆芥、甜瓜、西瓜，那边是黄瓜，有一亩二分地，正是好时候，每天都能摘两篓子，这会儿主要就是看黄瓜，怕小孩子费力乱拽，把瓜秧都拽坏了；那边是西红柿，也有一亩多，刚开花，马上就结果了；还有一亩茄子，刚返过来苗。"

宋书恩问："大爷你家一下子分这么大一块地，种着多方便。"

何大爷笑笑说："我这是费了好大的劲跟人家调换的。在生产队我就是菜把式，分开地了我还好侍弄菜，咱离集上近，卖菜也方便。"

何大爷又交代了一下，诸如晚上有偷黄瓜的半大孩儿，吆喝吆喝吓唬跑就中了，别撰；谁要是来要根黄瓜吃，街里街坊的，就给他摘两根。

说完，何大爷坐在床头掏出了烟，是两毛钱一盒的"邙山"牌棕色雪茄型劣质烟，大爷递给宋书恩一根，他摇摇头，说："大爷我不会吸烟。"

"吸吧，夜里吸烟壮胆。"何大爷硬着塞到他手里一根，"点上，男子汉得会吸烟。"

宋书恩只好接着烟点上，他坐在小板凳上吸了一口，浓烈的烟味呛得他直咳嗽，眼泪都出来了。

"习惯就好了。"何大爷很享受地吸着烟，跟宋书恩有一搭没一搭地聊着。

看他眼皮开始打架，宋书恩就说："大爷，你睡吧，要不你回家睡，我自己在这？"

"你自己中不中？害怕不？"

宋书恩摇摇头，说："不害怕。"

"那好，你也早点儿睡吧，我把烟给你放这儿，睡不着了就吸根烟。"

何大爷走了，宋书恩确实很累，加上喝了点儿酒，头晕乎乎的。但躺在床上却睡不着，一闭眼，不是凌燕的笑脸，就是自己被追赶的情形。

在这陌生的地方，一个人躺在野外一间小屋里，他的内心如何能宁静？那种痛苦的煎熬，让他噩梦不断。

他想起了自己的家族。

在一千七百口人的金马村，可以说宋家就是贫穷与没文化的代表。而爷爷的乳名，在宋书恩看来简直就是莫大的耻辱，尤其让他耿耿于怀。

他无论如何都想不通，爷爷为什么取一个叫起来就是骂人的乳名：大龟孙。小时候总有小伙伴故意在他面前大声小气地叫喊："我说这大龟孙天咋就这么热？""大龟孙呢，你给我少来那一套！"等等，气得他干着急没办法——你要是不愿意，伙伴就问："我带个大龟孙口头语你急啥呢？"弄得宋书恩无言以对，下不来台。

爷爷的乳名跟当地一个风俗有关。爷爷出生时，已经有了六个姐姐，爷爷的父亲——老爷爷也接近五十岁，而且，他们这一支从爷爷这一辈向上查，已经三代单传，爷爷的出生无疑是全家的希望，老爷爷就找来算命先生算卦，这一算就有了问题，说这孩子命硬，有刑伤，与父母相克，不是把父母克死，就是长不成人。老爷爷与老奶奶惶惶不安，向算命先生求解法，算命先生就支了"闯名"这一招：在孩子出生第九天的五更天，父母抱着孩子去村口等候，在太阳出来之前，碰到的第一个人，张口说的第一个词，就是孩子的名字。

老爷爷与老奶奶严格按照算命先生的说法，在爷爷出生第九天的五更天去南地大路上"闯名"。三九天，天寒地冻，等了好大一阵也不见来人，老人冻得如寒猴一样哆嗦。眼看着东方天际出现了红晕，太阳就要出来，老人急得不行，这时，一个拾粪老头儿扛着箩筐走来。老爷爷马上迎上前，说："大哥，俺两口儿在这给孩子'闯名'，等好大一会儿了，碰上大哥你，这也是缘分，就请你给俺孩儿起个名字吧。"

遇到这种情况，一般的人都会认真想一会儿，给孩子起一个听起来既硬朗又顺口的名字。这拾粪老头儿偏偏是个急性子，又不识字，对"闯名"这事更不明就里，一听让他给孩子起名字，随口就说："大龟孙，我大字不识一个，哪会起名儿？恁还是再找人吧。"

老爷爷与老奶奶一听，哭笑不得，但想想算命先生的话，也顾不了许多，就把这"大龟孙"做了爷爷的乳名，还当场跪谢，奉上了谢礼。

大龟孙这个奇特的名字，让爷爷在三里五村名闻遐迩。就是在他有了宋结实这个朴实而响亮的大名以后，大龟孙这个小名仍然以绝对优势占据着他的生活——根本没有几个人知道他的大名。

在宋书恩的眼里，爷爷不光名字贱，人也贱。他总是穿着破衣烂衫不说，还总是一副卑躬屈膝的奴才相：见了人就点头哈腰，脸上总是讨好人地媚笑，小小的眼睛骨碌骨碌，总是在看别人的脸色。哪怕是在自己的儿孙面前，他也是这个样子。

爷爷值得骄傲的，就是他与奶奶共同使他们这一支结束了单传历史，实现了史无前例的人丁兴旺，不但生了四个儿子，还生了三个闺女。有了"闯名"的教训，爷爷在给自己的儿子取名时下了一番功夫——每次生了儿子，都把村里徐家上过私塾的半仙徐廷甲请到家里，弄了酒肉，大张旗鼓地吃喝一场。这样，他的四个儿子都有了很像样的名字：恒元、恒宝、恒光、恒四。

在宋书恩看来，父辈们有了像模像样的名字，却没有改变以往的贫贱气质——除了父亲宋恒四，三个大伯与爷爷惊人的形似神似，总是点头哈腰，一脸媚笑。

据说，父亲宋恒四天生气度不凡，年轻时候魁梧英俊，说话从来都是不卑不亢，一身正气。曾经，风华正茂的宋恒四，是那么心高气傲，对生活有着与一般农村青年不同寻常的追求。

宋恒四是遗传父母最佳特征的高手，他不光遗传了母亲（母亲是个高大的丑女人）高大的身躯，也遗传了父亲的国字脸，而眼睛、鼻子、嘴巴却是二合一型：父亲眼小，母亲眼大却吊眼角，他是眼大又不吊眼角；父亲高鼻梁，准头却小，母亲凹鼻梁，准头却肥大，他是高鼻梁准头丰满；父亲是厚嘴唇，有点儿朝前噘，母亲薄嘴唇，一说话就露牙床，他是嘴唇不薄不厚，嘴角平直。

宋恒四比他的三个哥哥拥有的最大优势，就是有文化，他不光读完了高小，还读了一年多的民中，在村里也算个文化人。

宋恒四是家里的老小，却没有老小的娇气，十来岁就开始在村里的同龄人中产生影响，再稍大一点，处事待人就能独当一面，特别是打架较劲，他很有股子狠劲，绝不像爷爷和他的三个哥哥一样软蛋。

十八九岁的时候，宋恒四因为人长得排场，还知书达理，村里人都看好他，很多人都在议论他参军后的美好前程了，他自己更是牛气冲天，天不怕地不怕的样子。这年，眼看着他参军有了眉目，却冒出了一件事，他与村支书马廷才的儿子马奎生喜欢上了邻村同一个姑娘王淑兰。

那个年代自由恋爱是非常少有的新鲜事，宋恒四与王淑兰在小学同了两年学，加上气盛胆大，敢出手相约。王淑兰对他也百般中意，一来二去，两个人就私订了终身。而马奎生因为是支书的儿子，骄横跋扈，典型的乡村花花公子。他看到宋恒

第二章 疼痛与麻木

四与王淑兰相好，嘴一撇，从鼻子里发出几声"哼哼"，非常不屑。宋恒四怎么能与他马奎生相提并论？一个贫贱得在村里没有威信的家族，就算你宋恒四有点儿胆气，又怎能跟村里最高统治者的公子哥儿匹敌？他甚至自负地认为，只要他给王淑兰一送信号，王淑兰马上就会像扔掉一个啃过的玉米芯一样把宋恒四撂一边。

马奎生开始对王淑兰下手。他像个勇士一样独自跑到王淑兰家，不顾王淑兰的父母在场就要拉手。王淑兰恼羞成怒，用右手食指指着他的鼻子说："你少在这儿耍流氓，别以为你是金马村村支书的儿子就有啥了不起，我看不上你这种无赖。"

马奎生一点儿也不感觉脸红，他笑嘻嘻地对王淑兰说："淑兰同志，你别急，也别恼，宋恒四能与你相好，我一点也不比他差。就他那个家，能盛下你这个金凤凰？别执迷不悟了。我再给你说，他当兵的事是我爹说了算，我去是板上钉钉，谁也争不过我，还有一个指标他们好几个人争，他爹找我爹好多次才答应了他，他要是跟我过不去，我就叫他这兵当不成。"

马奎生又对一脸狐疑的王淑兰父母说："大爷大娘，我今儿个先来透个信儿，我要娶淑兰当媳妇，回去我就托媒人来提亲。你们千万可别同意大龟孙家老四的亲事，他家那样子，是人过的吗？"

王淑兰的父母对马奎生很客气，还对他的话点头表示赞同。等他一走，父母就开始对王淑兰展开教育，爹说："你看看，你看看，丢不丢人，你咋就跟那大龟孙家老四勾搭上了？他家那个样子，光他爹大龟孙那个名声，还想把你娶回家？想都不用想。"

娘说："你叫我咋说你？啊，你咋就恁不争气？偷偷找女婿丢人现眼不说，还找这么个家。我看这个年轻人就不错，除了说话涮点，没啥毛病，他爹还是个大队支书，眼看就去当兵了，多好的条件。"

王淑兰两个又粗又长的大辫子一甩，跺跺脚说："我的事不用你们管。"

说完她回到屋里关上门没了动静。

王淑兰与父母的斗争是静悄悄的，没有一点儿硝烟。她的对策是，把观点撂明之后，他们不表态她就一句话不说。

憋了十来天，爹有点受不了了，就对她说："闺女，你说句话，你不说话你兄弟妹妹都不敢吭声，家里跟死了人一样。"

"哼，你要是不同意我与宋恒四的亲事，家里恐怕真得死人。"

娘说："这傻闺女，你瞎说啥呢？爹娘不管了，你爱咋着咋着，这中了吧？"

王淑兰辫子一甩，莞尔一笑，阴天转晴天了。

宋恒四与马奎生的斗争，却是一败涂地。马奎生回到村里径直找到宋结实，宋结实诚惶诚恐，让座，倒水，还把手里的长烟袋递过去，说："奎生啊，哪一阵风把你刮到俺这穷家了，你说，有啥事？"

马奎生从口袋里摸出很稀罕的纸烟卷，从容地凑到宋结实递过来的火上点燃，深深吸了一口，吐出一团烟雾，说："龟孙大爷，你找俺爹说老四当兵的事，俺爹是不是答应了？"

宋结实点头如捣蒜，说："答应了，答应了，你爹真是个好支书，公道，真公道。俺全家都会记住恁爹的大恩大德。"

马奎生又吐出一团烟雾，不动声色地把王淑兰的事情说了。最后，他对宋结实说："龟孙大爷，老四想不想当兵，就看你的了——我走了。"

马奎生一走，宋结实就四处找宋恒四。一见他，就拉他躲开人说："小四儿，你还想不想当兵了？你成心不争气是不是？你跟谁争不中，咋就跟支书家的公子争？"

宋恒四一脸疑惑，弄了很大一会儿才明白怎么回事，他简直是暴跳如雷，说："啥都能让，这媳妇杀了我也不能让。"

宋结实苦笑笑说："我的儿啊，你可不能耍二百五啊，你能当兵，混个一官半职，还怕找不来个好媳妇？这是你的前程，你可得听爹的话。"

宋恒四根本不把爹的话当回事，硬气得像头犟驴，他说："爹，这兵我不当，也不会把王淑兰让给马奎生。"

宋结实对他这个小儿子无可奈何，他本来就不会硬气，碰见宋恒四这样的勇者，他更是束手无策。

第二章　疼痛与麻木

最后，宋结实流着眼泪说："四儿啊，你爹没本事，咱争不过人家。算爹求你了，你就先让给他，等你在部队混出个样子，再回来争也有了本钱，这会儿争就把你的前程争没了。你得知道，用得着人家咱就是孙子，咱这会儿不是用得着他吗！"

宋恒四恶狠狠地说："那咱就不用他，这兵我不当了。"

后来，宋结实背着宋恒四跑到支书家里，跪到地上求支书放过老四，让他当兵。支书口头答应了，背地里却把那个名额给了另一个人。最终，宋恒四得到了王淑兰，却失去了当兵的机会。

按说，以宋恒四的文化，不去当兵，在村里做个民办教师，或是招工进工厂，最不济也能做个大小队会计，可以不干体力活儿。但由于他与村支书作对，加上他的倔强与高傲（他的高傲让很多人都不舒服），失去了所有这些离开农村和脱离农活的机会。

宋书恩十几岁时候，就听爷爷对他弟兄三个说过："记住，用得着人家咱就是孙子，得学会当孙子，你求人不当孙子谁当孙子？你弟兄仨可不能学恁爹，他是个硬头驴，吃亏不小，一辈子都叫他那赖脾气耽误了。"

宋书恩发现，为了小四儿，父亲宋恒四整个变了一个人。宋恒四在为小四儿寻找奶源的那段日子，他的脸上也开始带着讨好人的笑，腰不知不觉间就不那么挺直了。

在没有山羊充当奶娘之前，吃惯人奶的小四儿非常迷恋充满奶水的乳房。当他隔一段时间捞摸不到圆润的乳房，就会歇斯底里地哭叫。于是，村里村外、田间地头，便经常出现爹抱着小四儿可怜巴巴地站在胸脯鼓胀的女人面前，哈着腰，脸上露出一副讨好人的讪笑，唯唯诺诺地说："孩子小，啥也吃不下，也不能饿死他吧？你行行好，让他吃一口吧。"

那时候生产队的粮食还不够社员们敞开吃，吃了红薯胡萝卜的妇女奶水分泌得很有限，勉强够自己的孩子吃，把有限的奶水让给别家的孩子，一次两次行，次数多了免不了不耐烦，总有女人鼻子不是鼻子脸不是脸地说难听话。

"宋恒四，你见天把小四儿当少爷一样，吃人家孩子的口粮，你也得替人家的孩子想一想吧？"

爹点点头，说："是是是，这不是没办法吗？孩子小，啥也吃不下，饿得嗷嗷哭，你就可怜可怜俺吧。"

爹说着说着眼泪就出来了，一个大男人，话说到这份儿上，眼里汪着泪水，再加上小四儿饥饿的哭声，纵是铁石心肠的人也会心软。通常，被求的女人这时候啥也不说，把小四儿接过来无所顾忌地掀开衣服拿出奶头塞到他嘴里。正在号哭的小四儿嘴里有了奶头，马上贪婪地吮吸起来，两只小手还紧紧地抱住乳房。

爹在把孩子递到女人手里之后，马上转过身，他不敢看女人的胸脯一眼，生怕人家说他好色而拒绝孩子吃奶。他等待孩子吃奶的时候，一声不响地站着或蹲着，特别有耐心。

当小四儿被强行从嘴里把乳头拽出来再次哭闹的时候，爹总是抱着他摇晃几下，再轻轻地拍拍，嘴里说："你能吃点儿就中了，你吃的都是人家的口粮，你吃多了人家就吃不饱了。"

小四儿在他的怀里就停止了哭，安静下来。爹就会对他说："长大了你要报恩啊，你吃过很多婶婶大娘大嫂的奶，这可是救命之恩。"

小四儿很快有了一个名字——宋书晖。这是爹表示对小四儿重视的标志，而且之后他无数次地纠正过别人的"小四儿"叫法，郑重其事地对人说："孩子有名，叫书晖，叫书晖吧，小四儿不好听。"

每次抱小四儿求人吃过奶回到家里，爹就会把弟兄三个都叫到跟前，对他们说："书魁、书仲、书恩，你们都记住，求人的时候，得学会忍让，学会使小架子。"

以前，爹总是昂首挺胸，不卑不亢，身上有一种威风，走起路来都是潇洒有力的。从那时候起，爹全身的筋骨好像被抽去一样，腰似乎突然就弯曲了，头总是低着，没有了一点儿刚性，走路也少气无力，天天都好像睡不醒……

第二章　疼痛与麻木

每天夜里，宋书恩都不能安稳入眠，总是在没有边际的胡思乱想中迷迷糊糊，似睡非睡，似醒非醒。

天蒙蒙亮，宋书恩在迷糊中刚刚睡稳，就听见何大爷喊道："小宋，起来摘黄瓜了。"

宋书恩一骨碌从床上爬起来，套上衣服拉开门，大娘与玉凤都来了，他不好意思地低头笑了笑。

几个人在黄瓜架中间的通道开始采摘。大爷、大娘负责从瓜秧上摘，宋书恩与何玉凤负责抬着荆篮接黄瓜，篮子满了就抬到地头毛驴车的竹篓里。

何玉凤问宋书恩："马上高考了，你咋不上学跑出来了？学习不好吧？"

宋书恩嗯了一声，故作轻松地说："大学多难考啊，这辈子不想了。"

"昨天没睡好吧？一个人睡在这儿肯定睡不着，你喜欢看啥书？回头我给你找几本，睡不着了就看看书。"

"小说就中，学校有？"

"反正我能给你找来。"何玉凤妩媚地笑了一下，"我比你大两岁，你得叫我姐。"

宋书恩腼腆地点点头，叫了一句："玉凤姐。"

玉凤嗔怪道："不准叫玉凤姐，就叫姐，叫一句。"

"姐。"宋书恩嘴里叫着，心里却不禁冒出一种寄人篱下的感觉。

倘若不是为了有个落脚之地，我才不会叫你姐呢。宋书恩想。

宋书恩脸上的轻松一下子就没有了，变得凝重而木呆。何玉凤发现了他表情的变化，问："怎么，让你叫姐不高兴了？"

宋书恩摇摇头，说："没有。"

"那怎么还沉着脸？"

"是吗？走神了。"

摘完黄瓜，何大爷赶着毛驴车去集上了，大娘回家做饭了，何玉凤却留下来不走，跟他不停地说话。因为刚刚经历了凌燕带来的"灾难"，宋书恩看见女孩儿笑心里就发毛，却又不能表现出来烦，不得不赔着笑脸。

现在，宋书恩彻底体会到了什么叫落魄。为了不至于挨饿，得暂时住在这里，融入这个陌生的家庭。而在这个家里，他是外人，说到底就是求口饭吃。他突然想起了爷爷经常给他说的那句话，用得着人家咱就是孙子。以前他一直对这话持反对态度，但如今他有点儿认同了。寄人篱下，就得装孙子，不装孙子人家能容下你？

估摸着早饭做好了，何玉凤骑着车走了，她说一会儿再来给他送饭。

早上的阳光很好，照在碧绿的菜园里，空气中弥漫着清香，那是豆角花和即将成熟的甜瓜散发的。白色的甜瓜花、紫蓝的豆角花、金黄的黄瓜花都很本分，在阳光下却也显得那么娇艳。宋书恩对这一切是那么熟悉，瞬间有了陶醉的心情。

新的一天又开始了，无论前边等待他的是什么，他都必须去面对。

两个月之后，宋书恩已经完全融入了何家。他对何玉凤的抵触情绪已经彻底消散，那种寄人篱下的感觉也没有了。他与何玉凤亲如姐弟，一口一个姐地叫着。

大娘对他更是疼爱如子，少年丧母使他荒芜了多年的母爱之地，被大娘与何玉凤重新开垦。

何玉凤除了经常给他送饭，还不时为他找来一些文学书籍和杂志，陪他聊天，使他在菜园的生活充满快乐与情趣。

黄瓜拔秧那天是个星期天，宋书恩与何玉凤一起在地里干活，把拔掉的黄瓜秧用铡刀铡碎，掺些麦秸，再拌上粪肥和一些土，浇上水，打成方垛子，这叫高温积肥。从家往地里拉粪的时候，宋书恩驾着平车，何玉凤在后边一侧推着；空车返回的时候，何玉凤就坐在平车上，宋书恩推着，俨然一对小夫妻。

村里早就纷纷扬扬地传开了，说何本良卖菜捡了个上门女婿。有人跟他开玩笑说："何大哥，这年轻人你把底细吗？咱这找不到个好小伙儿了，你弄个外地人？"

何大爷不温不火地说："谁说我要找上门女婿？人家是落难，我让他给我看菜园，我开工资，他要是真愿意上门，闺女没意见，我也不反对。"

何大娘说："老头儿你说的这叫啥话啊，东头程家托媒人说了几次了，还没说断哩，你在这儿乱说，不怕人家骂你一个闺女许两家啊？"

"没说断也没说成啊，这年代婚姻自主，两相情愿，剃头挑子一头热可不中，得看闺女啥想法。"

街上的风言风语何玉凤也听到了，她非但不恼，还暗地里高兴呢。东头那个程老大初中都没毕业，除了一身横肉要啥没啥，她无论如何都不会看上他。

何玉凤跟宋书恩在一起，感觉他就是自己的对象，心里天天像吃了蜂蜜一样甜美。她坐在他推的平车上，笑吟吟地看着他，只把他看得低下头来。

"书恩，我不要当你姐了。"

"我都叫习惯了，你咋又不想当姐了，那你想当妹妹？"

"我才不当妹妹哩，我要当——"

宋书恩突然打了一个喷嚏，说："不知道谁骂我了。"

何玉凤开玩笑道："是谁想你了吧？是不是哪个大姑娘想你了？"

"哪有大姑娘想我啊？"

宋书恩叹了口气，他想到了云丽霞。此时，高考已过去，云丽霞考得怎么样？通知书该下来了吧？还有焦楚扬、马平川、邢梁，他们考得如何？焦楚扬肯定是不行了，说不定他连预选考试都过不了。

想这些还有什么用！她无论考得好坏，都与自己没关系了。宋书恩在心里对自己说，忘掉吧，忘掉理想，忘掉向往，忘掉高中时代的踌躇满志——那些美好，被自己最后的一笔涂得不堪入目。

这天夜晚，宋书恩回到菜园，正躺在床上烙饼一样翻来覆去胡思乱想的时候，何玉凤来了。他们在拉灭灯泡的黑暗中窃窃私语，一直到深夜。后来她扑到他怀里，两个人紧紧地拥抱在一起，亲吻在一起。他们都不熟练，都挺局促。何玉凤幸福得浑身都在颤抖，脸上充满了怀春的温情，柔情似水，伏在他胸前好久都不敢抬头。

他亲吻她的时候，脑海里突然闪现出在女生宿舍与凌燕的那一幕，他惊慌地推开她，嘴里不停地说："不不不，不能这样……"

他的举动把沉浸在幸福之中的何玉凤吓了一跳，她以为他看不上她，满脸羞愧地怔在那里，后来不禁嘤嘤啜泣起来。

宋书恩手足无措，呆呆地坐在床边，大脑里一片空白。

无论如何，都不能与她有那事——潜意识里，宋书恩感觉自己还承担不起那种责任。停了好大会儿，宋书恩在心里做出这样的决定。

"姐，我没别的意思，我是觉得现在我还不配跟你谈情说爱。"宋书恩木讷地说，"晚了，我送你回家吧。"

"我说配就配。"何玉凤突然再次抱住他，一阵狂吻之后，说，"我就爱你，答应我！"

"可是……"

"可是什么？宋书恩你真是个浑蛋。"何玉凤说着，拉开门冲了出去。

一阵凉风吹过来，杨树叶哗哗作响，庄稼地里虫鸣不断。寂静的夜如此氤氲而神秘。宋书恩没有开灯，紧跑几步赶上何玉凤，说："姐，我不是那意思……"

"别说了，你要想好了明天上午去学校找我，我没课。"何玉凤停下来，"你回去吧，这么近，不用送了。"

何玉凤一转眼消失在夜幕之中，宋书恩站在那里，久久地一动不动。

第二天上午，等着跟何大爷摘了西红柿、茄子去赶集，宋书恩回到家，何玉凤已经上学走了。苦思冥想之后，他决定按她说的，去学校找她，答应跟她好。

宋书恩走进了破烂不堪的村小学。上课时间，校园里静悄悄的，仔细听可以清楚地听到老师的讲课声。

他站在校园门口，准备问一下何玉凤在哪个办公室。而她早就发现了他——从来到学校她就开始从窗口注视着校门口，期待着宋书恩的身影出现。

何玉凤一溜小跑来到宋书恩面前，脸上飞过一朵红云，说："看你那傻样，跟个特务一样，跟我来吧。"

第二章　疼痛与麻木

一进她的办公室，宋书恩就说："我想好了，我要跟你好。"

何玉凤脸上的红云更加绚丽，飞快地在他脸上吻了一下，说："知道了，你走吧。中午见。"

宋书恩有点儿失落，想着她把自己约到学校，等着他给她一个答复，一定会有很热烈的表示。而她就这么飞快地轻轻一吻，没说几句话，就赶自己走，真有点儿莫名其妙。

想想这里也不是亲热的地方，宋书恩就摆摆手与她告别，走出校园往家赶。

走到一个十字路口，一辆自行车飞驰而来，照着宋书恩就撞过来，他躲闪不及，被车把挂了一个趔趄。

"咋骑的车，往人身上撞啊！"宋书恩恼火地质问骑车人。

"就是撞你了咋了？你咋说话哩？一个外地人牛啥牛？"

那骑车人五大三粗，满脸横肉，不由分说抓住宋书恩便挥起拳头，只一下，宋书恩就被打倒在地。

宋书恩恼怒地从地上爬起来，说："你这人讲不讲理？你碰到我不说对不起还动手打人……"

没等宋书恩说完，那人又冲过来，对着宋书恩头上、脸上、胸部一阵乱打。宋书恩想还手，但根本不是那人的对手，很快又被打倒在地，不大会儿，脸上就变得青一块紫一块，嘴角上挂着血迹。

那人还不罢休，对着倒在地上的宋书恩又一阵乱踢，然后骂骂咧咧地扬长而去。

这时候，街上几乎没人。宋书恩强忍着疼痛，从地上爬起来。他耳朵里反复地回响着那句话——"你一个外地人牛啥牛？"

他一瘸一拐地走着，泪水爬过脸颊，让他看起来狼狈无比。

他突然后悔起自己的选择——他非常清楚，跟何玉凤好，就得认倒插门，她的父母不会同意把独生女嫁到几百里之外。而眼前的事情，让他胆战心惊，对自己将来的处境充满了担忧。

这件事警告他：上门女婿不好做。他艰难地走回菜园的小屋里，扑在床上抽泣起来。

命运，你为什么对我这么不公？让我一次一次遭难？宋书恩再次陷入煎熬与矛盾之中。

何玉凤中午放学迫不及待地回到家，却发现宋书恩不在，她跟娘打了个招呼，就骑车去菜园。到了菜园，小屋门锁着。她放开嗓子喊了几声："宋书恩，宋书恩，宋书恩……"

菜园里静悄悄的。入了秋，西红柿满枝蔓都是青中泛红的果实，茄子棵上也挂起了紫色的灯笼。

不在家也不在这儿，这家伙能去哪里呢？何玉凤一边想着，一边掉头往家赶。来的时候，她还想，宋书恩在菜园等她，肯定是为了跟她亲热的时候没有娘在旁边。这样一想，心里涌起一股一股的热浪，恨不得马上扑到他怀里。

回到家，何玉凤问娘："娘，书恩没给你说去哪儿吗？"

娘说："他不是去学校找你了？走了都没回来啊。"

"哦，那他去哪儿了？"

何玉凤在院子里转来转去，心神不宁，一副火急火燎的样子。

她突然有一种不祥的感觉，自言自语道："这家伙难道跑了？答应过又后悔了？"

何玉凤嘴里不觉骂出一句粗话："娘那×，真不是个男人！"

骂过，又推着车出了家门，飞快地骑向菜园。她再次放开嗓子，反复喊叫宋书恩的名字。菜园里仍然静悄悄的，哪里有宋书恩的影子？何玉凤把车往地上一撂，蹲在地上流起眼泪。

龟孙遭天杀的宋书恩，你说过跟俺好，没过天就不算了，还不辞而别……

很多恶毒的词语出现在何玉凤的脑海，这时候，她把宋书恩恨得咬牙切齿："见过忘恩负义的，想不到你忘恩负义这么快。"

第二章 疼痛与麻木

何玉凤抽抽搭搭哭了好大一会儿，突然又一想，只顾在这儿哭，说不定他去哪儿干啥一会儿就回来了。

她从地上拽起自行车，呼呼地骑回家。娘打好卤开好水等着下面条，看她自己回来了，问："没见着书恩？他能去哪儿呢？"

"死了。咱吃饭，他愿意死哪儿死哪儿。"

此时，宋书恩坐在河边的柳丛下垂泪，他不停地吞云吐雾，不大会儿就把一盒"邙山"雪茄抽得不剩几根。他满脑子都是挨打的耻辱，这耻辱，让他无法平静。开始，他真想不辞而别，从菜园出来直奔灵安镇，准备坐火车去省城打工。走着走着，他逐渐平静下来，就在那条从灵安镇南边流经村东的无名小河边停下来。河边有几处荷塘，荷花已谢，结下蜂窝煤一样的莲蓬。

宋书恩随手拽下一个莲蓬，撕开里边的莲子，剥了皮吃了几颗。他已经擦干了眼泪。理智告诉他，他坚决不能这样不辞而别。大爷大娘的好不说，玉凤对自己火一样的热情，还有自己对她的承诺，无论如何都不能说完就完。即使走，也得走得光明正大，不能这样偷偷摸摸。

而离开，又谈何容易？去省城打工，那只是自己的想法，究竟如何，宋书恩心里没底。如今，在这个家里，最少没有衣食之忧，还可以享受从来没有过的温暖；而且，还有令人迷恋的爱情。

宋书恩，你不能走——即使要走，也不是现在。宋书恩打定主意，就扔掉烟头，爬起来往回走。

一进堂屋门，何玉凤就冲到他面前，双手在他的胸脯上擂鼓一样擂起来。擂完了，她又紧紧抱着他，两只手在他身上乱抓乱拽。

"你死哪儿去了？宋书恩你个浑蛋。"

她发泄完，久久地抱着他哭泣起来。大娘知趣地回厨屋了。两个年轻人抱在一起，双双泪流满面。

等她回过神来发现他脸上的伤痕，心疼地问："你这是咋了？跟谁打架了？"

"没事，你别问了，事情都过去了。"宋书恩轻描淡写地说，"我饿了，还有饭吗?"

何玉凤飞快地跑到厨屋,亲手给他下好面条,端到他面前。

经不住何玉凤的反复追问,宋书恩说出了挨打的事情。她咬牙切齿地说:"敢打人,等我弄清是谁,饶不了他。"

第三章　为爱情痴迷

宋书恩最终被何玉凤的热情融化了。

每隔几天，何玉凤晚上就会跑到菜园的小屋里跟他重复令他心醉的亲热。在四周都是青纱帐、昆虫合唱团演奏着大自然交响乐的小屋里，他们或执手而坐，或相拥而立，耳鬓厮磨，如胶似漆。

宋书恩陶醉在他与何玉凤的甜蜜爱情之中，早已忘记了被打的屈辱。何玉凤这么好一个姑娘，在他最落魄最失意的时候给了他温暖。

一个十七八岁的男孩儿，第一次经历销魂蚀骨的爱情，如醉如痴，不能自拔。他已经淡忘了自己，淡忘了虽苦却甜蜜的高中生活，淡忘了父兄对他的期望，淡忘了自己曾经的理想与志向，淡忘了他曾与一个叫云丽霞的女孩儿的默契……而那场改变他命运的变故，也变得遥远起来，遥远得恍如隔世。

在离开学校的这些日子，每每想起那些，宋书恩的心就会疼痛——父亲与哥哥、弟弟知道他的事情后不知道有多伤心，多失望。特别是父亲，他可以想象父亲气恼与绝望的样子。

自己失踪以后，家里找我了吗？肯定会找，肯定会！父亲与哥哥、弟弟为找我不知道会着急上火成啥样子。而自己，连封信都不给家里写——他不敢写，他不知道如何给父亲交代，更惧怕父亲殷切的目光，他无脸面对江东父老……

很多次他想给爹和同学写信，但总是写好了又撕碎，再写，再撕。他不能跟他们联系，他生怕学校知道他的行踪把他抓回去——在很长的时间里，宋书恩都认为自己是负案在逃。

那次宋书恩被打之后，他就与何玉凤说好了，秋后农闲去县城打工。那个打他的人，已经弄清楚，就是村东头程老大，他看着宋书恩使他与何玉凤的婚事泡汤，恼得牙根疼，那天正好碰见他，就使了坏招，故意撞人找事，发泄了一通怨气。何玉凤搞清楚之后，找到村干部，说如果不处理就到派出所报案。最后程老大不得不赔情道歉，还罚他花了几十块钱在村里放了场电影。

一个星期天早上，何玉凤把正在睡觉的宋书恩叫起来。

"书恩，快起来，咱去县城，我跟刘老师说好了，今天去她爱人在县城的建筑班。"

宋书恩早就迫不及待了，穿好衣服拉开门，抱着玉凤亲了一口，说："玉凤办事真利索。"

自从他们的嘴吻在一起，宋书恩就不再叫她姐了。

何玉凤想了，让宋书恩老老实实待在家里看菜园，确实不是个事。他能在县城打工，好歹比在家里舒展，离家也就三四十里地，既方便回家，也可以让他安心待下去。

在县城一个工厂的建筑工地上，宋书恩跟着何玉凤找到了刘老师的丈夫许老板。许老板正在训人，他对着几个正在干活的小工说："你看看你们几个，挖这点儿土够不够你吃？年纪轻轻的这么疼力气，能干好活儿？"

地槽里几个小工都低眉顺眼地舞动着手里的铁锹，带劲地向沟外扔土。何玉凤看许老板训完话，就走上前说："许大哥，刘老师给你说了吧？我是她的同事何玉凤，这是我的男朋友宋书恩，你看能给他安排点儿啥活儿？"

许老板看看宋书恩，问："你有啥技术？砌墙？粉刷？"

宋书恩摇摇头，说："我刚从学校出来，除了有力气啥都不会。"

许老板就说："你就先搬砖提灰吧。"

宋书恩说："我把行李放个地方，明天正式上班吧。"

第三章　为爱情痴迷

许老板对着远处正在干钢筋活儿的人喊："老四，老四你来一下，你把这个小工安排一下，先找好住的地方。"

一个满手都是钢筋屑的人走过来，然后一摆手，说："你过来吧。"

宋书恩和何玉凤跟着老四来到一个装着大铁门的车库，手一指说："你就住这儿，那边有砖有架板，自己动手支个床吧。"

宋书恩看看别的"床"：用四五块砖垒起来做"床腿"，用架板做"床板"，架板上铺着拆开的纸箱，纸箱上是被褥。

何玉凤皱皱眉头说："书恩，行吗？不行咱就不干了。"

宋书恩笑笑说："什么意思？有啥不行的，你怕我吃不来苦？"

何玉凤面露担心，说："这住的地方太差了，晚上看书都难。"

宋书恩一边铺床一边说："没事，你放心吧，总比天天闷在家里强。"

宋书恩与何玉凤把床铺好，已经到了中午。宋书恩说："玉凤，咱们先去吃饭，然后我们去看场电影，看完电影你回去，好吧？"

何玉凤说："当然好啊，咱们还没进电影院看过电影呢。"

二人出了工厂，在一个小饭店坐下来。何玉凤说："今天我请你，书恩你点菜。"

宋书恩说："我请你，你点菜。"

何玉凤也不推辞，点了一个泡椒凤爪、一个泡菜、一个剁椒鱼头、一个腊肉炒窝头，又要了一瓶半斤的二锅头。

宋书恩看见酒的时候又想起夜闯女宿舍的事情，情绪不觉有点儿低落，他说："不喝酒了吧？"

何玉凤说："这么重大的事情不喝酒怎么行？喝，我陪你喝。"

宋书恩说："这算什么重大事情？到建筑工地当个小工，又不是去机关上班。"

何玉凤说："看你说的，凭你，能一直当小工？我相信你会有出息。"

宋书恩说："但愿吧。"

何玉凤说:"你出息了可不能忘了我,不要我。"

宋书恩说:"乱说。放心吧,我决不会辜负你。"

何玉凤幸福地把头靠在他肩上,说:"跟你说着玩呢,我相信你。"

吃完饭,他们跑到电影院,看了一场功夫片《武林志》。电影很好看,两个人却并没有全神贯注地看,而是一边欣赏电影,一边用手传递爱意——两人的手一会儿缠绕在一起,一会儿互相在对方身上探索。好几次,宋书恩的手都触摸到了何玉凤馒头般的乳房,她紧紧地偎在他身边,深深陶醉在爱抚的旋涡中。

何玉凤要走的时候,有点儿难分难舍。她上了车,又跑下来,紧紧地抱着他说:"书恩,累了就请假回家歇歇,星期天我来看你。"

宋书恩看到她眼里盈满了泪水,伸手替她抹下眼泪,说:"看你,又不是生离死别,离家这么近,说回去就回去,还哭哭啼啼的。"

"我舍不得离开你……"

何玉凤紧紧地抱着他,一时泣不成声。

宋书恩第一天上工,把自己打扮得破烂不堪,跟个叫花子差不多。头天下午跟何玉凤在大街上转悠的时候,看见有卖旧衣服的,他就花了两块半钱买了一套劳动布工装,上衣已经没了纽扣,裤子膝盖处有两个不大不小的洞。何玉凤问他:"你买这干啥?给你准备的衣服不够啊?"

宋书恩笑笑,说:"干啥得有个干啥的样子,我穿得周吴郑王的能像个建筑工?再说了,那衣服跟泥沙砖头来回蹭,不照样不成样子?"

搬砖提灰的活儿看着简单,干起来累死人,要把和好的灰浆用灰兜提到砌墙师傅身边的灰盆里,再把砖一块一块搬到师傅的手边,关键是要不停地干。开始感觉还很轻松,干着干着两只胳膊就像被绑住一样伸不开,手不知不觉磨出了血疱,胳膊酸疼得不敢触碰。深秋宜人的气温在他感觉是燥热的,阳光也有些炽热,汗水浸湿了内衣,又洇透了外衣,头发水洗了一样打绺。一天下来,宋书恩累得浑身像被抽打了一顿,碰着哪儿哪儿疼。

第三章　为爱情痴迷

吃晚饭的时候，宋书恩动都不想动，强打精神坐起来，眼泪止不住地涌出来。这时候，他才知道在建筑工地做个小工是多么苦累，而在菜园的生活，简直就是神仙日子。坐在铺板上呼呼哧哧抽泣了一阵，又怕别人看见了笑话，就拿起毛巾去洗脸。夜幕降临的工地上光线明暗不一，他拖着沉重的双腿向水池走去。

"哎哟！"

宋书恩在跨过一堆木头时，右脚刚踏上一根圆木，就尖叫了一声，然后坐在了地上。脚下一阵锐痛，他感觉有一根细细的针刺入了脚底。他想把脚从那根圆木上抬起，一用劲，伴随着一阵更剧烈的疼痛，脚出来了，鞋子却被挂在了木头上，一看，一颗十来厘米的钉子穿过鞋底，上边分明还留着鲜红的血渍。

宋书恩一摸脚底板，黏糊糊的，血继续向外涌。老四过来看了看，说："忘给你说了，在工地上走路一定得小心，钉子啊，铁丝啊，铁片啊，扎着都不轻，吃亏的人不少了。像这种锈钉，还怕感染破伤风。"

宋书恩双手抱着脚，嘴里哧哧哈哈地说："那咋办啊四哥？疼得很。"

"能咋办？去诊所呗，处理处理伤口，再打一针破伤风针。"四哥无奈地叹口气，"你这伤，没个一两星期干不了活儿。"

老四给了他五块钱，还给了他一辆破自行车，跟他说了路线，让他自己骑车去。

宋书恩骑车来到一个诊所，医生一看就说："这伤口要处理可疼啊，伤口又小又深，钉子扎多深就得往里清多深，不然容易感染发炎。你怕不怕疼啊？"

"怕疼也得清啊，只要不感染发炎，能快点儿好就中。"宋书恩做好了受疼的准备，心想，能多疼？扎都扎了，还能抵上扎的时候疼？

医生一下手，宋书恩才知道比扎的时候要疼好多倍。医生拿着一个大针管，吸满了不知道是酒精还是其他什么的消炎水，然后很随便地就把针头顺着钉眼儿往里捅，一边捅一边往里推消炎水，针头刺的疼痛，加上消炎水的冲击力，把疼痛从脚板一直传递到全身。他的浑身都在战栗，头上冒出的汗热气腾腾，他坚持咬着牙没有发出声音。医生还拿着针管四下搅动，搅动的时候他感觉心尖都在抖动，他的腿有几次都想抽回来，怎奈脚被医生用膝盖压着无法动弹。医生这样鼓捣了两次，用了两针管的消炎水，那只脚在疼过之后，先是热，后是凉，再后来就没有了感觉。

医生清洗完毕，又抹了点儿碘酒，然后上药包扎，最后打了破伤风针。

打完针医生看着宋书恩大汗淋漓，下嘴唇都被咬出了血印，突然说："忘了，给你用点麻药就不恁疼了。"

宋书恩哭笑不得，心里说，啥水平，你早点儿想起来啊，老子也不至于吃这么大的苦。

从进诊所到打完针，总共不到四十分钟，宋书恩却感到非常漫长，简直是经历了一场严刑拷打。

从诊所出来，肚子也开始咕噜咕噜响，宋书恩想着这么晚了，不知道伙房还有没有吃的，就在路边买了两个烧饼，一手扶车把，一手拿着烧饼吃。

艰苦的打工生活才刚刚开始，真不容易啊。宋书恩这样想着，感觉受伤的脚又开始嚯嚯地疼起来。

因为脚受伤，宋书恩不得不歇着。他躺在空无一人的车库里，心里真有点儿焦急。但心急吃不了热豆腐，他只能躺在铺板上不动。好歹来的时候何玉凤给他准备了几本书，还有本和笔，他就用看书、写日记打发无聊。

打工如此艰苦，那么来建筑工地打工，究竟是为了什么呢？宋书恩心里冒出了这个问题。是农闲了找份活儿干，还是为了挣钱？是为了干一番事业，还是为了离开何家？而当初自己对打工所抱的希望，此时已经消失得无影无踪。在这个几十人的建筑队里，混到最好，无非是像老四一样做个二老板，干活少点儿，工资高点儿——而这样的目标，也不一定能实现。

干一天是一天吧，走到哪儿说哪儿，车到山前必有路。宋书恩一边对未来充满了迷茫，一边为自己寻找安慰。既然命运把自己推到了这一步，自己还能选择吗？只管往前走吧，多想多发愁，还不如不想。

何玉凤星期天来看宋书恩的时候，他已经可以下地了。脚着地的时候还有点儿隐隐约约地疼，但他在何玉凤面前表现得一点事都没有，当然也没有告诉她。

何玉凤除了给他送来生活用品和吃的，还带来了一星期的《中北日报》和新一期的《中北青年》杂志。这对他来说比什么都重要。

宋书恩本来就没上班，也就不用再请假。他借来自行车，带着何玉凤轧马路看电影。因为陪何玉凤，他穿得还算规矩，白衬衣白线坎、深蓝褂子深蓝裤、白力士鞋，看起来就像个农村学生。如果不是跟何玉凤一起出来，他肯定不讲究，工地上一打工青年，哪顾得上穿着打扮？

与何玉凤在一起，宋书恩几天的低迷情绪马上就恢复得朝气蓬勃。看着灿如桃花的何玉凤，他的心里飘飘忽忽的，他可以拉她的手，可以抱她亲她——在生活着很多城里人的县城，能与她相随相伴，是多么幸福的事情啊。

何玉凤看他的第二天，宋书恩就开始上工。考虑到他还不能大幅度地走动，老四就安排他和灰，就是把石灰膏与大沙掺在一起加水和成泥状，这活儿不用多走路。

宋书恩与另外一个工友供三个大工砌墙，宋书恩负责和灰，另一个负责搬砖提灰。一个大工看宋书恩是生人，就问他："新来的，是哪个乡的？听口音不是本地人啊。"

"嗯，黄河北柳青县。"

"哦，我说不是本地人吧，几百里地哩。看你细皮嫩肉的，刚下学吧？初中还是高中？"

"高中，我都十八了。"

"哟，还是个秀才哩。不过在工地上你学那些文化可派不上用场。别看我文化低，砌墙却是好手，干大工一天能挣六块，你高中生当小工只能挣两块。我给你说，好好跟我学吧，我教你砌墙，学好了，一把瓦刀吃天下。"

宋书恩点点头，心里禁不住涌出一股感激之情。是啊，在这里不论学历，就看技术。而这时候，对他来说砌墙也是很深奥的技术。而学这门技术，需要给师傅献殷勤。

宋书恩马上把铁锹插在灰堆上，从口袋里掏出"邙山"雪茄，小跑着走到两位大工面前，一人递了一根烟，说："常师傅、刘师傅，吸根赖烟，以后还得多照顾我，学砌墙还得你们教我。"

两个大工都表示没问题，等干上两三个月，再招小工了就能学砌墙，不用和灰提灰了。

宋书恩一听得干两三个月小工才能学，感觉时间有点儿长。他当下就思量，得凑机会请请老四跟两位师傅，尽早学砌墙，早点儿干上大工。

那一阵儿，宋书恩脑海里满都是砌墙，做梦都是站在脚手架上，一手拿瓦刀，一手拿砖，用瓦刀铲起灰盆里的灰浆，摊匀在墙上，再往砖上挂点灰，然后把砖轻轻地放上去，拿瓦刀轻轻叩几下，一块砖就算砌好了。然后看看灰盆里灰浆不多了，就对着下边的小工高喊一声："灰！"

在梦里，宋书恩感觉自己砌墙的动作特别潇洒。做一个砌墙的大工，一天能挣六块钱，就是他最现实的理想。

打工的日子，最让宋书恩受不了的，不是苦与累，而是晚上睡觉的环境。一个二十几平方米的车库，除了留了一条仅能容下人过的小通道，全部是砖支起来的架板，住了近二十个人，都睡下的时候，人挨人，翻身都困难。地方小不说，还热闹得很，在一个六十瓦白炽灯昏黄的光线下，三五一伙围在一起，或打扑克，或喷诓，还有喝多酒闹着不睡觉的，没一刻消停。这些民工中，很少有文化程度高的，他们除了干活、吃饭，就是打扑克、喝酒，几乎没有任何其他活动。

宋书恩虽然有过学生宿舍的群居体验，但比较起来根本就不是一回事。学生宿舍人虽多，但毕竟睡的是床，大家的素质都不差，知道互相关照，不会大声喧哗，更没人打扑克瞎闹腾。当然，那时候也有个别同学搞恶作剧。

每天吃过晚饭，宋书恩都害怕去车库里。通常，他会拿着书和纸笔去工地附近一个办公楼前的夜灯下，那里还有一个水泥台，可以趴上去或坐上去，虽然姿势有点不舒服，但总算有个能读书写作的地方。

宋书恩的行为，并没有几个人注意，办公楼与工地之间有一道墙隔开，很少有人去办公院，也就没有工友看到过他在夜灯下读书。生活太单调了，除了读书和写点儿东西倾诉一下，他还不敢奢望有更好的消遣方式，比如看电影、看戏、看歌舞演出，那得花钱，目前还没有更多的钱供他天天去享受，甚至连花十几块钱买个收音机都不舍得。

他也喜欢一个人溜达。他所在的工地在县城的最北端，不远处有一个两三平方公里的沙丘，沙丘上长满了刺槐、荆条、桑柘柳等耐旱的树丛，还有野菊花、车前草、节节草、茅草、蒿棵等。白天的时候他去过，沙丘中间有一条蜿蜒的小路，四处的树林野草使整个沙丘看起来有一种神秘感，可以听到很多悦耳的鸟叫，却看不见鸟儿在哪里。

这里也许会有皮草狐。他第一次来到沙丘这样想，神秘的皮草狐总是躲在神秘的地方，只见它留下的痕迹，不见它的身影。

宋书恩晚上一般不会走进沙丘腹地，夜幕下的树林阴森森的，里边还不断传出各种各样的虫鸣与莫名其妙的声音，胆子小了从边缘路过都会心惊肉跳。

傍晚出来溜达，宋书恩会沿着公路从沙丘旁边走过，然后来到围绕县城的无名河河堤上，再顺着河堤走一段，找个台阶站一会儿或坐一会儿。

寂寞、无聊、迷茫、无助，这些在人落魄时容易滋生的情绪，时时侵袭着宋书恩的灵魂。他虽然并不是一副愁眉苦脸的沮丧样子，却也没有那个年龄的知识青年身上所具有的乐观。

不能想，现实、未来、前途、归宿，都不能想，越想越乱。空想除了增加痛苦，没有太大的意义。再说了，很多农村人不都是这样吗，他们从来不怨天尤人。自己不就是多上了几年学，多了一份对生活的向往和理想，怎么就不能在建筑工地上做一个体力劳动者？

当然，他还有玉凤，还有甜蜜而浪漫的爱情。无论是上层社会，还是底层社会，爱情都是美好的，都会给人以安慰与温暖。

在最底层的打工生活中，宋书恩一天一天地挺了过来。适者生存，也许，甘于现状不见得就不是一种优秀的品质。

一个多月之后，宋书恩请老四和两位师傅喝了一回酒，很快就如愿以偿，开始学起了砌墙。他不笨，加上砌墙本身也没有太高的技术含量，就是熟能生巧，没几天他就掌握住了横平竖直的砌墙招数，站在脚手架上拿着瓦刀也很像回事了。

砌墙虽然很苦很累，宋书恩却干得有声有色，自从请老四喝过酒之后，他们就开始私下交往。可以说，老四成了他繁重体力劳动中的精神慰藉者——老四不但有很多书提供给他读，还在夜里带他过上了绚烂多彩的夜生活（时不时他们会有一次喝酒聊天、看电影抑或是看文艺演出的活动）。

老四并不老，大名叫胡杨林，三十来岁，高中毕业，是个文学爱好者，笔名柳杨，时不时在市日报副刊上发表些诗歌、散文，还是市作协会员。他在工地上还能看图纸，有威信，就被老板封为带班班长，相当于二老板。

宋书恩与老四喝过几次酒之后，老四发现了他的底细，对他说："老弟，你告诉我，你为啥离开学校？是不是有难言之隐？就你这成绩，考大学肯定不成问题，如果没有难言之隐，肯定不会弃学。"

宋书恩酒喝得有点儿多，面对老四的发问，毫不犹豫就如数招了。老四大笑道："一步走错啊，老弟，你要为你的这次行为付出昂贵的代价。不过你也不用灰心，只要有本事，机会总会有的。"

宋书恩那时候是一片茫然，哪想过自己的未来？听老四如此说，就问："四哥，你说我还会有啥机会？"

老四吐出一串烟圈，说："慢慢来嘛，凭你，这么好的功底，只要努力，不怕干不成。我给你说，我那儿有的是书，古今中外的名著基本全有，你看了只管去拿。还有笔墨纸砚，你用了只管说。"

宋书恩一阵感动，抓住老四的手说："哥，你就是我的亲哥，如果哪一天我有点儿出息，一定不忘报答你的大恩大德。"

老四说："什么大恩大德，我跟你就是对味儿，我喜欢你。记住，老弟，千万可不能为眼前的诱惑迷住，你的未来不在这里，更不在何庄村。"

因为遇见老四，宋书恩的生活变得有滋有味，精神渴求从对何玉凤的思念中转移到对文学的痴迷。自最初的时间里他回去过两次之后，就变成了何玉凤屡屡来看他，而他很少回家。

宋书恩第一次回去，是在上班一个月后，他趁晚上坐车回家。因为收了工已经天黑，加上末班车走走停停，他回到家已经接近九点。他敲门的时候，何玉凤狂奔着来开门，他一进门她就把他抱住，久久地站在院子里默默无语。甚至不等他去堂屋跟父母打个招呼，她就把他拉到自己的闺房。

那一夜，他们抱在一起几乎一夜未眠，但终究没有逾越最后的防线，仅仅是拥抱和亲吻。就这样，两个年轻人已经如醉如痴了。她无数次地对他说："书恩，我是你的人，我是你的人……你要一辈子对我好。"

"嗯，我会的，我会的。"

第二次回去，是在他看护工地的前一天，他请了一天假。何玉凤对他的思念更加强烈，她抱着他，身体扭动着，颤抖着。

"书恩，书恩，我想把我自己给你……"

"我也想，玉凤，可我们还小……"宋书恩眼前突然浮现出凌燕的眼光——充满了妩媚与温润的眼光。在那个初夏的夜晚，她的妩媚迷住了他。联想起凌燕，接着又想起自己翻过学校围墙的刹那，还有在野外无助地奔走——他的心里掠过一丝惊慌。接下来，他渐渐地变得理智，静静地抱着玉凤，一点点地把她即将燃烧的烈火扑灭。

"我愿意给你书恩，你不想要我吗？"

"不是不想，我要等到入洞房的那一天。"

后来，在一个飘着雪花的星期天，何玉凤跑到工地上来找他。他刚刚睡醒，洗漱完正准备吃午饭，她在老四的引领下来到他面前。

"玉凤你来了？"

宋书恩一阵惊喜。尽管他从老四的话中听出点儿什么，自己也没有做好入赘何家的准备，但他仍然非常迷恋与何玉凤的爱情。

何玉凤等老四一走，有些羞涩地说："书恩，我想你。"

宋书恩摸了一下她的脸，说："我也想你。"

两个人抱在一起，何玉凤害羞地说："我们结婚吧，结了婚就生好几个孩子。"

宋书恩这时候脑海里突然闪现出一只比猫大、比狗小的白色动物的眼睛——那眼睛是那么沉静、那么淡定。在他与它相持的几个夜晚，他与它对视，它的那眼神似乎传递给了他，让他安静，让他镇定。他久久地没有说话。

"你说话呀。"

宋书恩笑笑，捋了一下她的头发，说："这么急吗？你说咱这会儿能结婚吗？我才十八岁，还不够结婚年龄，等到了年龄，我们就结。到那时候，我们就天天在一起，夜夜抱着睡一个被窝。"

"嗯……"

何玉凤在陶醉中幸福地闭上眼睛。她所有的心思，都在这个小男人身上。

第四章　发芽的梦想

打工生活又苦又累，晚上的时光尤其难打发。没事的时候，宋书恩就会学着城里人那样，把手伸到裤兜里，在城市的大街上飘来荡去。他开始注意大街上的行人，特别羡慕成双成对的青年男女，他们有的肩并肩，有的手拉手，亲密而幸福的样子令人眼馋。

到了初冬，工地的炊事员突然被烫伤，几十号人的吃饭问题一下子没了着落，在经历了几顿馒头开水之后，老四问大家："谁在家做过饭？"

没人吭声，宋书恩如实回答："我在家做过饭，不过手艺很差，也就是能做熟。"

老四说："那就是你了，你不用上工了，去厨棚做饭。"

老四又把他拉到没人的地方说："给你加工资，比小工高，比大工低，一天四块。"

宋书恩说："做这么多人的饭我可拿不准，要是养几十只兔子我保准能拿下。"

老四扑哧笑了，说："你这小子，骂谁呢？好好做吧，能做熟有口热饭吃就中。"

宋书恩也笑了，说："我可没那意思，我养过兔子，最多的时候有上百只。"

工地的饭倒是简单，馒头、面条、稀饭、熬菜、咸菜，几乎就是全部的食谱，偶然改善一下生活，无非是买点儿猪肉蒸一顿卤面，抑或是炸一次油馍。馒头根本不是圆的，蒸得像砖头那么大，一个人吃一个就够；面条一般是汤面，白水煮一下，放点青菜叶，再加一饭勺葱花油，也色香味俱全；也有捞面条的时候，弄一大锅熬白菜或是熬冬瓜当卤，然后下面条，每个人端了碗拿着筷子围着锅捞面条，打仗一样。捞面条的时候，耍小聪明的人会拿着筷子挑着面条往两边摆动，其他捞面条的手被锅里热蒸汽一熏就迅速外撤。稀饭很少有大米稀饭，通常是面汤，用白面搅了水拌在开水里，时稠时稀；咸菜的品种也很少，一般是腌白萝卜或是芥菜疙瘩，吃得多了让人恶心，有时候就配一点儿白菜叶炒一下。

宋书恩凭着在家里无师自通的厨艺，在工地上也像模像样地当起了炊事员，一个人竟也可以打理四十多个人的吃饭。

做饭与在工地上干活比，稍轻松一点儿，但要操心得多。每到凌晨四五点，就得起来做饭。先把头天晚上加了发酵粉和好的面揉好，蒸成馍，再做一锅面汤，切一小盆咸菜，七点钟准时开饭。等到大家吃完饭上工，宋书恩就可以回到铺板上睡一小觉。到十点左右，又得带着面去面条铺轧面条，轧好面条，再到菜市场买菜，回来就该做午饭了。午饭后也有一段比较充裕的时间，他会躺在铺板上看看书，或者写点儿什么。晚饭几乎是重复早饭的过程，有时候会比早上多炒一小盆萝卜丝或白菜。每顿饭后，除了刷锅洗碗，还要把下一顿蒸馍的面和好。

晚上，时间会更加充裕，宋书恩除了与老四在一起喝酒聊天，看电影或演出，就读书写作。生活紧张而充满情趣。

宋书恩不但在做饭的过程中提高了厨艺，还学会了说涮话。这时候，他发现民工的口头语言真是奇妙无比。

一个叫大二的民工，一手拿着喧腾的馒头，另一个手拍打着，说："小宋师傅这馍蒸得真喧，跟俺老婆那咪咪一样，又白又软。"

大家一阵哄笑，有人回过神来，就骂大二："你小子真坏，把大家都骂了。"

宋书恩采买做饭一手拿，花钱就有了点儿活便，菜市场买菜没有发票，花多花少全凭他自己记。很多事情人都会无师自通，没人教，宋书恩就学会了克扣钱的窍门：少花多报。当然，他也把握着分寸，买四五块钱的肉，他报六七块，根本看不出来。再者，他不是为了自己能捞多少钱，而是把自己买烟、早上吃油条喝胡辣汤、晚上跟老四喝酒花的钱补上。

宋书恩在何大爷的熏陶下已经成为一个地道的烟民。何大爷总是成条地买来"邙山"雪茄，家里菜园都存的有。自从抽过第一次，每到烦闷的时候他都会点上烟，以此消解无限的惆怅。

他感觉，烟是可以给人温暖的。阴雨天或是冬天，燃烧的烟卷虽然火头微小，却闪着红光，袅袅的烟雾弥漫开来，意识里，身边的空气便温润起来，而吸到胸腔里，温暖的感觉更强烈。那些苦闷的日子，抽烟让宋书恩享受到了前所未有的惬意。

宋书恩对这样的生活出乎寻常地感到满足。他躺在铺板上望着房顶思考的时候，不由自主地会想，命运对自己也不是那么不公，现在这样不是很好吗？

在宋书恩应付自如地做了两个多月饭之后，工地找到了专业的炊事员，他便又换了活儿。

他是个纯粹的唯物主义者，从来不惧怕黑夜，不相信有鬼。老四便给他调了一份较为轻松的活计：夜间看护工地。工资不变，他还可以有更多的时间读书写作，这当然也是老四对他的照顾。

老四偶然一次去车库拿东西，无意中发现了宋书恩写在稿纸上的一些文字，赞不绝口，不光为遇到知音而高兴，也认为他是个好苗子。

宋书恩本来记日记、写作都是为了化解自己的无聊与过剩精力，当然也没有过多的想法。老四一夸，宋书恩也增添了不少信心。在那么艰苦的环境下，他从来没有想过把自己的未来寄托在文学创作上，更没有当成事业去追求。

老四的点化与鼓励让宋书恩有了目标和追求。白天，宋书恩可以躺在老四的单间卧室兼办公室睡觉，还可以读书或者写点儿什么东西——他已经开始试着写散文、诗歌和小说了。

不想在屋里待了，他就一个人到街上溜达。溜达累了，就找个小饭馆坐下来，抽着烟，要个小凉菜，惬意地喝上二两白酒。

夜幕降临，他就裹着一件破大衣，蜷坐在工地中央没有门的厨棚内的炉子边，捧本书读。不想读书的时候，他就瞪着双眼看着屋外的夜空。小屋前有一个高高的木桩，上边挂着一个很亮的灯泡，那灯泡把工地照得神神秘秘。

坐久了，他会拿着手电走出小屋四处转悠一下，看看有没有动静。其实，说是看工地，他却从来没有遇见过偷东西的贼。

看护工地，让宋书恩成了夜猫子，白天睡觉，夜里守护工地。

一个冬夜，宋书恩与一只白狐相遇。这时候，他还不知道它是一只狐狸。

深夜里，它镇定自若地来到小屋前的木桩下，蹲在耀眼的灯光里，双目专注地看着他，与他对视。它离他大概有四米远。他没有被它吓住，这个比猫大、比狗小的白色动物，好像是专门来陪他熬夜的。他看它在看他，也用双眼定定地注视它。它也没有被他吓住，目光一点儿也不胆怯，双眼定定地注视他。第一次，他与它四目相对，相持了足足有两个小时。他实在憋不住撒尿，站起来去厕所，它才慢悠悠地走了，消失在黑暗之中。

次日夜，它又如期而至。它仍然是一副气定神闲的姿态，悠闲地迈着狐步，走到他面前，在木桩下的灯光里蹲下来，然后继续对视。他感觉它的眼神如一汪平静的湖水，沉静而淡定。他毫无缘由地想，它不会伤害他，当然他也不会去伤害它。

接下来的几天里，它都如期而至。他与它始终保持着那种相持的状态，没有故事，没有发展。

直到有一天他知道了那就是一只白狐，潜意识里突然有了一种莫名的温暖。

年少时，宋书恩对狐狸是仇恨过的。

在娘死去几个月之后，宋书恩从集上买回了一对白兔子。

没了娘，家里变得一片混乱，特别是那个小四儿宋书晖，简直比孙悟空大闹天宫都能闹，他白天哭闹得家里鸡犬不宁，夜里更能折腾。爹看着他哭一点儿办法都没有，下了床抱着他在屋里来回走动，一边拍着他嘴里一边说着："娃娃瞌，娘做活；娃娃睡，娘撒碓……"小四儿却一如既往地哭声震天，把邻居都吵得睡不好觉。小四儿的哭，奶奶能治住，她把自己已经干瘪的乳头放进小四儿嘴里，他的哭声马上就停止。然后奶奶再用一个装了羊奶的奶瓶替代乳头，小四儿就津津有味地吃起羊奶，吃饱了就安静地睡大觉。

奶奶把一只奶山羊贡献出来，专门做小四儿的奶娘。爹从此结束了抱着小四儿跑来跑去找人喂奶的辛苦，小四儿也基本结束了饥一顿饱一顿的生活。

喂山羊的任务交给了宋书仲，他很尽心尽力地为山羊割草，把山羊喂得油光发亮，奶水旺盛。宋书恩就想到了喂几只兔子——家里穷得连他买作业本的几毛钱都拿不出来，他决定自力更生，期望通过自己的饲养让它们繁衍生息儿孙成群，然后再把兔子的儿孙拿到集上换钱，以此拥有自己可支配的财富。

宋书恩着手用自己的力量和家里现有的材料修建一座兔舍：先筹备材料——家里存放的几百块破砖、几根柳椽和一块半透明的塑料布，然后就趁着下午放学时间施工。爹和哥哥们都在忙自己的事情，没有人过问他的兔舍工程，他用了一个星期的时间，终于建成了一座舒适而豪华的兔宫。

他盖兔宫的时候，奶奶说要防止皮草狐叼兔子，一定得把门弄好。他就把兔宫四周都垒实，顶上用塑料布蒙上，只在顶上靠墙处挖了一个小板凳面大小的方口，上面用木板做了一个门——这个门可以上下掀动。

趁星期天，宋书恩用从爹、奶奶和两个哥哥手里拉来的几毛钱赞助，到集上花五毛钱买回了一对白兔。那兔子被称作大耳兔，长长的耳朵，雪白光滑的皮毛，十分可爱。他把它们放进兔宫里，塞进去一些干草和白菜叶，两个小兔子在新居里好奇地这儿闻闻那儿刨刨，很快就吃起来。

当天夜里，月亮朗朗，落了叶子的树冠在银白的月光中静立，村子笼罩在一片神秘之中。临睡前，宋书恩拿着手电照了照兔子，它们支棱着长长的耳朵，红眼睛闪闪发亮，三角嘴巴不停地咀嚼着。

"睡觉吧，兔兔。"宋书恩深情地看了一眼小兔子，然后把小门放下来就回屋睡觉去了。

第二天早上，他起床后的第一件事就是看兔子。木门被掀开，兔宫里除了兔子吃剩下的一团干草和白菜叶，一无所有，兔子不翼而飞，连根兔毛也没留下。他以为把小门一盖上兔子的安全就万事大吉，忽视了应该把小门固定住。这个疏忽让他付出了惨重的代价，第一对兔子惨遭皮草狐杀害。奶奶说是皮草狐把白兔背走了，他气得嗷嗷大哭，蹲在地上拉钻似的扭来扭去，嘴里不住地骂："我都日皮草狐它祖奶八辈，它偷走我的兔子。"

奶奶把他拉起来，说："你得用把锁把那个小门锁住，要不皮草狐能把门掀开。别哭了，回来我给你五毛钱再去买一对。"

宋书恩擦干眼泪，拿着一根木棍走出家门，向东边不远的芦苇坑走去。在芦苇坑里四处寻找，希望能找到皮草狐的踪迹，为白兔报仇。

芦苇是生产队的，叶子已经干黄了，却因为存水还没有割掉。他顺着紧挨一堵墙的通道向芦苇丛里走去。他用木棍拨开高高的芦苇，坑里的存水结了一层薄薄的冰，躲在芦苇丛里的几只鸡被惊吓得四处逃走。他小心地又向里走了一截，芦苇坑里除了鸡毛鸡粪和落叶，连皮草狐的脚印都没有。

在很长的时段里，宋书恩把狐狸叫作皮草狐。他对皮草狐的印象，来自奶奶的讲述和皮草狐在鸡圈或兔棚留下的痕迹，却从来没有真真切切地见过这种神秘而狡黠的动物。这些零碎的片段让他对皮草狐的印象很坏，乃至充满了敌意。

上学后他从课本上看到了狐狸的样子，倒是很可爱，金红色的皮毛，柔美的曲线，尖尖的嘴，美丽的尾巴。老师说狐狸是狡猾的，他就认为狐狸是狡猾的，但那时候他并不知道狐狸就是皮草狐。

在第二次买来一对兔子之后，宋书恩把皮草狐与狐狸统一到了一起。他天天担心皮草狐叼走他的兔子。他问爹："爹，这皮草狐究竟是啥东西？光听说它叼走鸡了兔子了，从来没见到过。"

爹说："皮草狐就是狐狸，你学过狐假虎威吧？知道了吧，皮草狐是很聪明的。"

他反对爹的说法："那不是聪明，是狡猾，老师说狐狸很狡猾。"

第四章　发芽的梦想

爹笑笑说："聪明跟狡猾是一个意思，就看是说谁，说坏人就是狡猾，说好人就是聪明。"

"皮草狐就是狡猾，它光叼我的兔子。"

宋书恩养上兔子以后，几乎把所有的课余时间都用在了照顾他的兔子上。兔子给他带来了乐趣和财富，这个十来岁的少年，跟兔子有着很深的缘分——在一两年内，他的一对兔子就繁衍了数十只兔儿兔孙。他也成了一个年少的兔专家，抓住一只兔子可以很老练地用手掰开它的生殖器，看一眼就能认出是公的还是母的。尽管他在卖小兔子的时候恋恋不舍甚至泪花盈眶，但小兔子换来的钱却让他开心。

在宋书恩的兔子儿孙成群之后，傻改柱曾经领着他的傻媳妇老七跑到他家指着他的兔子说："小三你真中，恁小就能喂恁多兔子，真中。"

然后又说："小三，你给我一对吧，我喂大了杀吃肉。"

宋书恩说："给了你你也喂不大，有皮草狐，你不把兔子管好就叫皮草狐叼走了。"

傻改柱说："我弄个兔笼，皮草狐进不去不就中了？你给我一对吧小三。"

宋书恩说："那你得拿钱，卖给人家五毛钱一对，给你三毛吧，给你便宜得不少吧？对了改柱，你不是把你媳妇七块钱卖了，咋又回来了？"

傻改柱说："卖了又后悔了，我去找忙牛又抢回来了。他打不过我，我把他打了一顿，七块钱让他跟俺媳妇过了五天，够他的了。"

傻改柱又想起了兔子，说："小三你给我一对吧，我这会儿没钱了，剩下这几毛钱还得给俺媳妇买吃的，你可怜可怜俺，给俺一对吧。我喂大了它下了小兔我再还给你两对。"

宋书恩很想给他一对，可又想到了皮草狐，就说："你回去把兔窝子弄好吧，弄结实了，皮草狐叼不走了，我就给你一对。"

傻改柱说中，就扯着傻媳妇走了，之后，却再也没有提起过要兔子的事情。

夏天的时候，宋书恩有几次拿着木棍去芦苇坑里寻找皮草狐的踪迹。虽然他的兔子兴旺发达，但不小心仍然有小兔子会被皮草狐叼走。他在闷热的芦苇丛里四处寻觅，除了看见几只蚧毒蛤蟆和青蛙，哪有皮草狐的影子？

那时候，宋书恩想过很多次，皮草狐究竟藏在哪里？芦苇丛里不见，地里的沟沟里柴火垛里也不见，难道它们变成了人看不到的鬼影？

宋书恩对爹说："黄鼠狼那么小都见过，皮草狐恁大怎么就看不见？你见过吗？"

爹说："我也没见过，皮草狐有灵气，轻易看不到。"

宋书恩咬牙切齿地说："它光叼我的小兔子，哪一天让我抓住它，剥它的皮，吃它的肉。"

爹笑笑："它不会叫你抓住，你还是小心管好你的兔子吧。"

宋书恩上高中之后，把兔子交给了宋书仲。宋书仲对兔子尽心尽力，兔子继续繁衍生息，基本可以解决家里的油盐酱醋支出。可两年之后，宋书仲跟着大哥也去煤矿挖煤了，宋书晖还小，养不成，爹又顾不上，兔子就送人的送人、卖掉的卖掉，没有卖掉的，就被杀吃了。

当宋书恩在一个星期天回到家发现他的兔子全没了的时候，特别是听宋书晖说杀吃了三只大兔子，他禁不住蹲在空空如也的兔舍前失声痛哭。

爹说："你眼看就是大学生了，还惦记几只兔子？你得干大事，兔子就别再想了。"

宋书恩怎么会不想呢？曾经，兔子给他带来了本和笔，带来了快乐与享受。

…………

年幼的宋书恩曾经多次听过徐半仙讲的关于皮草狐的故事，诸如狐仙变成美女与书生的爱情等等。后来他读了《聊斋志异》，才知道徐半仙的狐仙故事来源于此。他还发现，《聊斋》里的狐仙几乎都是善良的，让人对狐仙不由得赞叹，他也慢慢消解了对皮草狐的敌意，反而生出一种敬佩之情。

第五章　思念家乡

春节在一场铺天盖地的大雪中来到，工地的民工们都放假回了家，宋书恩却留下来值班——他不想在春节期间回到何玉凤家。

过了祭灶，何玉凤来叫他回去，他说工地上实在找不到人值班，老四就让他留下。这时候老四也还没有回家，亲自对何玉凤进行了解释。何玉凤是通情达理的人，也无话可说。

"书恩，你一个人独自在这儿，不能跟我回家过年，我心里真不是滋味。"

宋书恩故作轻松地说："没事，在哪里不都是过年，趁这时候没事正好我能多看点书。"

何玉凤叹口气说："只有这样了，我有时间来看你吧。"

当天晚上，何玉凤住了下来——工地上只剩下宋书恩与一个姓边的老头儿，何玉凤毫无顾忌地与他住在老四的单间。而宋书恩，与何玉凤相拥而眠，却出奇地冷静，每每到了忍不住的时候，脑海里总会闪现离开学校的那个夜晚凌燕妩媚的眼神。

在放假的时间里，宋书恩没事了就去找边大爷聊天。边大爷问他："小宋，你晚上看见过什么吗？"

宋书恩想了想，说："你是说一个动物吧？比狗小，比猫大？"

"那是一只白狐，好几夜我都碰到它。它坐在我面前看着我，我也看着它，一坐就是几个小时。"

宋书恩哎哟一声，说："原来是一只狐狸，看起来它挺温顺的，不像我想的那么狡猾。"

宋书恩又问："大爷，你说它来这里干什么呢？"

边大爷摇摇头，说："我也搞不懂，大概是夜里没地方去来这里转转吧，这儿远离闹市，北边不远有个沙丘。"

宋书恩点点头，似乎明白了什么，却又不知道到底明白了什么。

宋书恩留下来值班，其实是他自己要求的。临近春节的这些天，他一直在想，如何与家里取得联系——直接给爹写信，他没有足够的勇气，真是无颜见江东父老。他只有先跟大哥联系，让大哥慢慢地给爹说，然后才有可能让爹原谅他。可大哥会对他如何呢？大哥早早地出来做矿工，希望他争气有出息，而他却出了这样的丑事，也真丢人现眼。

宋书恩再次陷入惆怅的情绪，离春节只有两天的时候，他一咬牙做出了决定：不管大哥如何对他，先写封信给他，什么都不解释，只告诉他自己在这里。

最后，他还是在信中简单说了一下自己的情况——

亲爱的大哥：

    你好！

    这么长时间，一直没有跟爹联系，也没有跟你联系，很想爹，也很想你跟二哥，还有小四儿。我离开学校，一句话也说不清，等有机会了再给你说。我在这里生活得很好，找到了一份轻松的工作，还有时间读书写作。我不考大学了，但还在读书写作，争取写出点儿名堂。我这会儿还不敢给爹写信，估计爹气得都不愿意要我了。你告诉爹，别让他为我操心了，他要是还生气，你就劝劝他，等他气消了我再给他写信。你跟二哥要注意身体，别太拼命。就剩小四自己了，我们弟兄三个一起挣钱，还能供不起他上学？你和二哥春节回家吗？如果回家把我的情况告诉奶奶，别让她着急操心了。

    就写到这吧。

惭愧的三弟：书恩

把信送到邮局，宋书恩心里顺畅了许多。回到工地，何玉凤正提着一包东西站在房门口等他。他迎上去抱住她，说："你又跑来了，还不在家帮娘干点儿活儿。"

何玉凤剜了他一眼，说："人家不是想你吗。你跑哪里了，这么长时间才回来？"

"我去外边转了一圈，大街上人还可多。"

宋书恩没有把给大哥写信的事情告诉她，他担心她多想。

进了屋，两个人抱在一起亲了好一会儿，然后才坐下来说话。何玉凤看到了他这些天写的东西，吃了一惊，说："这么多，都是你写的？都是啥时候写的，也不告诉我？"

宋书恩轻描淡写地说："随便写的，练练笔，我想等能拿出手了再让你看。"

"跟我还说这，有啥拿出手拿不出手？我看写得很好。"

何玉凤说着读起了一篇题为《冬殇》的散文："落叶奏响了冬之序曲。于是冬轰轰烈烈而来，铺天盖地而来。娇艳的月季花未谢先萎，树丫柔嫩的肌肤变得干涩，欢快的鸟儿开始为生计发愁……一切都镶上了冬的色彩，一切都烙上了冬的痕迹。青纱帐被冬收拾得无影无踪。原野是一味地辽远，一味地空旷。你站在原野，最突出的感觉是自己的渺小，渺小得几乎不存在。万物在冬的面前臣服，而瘦削的菊率先发起抗争，犹如大提琴奏出的低沉而奋进的音符，在轰鸣的冬之曲中显得那样执着，那样坚定。冬愤怒了。他想主宰世界，并高傲地自信：最终胜利属于自己……"

何玉凤点点头，称赞道："多有气魄啊，真不错。最后一段更精彩——冬死了。春说，冬应该多一分温柔；夏说，冬应该多一分热烈；秋说，冬应该多一分诚实。多有哲理啊，你真不简单。"

宋书恩摇摇头，说："你一夸我都不知道东南西北了，我还得多读多写，你多提点儿意见才对。"

"你就别跟我虚荣了，一夸你是不是心里可得意啊？"

"真的，我真想让你提点儿意见。"

其实，他写的东西都让老四看了，老四说他有很好的悟性，他已经按照老四的建议向报刊投稿了。他不告诉何玉凤的原因，他自己也说不清。

夜里，他总在做梦，梦见家，梦见奶奶，梦见爹，梦见大哥、二哥和小四儿。从梦中醒来，他都在怀疑自己——难道，自己会在这个远离家乡的县城永远待下去？而他最不愿意面对的问题，是他与何玉凤的未来——他们将会有什么样的结果，他自己都把握不准。

春节一过，宋书恩一直在盼大哥的回信，每天他都跑到工厂的收发室去查问，可大哥的信却迟迟不来。

离开家乡这么长时间，宋书恩没有比这时候更想念家人了。已经过了正月十五，大哥为什么还不回信呢？他就是回老家，初七初八也会回去上班，他只要回到矿上就能看到信，要是马上回信就该收到了。大哥因为生气不愿意回信？应该不会吧——自己的行为会令大哥伤心到那样的程度？

再等等吧。也许春节期间收发不及时，大哥还没有看到信；也许大哥一时忙，顾不上回信；也许大哥还没有想好给他说什么……总会有意想不到的原因。就像他自己的失踪，谁也不会想到。

整个正月的时间，宋书恩的全部生活内容就是盼大哥的来信、躲在屋里读书写作、跟边大爷闲聊、何玉凤来了陪她说话逛街。他变得沉默寡言起来，甚至有些忧郁。

何玉凤问他："书恩，你是不是想家了？想家就回去看看吧，看看再回来。"

他摇摇头，说："心里慌，不知道慌什么，心烦意乱的。"

何玉凤紧紧地偎在他身上，说："书恩，你别胡思乱想，你好好读书写作，我支持你。你要是嫌工地上乱，咱就回家，你就在家里当个专职作家。"

宋书恩用力抱一下她，说："没事，我可能就是过春节有点儿想家了，过一段时间就好了。"

第五章 思念家乡

两个人抱在一起，久久地站在那里，何玉凤抽泣起来，她说："书恩，你是不是想离开这里回老家了？我知道，这地方太小，在工地上也太委屈你。"

"还说我胡思乱想，你这才是胡思乱想，我就是回老家，还会回来，这里有你，还有对我像亲生儿子一样的大爷大妈。"

"自从知道你写作，我就有个想法，一直没给你说，怕你不愿意。"

"你说说看。"

"你替我去学校教书，我照顾家。在学校环境总比在工地强，你也有更多的时间去读书写作，你说呢？"

宋书恩心里咯噔一下，思索了好久，说："这怎么能行？你待在家里做个家庭妇女，不是把你毁了？再说学校也不会同意。"

"就是一个民办教师，我做你做还不都一样？只要你愿意，学校我去说。"

宋书恩摇摇头，说："玉凤，你别太委屈自己了，我知道你喜欢学校，喜欢学生。我一个男子大汉，干什么都无所谓，在哪里都不会影响我读书写作。"

何玉凤双手捧着他的脸，长时间地凝视着他。他躲开她的目光，说："玉凤，我读书写作也就是爱好，还不知道会有啥结果呢，我不能对这个抱啥幻想。"

"不，我要你写，要有出息，将来成一个大作家。"

"那太遥远了，我可从来没想过。"

"就这样说定了，书恩，你听我的，我回去就跟校长说，你替我教书，我在家帮爹娘种地。"

"不能这样……"

不等他说完，她就捂住他的嘴："书恩，我爱你，就要支持你，我知道在这工地上你不能永远光值夜班，干体力活儿累得要死要活，你哪有心情去读书写作？只要能跟你在一起，我做什么都值得。"

"可是……"

"没有可是，就这么说定了，你等老四回来给他说一声，他对你这么好，我回头再给刘老师说一下，我那边跟校长一说好你就回去上班。"

从内心讲，宋书恩非常渴望到学校做一名教师，哪怕是顶替何玉凤。但他又怕到学校以后把自己困死在这里——何玉凤把这份工作让给他，他就被紧紧地绑住了，与她结婚也是早晚的事情。而与她结婚，就意味着他将作为何家的上门女婿在这里长期生活。而做一个上门女婿，又是在这样一个远离家乡的乡村，他还没有做好心理准备（甚至是抵触的）。

但面对何玉凤的痴情与坚定，宋书恩无疑是难以拒绝的。答应她吧，走一步说一步，走到哪儿说哪儿吧。宋书恩这样想好，在何玉凤额头上轻轻吻了一下，说："玉凤，我听你的，你回去跟学校说吧，我一定好好干，不辜负你对我的厚望。"

何玉凤伏在他怀里，久久地沉醉在幸福之中。

晚上，宋书恩把老四拉到小饭馆，把事情说了，问他这样做是不是妥当。

老四思考良久，说："看来，何玉凤对你是真好。"

"书恩哪，我一直很欣赏你，但在有些问题上我的想法也许对你并不合适，比如爱情，这是你们两个人的事情，我无法做出判断。我担心的是，你会重蹈高加林的覆辙，好一场，最后劳燕分飞，落得两败俱伤。与其如此，不如早做准备。"

宋书恩刚刚读过路遥的小说《人生》，为高加林的命运感动得热泪盈眶。老四把他看成了高加林——将来他一旦有点儿出息就会抛弃何玉凤。但何玉凤是刘巧珍吗？刘巧珍最大的问题是没文化，她与高加林没有共同语言。而何玉凤是高中毕业，还读了很多书，喜欢文学。显然，他和她之间并不存在思想上的差距。而宋书恩的情况，也就是一个农家子弟，况且他的家庭在农村也算是很贫穷的，他的未来是什么？写作对他来说仅仅是一个梦想，究竟写作能够给他带来什么，还是个谜。也许，能做一个代课教师，对一个上不了大学的高中生来说，就是很不错的结果。

宋书恩一直在认真地听着老四的分析，他看他不说了，说："四哥，你接着说。"

老四抿一口酒，吸一口烟，说："还说什么呢？这些事情你自己应该能想清楚。你去了学校，有更多的时间写作，能写出点儿名堂的机会更多一些。反过来，你去了之后，就注定要跟人家玉凤拴到一起了。如何选择，局外人说不上来。不过，你一旦选择了，就要好好对人家，可不能背信弃义。"

宋书恩点点头，说："四哥，我一直没对你说，现在我也有点离不开她了。"

老四盯着他看了好一会儿，说："操，那你还让我在这说啥？我这话要是你说给玉凤，她不骂我是挑拨离间？"

"看四哥说的，我哪会把这话说给她？你对我好我心里门儿清。"

回到工地，宋书恩接替边大爷守夜。他坐在厨房里，望着夜幕下的县城，心里如何也平静不下来，家乡、母校、奶奶、爹、大哥、二哥、四弟，轮番在脑海里出现。他突然又想起了娘，娘那天下午躺在那张小床上，脸色苍白，头发纷乱——因为娘离去时间的长久，他已经习惯了没娘的生活，几乎没有回忆起过那一幕。

娘好像从冥冥之中来到他面前，那苍白的脸生动起来，闭着的眼睛也睁开了，还绽出了一个微笑。

"小三，你都长成大人了，娘想你们……"

宋书恩张了张嘴，想叫一声娘，却没有叫出来。这时，他看见那只白狐款款走来，走到离他三四米的地方蹲下来，注视着他。

他一激灵从迷糊中醒过来，揉揉眼，那只白狐就蹲在他面前。

他与它无数次对视。良久，他在它的目光中变得沉静，心里也没有了近来的焦躁。

你是谁？你是来帮助我的吗？你是来让我的内心平静下来的吗？面对白狐，宋书恩出奇地冷静与清醒。

它是一个狐仙该多好！宋书恩这样想着，感觉那白狐成了一个白衣少女，在向他露出灿烂的微笑。

宋书恩坐上开往大哥所在的城市——煤城的列车的时候，还不到八点。

那只白狐在凌晨四点多离去，消失在黎明前的黑暗中。他突然有了一个想法：去找大哥。他不回信，一定是有什么事情了，在没有做出最后选择的时候，他想听听大哥的意见。

不到六点，宋书恩就跑到火车站买了车票。他给老四留了个纸条，还附了一封信——如果他不回来，就让老四把这封信转给何玉凤。

在留给何玉凤的这封信里，宋书恩写了很多他们在一起的甜情蜜意，写了很多对她的留恋，但最后选择不回来，是因为他的婚事必须征得家里同意——做一个倒插门的女婿，在老家是一件很不光彩的事情。自己已经很对不起家里了，不能在这个问题上再自作主张了。信的最后，他说如果何玉凤愿意跟他回柳青县，他们的爱情将会有一个美好的结果。

当然，宋书恩和老四交代，如果他回来了，这封信将没有任何意义，何玉凤也不会流着眼泪去读这封令她伤心欲绝的信了——他一直认为，她作为父母唯一的孩子，远嫁他乡的可能性少之又少。他选择了离开这里，就意味着他们爱情的终结。

这时候，宋书恩的理智简直匪夷所思，他做好了两手准备。当然他更倾向于去学校代替玉凤教书，这不但可以让他有一份较为喜欢的工作，还可以天天与亲爱的玉凤厮守在一起——十八九岁的青年，谁不陶醉美好的爱情呢？何况他们有了令人迷恋的身体接触。

夜晚十点多，宋书恩在煤城找到了大哥所在的煤矿，大哥不在，他见到了二哥。

宋书仲见了宋书恩，一副漫不经心的样子，他说："你咋……咋跑了？爹都快急……急死了。"

宋书恩没有回答他的问话，问："大哥咋没来上班？他在老家？"

宋书仲说："都是工会想……想的鸟点子，给大哥在……在报纸上登……登了个征……征婚启事。"

"登征婚启事是好事呀，大哥都二十四了，该寻媳妇了。"

"来的人可真不少，还都可好看，谁知道里边有骗子啊？有个可漂亮的，叫啥古……古树花，农村的，还是高中毕业，年前来了几天，她都跟大哥住一块儿了，还跟大哥一起回老家过的年，咱爹别提多高兴了，说好五一结婚，爹把家里这几年攒的钱都拿出来给了大哥。过了年大哥跟那个古树花回到矿上，没待几天那个古树花就拿着钱偷跑了。大哥这不是去找了吗？十来天了还没回来，不知道能不能找到。"

宋书仲结结巴巴说着，用家乡脏话骂了一通古树花，又气愤地说："这两年我跟大哥拼死拼活干，连肉都不舍得吃，到末了都给那个鸟古树花弄走了。我等着大哥娶个大嫂，下边也快轮到我了，这一弄不知道等到猴年马月了。"

宋书恩回来之前的豪情一会儿就消失得无影无踪，他马上就想到了留给何玉凤的信——第二天一定得给老四发个电报，让他赶快把那封信烧掉。

宋书仲把宋书恩领到一个小饭馆，五毛钱给他要了一大碗羊肉烩面。

宋书恩见他只要了一碗，问："你不吃？"

宋书仲吸了一下口水，说："羊肉烩面谁敢天天吃？今天歇班，我在伙房吃罢了。"

听了二哥的话，宋书恩心里酸酸的。这时候他发现，那个鬼精鬼精的宋书仲已经变成了一个老实巴交的矿工。

宋书恩很投入地吃着。说是羊肉烩面，翻腾了一大阵却没有见到成块的羊肉，全是碎糟糟的羊油末子。

吃完饭，宋书恩跟宋书仲到了宿舍——那宿舍脏乱不堪不说，还有一股子说不上来的味道，二哥的被褥不光脏，还潮乎乎的。

宋书仲说大哥因为有了古树花，搬到了单间宿舍，他走时候没留钥匙。宋书恩说随便将就两夜吧，单间不单间不差事。

宋书恩和衣钻进被窝，躺在床上却怎么都无法入睡。

大哥的事情让宋书恩非常难过。他突然意识到，自己的家实在太穷了，穷到弟兄几个连寻媳妇都很困难。

我能够遇上何玉凤，她不嫌弃我，还那么爱我，甚至把工作让给我，简直就是上天对我的恩惠。而我，仅仅有了一点儿对文学的梦想，就对我们的爱情产生了动摇，甚至还以什么倒插门要征得家人同意为理由，准备不辞而别，这简直是不识好歹！

…………

　　漫长的夜里，宋书恩的思绪像一只刚刚学会飞翔的鸟一样在矿工宿舍里盘旋。没有入睡，他却好像一直在做梦，一会儿是爷爷的点头哈腰，一会儿是爹的面无表情，一会儿是大哥二哥满脸的汗水与黑煤粉，一会儿是娘苍白的脸，一会儿是那只白狐的眼睛……

　　宋恒四看着一进家门就哭的宋书魁，不祥之感袭上心头。他了解自己的大儿子，从小到大，很少见他有流泪的时候。

　　"爹，没了，都没了，啥都没了，钱没了，人也没了……"宋书魁像孩子一样嗷嗷大哭。

　　宋书魁按照古树花留的地址找到那个村，村里根本就没有一个姓古的。他在村里挨家挨户地找，白天要着饭找人，夜里睡到麦秸垛里。可找了几天啥头绪都没有，最后不得不打道回府。他心灰意冷，根本无心上班，就直接回家了。

　　宋恒四搞清楚之后，一句话没说，坐在那里身体就软了。即便在他知道宋书恩失踪这样的大事，他都没有垮下去。而这次，他病倒了。这打击，对他来说确实不同寻常。近几年家里的积蓄加上两个儿子下煤窑挣的钱，三千多元就那么一眨眼就没了，他如何能受得了？而那个叫爹叫得甜腻腻的漂亮儿媳妇，也如昙花一现，说找不到就找不到了。

　　宋恒四躺在床上，不想吃喝，不想说话。他突然翻江倒海般想起了以前的事情——这么多年来，他很少有这样的时候。生活的艰辛让他顾不上去想这些，特别是妻子死了之后的七八年，他又当爹又当娘，后来又包产到户，更加忙碌，几乎没有消停的时候。

　　也许，当初自己策略一点儿，口头上做出妥协，到了部队再从长计议，到最后王淑兰还会是他的——那个马奎生之所以跟他争王淑兰，根本不是为了爱情，而是出于对他的嫉妒与不屑。到了部队，有了更多选择的可能，马奎生对王淑兰肯定做不到从一而终。

这样想的时候，宋恒四感觉自己有点儿荒唐，甚至是无耻。爱情是什么？爱情能妥协吗？能够交换的爱情还是爱情吗？这么多年来，支撑他坚强地活着的，不正是爱情吗？面对多次再婚的机会，能毫不犹豫地拒绝，是因为他除了王淑兰，眼里再也容不下别的女人。

四个儿子都长起来了，四儿子宋书晖也上小学，离了脚手了。按说他该松口气了，儿子的婚事却让他愁眉不展。

因为缺少女人的经营，宋恒四把家弄得一团糟。妻子刚去世的头几年，每到夜里，即便是小四的哭闹不断，搅得他疲惫不堪，他也成夜成夜地失眠。在夜深人静的时候，他靠从一个党员那儿借来的一套《毛泽东选集》消磨时光。他能头头是道地讲《矛盾论》，还能有条有理地阐述十大关系，却理不出治家的思路。

面对大儿子的婚事，在遭遇了媒人一次次的说媒失败之后，他甚至开始怀疑自己当初的选择——为什么就跟支书家结仇了呢？那个他当年看不起的马奎生，在部队已经是一个不小的军官了，还找了个城市媳妇，把家安在了城里。

迷迷糊糊中，宋恒四看到了令他伤透心的三儿子书恩走到床前。书恩低着头，一脸的愧疚，怯生生地叫了一声爹。

是书恩吗？宋恒四心想，他跑了，怎么这时候会回来？自己肯定是产生幻觉了。

"爹，我回来了。"

那声音分明就是书恩，宋恒四坐起来，揉揉眼睛，真的是他，这个不争气的家伙，他曾经把自己的希望顷刻之间化为乌有。

…………

宋结实安慰他："恒四，想开点，咱宋家看来是出不来大学生啊。"

"找着他我扒了他的皮！"那时候，宋恒四恨得咬牙切齿。

宋恒四确认是三儿子回来了，并没有爆发，而是温柔地说："书恩啊，天大的事情，你也不该跑啊。"

宋书恩头更低了，他不敢看爹的眼睛。他木木地站着，惴惴不安地等待着爹的发落。

爹却说："都过去了，不说了，你没上大学的命。"

宋书恩说："爹，我已经在那儿找到了一份工作，到学校当老师。"

宋恒四笑了，他说："好，好，好，书恩当老师了。"

宋书恩与大哥从屋里出来，坐在院子里相对无言。

"老三，你究竟对人家女生做了什么？"

"我喝醉了，大哥。"

"喝醉了你还记得吗？究竟发生了啥事？"

"没发生啥事，就是拉拉手。"

"拉拉手你怕啥？你咋就跑了不敢回来呢？"

"我怕说不清被公安局抓起来判我流氓罪。"

"你呀，是自己把自己吓住了，现在说啥都晚了。"

大哥告诉他，他跑了一个星期，爹才听说他在学校出了事，跑到县城找了他几天，都快气疯了。

宋书恩苦笑了一下，心里不是滋味——命运如此鬼使神差，让他无地自容。

不再想了，过去的就过去吧。宋书恩这样安慰自己。现在，终于回到家里，见到了爹，见到了大哥二哥，曾经的担心也都成为多余。世界上，最能原谅的，莫过于父母，无论孩子做出什么出格的事情，做父母的都能咽下去。

宋书恩回家的当天下午，焦楚扬就跑过来了。

焦楚扬是和宋书恩说话最投缘的同学，他们的交往，缘于书。焦楚扬是马前村的，他爷爷是个老学究，教过私塾，他爹也知书识礼，家里存了很多书。

他们在五年级曾经同桌过一段时间。宋书恩第一次看到焦楚扬拿着一本厚书在自习堂上看，好奇地问："你看的是啥书啊？这么厚。"

焦楚扬把书的封面摊给他看，是《卓娅和舒拉的故事》，还是外国的，立即他就对他有了一种崇拜的感觉，他都能看外国的书，还是竖排的繁体字，真是太了不起了。

宋书恩小心翼翼地问:"能不能借给我看看?"

焦楚扬爽快地说:"好啊,等我看完了给你看。以后你想看书了跟我回家去挑。"

从与焦楚扬的接触中,宋书恩发现他不但阅读了大量的书籍,还能背诵很多古诗词与文言文。他也下决心多读几本书,再背些古诗词。

宋书恩读的第一本书,就是焦楚扬借给他的《卓娅和舒拉的故事》,这本介绍同胞姐弟卓娅和舒拉在苏联卫国战争时期双双入伍最后都牺牲在战场上的书,宋书恩读起来虽然还很吃力,却让他体会到读书的乐趣,他一发而不可收,不断地从焦楚扬那借书来读,《三国演义》《水浒传》《西游记》《诗经》《唐诗三百首》《宋词选注》,还有《钢铁是怎样炼成的》《基度山伯爵》《茶花女》等等,甚至还有《圣经》。

读书成为宋书恩课余及养兔之余占用时间最多的活动,最着迷的时候连上课时间都把书放在课桌下边偷看。在初二的上半学期,他的学习成绩曾经从班级前十沦落到第三十位,被班主任老师狠狠地挖苦了一顿,说宋书恩真拽,课外书读了一大车,说起话来简直就是鸡毛插羊屎蛋——飞天能豆,可惜使歪了劲,学习成绩飞流直下,政治能考三十分,不简单。老师最刺激他的话,让他夜不能寐——宋书恩要是能考上高中,全班就能考上三分之二。

宋书恩在全班同学面前受了老师的挖苦,心里别提有多难受,他的自卑那时候已经有所好转,但这样的讥讽还是给了他很大的刺激。焦楚扬也因为读课外书,数理化成绩糟糕得提不起来,老师对他已经麻木了。在一个秋高气爽的傍晚,宋书恩把焦楚扬约到校外的田间,在弥漫着泥土气息的乡间小路上,两个十四五岁的少年进行了深刻的谈话,最后决定,在不多的时间里,开足马力冲刺,一定考上高中。

如果说宋书恩在与焦楚扬的交往中获得了阅读古今中外书籍的机会,而焦楚扬从与宋书恩的交往中得到的,就是考上高中的机会。如果不是那次谈话的鼓励与鞭策,焦楚扬几乎就没有考上高中的念头——他桀骜不驯的性格,使他认为光读书就行了，上学简直是浪费时间，他更不把考高中考大学当回事。

应该说，宋书恩是个学习型人才，他学习的方法和效率在他们班是独一无二的，他不但带动了焦楚扬的转变，还让马平川与邢梁也鼓足了劲头，拼着命学习。最后的结果，是宋书恩以全乡第一的成绩考入柳青县一高，焦楚扬考上了县三高，马平川、邢梁也都考上了本乡高中——长青高中。

宋书恩也曾试图让宋书仲觉悟起来，但他的学习实在太差劲，任凭宋书恩如何下劲帮他，都改变不了他各科考分都是一位数的状况，他只能别无选择地回家"修理地球"——这时候，已经开始分田到户，宋书仲浑身的劲有用武之地了。

焦楚扬果然如宋书恩预料，没参加考试就卷着行李回家了。

焦楚扬说："反正考不上，瞎考啥？净受煎熬。"

他无不遗憾地说："估摸着就你能考上大学，到头来倒是马平川考上了地区师专，邢梁也没考上，去当兵了。"

在家里坐了一会儿，宋书恩便跟焦楚扬回他家。爹卧床不起，大哥精神颓废，他们说话也放不开。

两个人一出堰岗口，碰见了马巧花。她年前刚结了婚，打扮得很鲜亮。她直来直去地问宋书恩："书恩哥，人家都说你在学校耍流氓了，我不信，你告诉我，真的假的？"

宋书恩尴尬地笑笑，说："给你说不清，你不信就是假的。"

她点点头，说："你这样说我就放心了，肯定是假的。你不能上大学，多可惜啊，全村就你一个人考上了县一高，到头来还是没能上大学，命啊……"

宋书恩的表情更难看，他无话可说。焦楚扬马上解围，骑上自行车，说："我们走了。"

马巧花已经走过去了，又折转回来拉住宋书恩，伏在他耳朵上小声说："书恩哥，想着你能上大学，俺配不上你了，就不再想了。你咋恁糊涂？你想女孩儿了咋不回来找俺，俺答应过给你做媳妇，你找俺俺给你……"

第五章　思念家乡

宋书恩心头一热，说："你这傻丫头，我记着你对我的好，结了婚好好过日子吧，可不敢乱说。"

宋书恩看着马巧花渐渐走远，站在那里发呆。焦楚扬一连喊了他三声，他才回过神来。

"怎么，又勾起童年美好回忆了？"

"她还记得小时候的游戏。"宋书恩点点头。

马巧花是马平川的本家妹妹，但她与宋书恩的关系，与马平川无关。大概在他们四五岁的时候，宋书恩他娘与马巧花她娘关系很亲密，两个孩子就自然而然地经常在一起玩。

有一天，宋书恩与马巧花一起去扎杨叶。他们每人挎个小篮子，还拿着一个铁条制作的"针"，"针"后边绑着一根两三尺长的麻绳，麻绳尾巴绑着一根四指长的小横棍。"针"是用来扎地上的杨叶的，等到扎一卷杨叶，往后一捋，那杨叶就一片挨一片地穿在绳子上，扎满绳子，把那个小横棍一解开，用力往下一捋，杨叶就到篮子里了。

在北地的杨树林里，宋书恩与马巧花专心致志地扎杨叶，等到篮子满了，绳子上也满了，他们就坐在树林边玩。

马巧花伏在宋书恩耳朵边说："我想跟你好。"

宋书恩一脸的迷茫，问："怎么好？咱俩都可好了。"

马巧花老练地说："我要当你媳妇。"

她说着就拉起他向树林深处走去，走到一个小洼坑里，她把裤子一脱，躺到地上说："你脱了衣裳来骑在我身上，我爹跟我娘都是这样。"

五六岁的宋书恩听话地脱掉裤子，乖乖地骑到她身上。他在她的指导下趴在她身上蹭了一会儿肚皮，最后很满足地站起来，对她说："往后你就是俺媳妇了，你就不能跟别的男人玩了。"

她说："嗯，我是你的，谁也不玩。你要是不听话了，我就不给你当媳妇了，我再找个男人。"

这样的游戏后来他们又做过几次，但实在是寡淡无味，他们就改玩其他游戏，比如甩破鞋啰、拿石子儿、趆瓦。

等到两人上了学，马巧花突然害起羞来，明里很少与宋书恩一起玩，但总不忘对他好，尤其在宋书恩他娘死了以后，她总是偷偷地找他，与他说会儿话，偶然也给他一个鸡蛋什么的——她家里也很穷，根本筹不到更多的东西给他。

他们的"地下"关系一直持续到小学毕业，到了初中，他们的关系好像突然疏远了，马巧花很少再找他。他上了高中，似乎慢慢地将她忘了——高中三年，若不是偶然回到村里碰见她，他几乎不会想起这个曾经愿意给他做媳妇的女孩儿了。

如今，马巧花已为人妻，再也不该与她有任何感情瓜葛了。

到家吃了晚饭，焦楚扬跑到代销点买了一袋炒花生米，一瓶鸡汁素肠罐头，一瓶柳青白干，两个人躲在他的小屋里喝酒抽烟。

当年刚上高中，焦楚扬因为冬季气管炎发作老咳嗽吐痰，班主任老师公开在教室说怀疑他有肺结核，还强迫他去医院检查。后来虽然检查结果没事，却让很多同学对他疏远，原来在一起吃饭的几个同学都离他而去，只剩下两个同学与他为伴。他的情绪异常低落，开始把大量的时间用于看小说与写作，学习成绩肯定是一落千丈，几乎排到班级最末。

宋书恩曾给他写信，激励他努力学习将来考大学，可他沉浸在肺结核事件的阴影中痛苦不堪。当他好不容易走出来时，就打定了这样的主意：放弃数理化，只学文科功课，不指望考大学，好好写作将来当个作家。他在给宋书恩的信中如此规划自己的人生："书恩，我与你不一样，我天生就不是个学习型的人，从小除了对文字感兴趣，对数理化很讨厌。既然知道自己考不上大学，我又不能退学，干脆就趁这个时候努力读书、写作，将来成为一个作家，为人民大众提供精神食粮……"

宋书恩写了好几封信，对焦楚扬这种选择进行劝阻，但焦楚扬依然我行我素。他开始写小说、散文、诗歌，四处投稿。结果可想而知，他除了接到杂志社的退稿与退稿信之外，连个铅字毛也没见。

这时候的焦楚扬，仍然一点儿也不颓废，他充满信心地说："书恩，不上大学咋了？不上大学就无所作为了？错！我可以搞创作，将来当个蜚声文坛的作家。"

宋书恩也告诉他自己的想法，焦楚扬非常支持他，豪情万丈地说："我们一起搞创作，将来齐声文坛。我准备以小说为主，毕了业我写了一个短篇小说《落榜生》，写的就是一个落榜生回到农村埋头创作最后取得成功的故事。我相信，这个故事将来会出现在我俩身上。"

两个人一直聊到东方发白公鸡打鸣，把一瓶柳青白干喝完，三盒"邙山"雪茄吸完，才意犹未尽地睡觉。

次日，宋书恩回到家里，爹已经起床，他的精神好多了。爷爷、奶奶和大爷、大娘都聚在院子里说话。

宋书恩的情况他们都知道了，都不再说啥，对他要当老师的事情充满了希望。爷爷说："书恩啊，你也是多灾多难的命，往后可得小心点儿，不能再走错路了。能当个老师也是造化，咱宋家几辈人还没出过先生呢。"

宋书恩点点头，他的脸上一直发烧，那个夜晚的酒宴情景犹如昨日，历历在目。他问心有愧——愧疚得痛心疾首。

在家待了三天，宋书恩就决定回去。临走时他对爹说："爹，书恩在外边不闯出点儿名堂绝不回金马村！"

爹拍拍他的肩膀，说："闯出闯不出名堂，这儿永远是你的家，爹都希望你能常回来看看。"

"我会写信回家。"

临走的前天晚上，马巧花偷偷地跑到他家，把他约出来——这是他没有想到的。这个傻丫头，都结了婚还惦记着他这个儿时的小男人。

星光闪烁，夜风凛冽，两个人走在漆黑的乡间小路上，寂静得可以听到彼此的呼吸。

"听说你还要走？啥时候再回来啊？"

"我也说不准。"

"我给你操心说个媳妇吧,不上学就该寻媳妇了。"

"你别操心了,我没尾巴起火一样,哪顾得上寻媳妇啊。"

…………

"我要知道你上不了大学,就等着你。你说,你要是回家种地,要不要我?"

"你都结婚了,别乱说了。"

"我是说要是,我要是不结婚,你要我不要?"

"没有要是,你都结婚了,一时半会儿我也回不来。"

"你根本就没想过我,是吧?你就是回家种地了也不会要我。"

马巧花说着伏在他胸前哭了起来,她的抽泣声在夜空里若隐若现。宋书恩对她没有一点杂念。亲爱的玉凤在等着他,他不能再伤害善良而单纯的马巧花了。

回到家里,宋书恩久不能眠。回忆起自己儿时的几个密友,他不禁感慨万千。马平川,给过他睡觉的被窝;邢梁,给过他填补饥饿的物质;焦楚扬,给过他精神的食粮;而马巧花,则给过他情感的慰藉。

宋书恩再次踏上南下的路程。他久久地为自己的轻薄而羞愧。家里如此糟糕,你还有什么资格挑剔何玉凤对你的爱情?

从集上坐车的时候,宋书恩看见傻改柱正领着他的傻媳妇老七在大街上跟商户要钱。

傻改柱明显老了,他的头发长得像个艺术家,又长又乱。老七的头发却很短,还是参差不齐的——显然不是专业理发师的手艺,大概是傻改柱自己拿剪刀动的手。

他们每人手里拿一只搪瓷碗,里边有一毛两毛的纸币,更多的是五分二分的硬币。

在一个卖化妆品的商户门前,傻改柱高声说:"我傻,她神经,俺俩就傻过吧。"

宋书恩对大哥说:"大哥,改柱这话一点儿都不傻。"

第五章 思念家乡

"怎么不傻？正常人谁搁这儿要钱啊？"

宋书恩想给傻改柱五分钱，宋书魁拦住他，说："你搭理他干啥？叫他去要吧。"

宋书恩只好作罢。宋书魁又说："傻改柱都能弄个媳妇，我这会儿找个媳妇都这么难。你知不知道，光在家给我说了多少个？不下二十个，硬是都没成。为啥？还不是没咱娘了，咱弟兄多，穷。"

宋书恩安慰大哥："你才多大了？小着呢，别急，提点劲，很快就能解决。"

"我虚岁都二十五了，你看咱村跟我差不多的还有几个没老婆的？落后了。"

宋书恩又安慰了一阵大哥，劝他早点儿回去上班，然后依依话别。

上了回县城的车，看着大哥远去，宋书恩鼻子一酸，泪水涌出来。他默默地对自己说，宋书恩，记住你给爹的承诺，一定得干出个样子。

这次，宋书恩确定从煤城回老家，也是下了很大的决心——如果不是大哥的这种状况，他也许还不敢回家见爹。

天塌了，也得回家看看爹。他这样对自己说。

宋书恩最担心的，是爹对他的态度和村里人对他的议论。爹的轻描淡写让他惊讶，也让他内疚。而村里更没有人问起这件事，说穿了，他无论如何对别人都没有意义。

家还是那个家。堂屋与东屋的屋顶上都长满了草和榆树苗。草是泥土里留存的种子繁衍的结果，榆树苗则是院子里的榆树飘落的榆钱变成的（它们很小就会被拔掉，因为树长大了会让屋子漏雨，再大了一刮风还会把屋顶掀坏）——这种平原地区的泥棚，因为屋顶上糊满了掺着麦糠的泥，什么样的植物都会茁壮成长。

爹明显老了，不到五十岁头发就花白了，他被时间磨掉了脾气。四弟书晖长大了，他已经上小学二年级了，现在看来，他是弟兄四个中最帅的一个，很像爹。

院子西侧的一溜兔舍还在，兔子却没有了。它们曾经给他及家里带来过财富——后来因为他上高中，兔子们被冷落，一天天走向衰败。

他走出家门的时候，爹对他说："书恩啊，出门在外，你可得活道点儿，记住，出门在外别逞强，要学会低调做人。"

宋书恩点点头，爹这样说他很意外——生活真是个好老师，能把爹这样一个硬汉，教得拥有这样的思想，简直是天翻地覆。

坐在火车上，宋书恩胡思乱想着。他没有昏昏欲睡，一直很清醒，现实让他再也不敢妄想，更不敢轻举妄动。他要好好地与何玉凤相爱，结婚生子，白头偕老——自己考上大学，大学毕业无非也是找份工作，娶妻生子。区别当然是有的。在农村，要掏力出汗，侍弄土地，经受日头的暴晒（说得雅了是沐浴阳光）和风雨的侵袭（说好听了就是和风抚慰、雨露滋润）。而留在城市，是上班，是坐办公室，风刮不着雨淋不着……

宋书恩的肩膀突然被拍了一下："宋书恩，是你啊，你跑哪儿去了？这么长时间都没你的消息。"

他一抬头，竟然是同班同学高上。宋书恩有点难为情，脸上热热的，说话也支支吾吾："你，你这是去哪儿啊？"

"我去武汉，你呢？"

攀谈了一会儿，知道高上考上了武汉大学，宋书恩心里很不是滋味。高上又提起他的女生宿舍事件，按照班主任老师当时的说法，学校也不会对他处理太重，最多就是写个检讨，发个布告通报批评一下。

"可你跑了，老师去你家找都找不到你。"高上不无遗憾地说。

"都过去了，不说了。"宋书恩叹了口气。

他与高上都属成绩优秀者，却交往不深，表面上谁也不在乎谁，私下里却都在较劲，比读书，比成绩。可以看出来，高上对他的惋惜还是很真诚的。

傍晚，宋书恩在沙源县城下车。临下车，他与高上互留了通信地址——这是他离开学校第一个知道他消息的同学。

宋书恩在夜间九点敲门的时候，何玉凤正在垂泪。虽然老四告诉她宋书恩只是回家看看，马上就回来。但他的不辞而别让她心神不宁，几天来几乎每天都跑到县城探听他的消息。

第五章　思念家乡

"你怎么也不说一声就走了？"她久久地抱着他，眼泪更加汹涌。

"我这不是回来了吗？"

宋书恩对回家的事情没有多说什么，问她跟学校是否说好，如果说好了，他马上就去上班。

"当然说好了，我一说你的情况，学校没意见，说你啥时候去都行。"她说，"只是，校长说档案不能变，民办教师指标现在都不批了，你算顶替我。"

"那无所谓，能去学校，我就满足了，就是苦了你。"宋书恩感动得流起了泪，"姐，我一定好好对你！"

与老四告别的时候，宋书恩说："四哥，这么长时间，你对我这么关照，我真不知道如何感谢你。"

"这么客气干啥？我俩也算臭味相投。你来之前，我连个能说话的人都找不到。"老四抱抱他的肩膀，"老弟，好好干，无论啥时候，别忘了文学，只要坚持，就会成功！"

他与老四恋恋不舍。从饭馆出来，都喝得有点兴奋。宋书恩抓住老四的手："四哥，你知道我为啥改变主意了？就我现在这样，在老家连个媳妇都不好找，我大哥二哥都正作难呢，我爹都愁病了。四哥，我们家穷啊，穷得不能再穷了，连个瓦房都盖不起。"

"穷又没有根，好好干吧老弟，不受穷并不难。"老四拍拍他的肩膀，"记住我的话，别忘了文学，多读书，多写。"

坐在公共汽车上，宋书恩满脑子都是工地的生活。那只白狐，成为他大脑中的特写，一遍遍闪现它的眼睛——那眼光一会儿是温润的，一会儿是淡定的，一会儿是温柔的，一会儿是妩媚的……他突然把白狐的眼睛跟一个女孩的眼睛联系在一起——那个给他带来灾祸的凌燕。

那个初夏的夜晚，他被凌燕的妩媚迷住，她看他的眼光，充满了妩媚与温润。她怎么会那样呢？难道她是一个狐狸精？她究竟是一个什么样的女孩儿？怎么会想让一个男生抱她？她又怎么会对我感兴趣？她为什么拽住不让我走？究竟她想干什么？难道想让我跟她好？可她还是一个中学生啊。如今她怎么样了呢？

　　对凌燕，宋书恩有一连串的问号，凭他的经验和阅历，根本无法弄懂这个漂亮女孩儿对他的举动。

第六章　灭顶之灾

何玉凤给学校说好，宋书恩周一就去学校上班。趁着星期天，何玉凤想去一趟县城，两人再看场电影，顺便买点儿东西。

宋书恩的情绪特别高涨，对何玉凤的任何要求都会无条件答应，他还提议两个人骑车去，他有太多的精力无处使。何玉凤当然也没意见。

两个人一大早就出发了，宋书恩骑车，何玉凤坐在后边，两臂亲昵地环绕着他。

虽然过了春节，气温却很低，风不大，仍透着刺骨的寒冷。一出村，何玉凤就说："真冷，这么受罪，还不如搭公共汽车呢。"

宋书恩却不感觉冷，他说："坐车哪能感受到骑车的美妙。你看这田野，麦苗返青，小草发芽，柳枝泛绿，多美呀！"

"作家就是不一样，把什么都看得那么美好。"

"确实就是这样啊，你没看见吗？"

"看见了，你一说我也觉得很美。"何玉凤把头往他背上靠靠，"你要是骑累了就换我骑啊。"

"没问题，这几十里路算个啥？上学的时候步行都不怕，骑车算轻松呢。"

两个人一路说着悄悄话。带着心爱的姑娘，宋书恩脚下生风，飕飕地向前飞驶，一气就骑到了城关。当经过一个十字路口的时候，宋书恩向右一转弯，意想不到的事发生了：路边一家盖房子吊水泥板的铁杆正要放倒，就在倒地的当儿，宋书恩刚好骑到那里，那直径足有十几厘米、高有五六米的铁杆正好落在他的头上。刹那，伴随着何玉凤的一声尖叫，自行车摔倒在地。倒在地上的宋书恩感觉左耳朵一阵热，伸手一摸，有温热的液体喷涌而出，他知道那是血。他企图用手捂住那血流不让它往外涌，但他的手是徒劳的——那血流继续喷涌。他的头也在痛——那种钝痛像用一个木槌在敲击脑袋；而头部的另一处伤口，就是被铁杆顶端亲吻过的那块头皮，这时候也像一个血泉一样往外冒血。他的脸上、手上沾满了黏糊糊的血。那根铁杆饶过了何玉凤，她看见宋书恩倒在血泊之中，扑在他身上大叫着他的名字，宋书恩惨淡地笑笑，说："玉凤，没事，去医院。"

何玉凤哭着喊叫："快来人啊，快来人把他送医院啊！"

几个人把宋书恩抬到一个平板车上，何玉凤坐在车上抱着他，他躺在平车上缩成一团，疼痛已经让他昏迷。

宋书恩被送到就近的城关镇医院急诊科。医生们一阵忙活，先是处理伤口、止血。缝合头部十余厘米的伤口的时候，因为紧急没有用麻药，宋书恩禁不住发出痛苦的呻吟，拖着长长的声音叫了一声："疼啊——"

何玉凤被惊吓得连身上的土都顾不上拍打，始终陪护在宋书恩身边，看着针刺进他头皮时他疼得直抖，她紧紧地抓住他的手，不停地在他手上摩挲，传递着对他的牵挂与关心。

缝合好伤口，接下来是接受X光、脑电图等检查。检查结果倒没有大问题，但医生说危险随时可能出现，一周之内，如过颅内不出现水肿就不会有大的问题，养养即可出院；倘若一旦出现水肿，就得立即转院做开颅手术，那后果就不好说了，也许会痊愈，也许会有不堪设想的后果——或出现脑功能障碍，或变成傻子，或变成植物人，甚至生命走到尽头。

何玉凤的心再次被吊起来。她不住地埋怨自己："我咋就想着来县城呢……"

折腾到中午，宋书恩终于被安顿在床上开始输液。他已经从剧烈的疼痛中缓过劲来，精神还不错，很乐观地跟何玉凤说笑。

"玉凤，别愁眉苦脸的，没事，我哪能那么娇气，这么点儿事就把我打

第六章　灭顶之灾

发了？"

"你还笑，把人都吓死了。"何玉凤泪眼迷蒙，"你有啥不舒服马上说，可不能有半点儿闪失。"

输液到下午三四点，宋书恩突然浑身燥热，开始起红疱，奇痒无比，还满头、满身是汗。这时候偏偏何玉凤正好去厕所了，她回来一看他的样子，马上喊来医生，拔掉吊瓶。

医生说输的有细胞色素C，他对这种药过敏，没啥大事，然后又给他打抗过敏的针。抗过敏药一打，没几分钟他又开始发冷，然后是抖动不止，浑身如筛糠，他感觉心都要缩成一粒小米了。

何玉凤问医生："他一直不停地抖，不会有啥事吧？"

医生说："没事，这是用了抗过敏药后的反应，一会儿就好了。"

宋书恩颤着声音说："不行了医生，真受不了了，从来没这么难受过。"

这样的痛苦大概持续了一个小时——那时候，宋书恩真正体味到了生不如死！

到了晚上，其他痛苦减少了，宋书恩感觉到右臂很疼——一检查，尺骨骨折，正骨，打夹板固定，又一番折腾，疼得他嗷嗷乱叫，满头大汗。

在接下来漫长的一周里，何玉凤所受的煎熬不言而喻，她所承受的精神压力难以言表。

过后，她对他说："一想到你会变傻，我就会想到大街上在垃圾堆里捡吃的、衣衫褴褛的傻子。要是那样，我不知道我还怎么生活下去。"

在这一周里，宋书恩也想了很多很多。他想到了死后的情境——爷爷、奶奶、父亲和哥哥弟弟将会多么难过，玉凤将会多么悲伤，同学朋友将会多么惋惜……每每思考这些问题，他都会变得心情沉重。夜里，在黑暗中他悄悄流泪，他渴望活下去！他不愿就这么毫无意义地死去。此时，他才意识到，生与死其实只有一步之遥。跨越生与死的鸿沟，实在太容易了。一场意外事故，一场疾病，都会让你转瞬完成从生到死的质变。也是这次灭顶之灾，让他对何玉凤充满了感恩，让他认识到只要平平安安、健康地活着，就是最大的幸福！

一周之后，危险没有发生，而且宋书恩恢复得很快。他第一次下床走路的时候，真是头重脚轻，头还隐隐地痛。两周之后，除了左臂吊着不能动，他基本可以自由活动了，头部痛苦的感觉也一天天减轻，但还要继续住院治疗一段时间，去学校上班的事暂时搁在了那里。

这可苦了何玉凤，开始请假全天陪护，等他能自理了，既要上班，还要抽出时间去医院照顾宋书恩，几乎一天一趟，不到一个月，人不光瘦了，脸都变黑了。

尤为让何玉凤受不了的，是娘的担心。当宋书恩躺在医院处于危险的时候，看着何玉凤着急地跑来跑去，还从家拿钱，娘就说："玉凤，要说娘不该说这话，书恩要是有个啥三长两短，别说死了，就是傻了残了你咋办？你还要砸手里啊？我说你得留点儿退路。"

何玉凤恼火地说："你说的这叫啥话？他不管啥样，我都不会嫌弃他。"

娘摇摇头，叹了口气，说："娘都是为你好，听不听在你了。"

何玉凤说："谁让你为我好？我的事不用你管。"

娘唠叨说："这小妮，娘给你提个醒也不中？真是有了姑爷忘了娘。"

何玉凤根本顾不上听娘说啥，早已急匆匆地走出家门。

老四来医院看过宋书恩一次，何玉凤因为紧急去工地找老四借钱，不得不实话实说。老四来的时候宋书恩还处在危险期。他握着宋书恩的手，叹了口气说："兄弟，好事多磨，好事多磨，别担心，没事，保准没事。"

宋书恩笑笑说："我是真倒霉，几秒钟就过去了，偏偏让我赶上。"

老四摇摇头说："可不能那样想，大难不死，必有后福。孟子那话怎么说的，天将降大任于斯人，必先苦其心志，劳其筋骨，饿其体肤，空乏其身，行拂乱其所为，所以动心忍性，曾益其所不能。这些道理你都懂，不用我多说。"

"谢谢你四哥，你不说我真不懂。"

"跟我还客气，谁都会有不顺的时候，啥也别想，好好养伤，出院了去不了学校，先去看护工地，啥时候能去学校了再去。"

第六章　灭顶之灾

宋书恩点点头没说话，眼泪在眼眶里打转。四哥这样一个知音，也是他生命中的贵人。在他人生的低谷时期，他给了他方向，给了他精神支撑。

受伤事件让宋书恩更清楚地看到了何玉凤对他的深情。特别是住院以后，当事的建筑班是个没有注册登记的松散型民间组织，根本没有能力支付他的医药费，当天交上几百块钱之后，工头就再也没露过面；房东更是一推六二五，干脆不接茬。接下来花的三千多块钱，全是何玉凤筹借的。如果以前宋书恩对入赘何家还有一点点动摇，那么现在他已经变得死心塌地，只要能跟何玉凤相亲相爱，入赘又何妨？何况自己家里又是那么一个状况。

危险期过后，何玉凤扑在他怀里抽抽搭搭地哭了好大一会儿，她说："书恩，我知道你会没事的，可我总担心，天天夜里做噩梦，我都快崩溃了。"

宋书恩替她擦了一把眼泪，笑着说："说说，你都做什么噩梦了？是我死了，还是成植物人了，要不是傻了？"

"你还笑，都把人煎熬死了。"她把宋书恩的手贴在自己脸上，"我老梦见你变傻了，披散着可长可乱的头发，穿着破烂的脏衣服，在大街上一边走，手里一边拿着一块黑乎乎的东西吃。"

"这哪是傻子，分明是大侠形象，还知道吃东西，能算傻？"宋书恩轻松地哈哈大笑。笑过，突然眼睛一热，鼻子一酸，一时泣不成声。

何玉凤双手捧着他的脸，哄他："书恩，别这样，这不过来了吗？没事了，没事了……"

两人又相拥落泪，惹得同病房的病友及家属也跟着垂泪。

止住哭，宋书恩开玩笑说："玉凤，其实，我要是真傻了，倒也简单，你再找个就中了……"

"宋书恩你个没良心的，到这会儿了你还说这话。"何玉凤拽着他的耳朵，"看你还瞎不瞎说？"

"不瞎说了，不瞎说了，我错了，我错了。我就剩这一个好耳朵了，你是不是也想把它拽坏？"

"干脆都坏了好对称。"

　　宋书恩看着何玉凤，越看越可爱，越看越可心，越看越美丽。他动情地附在她耳朵上说："姐，这辈子我娶定你了，等一够年龄我就跟你领结婚证。"

　　何玉凤身子一扭，害羞地说："谁稀罕你。"

　　宋书恩大声说："你不稀罕我我稀罕你，何玉凤，我稀罕你！"

　　病房里的人都瞪大眼看着这对一会儿天阴下雨一会儿阳光灿烂的年轻人，不知道他们究竟是在悲伤还是在高兴。

　　在医院里住了近一个月，将要出院，宋书恩突然发现自己喝水的时候嘴老合不严，右眼还老流泪，也闭不上。开始他没在意，等到刷牙的时候，感觉自己的嘴不当家了，喷水都喷不成。说给玉凤，她仔细一看，他周正的脸已经变形，真是嘴歪眼斜。去问医生，医生检查后诊断：颅外伤引起的面神经麻痹，俗称面瘫，也不是什么大病，但需要针灸治疗一段时间。

　　医生建议，附近有一个老中医治疗面瘫很拿手，一天去治一次就行，可以出院再治。宋书恩的好心情一下子又没了。他说："真麻烦，干脆不治了。"

　　何玉凤一听他说话，吐字都不清晰了，她说："不治怎么行？嘴歪眼斜，说话不清，你不嫌难看我还嫌难看呢。"

　　两人问清老中医的地址，先去看了一回。老中医说没事，年轻人恢复快，十天就能治得差不多。接着让他躺下开始治疗：先用点燃的艾香在面部穴位点灼了几下，皮肤上留下了灼伤的点痕，焦灼的疼痛让宋书恩眉头不住地紧皱；然后老中医用一根毛衣针样的钢钎在他嘴里一侧的腮帮位置挑拨，老中医的手真够狠，钢钎挑动得筋嘭嘭作响，口水伴着血在嘴里一点点积满，禁不住流出来，一股血腥味在嘴里萦绕；接下来在面部扎了好几根银针，银针刺破表皮进入的刹那，发出的细微的"嘭"声竟也有些震耳，每扎进去一根银针，老中医要往深处捻，一边捻一边问沉不沉，受得了吧，直到书恩龇牙咧嘴地说中了，老中医才罢手。

　　等到十几根针都扎好，宋书恩的头上布满了汗珠儿，满脸感觉都是麻木的。老

第六章 灭顶之灾

中医说闭目静候十分钟起针，这次治疗就算完成了。

起针后宋书恩双手在脸上来回摩擦几遍，艾香灼伤的热痛，钢钎挑拨的锐痛，银针刺过的酸沉，在脸部集合起来，简直让他痛不欲生。

何玉凤摸摸他的脸，问："疼不疼？"

没等宋书恩说话，老中医就说："疼肯定有一点儿，治病嘛。"

宋书恩故作轻松地说："就是就是，说一点都不疼是假的，就像蚊子蚂蚁叮了一下，男子大汉，这点儿疼还受不了？"

宋书恩又转过去问老中医："明天还烧不烧？还要用钢针挑吗？"

老中医笑了笑，说："不用了，这两样都不用了，以后光扎针，连扎十天，不好了再说。"

宋书恩松了口气，说："那我就不用那么怕了。"

回到医院，他们办完出院手续，直接去了工地。家离老中医太远，宋书恩让何玉凤回家，自己先住在工地，每天骑自行车去找老中医也方便。

老四在他屋里为宋书恩支了个钢丝床，把木板床让给了他。宋书恩也不客气，心里又增加了一份感激。

看着何玉凤对宋书恩那么上心，老四就说："看来何玉凤对你是吃了秤锤铁了心，真让人感动啊，现在我是真担心你，等到有一天你有出息了，会负了人家。"

"你不用担心，四哥，这次我真正看到了玉凤对我的好，那是绝对的真心实意，没半点掺杂，只要她不嫌弃我，我保证绝对不会辜负她。"

"那就好，那就好，真为你高兴。"老四慷慨道，"我现在终于明白，女人为了爱情是什么都可以不顾的。像西施，为了跟范蠡的爱情，即使做了吴王的妃子，仍然对范蠡忠心耿耿。还有三国时期孙权的妹妹孙尚香，铁了心要跟刘备，把祖传的江山置之不顾。还有祝英台与梁山伯、朱丽叶与罗密欧，这样的例子说不完，女人一旦爱起来，啥也挡不住。"

老四又说："何玉凤也是一个情种，这也是你的福分。"

宋书恩点点头，附和道："是啊，她真是太痴情了。"

宋书恩含混不清的话语中，充满了对何玉凤的爱恋与感恩。他在心里悄悄地发誓：这辈子，一定与玉凤白头偕老，尽心尽力让她幸福！

十天，对于人生来说是短暂的，但作为宋书恩治疗面瘫的一个疗程，简直漫长得像一个世纪。他每天上午骑着车跑到老中医的诊所接受针灸治疗，每一次治疗都是一次酷刑。银针刺破表皮进入肌肤的时候，他的心在收缩，面部的肌肉似乎也在颤动。之前听说的针灸不痛的说法，被彻底地否定。

他不止一次地对玉凤和老四说："谁说扎旱针不疼？肯定是没扎过，让他试一回，肯定就不那样说了。"

到第十天，宋书恩的嘴仍然歪着，眼睛仍然闭不上，说话仍然吐字不清。他走在去诊所的路上，心想，这老中医是吹牛的吧？说十天就治好了，这都治了九天，还不见轻，今天扎完不行了咋办？是继续治，还是想别的办法？要不是自己病得厉害？别人十天能治好，自己需要多治几天？

胡思乱想着到了诊所，宋书恩进门就问老中医："韩大夫，今天就够十天了，我这咋还不见轻啊？"

老中医不紧不慢地说："病来如山倒，病去如抽丝，你今儿个治完回去，说不定明天早上就好了。"

宋书恩说："要是不好了咋办？还继续扎？我是真怕了。"

老中医淡淡地说："明天再说，明天再说。男子大汉，还怕几根银针？这又不是刀枪。"

宋书恩捂着脸说："韩大夫，这旱针哪能跟刀枪比啊？"

老中医左手把他的手拿起来放到一边，右手拿起银针噌噌地往他脸上扎，一边扎一边说："今天扎狠点，你忍着点啊。"

老中医果然把针扎得很深，每一个穴位都酸沉难忍，宋书恩的整个身体绷得如石头般僵硬，嘴里吃吃哈哈，心说，韩大夫，你可真能下得去手啊，我的脸都不是脸了。

老中医说:"小伙子,最后一回,再忍忍吧。"

因为脸上扎着针,一说话整个脸如针刺般疼痛,宋书恩只能闭着嘴发声。他疑惑地看着老中医,一副不相信的神情。

老中医拍拍手,说:"我说过了,明天再说。"

治完回来,宋书恩站在镜子前仔细观察,看来看去还是老样子,心里不免犯嘀咕,这老中医真嘴硬,到了这一步还在那儿吹牛。这治不好可咋办?就没治了?今后就这样一副嘴歪眼斜的样子?真是越看越不顺眼,简直就是不堪入目。担忧带来了情绪变化,他闷闷不乐地躺在床上,中午饭没吃就迷迷糊糊睡着了。

下午两三点,老四来屋里看见他蒙头睡觉,就把他拽起来,他一坐起来,老四就惊呼:"哟,好了?彻底好了?一点儿也看不出来嘴歪了。"

宋书恩一骨碌从床上爬起来去照镜子,看着自己的脸竟端正如初,他鼓了鼓腮帮,也可以合住嘴了。他双手捧着自己的脸,大声说:"四哥,我真好了,我真好了……"

说话吐字也清晰了,他顾不上吃饭,骑着车一溜烟去找老中医了。进门就喊:"韩大夫,韩大夫,你真神,说十天治好就是十天治好,一点儿都不含糊,你真神啊……"

老中医得意地说:"年轻人,我还是有点把握的。"

老中医又给他交代:以后就不用治了,回去多拍打拍打面部,揉搓揉搓,注意别受热受凉,过几天就彻底好了。

宋书恩欢快地出了诊所的门,骑起车来风驰电掣。他高兴得忘乎所以,禁不住用吊着的右手去扶车把,一用力胳膊疼了一下,才想起自己的手臂还需要恢复。

健康真好!宋书恩大声地自言自语道。

第七章　豆蔻年华如野草

对于宋书恩来说，童年虽然苦涩，却是他慰藉心灵的灵丹妙药。在病床上躺着的时候，他总是禁不住地想起小时候的事。

小时候，宋书恩对大哥宋书魁有点儿畏惧，他虽然只比他大四岁，在宋书恩的意识里却一直把他当作长辈。宋书魁人高马大，皮肤黝黑，浓眉大眼，鼻直口方，说话瓮声瓮气，很有点儿爹身上的那种威严。

原来，因为有姐姐宋书燕，宋书魁一般不管宋书仲与宋书恩，不管是上学还是玩，宋书魁总是跟他的同龄伙伴一起，很少带弟弟。后来没了姐姐，宋书恩外出都是由宋书仲带着。偶尔跟大哥一起玩，他总是以威严的口气命令他们，简直让他们沉闷得喘不过气来，他们也就不愿意跟他了。

宋书仲是个玩家，他在宋书恩面前从来不摆哥哥的架子，两个人很能玩到一起。但宋书仲也是个冒险家，他曾经有两次冒着生命危险去玩刺激，结果都是被爹或大哥毒打一顿。

一次是秋天，宋书恩才五六岁，宋书仲带着弟弟与另外两个小伙伴割完草天已经擦黑，他对正在犁地的东方红拖拉机产生了兴趣。

他说：“你们想不想坐拖拉机？”

宋书恩说：“坐哪儿啊？没地方坐吧？”

一个伙伴附和说："就是呀，坐哪儿呀？"

宋书仲说："真笨，你没看见后边的犁架吗？那上边有一个座位儿，后边还有一长溜钢架,我坐在座位儿上,恁仨都是我的兵,一打一溜骑在钢架上。"

宋书恩说:"我想坐在座位上。"

宋书仲朝他后脑勺儿上拍了一巴掌,说:"你恁小能坐上吗?你就骑在钢架上就中了。不听话不叫你坐了,在地头搁这儿看吧。"

宋书恩只好乖乖地点点头。东方红拖拉机瞪着两只耀眼的大灯,发着隆隆的响声开过来,后边一排闪亮的犁铧翻着浪花。等到拖拉机拐过去弯儿,宋书仲就领着他的三个兵冲上去,宋书仲与他的两个伙伴都轻松地坐到了预定位置,只有宋书恩双手抱着钢架却骑不上去,这样转了两遭,宋书恩的两只胳膊累得有点儿架不住,又不敢松手———松手掉下去,被犁铧犁过去还不把人劈两半啊?

宋书恩说:"二哥,我快架不住了,胳膊可酸。"

宋书仲说:"架不住也得架,往上跷腿,二斌你拉拉他,叫他骑好,可不能掉下来。"

在二斌的帮助下宋书恩终于骑到钢架上了,可还没转一遭就被驾驶员发现了。驾驶员把拖拉机停在地头,气势汹汹地对他们吼道:"不想活了?敢扒拖拉机,把你们都犁成肉骨碌上地,不用上肥料了。"

宋书仲一点儿也不惊慌,一边从犁架上跳下来,一边嬉皮笑脸地说:"坐着可得。"

驾驶员更恼怒,伸着巴掌晃了晃,说:"还可得,再不给我滚得远远的,看我不扇你。"

宋书仲这才跑动起来,一边跑一边说:"这个司机不好,坐一会儿都不叫。你们坐够了吗?没坐够咱再去扒一回。"

宋书恩说:"我是不扒了,我怕掉下去犁成肉骨碌。"

宋书仲说:"鸟胆小鬼,走吧。我给你说,小三,回家可不能给咱爹咱娘说。"

正当他们挎起草篮子准备回家的时候,宋恒四气咻咻地来了,他不知道听谁说的。宋恒四来到书仲面前,二话没说就是一顿劈头盖脸地打,一边打一边咬牙切齿地说:"你这个二祸害,你敢领着你弟弟扒拖拉机,你自己想死就去死,还要拉上你弟弟啊!"

书仲捂着头,哭着说:"爹,我不敢了,我再也不敢了爹……"

宋恒四打了一阵才住手,然后对书恩说:"你这个书恩,他叫你扒你就扒?以后别听你二哥的话,他没啥好点子。"

另一次冒险是一个春光明媚的上午,宋书仲的创意是从一眼直径一米的井口上跳过去。宋书恩忘了爹的话,他和伙伴们一样兴致勃勃地在从井口上跳来跳去。

这时候在地里干活的大哥发现了他们的游戏,跑到跟前啥话没说拉住书仲屁股坐头一阵好打,书仲的屁股好几天都不能坐板凳。

宋书仲的创意让宋书恩的童年充满了刺激与新奇,还有了很多值得回忆的故事。可后来宋书仲却变成了一个少言寡语的人,简直让人难以置信。

宋书恩与宋书仲穿着鞋面上包了一层白布(这叫护鞋)、前边点了一个红点的鞋,右臂上戴着绣有白色"孝"字的黑袖章来到学校的时候,很多同学都以惊奇的眼光注视着他们。

有消息灵通的同学已经开始传播:宋书仲没娘了,宋书恩没娘了……

那时候,无论是小学还是初中,总会有一些学生不幸地失去父亲或母亲,他们在父亲或母亲埋葬之后,戴着孝来到学校,总会赢得一些同情。

不知为什么,自从没了娘之后,家里的很多东西好像都跟娘走了一样,不光快乐和温暖没有了,连能穿的衣服也越来越少了,床上的铺盖也越来越少了,能吃的东西也越来越少了。

很快,宋书恩与宋书仲在学校的形象就发生了很大变化:以前无论穿得新破,都是规规矩矩、干干净净的,表是表里是里,鞋是鞋袜是袜;现在是无论穿啥,总是窝窝囊囊、邋邋遢遢,不是这儿开缝了,就是那儿有个洞,袖口前襟还总是有鼻涕的痕迹和颜色、物质不明的附着物,人也变得灰头土脸、没精打采。

冬天的时候,大哥宋书魁因为要扎锅棚(用麦秸葶和高粱篾扎成的锅盖),不住在家里，与村里几个伙伴一起住在别人家地窖的麦秸窝里。宋书恩跟二哥挤在一张床上，被冻得腿脚发麻，头皮发凉。后来爹用玉蜀黍秆和麦秸给他们打了一个地铺——先用几根木橛子靠墙围成一个长方形的圈，再把玉蜀黍秆捆扎在木橛子上，然后在中间填上麦秸，铺就算打好了。睡在麦秸窝里，暖和是暖和了，却扎得浑身刺痒，起来头发上还会沾满麦秸屑。每逢冬季，经常会看到宋书恩、宋书仲头上沾着麦秸，刺挠着头。

他们的棉衣不光变得肮脏不堪，还会有布缝开裂，从里边露出棉套来，被人们称作开花袄或者开花裤。宋书魁因为年龄大点，自己会注意，很少穿开花棉衣。宋书恩与宋书仲就不行了，他们总会因为活动过度牵扯到衣服，于是在上初中前的冬天里，他们经常穿着开花棉衣在校园里、村庄里跑动。

这时候的宋书恩，衣袖上被鼻涕涂得又黑又亮，肩膀上或者裤腿上开着花，他瘦小的身体缩在宽大的棉衣里，含着腰，袖着手，刺挠着头，活脱脱一个土猴儿。

爹和奶奶非常努力地给他们拾掇棉衣。小四儿书晖经常把棉裤尿得透湿，一冬天三条棉裤还换不过来，很多时候也挡不住穿湿棉裤。因为买不起红煤生不起煤火，小四儿的湿棉裤和他夜里尿湿的褥子就只有放在厨屋的灶火门口烘干（用一把扫帚支着架在灶口），有两三年的冬天里，他们一家人的每一顿饭都是在飘荡着温热的尿骚味中进行的。

小四儿吃得多，尿得多，屙得多，他的成长耗费了爹和奶奶的大部分精力，爹经常手忙脚乱。小四儿还总是喜欢在关键的时候搞出些动静，比如，总是在吃饭的时候拉屎，弄不好还会弄到爹的手上，爹被他搞得哭笑不得，通常随便用废书纸什么的把手抹一下，顾不上洗手就继续吃饭。

开始书恩天天与二哥在一起睡麦秸窝，到了五年级就开始睡在同村的同学家里，今天睡这家，明天睡那家，反正是不愿意回家睡麦秸窝——那种刺痒的滋味太不舒服了。而他经常玩的几个伙伴，还都喜欢叫他一起睡，他也就不客气，跟着他们享受睡被窝的舒服。到后来，他基本就固定睡在了马平川家。

宋书恩、宋书仲在学校享受免除学杂费的优待，却被同学们疏远。宋书恩开始养兔之后，身上带着浓浓的兔粪味，甚至排座的时候很多女孩子都提出来不跟他坐一起。宋书仲第一次听说有女孩儿不愿意跟宋书恩坐一块儿，跑到讲台上对吴老师说："老师，她不愿意跟书恩坐一块，书恩还不愿意跟她坐一块儿哩，叫我跟他坐一块儿吧，我愿意。"

吴老师说："你想跟他一块坐也不叫你跟他一块坐，他跟你坐一块学习成绩还不直线下降啊？"

同学们一阵哄笑，宋书恩跑过去把他拽下来，一边小声对他说："你瞎充啥能呢？叫老师排吧，听老师的话就中了。"

后来一个绰号叫棠梨花的女生被排在宋书恩旁边，她有着棠梨花的那只眼睛匕斜了一下，另一只好眼中射出了一束强烈不满的光，鼻子里发出了一个低低的哼。宋书恩坦然地坐下，他本来想给她一个讨好的微笑，看她那神情也就作罢。

吴老师用黑板擦背儿拍拍讲桌（两个砖墩棚着一个水泥板），黑板擦的铁壳与水泥板摩擦和碰撞出来的声音让人有一种吃下沙粒的感觉，教室里静了下来。吴老师说："排座是按高低个儿加上学习成绩，不能谁想跟谁坐一块儿就坐一块儿，也不能谁不想跟谁坐一块儿就不坐一块儿。每个同学都得顾大局。同学们说对不对？"

"对。"接下来教室里变成了蛤蟆坑，乱成一片。

吴老师四十多岁，是个脾气很温和的老师，他不紧不慢地再次用黑板擦背儿在水泥板上用力地拍了几下，等大家静下来，他又说："有些女同学，思想是有问题的，嫌人家宋书恩肮脏，宋书恩同学是一个好学生，跟他坐一块儿对学习是有好处的。不就是有点儿兔粪味吗？以后书恩同学也注意一点儿，喂过兔子洗洗手，把兔粪味洗下去，中不中？"

吴老师把目光投向宋书恩，深情地看着他，宋书恩脸上有些热，他低下了头，感觉比别人低了一截。

也是从那时候起，宋书恩的自卑在心底扎下根，他变得沉稳而话少，除了上学放学跟二哥及两三个亲密伙伴在一起，跟大多数同学都不来往，连话都很少说。

第七章 豆蔻年华如野草

他的学习成绩也有所下降。那时候的宋书恩,天天含着腰、低着头,一副猥琐的样子。

宋书恩在学校就埋头学习,放学回家就操持他的兔子,割草,给兔舍打扫卫生,后来兔子繁衍生息,他还得趁星期天去赶集卖兔崽。

卖兔崽是一件令人苦恼而快乐的事情,苦恼的是可爱的兔崽卖掉之后要被人带走,心里有点儿舍不得。快乐的是可以有钱花。

宋书恩用一个篮子装一窝兔崽,少的五六个,多的七八个,上边蒙一块破布。刚出满月的,可以卖五毛钱一对,稍大点儿的,可以卖到七八毛或者一块。

卖完兔崽,就会拥有一两块钱的财富。他会先给自己和二哥买几个作业本和铅笔、圆珠笔、橡皮,然后自己花一两毛钱买点儿吃的。宋书恩通常会买一小块大锅粽子或是一小把炒花生,找个僻静的地方,靠着墙蹲在那儿,美美地过一次嘴瘾。吃完,用衣服袖子蹭一下嘴,再给小四儿、奶奶买几个花喜弹或者一两个枣糕、高桩蒸馍什么的。

宋书恩特别喜欢吃炸面坨,一起玩的伙伴们也都爱吃面坨。他们在一起讨论好吃东西的时候,总是提到面坨——肉太遥远了,一年也吃不上几次,他们对肉还没有太多的念想。他们还兴致勃勃地谈论起毛主席都吃啥,一个富有想象力的孩子肯定地说,毛主席床头挂着一个可大的面坨篓,里边总是装着炸好的面坨,啥时候想吃了就随手抓几个,吃完了把油手在头发上蹭蹭。

宋书恩每次跟娘赶集的时候,娘都会给他买几个面坨。娘死了之后,他跟着爷爷奶奶赶过几次集。有一次,他对爷爷说想吃面坨。爷爷说可不能吃那东西,不知道面里都有啥呢,有人说看见一个抱孩子的在炸面坨的面盆那儿玩,孩子拉屎,一下子拉到面盆里,抱孩子的大人赶紧说对不起对不起,俺赔你一盆面。卖面坨的人却一划拉就把孩子的屎搅到面里了,小声说你快走吧,别再说啥。

宋书恩瞪着眼说:"那面里有小孩儿屎啊?我不吃了。"

自从爷爷讲过这个故事,宋书恩就再也不吃集上卖的面坨了。直到很多年之后,他才明白那是大人没钱买故意哄孩子编的故事。

爹跟奶奶总会夸书恩懂事，但爹并不支持他养兔子，说养兔子耽误学习。看着他灰毛乌嘴的猥琐样，爹心里就犯嘀咕，暗自叹息：唉，因为没娘，孩子都不成样了……

宋书仲连续犯了两次大错，惹得慈祥的吴老师都恼火了，他愤怒地挥起了他的巴掌，在宋书仲的脸上狠狠地甩了一巴掌，把宋书仲打了一个趔趄。他坐在地上一边哭还一边骂："吴老师我都×你娘，吴老师我都×你娘，吴老师我都×你娘……"

吴老师听他在骂，更加愤怒，脸色苍白，他再次伸出他的右手，巨大的巴掌有点儿颤抖，他对宋书仲吼道："你还敢骂老师？你还敢骂老师？我马上去给你爹说，你光在这装孬，你就装孬吧。"

其实，宋书仲犯错，并不是他的本意。第一次，几天前的星期六下午，吴老师正在上课，宋书仲旁边靠墙的顶梁木柱（因为房子大梁有点儿细，顶个立柱可以加固）突然倒了，差点儿砸在前边学生的身上。吴老师被吓了一跳，对着宋书仲就呵斥："宋书仲你真不稳当，一边上课你还在那儿蹭痒，把立柱都蹭倒了，要是砸着人咋办？"

宋书仲一听就急了，他站起来大声说："吴老师我没蹭痒，我刚挨着就倒了，不能怨我，怨它不结实。"

说过，宋书仲横横地坐下来。这更惹恼了吴老师，他把课本一摔，大声说："就你碰着它了不是你是谁？你还敢不承认，越来越不像话了你……"

没等吴老师说下去，宋书仲又站起来，带着哭腔大声吆喝道："我就是没蹭痒，我就是没蹭痒，吴老师你偏心，有坏事就往我头上安，我不上了中吧……"

宋书仲吆喝完挎起书包一拧一拧地走出教室。

这件事最后不了了之。星期天在家，宋书仲没敢跟爹说不上学的事。宋书恩也劝他别跟吴老师较劲，宋书恩说吴老师那么好，你跟他较啥劲呢？

宋书仲说："好个鸟，他就看着我不顺眼。"

第七章　豆蔻年华如野草

星期一宋书仲乖乖地去上学了，坐在班里一动不动。吴老师过后也许考虑到宋书仲说的是真的，加上马上要考初中了，叫校工把立柱重新顶好，也就没再追究。

这件事过去了，宋书仲在教室里一直都很蔫，不敢乱跑乱跳了。谁知道他这当儿又出事了。自习堂上，坐在宋书仲前边的男生转过身跟他说话，突然发现了什么，禁不住笑了起来，指着他的下身，说小鸟出来了。

宋书仲一看，裤裆开了一拃长个缝，因为没穿内裤（他从来都不穿内裤），小鸡鸡就很大胆地钻了出来。宋书仲用手往里按了按，这时候旁边的女生无意中看了一眼，看见了不该看的东西，捂住眼尖叫了一声，就跑出去报告老师了。

吴老师听那女生说宋书仲在教室竟敢玩小鸡鸡，怒气冲冲地来到教室，把他叫到跟前就是一巴掌。

宋书仲先是坐在教室里哭，一边哭一边骂，后来看吴老师又伸出了手，他爬起来跑到校园里，一遍哭一边大声喊着："老师打学生了，老师打学生了，吴宝生打学生了……"

吴老师伸着右手小跑着撵他，宋书仲一边跑着一边吆喝着，二人在校园里玩起了你追我跑的游戏，惹得很多正在上课的老师和学生都从窗户或门口看他们。

吴老师累得气喘吁吁，离宋书仲还有二三十米，他停下来扶着一棵树，指着他气急败坏地说道："宋书仲，我今天就是打你了，你吆喝吧，'四人帮'打倒了，不是以前了，老师怕学生。"

宋书仲的声音也小下来，说："你不问青红皂白就打我，你偏向女生……"

吴老师打断他说："宋书仲，我不再跟你说，五一班说啥是不要你了，我教不了你了，你本事大。"

吴老师说着就气冲冲地转身回教室了，到了宋书仲的座位，然后拿起他的书包、板凳扔到了教室外。

宋书恩一看宋书仲的书包板凳被扔出去了，心想书仲这下完了，吴老师一急，他肯定是上不成了。但宋书恩只能坐在那儿想想，他没有一点儿办法。

这时候他看见宋书仲毫无惧色地捡起书包与凳子，雄赳赳气昂昂地离开校园。

回到家等着挨爹的打吧。宋书恩不禁替宋书仲担心。

果然，爹在搞清楚来龙去脉之后，把宋书仲一阵好打，爹一边打嘴里一边数落："你个宋书仲，光在学校里惹事，还敢骂老师，反了你了，你咋就不跟书恩学！"

宋书仲刚开始很勇敢，他一边用双手捂住头遮挡爹的巴掌，一边辩解："我没犯错他为啥打我？他打我我就骂他……"

"你还犟嘴，还敢犟嘴，还敢跟老师讲道理，你个二祸害……"

爹的两个巴掌在宋书仲脸上头上轮番抽打，直到他一声不响地倒在地上。

爹看他不吭声，推推他，他还不动，就对宋书魁说："书魁，把他弄到床上。"

宋书仲被弄到床上睡了整整一下午，到晚上才醒过来，从那时起，他说话突然就变得结巴了，这结巴，让他在学校更加闻名。

宋书恩没费吹灰之力考上了初中，宋书仲上初中却叫爹跑了一趟学校，没少给老师说好话。

宋书仲骂老师挨了一顿打之后，宋恒四就拉着宋书仲来到学校，见了吴老师，二话不说硬按着宋书仲给吴老师下跪，吴老师赶紧把宋书仲拉起来，对宋恒四说："恒四，你啥也别说了，还让书仲上，还来五一班，中了吧。"

宋恒四对书仲说："快给吴老师赔礼道歉。"

宋书仲眼里噙着泪花，说："吴……吴……吴老师，我……我……我错了，我……我再也不敢骂骂骂你了……"

宋恒四打断他道："好好说，结巴啥？"

宋书仲却结巴得更厉害，说："我……我……我不当家，我……我……我不……不……不是故意的……"

宋恒四伸手要打他，被吴老师拦住，说："恒四啊，你这教育方法也有点儿简单，不能动不动就打。"

宋恒四笑笑，说："他不听话，说他几句还犟嘴，一急就想打。"

　　宋书仲又重新坐到了五一班教室。自从这一次，他彻底变了个人一样，学习成绩虽然不见进步，话却少了，无论是课堂还是自习堂，他都会老老实实地端坐着。细心的宋书恩发现了二哥的变化，对爹说："我二哥是不是傻了？整天都不说话。"

　　宋恒四恶狠狠地说："他傻了才好呢，再不找事了。"

　　宋恒四后来仔细观察了宋书仲，发现他的确没以前爱动了，最关键的是一说话就结巴，其他倒没啥，也就没当回事。

　　那时候的小学，一般都"戴帽"，也就是小学与初中在一块儿。宋书仲就读的五村联中，就是从小学三年级到初中二年级都有。这样，小学升初中考试就像平时的小考一样，老师在黑板上写上考题，学生从作业本上撕下几张纸一边抄题，一边答题。宋书仲把黑板上的题一字不漏地抄在本子上，却没有答案，算术连最基本的四则混合运算都没有写出答案，语文连最基本的听写生字都没有写出一个，他的两门功课得分加在一起仍然是零。

　　初中新生班的名单里，只有宋书恩，没有宋书仲。宋书仲一看没有自己的名字就回家了，对宋书恩说："可解放了，再也不用上学了。"

　　宋恒四一听说书仲没考上，又拉着书仲来到学校，找到吴老师，吴老师说两门功课能考四十分，就可以升级，可宋书仲一分也没得，实在不好说。宋恒四对着书仲说："你个二祸害，丢不丢人？两门大鸡蛋。"

　　宋恒四又对吴老师说："吴老师，你看，他也不小了，他弟弟书恩都上初中了，叫他再留级，也有点儿大不是？你看能不能说说，让他跟着跑吧，好歹混个初中毕业，这会儿回去还太小啊，啥也不会干。"

　　吴老师为难地说："恒四啊，这事我说了不算，走，我领你去找找校长吧。"

　　吴老师在前边走，宋恒四拉着宋书仲跟在后边，来到校长办公室。校长的办公室墙上挂着一个紫色的像炒菜锅盖一样大的圆形钟表，秒针发出的咔咔声分外刺耳。校长带着一副老花镜正在看报纸，看见吴老师领着人来，把眼光从老花镜框上边射出来,问:"这个学生又违反啥纪律了?吴老师都处理不了了?"

吴老师说:"不是违反纪律,是没考上初中,又不想留级。"

校长把老花镜摘掉,看了看宋书仲,又看了看宋恒四,问:"考了多少分?"

吴老师说:"没分。"

校长瞪大眼睛问:"没分?啥意思?"

吴老师有点儿不好意思,宋恒四讪笑了一下,说:"孩子不争气,考了个零分。"

校长一听,很果断地说:"今天找我的家长不下二十个,好歹都在二十分以上,你这学生考零分,说啥也不行,留级。"

宋书仲插嘴道:"我……我……我……不……不……不……不留级,要是留……留……留……留级我……我……我……我就不上了。"

宋恒四马上呵斥他:"你还有脸说不留级,谁让你自己不争气?"

吴老师把宋恒四与宋书仲劝到办公室门外,自己单独跟校长嘀咕了一会儿,然后又把宋恒四爷儿俩叫进去,校长说:"吴老师给我都说了,你家确实困难,我也不多说了。不过学生得写个保证书,保证不捣乱,好好学习,好不好?"

宋恒四马上点头应诺,说:"中,中,叫他写个保证书。"

就这样,宋书仲最终也上了初中,虽然没有与宋书恩分到一个班,但弟兄俩总还能上学放学做个伴儿。

在盛夏的一天,吃过早饭,宋书恩与宋书仲准备去学校。他们一个人搬着一张桌子,一个人搬条长凳子。那时候学校没有桌凳,要学生自己带,搬桌子的跟搬凳子的相结合。

成为初中生的宋书恩与宋书仲,每人拥有了一个一块五买来的军用书包(那是宋书恩卖了六对小兔崽的全部资金),宋书恩穿着干净利索的衣服和崭新的塑料凉鞋(这双凉鞋很早就买好,一直放着都不舍得穿),这时候他虽然还养着兔子,但身上已经完全没有了那股兔粪味——考完初中在家的时间,他很认真地跟奶奶学了洗衣服。宋书仲还是老样子，宋书恩让他洗衣裳，他说又不是走亲戚，我才不洗衣裳哩。

爹一边扯着小四儿在院子里转来转去，一边对他们进行思想教育，他说："书恩不错，考上了，分还不低。书仲，你要知道自己是怎么上的初中，到了初中可不能再当学混。你大哥学习不办事指望不上了，你俩都得努力学习，往后又兴考试上大学了，将来也考个大学，给咱宋家壮壮脸面。"

宋书恩乖乖地听着爹训话，还点点头。宋书仲却小声嘟囔说："让书恩考吧，我连个大学毛也沾不上。"

小声嘀咕也没有逃过爹的耳朵，爹恼火地提高声音："你这个二祸害，首先态度就不中，好赖你得上上高中吧？以前兴推荐就是你学习再好也轮不到咱家，往后兴考试了，你争点气也考上高中，高中毕业也算秀才了。"

宋书仲撇嘴道："叫……叫书恩考吧，我……我考不上。"

爹的巴掌很快在宋书仲后脑勺儿上掠过，发出了清脆的响声。宋书仲拧了拧头，说："你再打！"

爹又抡起巴掌，宋书恩马上拉着爹说："爹，俺今天是初中开学第一天，你别急了。"

宋书恩马上拉起宋书仲去收拾东西，这才阻止了一场矛盾升级。宋书恩从小就是个乖孩子，其实他心里也很想淘气，但他很小就明白一个道理，在大人和老师面前，少撇嘴、少逞强就少吃亏。

弟兄两个各自挎着自己的新书包，把长凳子腿朝上穿在桌子底下，一人一头抬着桌子出了家门。

出了胡同口，大街上满是人，有端着饭碗蹲在或站在街边吃饭的，还有搬着桌凳准备上学的学生，傻改柱牵着傻媳妇在街中间表演什么。傻改柱与傻媳妇的关系已经很融洽，很少见他们战斗的场面了，傻改柱的皮肤也恢复了以往的完整。

傻改柱看见宋书恩弟兄俩抬着桌子走过来，很好奇地走上前，说："是小三儿想的点儿吧？小三精细，鸟老二不会想点儿。"

宋书仲对傻改柱说:"滚……滚吧,这点儿就……就是我……我想的,你瞎……瞎操啥心?去……去跟老七赶集要饭吧。"

傻改柱一听有点儿恼火,尖着声音说:"你个鸟二孩儿,敢叫你改柱嫂老七,还叫我去赶集要饭。我才不要饭哩,我要钱,好吃的才要。"

宋书仲偏不吃傻改柱那一套,把桌子放下,叉着腰就冲到傻改柱面前,说:"你个傻……傻鸟,敢笑……笑话我?没事去……去下南坑摸……摸鳖蛋吧。"

傻改柱最烦听的,就是谁说他傻,宋书仲的话音没落,傻改柱就张牙舞爪地冲上来,两只胳膊就要抓他,宋书仲却不怕,他抱着傻改柱的手就是一口,咬得他嗷嗷乱叫,这下可惹恼了傻改柱,他一下子抓住宋书仲,往怀里一拉,又向外用力一推,手一松,宋书仲就被推出去好远,摔在地上弄了个四仰八叉。宋书仲爬起来,嘴里一边骂着:"傻改柱我×你娘,你打我,傻改柱我×你娘,你打我……"

宋书仲骂人一点儿都不结巴了。他不顾一切地扑到傻改柱身上,傻改柱因为被他狠狠地咬了一口,这次特别小心,把胳膊抬得很高,不让他抓住。宋书仲够了几次没够到,后来就趴到他腿上咬了一口,傻改柱疼得龇牙咧嘴,但他的两只手没闲着,在宋书仲身上乱捶乱打,直到几个大人跑过来拉开才罢休。

宋书仲到底还是留下了战斗的痕迹,脸左边不知道啥时候被傻改柱扇了一巴掌,有几个明显的血红指印。

宋书恩说:"不是我说你,他一个傻子你跟他缠啥哩?他啥道理都不懂,你又打不过他,净找亏吃。"

宋书仲不满地说:"你别……别在这逞……逞能了,一点也不……不够意思,你二哥跟别……别人打……打架你站在那儿都不……不知道下手。"

宋书恩说:"打架又不是好事,我不会下手。"

宋书仲更加不满,说:"啥……啥鸟亲……亲兄弟,往后有人打……打你了我……我也不管。"

宋书恩说:"我不会跟人家打架。"

第七章　豆蔻年华如野草

初中开学的第一天，弟兄俩搞得特别不愉快。在家里宋书仲还推让宋书恩用桌子（用桌子好找同学结合），因为不高兴，到了学校他却改变了主意，对宋书恩说："你用板……板凳吧，桌子归……归我了。"

宋书恩一声不吭地搬着凳子去了初一一班教室，宋书仲吭吭哧哧地搬着桌子去了初一二班教室，一边走他嘴里还在嘟囔着对宋书恩的不满。

这时候，大哥宋书魁在生产队已经可以每天挣到八分的工分了。

第八章　大哥的婚事

　　吊着一只胳膊的宋书恩又开始看护工地。何玉凤要他回家休养，他说除了胳膊不能动哪都好了，待在家里也没事，看护工地又不用干啥，比待在家还有意思呢。

　　何玉凤想想也是，就让他留在了工地上。她很懂这个年轻的男人，不能窝在家里没事干，那样会把他消磨得没有志向，没有理想。

　　宋书恩夜间在厨房里坐着的时候，渴望再次遇到那只白狐。但一直到他再次离开工地，也没有遇见那只白狐。

　　怎么就不见它了？它去哪里了呢？是离开了这一带？还是被捕捉了——这样想的时候，心里不免沉痛。不会的，不会的，它那么机智，谁能捕捉到它！它那么温和，那么淡定，谁又会忍心去捕捉它！

　　但事实是再也没有见到它。他又想，也许，它长大了，再也不会那么单纯和大胆，毫无戒心地去面对人，它开始对人警惕，开始躲藏起来保护自己。抑或，自己与它的缘分已尽，今生再也不会相遇。上帝安排与它相遇，要给我什么样的启示呢？每每回忆起它的眼睛，为什么自己会变得安静而沉稳？为什么会有一种莫名的温暖？

　　虽然不见白狐，但在工地的每一个通宵，宋书恩都在与它对话，与它神交。

　　因为右臂受伤，宋书恩没法写字，只能读书。他勉强用左手记日记，尽量用很少的字表达更多的意思。

　　大哥给他写了封信，说已经找好了对象，五一就结婚，到时候让他回去。这个

第八章 大哥的婚事

消息令他振奋。毕竟，作为老大，他的婚事有了着落，也算开了个好头。他马上回信，表示一定去煤城参加大哥的婚礼，还要陪他回村里宴请街坊。

焦楚扬写了好几封信，说自己开始写新闻通讯，有好几篇稿子已经上了《洹滨日报》和柳青县广播站。宋书恩因为写字不方便，又不想告诉他自己受伤，就用左手尽量把字写得工整些，内容也尽量少写，告诉他自己已经到学校当了代课教师，很忙。

宋书恩与马平川、邢梁也通了几回信。马平川在师专学习很刻苦，除了告诉他学习紧张和想念他，再没有别的内容。邢梁的第一封信加了一张穿军装的半身照片，很神气。信也写得很有趣，在新兵连如何训练啦，每顿饭都吃啥啦，跟哪个战友闹矛盾啦，跟哪个战友关系很密切啦，还打算好好复习考军校，等等。

一下子，宋书恩感到自己没有了以前的优越感，无论是马平川，还是邢梁，都离开了农村，马平川是铁定跳出了农门，邢梁没啥特殊情况也应该能考上军校，告别农村户口。而如今，自己曾经的目标，变得渺茫而遥远了。

转眼到了春暖花开的季节，宋书恩继续在工地打工。为了能多挣钱，他开始拿起瓦刀砌墙，虽然他的技术还不够成熟，但在老四的建议下也拿到了大工的工资。

他的胳膊彻底痊愈之后，何玉凤跟他商量过，让他去学校上班。考虑到受伤的赔偿需要跑动一段时间，加上要提前回去筹备大哥的婚礼，说定到暑假开学之后再去。

赔偿的事他真担心弄不成，结果办起来倒也没那么棘手。开始工头跟房东都不照面，他只好到城关镇法庭告状。法庭一介入，工头和房东都慌了手脚，主动找到他协商解决。宋书恩也没太高的要求，能把医疗费拿出来就行。最后工头拿出两千五百元，房东拿出一千元，这件事情算是画上了句号。

拿到钱，宋书恩交给何玉凤，最后吞吞吐吐地向她提出要一百块钱，想寄给大哥。何玉凤说："这有啥不好说的，我支持。要是咱经济条件好，多给他寄点儿，家里的钱，我还不能做主？"

宋书恩说："一百也不算少，得你三四个月的工资，就这都中了。"

经历了这场劫难，宋书恩与何玉凤的感情更加深笃，关系更加亲密。每到星期天，她都会来看他。看护工地的时候，白天他是自由的，两个人就跑到沙丘里、河堤上，或者电影院。他们除了没有做那事，拥抱、接吻、抚摸，都品尝了。尤其令宋书恩耳热心跳的，是他每次与她拥抱在一起的时候，下身都会蠢蠢欲动，最后在摩擦中释放。

对于宋书恩来说，这种释放他已经很满足了。他还不懂得欣赏女性的身体，更不懂得如何去爱抚她。而何玉凤，在经历过多次与他的身体接触之后，她的免疫力越来越强，也变得越来越成熟，现在她是羞涩与热情并存，她渴望得到他的爱抚，表现得热情似火，却又不像以前那样直接与迫切，开始变得含蓄而有分寸。特别是她看过电影《被爱情遗忘的角落》，对身体的萌动也开始收敛——如果不小心怀孕了，那也是一件让人抬不起头的丢人事。当然，对于没有性经历的她来说，更多的是对感情的渴求，只要能跟他在一起，就是快乐的、幸福的。

一次，两人从电影院看完《庐山恋》出来，何玉凤问："书恩，我们什么时候结婚啊？我真羡慕他们。"

宋书恩想了想，说："小麦不能比大麦先熟啊，我大哥马上就结婚了，我二哥还没找着对象呢，等他结了婚，才能轮到我啊。"

"说来说去，你是要等你俩哥结了婚再结啊，那你二哥要是不结，咱就不能结？"

"按我们老家的规矩，一般是兄弟不能结到哥哥前边，再说，不是我也不够年龄吗。"

"哎哟，我说你够年龄就中了，谁知道还得等你二哥啊，上天保佑，你二哥快点儿找对象结婚吧，他结了婚就轮到你了。"

"看你性急的，大哥这还没结呢，你就盼二哥结，别着急，会很快的。"宋书恩抱着她的肩膀，"你以为我不急啊？我也盼着早日结婚成家，过上幸福生活。"

"快点儿吧，老天爷，时间快点儿过吧，让宋书恩快点儿长大成人，让他二哥快点儿找对象结婚……"

第八章 大哥的婚事

何玉凤做了一个双手合十的动作，她的心中，早已开始憧憬未来的幸福生活。

临近五一，宋书恩坐火车去煤城帮助大哥操办婚礼。

到了之后才知道，婚事并不用自己怎么操持，是矿上工会组织的集体婚礼，统一布置的单间新房，统一安排的午饭。五月一日上午举行完婚礼，新婚矿工就自己安排度蜜月，有的外出旅游，有的待在新房里甜蜜。

当天晚上，宋书恩与二哥帮助大哥在煤矿附近的小饭店请凑份子的二十多个工友喝了一顿酒，第二天就坐长途汽车回了老家。

爹在家早就做了准备，收拾了一间新房，通知亲朋好友在五月六日（农历四月初六）都来喝喜酒。

虽然没有迎娶的环节，也尽量俭省，但婚礼办得还是很像回事。关系至近的亲戚、朋友，就直接送五块钱十块钱；一般的亲戚朋友、街坊邻居，几个人对一两块钱，几块钱买个劣质被面、暖壶、脸盆什么的。爹高兴得满面春风，逢人就让烟。

主持婚礼的大爷宋恒元按老规矩安排了拜客。如果婚事在春节前，过年的时候新媳妇要登门给亲戚及本门自家磕头拜年。头一年新媳妇"磕头不磕空"，多少都得给点儿见面礼，哪怕是一块钱。

婚礼赶到不年不节，大爷就想到了这个拜客仪式，接受新人叩拜的，就拿点儿拜礼，也能多收点儿钱。

拜客仪式还没开始，傻改柱跟傻媳妇老七手拉手就来了。他跑到宋恒四跟前说："四叔，书魁这事办得还怪排场哩。书魁跟他媳妇领结婚证了吧？"

宋恒四说："领了，不领结婚证可不中，将来孩子还得上户口。"

傻改柱说："我跟俺媳妇都没领结婚证，俺去领了，乡里说俺媳妇没证明，没法办，俺就没办，反正也没人管俺。没结婚证，俺也不办事了，就这瞎过吧。"

宋恒四说："你不费一分钱拾了个媳妇，还不中啊？知足吧你。"

傻改柱嘿嘿笑了一阵，说："俺傻人有傻福，还能混上个媳妇。"

这时候，傻忙牛也跑来了，老七看见傻忙牛来了，就从傻改柱手里挣脱走过去,傻忙牛也凑过去,大声说:"老七,我可想你。"

傻忙牛说着就去拉老七的手,傻改柱生气地把傻忙牛推开,说:"你离老七远点儿,老七是俺媳妇,是你叫的?你想俺媳妇,啥人啊你是?你要流氓不是?你敢要流氓我就敢打你。"

傻忙牛说:"老七还给我当过几天媳妇呢,我想想也不中啊?"

"滚吧你个鸟忙牛,那都是哪一百年的事了?这会儿她是俺媳妇,跟你不沾边了,爬远点。"

傻改柱挥了挥拳头,老七却不买他的账,甩开傻改柱的手,大声说:"我跟忙牛说说话,说说话,他还给我挠过痒呢。"

傻改柱拉住老七,说:"不中,不能说话,你是俺媳妇,你跟他说啥话哩?他个傻鸟,咱不理他。走,我给你买糖吃。"

傻改柱从口袋掏出几毛钱,拉起老七去代销点了,傻忙牛尴尬地抄着手站在那里,嘴里嘟嘟囔囔,不知道在说什么。

宋书恩看着热闹的场面,心里有了一丝安慰。多少年家里都没有这么喜庆过了。他在院子里跑来跑去,帮助提提水,让让烟,拿拿东西。宋书仲在矿上没回来,他对宋书恩说:"大哥结婚又不是我结婚,我回去干啥?划不来请那么多天假少挣钱。"

宋书魁也说:"他不回去就算了,有你跟我回家就中了。"

想着宋书仲还在井下挖煤,宋书恩的心情有点儿沉重。贫穷还困扰着家庭,为了摆脱贫穷,他们不得不拼命挣钱。

焦楚扬也来了,他替马平川、邢梁每人垫上了十块的礼钱。每人十块钱的份子,可是大礼。

焦楚扬与宋书恩又围绕文学进行了畅谈。他告诉宋书恩,文学创作见功太慢,还是写新闻稿见效快,写了不长时间,就在《洹滨日报》发表了好几篇"豆腐块""火柴盒",县广播站用他的稿子更多,还给他发了通讯员证。他现在也经常

第八章　大哥的婚事

去乡里，不光跟乡广播站的工作人员熟识，还认识了乡党委秘书和宣传委员。

焦楚扬踌躇满志地说："书恩，我要新闻、文学两手抓，眼下以新闻为主，不放弃文学，我不信我们就干不出点儿样子来。"

他的话也鼓舞了宋书恩，不过他不像焦楚扬一样，狗窝里放不住剩馍，有点儿想法恨不得马上说出来。宋书恩没有多说自己对未来的想法，但他憋足了一股劲——他的家庭、他的前途，都需要他不遗余力地去奋斗。

嫂子是个农村姑娘，人长得小巧玲珑，黑皮肤小眼睛、塌鼻梁厚嘴唇，说不上不堪入目，却也真够丑。她从小无父无母，跟着奶奶生活，在家里寻婆家也攀不上啥好家，看到宋书魁的征婚启事就自己找到煤矿。宋书魁当时正处于看见老母猪都是双眼皮的时期，哪还顾得上长得啥模样？最关键的是不要彩礼、不讲条件，啥时候成亲人就过来。

宋书魁好不容易寻个媳妇，对她好得恨不得把心掏出来，嫂子从小没人疼没人爱的，对宋书魁非常满意，两个人好得如胶似漆，对家里的贫穷状况也不在乎，沉浸在新婚的幸福里。

新媳妇高高兴兴，嘴还甜，见了爷爷奶奶，不叫不说话，对爹就更别说了，一句一个爹，叫得宋恒四心花怒放。宋书魁的婚事，让整个家都充满了生机与快乐。

宋书恩看大哥的婚事办得风风光光的，心里也轻松起来。他这次回来，街坊邻居都知道他在学校教书。他也将错就错，反正早晚是要去的——这多少也能挽回爹一点儿脸面，也满足一下自己的虚荣心。

宋书恩又见到了马巧花，她因为怀孕，肚子上像扣了个锅盖。她特意回娘家，借着来宋家看新媳妇，其实是专门来看宋书恩的。宋书恩对马巧花的多情已经没有一点儿感觉，他的心里只有何玉凤。

"我猜你会回来，猜得没错，还真有点儿想你。"马巧花不顾焦楚扬在场，大咧咧地对宋书恩说，"你看，老大结婚了，你啥时候结啊？等着喝你的喜酒哩。"

"巧花，都要当妈的人了，还是跟个孩子一样胡乱说。"宋书恩有点儿不耐烦，"往后你就别瞎操我的心了，操好你自己的心就中了。"

马巧花看他那样子，撇了一下嘴，鼻子里隐约发出了一声哼："狗咬吕洞宾，不识好人心，谁稀罕操你的心？"

宋书恩还要说啥，焦楚扬偷偷拽了一下他的衣服，他才打住话头，给她倒了一碗水，说："你喝水吧，小心你的身体，这会儿你可不光是你自己，关系到俩人啊。"

马巧花一走，焦楚扬就说："宋书恩你吃醋了，是不是看见她大肚子心里不是滋味了？"

宋书恩说："你想哪儿了，我这会儿还会吃她的醋？我还没那么多事。"

焦楚扬说："别给我不承认，毕竟是你的初恋，你吃醋也没人笑话你。"

宋书恩想想焦楚扬的话，也许自己真的是有点儿吃醋，反正看着她挺着大肚子的样子心里很不舒服。又禁不住回忆起多年前两个人在北地树林里蹭肚皮的情景……

离开家之前，宋书恩与大哥、大嫂、四弟去为娘扫墓。平时他们很少去，娘的坟上长满了荒草，雨水冲刷使坟头变得小而平。他们把篮子里的五碗供品拿出来摆好，一碗猪肉方子、一碗海带、一碗炸面坨、一碗豆腐、一碗粉条；然后点燃纸钱，放了一挂鞭炮，又添了添坟；接下来跪在坟前磕了四个头，抽抽搭搭哭了起来。

大哥一边哭一边说："娘，我是书魁，俺跟三儿书恩、四儿书晖，还有俺媳妇爱菊，来看你了。书仲在煤城上班，没回来，他啥时候回来了再来看你。娘，俺弟兄几个都长起来了，我都娶上媳妇了，你放心吧……"

宋书恩扑在坟前哭得一塌糊涂，好长时间都起不来——他心里有太多的辛酸平时无法倾吐，此时如决堤的洪水，汹涌而下。

第八章 大哥的婚事

娘离开不觉已经八年了,她在那边还好吗?孩子们无时无刻不在想她!

宋书恩脑海里一会儿是娘苍白的脸,一会儿是铺天盖地的白色,一会儿是黑漆漆的棺材,一会儿是傻改柱拉着傻媳妇在唱《朝阳沟》……

尘封在田野的这片悲伤,孩子们何时触碰都会潮水般地涌上心头!

第九章 转机

在暑假开学而实际上酷暑还没有消退的时候，宋书恩顶替何玉凤成了一名小学教师。学校的破屋、破桌一点也没有影响他的情绪，他知道农村学校的落后，能有个地方、有几间屋子就不错了。

年轻的他在活泼的孩子面前显得热情大方、博学多才、风趣幽默，很快成为孩子们最喜欢的老师。

站在讲台上的时候，他声情并茂、动作洒脱，无论是语文还是数学，或是其他科，他都能上得如同讲故事，充满趣味。尤其令人称道的是，在课堂上他能把学生调动起来，一改往日被动地听，让大家主动参与，效果非常好。

到了学校，宋书恩才知道，老师们讲课都用方言。他用当地方言讲课是有困难的，用家乡方言更不合适，只能用普通话——他成了全乡小学中唯一一个用普通话讲课的老师，因此还受到了学校领导的表扬。

而偶然一次听到一个老民办教师的语文课，让宋书恩感受到农村小学师资力量薄弱得让人难以置信——那个接近五十岁的女教师潘花枝，在教学生生字的时候，五个字竟然发音错了三个（不是声调的错误，而是音素的错误），她大声地朗读着，学生们高昂地跟着读："b-i——北，b-i——北；g-ang——同，g-ang——同；zh-a——侧，zh-a——侧。"

宋书恩刚开始没有注意，听了一会儿感觉有些不对劲，就走近从窗口往黑板上看，看了再一听，他顿时惊呆了。发音"北"的字，是"笔"，很多地方方言都把

"笔"读成"北",这还有情可原。而那个"冈"字,她读成"同",简直不可思议——后来他想通了,也许是"同"字在手写的时候,有人会在里边画个叉,她把手写的"同"与书上的"冈"混淆了。第三个字的错也令人啼笑皆非,分明是个"铡",她却读成了"侧"。而为了表明读音的汉语拼音,声母韵母都没读错,她拼在一起却南辕北辙了。

宋书恩发了好一阵呆才回过神来。如此教书,说她误人子弟一点儿都不亏。这个潘花枝也许小学都没毕业,连汉语拼音都这么差,其他的就更不用说了,她不知道教错多少内容呢——把错误的东西当成正确的东西来学,真还不如不学。

宋书恩心里一阵难受。农村学校不光条件差,师资力量更差,孩子们从小接受如此的教育,谈何教育质量?瞬间,他有了灵感——利用周六下午,在全校搞汉语拼音补习,一到五年级的学生都可以听。这时候,尽管他每周有十八节课要上,但他仍然有用不完的精力,甚至还嫌工作少。

他的想法得到了刘校长的支持。多年来,何庄村小学在全乡学生成绩测试中,几乎年年都是倒数第一。宋书恩不计报酬,自愿多出力干工作,确实难得。

学生与家长们对他的做法也赞不绝口,在补习班办了一段时间之后,很多小学生都能像模像样地用普通话朗诵课文了。宋书恩对自己很满意,也很满足,用心地对每一个学生,用心地去干工作,除了吃饭回家(自从到学校上班,他就搬到学校住了),天天泡在学校。

宋书恩后来却遭到了大多数老师的反对,不是因为他太积极,影响到其他人的工作态度,而是学生们开口闭口都是宋老师。学生们开口闭口宋老师也许其他老师还能容忍,让其他老师恼火的,是很多学生在课堂上动不动就举手发言,纠正老师的错误,还总是说这是宋老师说的——这时候再提宋老师,很自然地,自尊受到伤害的老师就把怨气记到了宋书恩头上。

反对归反对,宋书恩并不计较,他仍然一如既往地办他的汉语拼音补习班。校长对他更加器重,把他从三年级教师组调到了五年级教师组,除了任数学和语文两门课,还兼班主任。他像一个打足气的皮球,活力十足,更加卖力地工作。

正在干得得心应手、有声有色的时候,宋书恩却出事了。有人把他告了,说他与女生关系暧昧,还猥亵女生。乡教办室组织调查组来学校调查,传得满城风雨,何玉凤一听就哭了。

何玉凤把宋书恩叫到家里,用手点着他的额头,一副伤心无奈、恨其不争的样子。

"你说,怎么回事,你咋能惹出这样的事情?多丢人啊!"

宋书恩一点儿也不惊慌——在这些花骨朵般的孩子面前,他纵然再色,也不敢有半点儿妄动。

"你也不相信我?我是什么样的人你还不知道吗?"

"你让我怎么相信你?人家信里写得有鼻子有眼儿,连女生的名字都有,还有时间地点,你都做了什么,这么具体的内容,你不做人家编是编不出来的。"

宋书恩哭笑不得,"玉凤,你不相信我是吧?那就等调查组的调查结果吧。如果你认为我给你丢人了,我回家,你继续教,好吧?"

何玉凤想了想,最后摇摇头,说:"你现在回来也不行,那不是自己承认自己有问题了?"

两个人坐在屋里,一阵沉默,何玉凤欲言又止,宋书恩说:"玉凤,你有啥就说吧,别憋在心里难受。"

"这么短的时间,就成了这个样子,你自己也不是没责任,你跟那些女孩子还是太亲近了,今后一定要把握好。"

宋书恩没有说话,此时,他说什么都是多余的。除了悲哀,他不得不佩服写告状信的人的想象力。他清楚地记得那封信中的一些内容:

1984年9月22日星期六下午5点,宋(书恩)上完汉语拼音课回到办公室,五年级四五个女生(有何美玉、何凤彩、刘小芹)跟过去,到了屋里,他坐在椅子上,几个女生围在他身边,有的靠着他,有的依着他,有的把胳膊放在

第九章 转机

他肩膀上，乱成一团，他拍拍这个、拉拉那个，手在女生的身体上游来游去，他还摸何美玉的脸。1984年10月7日星期天上午，宋补完课（五年级星期天补课）从教室出来，何美玉跟他一起回到办公室，开始何美玉哭哭啼啼地站在办公室门口，后来宋不知说了些什么，何美玉就不哭了，再后来就关上了门，一个男教师与一个女学生关住门在屋里，不知道会干出啥子事情……

宋书恩自己记不清楚哪些学生到过他的办公室，更记不清楚那些学生到了他的办公室有什么言行，但他绝没有对任何女生有过哪怕是一丁点的不健康举止。这些孩子才十多岁，啥都不懂不说，略微有点儿良知与道德感的人也不会去摧残那些花骨朵。何况，宋书恩也不是一个道德败坏的流氓，加上凌燕事件对他的教训，无论如何他都不会去打小学生的主意。

"玉凤，我想了，我还是先回来吧，这样子我在那儿也待不下去了。但无论如何，你都不要把我往坏处想。这么长时间了，我们在一起，我伤害过你吗？有你这么漂亮、可爱的姑娘我不动，我去找那些未成年的女学生，我有病啊？可能吗？"

"我相信你，可乍一听还是很生气。"何玉凤伏在宋书恩怀里，"你要是想回来歇歇就先回来吧，等事情平息了你再去。"

宋书恩无奈地摇摇头，说："也许，我跟学校无缘，教办室不会同意我回学校了，大不了，我还去工地打工，没事。"

在学校的七八个月时间，宋书恩在把热情投入到他热爱的教学工作的同时，仍然坚持读书写作，写了很多诗歌、散文，还有小说，自己满意的作品，就投给一些报纸杂志。到目前他的投稿都如石沉大海，连个回信都没收到过。

他去找过老四几次。每当投出去的稿子杳无音讯，为失败伤心、茫然、失落，宋书恩就跑到县城跟老四喝酒。老四告诉他，热爱文学是一生的事情，有灵感了就写，至于能不能发表，先不去考虑，投稿更要能承受失败，投几次十几次发表不了就泄气了，那肯定不成。

"四哥，我的东西为啥不能发表呢？你给我把把脉，究竟问题在哪儿呢？"

"别急,慢慢来,我觉着吧,你还是太年轻,对生活的认识呀,阅历呀,还不够,作品还有点儿幼稚吧。应该是这样,慢慢提高吧。"

这次的告状事件,又把宋书恩推到痛苦、茫然的旋涡。他跑到县城与老四喝酒,醉得一塌糊涂,痛哭流涕。

"四哥,我没错,我没错!我拉女生了,摸女生的脸了,猥亵女生了,你信吗?何玉凤天天在我身边我都不敢下手,我敢对小学生下手?我不知道后果严重啊?我不就是想多教学生点儿东西,不想误人子弟吗?这错了吗?四哥,你说我这算错吗?"

他在哭诉中倒在床上,呼呼地睡了过去。

待在家等结果的时候,宋书恩情绪低落,连饭都不好好吃。

这天吃早饭时候,何大爷劝他:"书恩哪,人这一辈子,啥事都可能发生,我知道你是个好青年,告你的人说的都是瞎话,他就是想把你打垮,你自己不能垮了啊。"

何大爷又转向玉凤:"玉凤,你当初就不应该让书恩回来,刘校长都没说让他回来,你让他回来了这不是咱自己心虚吗?"

宋书恩马上说:"大爷,是我自己想回来,闹得沸沸扬扬的,我回来更好些。"

大爷说:"回来就回来吧,你俩谁教都是教,你就在家待着,农忙时候干地里的活儿,农闲了就出去打工,不想出去了就在家待着,还逍遥自在呢。"

何玉凤有些不知所措,她的心里也不是个滋味。他出这样的事情,作为恋爱中的她,是有想法的。他究竟是不是对女生有轻佻行为,只有他自己知道。也许根本无中生有,是那个告他的人胡编乱造,也许他是无意的,还把学生当孩子,但也不排除他有意接触女生的身体——五年级的女生已经开始发育。如果是后一种可能,他就是一个不折不扣的流氓,自己又该如何去面对他呢?跟他分手?这显然是一个艰难的选择。这么长时间,她都把宋书恩当成了自己的小女婿,两个人在一起经历的柔情蜜意，刻骨铭心地留在她的脑海里，如何能够舍弃！但她也容不得他有半点儿瑕疵，特别是在男女关系上，哪怕是那些不谙世事的小学生。

现在，何玉凤看着宋书恩痛苦而颓废的样子，心里有些过意不去——真的不该让他回来，他回来了，首先就输给对手一招。告状的人就是想赶他走，他太出众了，出众到全校的学生身上都留下了他的痕迹。他会不会因此离开这个家？应该不会，他已经回过一次老家，又回来了，不会轻易离开我。如此一想，何玉凤有了自信，情绪也渐渐好转。

她把书恩拉到自己屋里，双手扶在他肩膀上，说："书恩，你要振作起来，调查很快就过去，马上也该放麦假了，等麦假一开学，还让你去学校，这样也减少点儿影响。好吧？"

宋书恩很慵懒地说："到时候再说吧，我一个男子汉也不是非得教书不成。"

何玉凤说："你现在这个样子还像个男子汉？垂头丧气的能干啥？"

"谁垂头丧气了？就是感觉挺窝气，把我说成这样子，也对不起你啊。"

"只要你是清白的，谁说啥都是白搭。我相信你，行了吧？"

宋书恩敷衍了一下何玉凤，然后她去学校了。他回到自己住的屋里，躺在床上，手里拿着一本《儒林外史》，却看不进去，眼睛望着房顶胡思乱想。

怎么是这样——自己虽然向往女性的神秘，除了内心里偷偷有过一些叫人脸红的想法，他从来没有过想侵犯女性或者猥亵女性的念头。而事情偏偏成了这个样子：先是神使鬼差地与凌燕那么一抱，一失足成千古恨，跳进黄河都洗不清了；现在又被指责猥亵女生，连何玉凤都用怀疑的眼光审视自己。如果自己真的有什么不良行为，付出代价也是应该的，可自己真的纯洁得就像一张白纸，却无端地被涂上一些污点。

想着想着，不知不觉地睡了过去，他梦见回到了母校，在母校的大礼堂，自己低着头站在台上接受问罪，大腹便便的校长指着他大声说："宋书恩，你调戏女生，败坏学风，应该严惩。"台下是黑压压的学生，很多女生挥动着右臂，嘴里喊着什么，云丽霞站在最前排，她眼睛里充满了幽怨，静静地注视着他，没有挥动右臂,也没有喊什么。突然,凌燕冲到台上,大声对着台下情绪激动的女生喊叫:"不是他的错,不是他的错,都怨我、怨我,是我拉他去宿舍的……"这时候云丽霞的眼中闪了一下光,接着双臂举起不停地挥动,嘴里喊着:"这才是真相,这才是真相……"

大肚校长却冲到凌燕面前,一个响亮的耳光把她打翻在地,说:"你这个不说真话的女生,为一个小流氓说话,居心何在?"

"校长,跟她没关系。都是我的错,是我的错……"宋书恩喊着,一激灵醒过来。

窗外的阳光透过一方小小的窗户射进来,在床边的墙上画了一个方框。宋书恩看看表,已经十一点多。他起来到院子里看看,大娘在厨房开始做饭,大爷在院子里收拾收麦农具。

他走到大爷跟前蹲下来,说:"大爷,我下午想去县城找四哥,还在工地上干。"

"你想去就去吧,我知道你在家里憋闷,年轻人天天在家闷着也不行。"

思来想去,他决定不再这么在家里窝着了。这样固然有时间读书写作,却没心情。而去工地,无疑是他的第一选择——这时候,还有什么工作能让他干呢?有了主意,心里敞亮了许多,他回到屋里开始收拾行李。

"书恩,书恩,有结果了,有结果了,让你去乡中呢。"宋书恩刚刚收拾好行李,何玉凤就风风火火地闯进来,"书恩,调查组通过调查,告状信里全是假的,说你是个好老师。为了奖励你,让你去乡初中,不用顶替我了,教办室给你解决了个临时代课教师指标。"

"真的?玉凤你说的是真的?"宋书恩把何玉凤抱起来转了好几圈。

"那还有假?刘校长让我通知你,叫你下午去教办室办手续,明天就去乡初中报到上班。"何玉凤高兴地在他脸上亲了好几下,"这次刘校长没少替你说好话,也是他提出来让你去初中的,他说你这样的人才放在小学是浪费。"

宋书恩阴了几天的心情一下子就晴了。他久久地抱着何玉凤,委屈、激动一起

第九章 转机

涌上心头，眼泪打湿了她的肩膀。

灵安乡初中的校舍相当不错，这是宋书恩没有想到的。校舍主体被刷上绛红色、涂着白色墙裙的瓦房有六排，每排有十八间房，前三排做教室，后三排做教师办公室兼宿舍（每个教师都拥有一间寝办合一的房子）和学生宿舍，另有东西厢房做教务处及教师集体办公室。

教办室的小黄领宋书恩去的学校，总务主任找了两个学生把一大堆物品（开水壶、暖壶、办公桌椅、床、席子等）送到宋书恩的屋里，他把宋书恩当成了教办室领导的亲戚（小黄是教办室的内勤，总是替领导办事），格外热情。

宋书恩铺好床，把桌凳擦好，窗帘挂好，很惬意地坐在办公桌前。他突然心里有了一种解放的感觉——倒不是因为从小学到了初中，也不是因为前些日子的告状事件，而是因为他现在不再是顶替何玉凤，而是他自己，虽然还只是一个临时代课教师。

宋书恩的课很轻松，初二一个班的语文兼班主任，一周七节语文课、一节班会。他汲取了在小学太张扬的教训，尽量做得低调一些。

宋书恩的亮点很快就被师生们发现了——他来到学校不久，《沙阴日报》的副刊上就发表了他那篇《冬殇》，很多老师和学生都在传阅有那篇文章的报纸，一夜间他就被全校师生奉为作家。接下来又有了一次机会，就是办元旦墙报。宋书恩不但写了一篇文采飞扬的《告别过去》作为墙报的头题，还用一手漂亮的毛笔字誊写了一大部分墙报，让当年的墙报图文并茂，成为历史最高水平。

当他收到报社寄来的样报，看着自己的名字与文章变成铅字，激动、兴奋的心情难以自制。下午一放学，他就骑车去县城找老四了。晚上，他把老四拉到小饭店，除点了花生米与泡菜两个凉菜，还点了泡椒鱼头、大盘鸡两个大菜，酒也由平时一块钱一瓶的本地白干换成了三块钱一瓶的文君二曲。

老四看他那么慷慨，玩笑道："书恩，不过了？你可得知道，稿费很少啊，一千字露头，估计也就是八块钱，比这顿饭花得少多了。"

宋书恩甩甩头发，说："看四哥说的，没稿费咱就不吃饭了？高兴，真高兴，第一次啊，四哥功不可没。"

"书恩此话差矣，这都是你努力坚持的结果。鲁迅先生说过，任何事情，只要坚持，积累十年即可成为学者。"老四摇摇头说，"这才是开头，更大的成功等着你呢，好好干吧兄弟。"

宋书恩的名气骤然大升，一些热爱语文的学生对他佩服得五体投地，经常有不是自己班的学生拿着课外写的作文找他请教。他在心里时常提醒自己，很小心地应付着这些事情。在任何一个教师面前，他都是很谦卑地微笑着，不敢有一丝一毫的得意，更不用说张狂。对自己班的学生好办，按部就班上课就行，之外的学生，他始终保持着若即若离的状态，既不过分冷落，也不过分热情。

宋书恩非常满意在初中教书的生活。这期间，因为他的文章不断地在市报上发表，还上了省级、国家级的一些文学报刊，成为全县教育界小有名气的才子。

每每回忆起在初中的这段生活，宋书恩就情不自禁地想起那个告他状的人——不管是谁，他都在心里感谢他。如果不是他这一状，一是他到不了初中，也不会有后来的发展；二是他也不会学会低调处事，不知道会经受什么样的挫折；甚至，他把这个教训当成了自己终身受益的财富。

在灵安乡初中教了两年书之后，宋书恩被乡教办室的郝副主任推荐给他的同学、城关镇彩印厂厂长吴金春，没费吹灰之力，他就成了城关镇彩印厂的办公室主任。

从学校去彩印厂的时候，宋书恩也曾经犹豫不决。从骨子里，他更喜欢教学这份工作。在这里，他不但可以实现作为一名教师的人生价值，还能耕耘自己的文学田地，师生们尊重他，社会地位也不算低下，遗憾的是工资太低（每月三十四元，仅仅是一般公办教师工资的三分之一）。

当初宋书恩到初中工作，就是郝副主任帮的忙，这次他表现得更加热心。在招待吴金春的饭桌上，他说："书恩，当初我让你来初中，就是想让你留在教育口

第九章 转机

上,你虽然没有上过师范院校,却是个有天分的教师,干得非常好,可教办室也保证不了你将来能怎么样,你不是本地人,连个民办教师都给你解决不了,工资又这么低。吴厂长是我的高中同学,我们在一起说到你,他有意让你去厂里,撑起来厂办那一摊,你也能写、能干,起码在工资方面学校就没法比。"

宋书恩一直没多说话,他心里一直很矛盾。此时,他还不了解企业办公室的工作是怎么个样子,谈不上喜欢不喜欢;他也不知道郝主任的真正意图,究竟是想让他留下,还是想帮助老同学物色人选。对他诱惑最大的,是工资,每月二百元,还管吃管住。

后来,宋书恩从郝主任话里听出了意思,赏识他,想让他留在学校,却解决不了他的后顾之忧(临时代教的前途未卜),恐怕耽误了他。希望他有更好的发展,既帮同学的忙,又帮他的忙。

宋书恩感动地对郝主任说:"郝主任,你对我的好我心里明白,吴厂长能看上我,也是你的面子。我听你的,你一句话,让我留我就留,让我走我就走。无论走到哪里,我都不会忘记你对我的大恩大德。"

郝主任也很激动,当即就表态:"既然书恩这么说,我就替他做主了,金春,老同学,我忍痛割爱,让书恩跟你走。我先说好,你可得对他重用,我相信书恩他绝对能干好。"

就这样,宋书恩通过自己的努力,再次改变了自己的生活。

一个紧邻县城的乡镇企业办公室主任,对他来说也是一份很荣耀的职位——尽管这还不算个什么官。

第十章　所谓下海

沙源县城关镇彩印厂是个生产酒类包装盒、商标的企业，有职工一百五十多人，年产值达到三百多万元，不光在全县名气很大，还是全市挂上号的乡镇企业。

说是办公室主任，其实办公室包括宋书恩只有两个人，另一个是通讯员，一个十五六岁的小男孩儿，负责给厂长开门、倒水、打扫卫生等杂活儿。

吴金春很器重宋书恩，趁着开中层干部会向大家做了隆重介绍。他说："宋书恩同志是我从灵安乡中挖过来的人才，年轻有为，能写能干，是个难得的才子。企业这几年发展得这么快，规模越来越大，也该有个办公室了，县直各部门再联系啦，要材料啦，也有个专人负责。分管乡镇企业的康副县长经常说，要加强企业的软件建设，书恩同志就是负责咱厂软件建设的。"

接着，吴金春又带着他到县委办、政府办、宣传部、乡镇企业局等有关部门，郑重地向有关领导介绍，并表示，今后宋书恩就代表他来处理各部门安排布置的工作。

宋书恩是在搬到厂里之后才回家告诉何玉凤的，她高兴得像个孩子一样又蹦又跳，趁星期天跟他去厂里看了看，晚上还去电影院看了场电影，是根据路遥同名小说改编的《人生》。他们为高加林与刘巧珍的爱情悲剧而感动。看完电影，他们相互依偎着从大街上走过，深秋的夜有些凉意，大街上的法桐开始落叶。

"书恩，你可不能学高加林。"何玉凤双手挎着他的胳膊，几乎把整个身子斜靠在他身上。

第十章　所谓下海

"你想什么呢？我不是高加林，你也不是刘巧珍。"

那一夜，在宋书恩的宿舍内，何玉凤把自己脱得一丝不挂，做好了把自己全部交给他的准备。看着何玉凤诱人的身体，宋书恩一阵冲动，他急不可待地甩掉自己的衣服，把她紧紧地抱在怀里。

膨胀的欲望把他烧得浑身发烫，他把她压在身下。何玉凤闭着双眼，两只手把他的身体用力地向自己搬过来，他感觉到了她的渴求。就在他将要进入她的身体的当儿，她睁开了眼睛。那眼神在昏暗的台灯下闪过一道光，划过他的眼睛，他的心里一颤，即刻就分了神，脑海里开始不停地闪现几个画面：一会儿是凌燕的眼睛，一会儿是白狐的眼睛，一会儿是娘的眼睛，一会儿是老四在说话……这些画面，把他的欲望瞬间就熄灭了。

他一翻身从她身上下来，抱着她直喘粗气。他说："玉凤，我们坚决得忍住，一定要等到新婚那一天。"

何玉凤把滚烫的身体烙在他身上，小鸟依人地把头枕在他胸前。她说："书恩，我是你的人，你想什么时候要都行，你得一辈子对我好。"

"嗯，我会的。"

虽然他们还没有真正的床笫之欢，但也算有了肌肤之亲，何玉凤对他的感情更加热烈，起初的一个多月，每到星期天，她都要跑到厂里来看他。

自从有了那次"险情"，宋书恩再也不敢放松自己了。无论如何，不到结婚坚决不能做那事——这是他的原则。

"书恩，我们结婚吧，我等不上了，村里很多年轻人不够年龄都不领结婚证，一举行仪式就算结婚，你不够年龄咱也不领结婚证。好吧？"何玉凤再次跟他热烈相拥的时候，提出了自己的想法，"结了婚我们想怎么样就怎么样，再也不用顾忌啥，咱生好几个孩子，天天家里都可热闹，多好啊。你说咱生几个？叫我说生四个，两男两女，男孩儿像你，女孩儿像我。名字我都想好了，男孩儿一个叫如龙、一个叫如虎，女孩儿一个叫如凤、一个叫如娇。"

宋书恩听她说着，脑海里再次闪现那只白狐的眼睛——那眼睛是那么沉静，那么淡定。在他与它相持的几个夜晚，他与它对视，它的那眼神似乎传递给了他，让他安静，让他镇定。

"你说话呀。"

宋书恩很自如地笑笑，捋了一下她的头发，说："我已经二十一岁了，再等一年，咱们多谈一年恋爱不好吗？一年很快的，到时候我们把婚礼办得风光一点儿，让你成为最幸福的人。"

何玉凤在他胸前乱打了几拳，说："还得一年多，三四百天啊！"

这样的忍耐，对任何一个男人来说都是一种痛苦的煎熬。宋书恩曾经跟老四谈起过，老四告诫他："绝对不能发生关系，无论你想不想与她结婚。"

他点点头，心有所悟。

之后，宋书恩就告诉何玉凤，让她不能频频来厂里找他，这样一来影响不好，没结婚就跟对象住在一起，不管做不做那事，别人都会往那上面想。二来他想多读点儿书写点东西，还得把工作干好，她来得多了肯定会影响工作。

何玉凤当然言听计从，她乖乖地说："书恩，那俺就·月来看你 回。可俺要是想你憋不住了咋办？"

宋书恩严肃地说："憋不住也得憋，你肯定能憋得住，我相信你。"

何玉凤眼里闪着泪花，点点头。忍受对他的思念，对她来说无疑是一种折磨。

企业的工作一下子让宋书恩忙碌起来。当然不是光写材料，应酬也很有限。除了本职工作，厂长还给他安排了其他事情：厂里的内保，材料与成品的装卸，车间的生产安全检查等等，反正不让闲着。

宋书恩刚到厂里的时候，吴金春下决心要完善企业制度，几乎天天晚上开会。宋书恩在会上要做记录，把每个厂领导的发言、建议记下来，然后再整理成文。

起初，宋书恩对这样的会议看得很重，每次都正经八百地坐在那里用心记。但开了几次，他就开始怀疑这种会议的意义。很多时候，他们都在闲扯，互相调侃攻击，诸如谁谁怕老婆如何如何，谁家夫妻俩正在床上干得热火朝天被孩子发现，谁

第十章　所谓下海

家的孩子不像他爹，搞不好是个野种，等等。吴金春当然也是他们调侃的对象，攻击他的内容主要是说他怕老婆，有时候还会搞出细节，有鼻子有眼儿的。吴金春故意黑着脸，不接他们的茬儿。他们开玩笑的时候像在说正事，都不笑，气氛跟开会差不多。宋书恩是局外人，他还不够开玩笑的资格，这时候只能装傻，想笑也得偷偷地。

乡镇企业的制度也颇具特色，宋书恩有时候甚至怀疑这些制度究竟有没有意义。比如《职工行为规范》里有一条："凡本厂职工，男女上街不能同骑一辆自行车，不能肩并肩走，看电影、看戏不能同坐一条板凳（夫妻除外）。如有违反者，罚款五十元，并给予警告批评；违反三次，立即开除。"

宋书恩看到油印的《职工行为规范》中这一条的时候，扑哧就笑了。等到会上讨论，宋书恩发言表态："我认为这一条不合适，应该拉掉。"

吴金春看了他一眼，说："小宋来的时间短，不了解厂里的实际情况，女工这么多，又都是年轻人，搞恋爱不怕，怕的是瞎胡搞男女关系，这一条还真不能拉掉。"

宋书恩随口接道："他们就是搞也不让看见，这制度能管用吗？"

"看不见不管，看见了就罚。"吴金春有点儿不耐烦地说，"这一条算过去了，说下一条。"

宋书恩还想说什么，被吴金春打断，只好作罢，心里有点儿不服。

厂里的内保工作也很烦琐，车间经常发生偷盗小东小西的事件。一有偷盗事件，宋书恩就与保卫科长领着几个门卫到职工宿舍搜查，掀床拉被，翻箱倒柜，一个宿舍都不放过。搜查的结果全都是徒劳无功，除了给夜班睡觉的工人带来干扰之外，没一点儿收获——哪个傻子会把偷来的东西放在宿舍里等着搜出来？

宋书恩跟着搜查的时候，心里说不出地不舒服，却又无法阻止。他一说话，保卫科长就会说："这是吴厂长的指示！"

装卸车是频率最高，也是让宋书恩最忙的事情之一。几乎每天都会有装卸任务：成品发货、生产材料入库，都是包括厂长和两个副厂长在内的厂部男性行政人员来干。而且这样的任务时间上没准儿，什么时候来车了，装货；什么时候来货了，卸车。有时候是白天，有时候是晚上、深夜、凌晨，都得起来干。

装卸车是义务，很多人有情绪，宋书恩倒能理解。节省开支就等于提高效益，厂长很会发挥人的作用。再说了，行政人员工作量不大，多干点儿也没什么。不过，组织这样的义务劳动很费心，特别是夜里，大家正睡得香，高音喇叭一响，就得从床上爬起来，都不乐意。有的会装作听不见继续窝在被窝里，宋书恩只好一个一个地叫。

车间的生产安全检查对宋书恩来说简直就是赶鸭子上架，他根本不懂生产设备。后来通过分管副厂长一点一点地说教，逐渐知道了一些端倪。像半自动车间，有烫金机、卡刀模切机、压痕机、圆盘印刷机等，都是工人手工把纸张放进去，轧完了再拿出来，稍有不慎就会轧着手，轻则伤筋断骨，重则把手截掉。厂里每年都会有几个工人因工伤致残。但有些工人为了多拿工资（计件作业），不顾厂里规定的作业速度，私自加大皮带轮，提高机器转速从而加快作业效率，但这样会更危险。宋书恩想，这私自加大皮带轮可不好弄。等到车间一检查，才知道非常容易，把擦机器的纱布或棉絮往转动的皮带轮槽里一填就行。这样的做法很好查，因为要把轮槽里的纱布、棉絮弄出来必须关电停机，检查组到了根本来不及。

自动车间主要是平压机、胶印机，因为机器是自动的，工人把纸张装到机器上就可以袖手旁观。自动车间的安全检查也相对简单一些，主要看工人是否脱岗、睡觉，机器是否空转等。

在厂里，几乎哪里都能看到宋书恩，他成了个大忙人。当然，忙碌并没有影响宋书恩在企业干得得心应手，把办公室主任当得游刃有余。在繁忙的工作之余，除了写点儿东西，他还报了自学考试。在乡镇企业，他也算一个知识分子，能写文章，举止又温文尔雅，几个创业的厂领导与他一比，显得更加大老粗。

慢慢地，他赢得了吴金春的信任，开始把接待和联络党政、金融部门等诸多重要的事情交给他。他虽然年轻，却格外沉着冷静，不慌不忙，把事情办得恰到好处，被人冠以"少奸巨猾"——这个评价，不光贬损他的圆滑，也是对他处世老道的褒奖。

企业工作的繁忙与无序，让宋书恩感到教书生活的闲适与轻松。尽管在学校很清贫，但生活有规律，还有足够的时间读书写作，精神生活一点儿也不贫乏。

静下心来读书、写作，在企业简直就是奢望。开始，他在睡觉前还能读会儿书，乃至动手写点儿小文章。但随着工作越来越忙，睡觉前的读书时间越来越少，有时候翻开书还没看几行，眼睛就涩起来，迷迷糊糊书掉到地上，灯顾不上关就睡着了。太累了，脑力劳动、体力劳动一起上，而且工作时间超长。写东西就更坐不下来了。

在企业，他经常写的就是套话、官话连篇的公文，工作总结、汇报材料、讲话稿，时不时也会给报纸、广播电台写点关于厂里的报道。

一忙起来，他根本顾不上去多想。在办公室，整理材料、处理内务、接听电话，弄得上厕所都是急急匆匆；到了车间、仓库，装卸车靠的是体力，真枪真刀地干，汗流浃背是家常饭，做不得半点儿假；到了饭桌上，则是说不完的客套话、打不完的酒官司，吃的是公家的，肚子是自己的，眼见着膘情一路飘红，体重大增；去县里、市里办事应该算比较轻松，却又很劳心，甚至还要忍辱负重，也不好对付。

光想着这件事干完了就该松口气了，却是一件事接着一件事，很少有消停的时候，连正常的星期天、节假日都没歇过。

城关镇离县城很近，宋书恩有事没事总喜欢到工地找老四喝酒聊天，倒也不亦乐乎。说起自己当下的生活，宋书恩有些迷茫。

"我就这样干下去吗？什么时候是个头儿呢？"在企业这样忙碌，最后能有什么样的归宿，宋书恩心里真没底。

"人心不足啊，现在收入高了，忙点儿就忙点儿吧，你就别自寻烦恼了。"老四摇摇头说，"别人可都以为你是一步登天了。"

"我是说,我这样干下去,会有结果吗?比如,我的户口能不能转到厂里,我的工作能不能转成正式的,我得有个目标吧?"

"干吧,先解决根本的生计问题,再说未来、前途。"

老四在工地越来越有分量,但很少有人知道,私下里在写作上他一直不懈地下着苦功夫,发表作品对他来说也是家常便饭。工地上几乎没人知道他发表过文章,更鲜有人知他有个杨柳的笔名,但他在县里、市里却是挂上号的才子。

宋书恩内心的焦灼,老四是理解的。一个二十岁出头儿的年轻人,考大学、参军的出路都被断了,让他有点儿信念的,也就是这个遥远的文学梦。而企业的忙碌,让他离这个梦越来越远。虽然工资不低,也很风光,但他毕竟还是农民身份,没名没分的。

老四如是说:"你以为你到了企业就是下海了?下海是什么?下海是对于公职人员来说的,他们首先有个安全的'岸',才有下海这一说。我们有'岸'吗?没有。就你那临时代教,能算个'岸'吗?前途渺茫,工资少得可怜,根本就不安全。你去了企业,工资更高了,生活更有保障了,你说哪是'海'?"

宋书恩仔细一想,老四的话太对了。进企业,对自己来说,是更上一层楼,是更大的天地。

老话说,脸盆里养不了大鲤鱼。自己算大鲤鱼吗?学校是脸盆吗?企业是江河吗?

想来想去,宋书恩就释然了。能有这样一份工作,从社会的最底层,成为一个有头有脸的企业干部,对流落他乡的宋书恩来说,简直有点儿不可思议。

第十一章 负情

在彩印厂，宋书恩引起了一个姑娘的特别关注，她是财务室的主管会计、厂长吴金春的胞妹吴金玲。她高考落榜，比他小一岁，属马。宋书恩的出现让她眼前一亮，她自以为是地觉得他们俩十分合适。

吴金玲的模样，算中等靠上，柳眉秀目，唇红齿白，鼻梁挺直，除了鼻子两侧有些不太显眼的黑星，几乎没什么毛病。

吴金玲当然知道宋书恩有个何玉凤，而且还知道他们正处于热恋阶段。但这个农民企业家的妹妹，异乎寻常地自信，她不动声色地开始对宋书恩发起进攻。

因为工作关系，他们经常一起去银行、工商、税务等部门办事，这给吴金玲提供了接近宋书恩的机会。开始，吴金玲并没有发现他有什么魅力，长相一般，说不上英俊魁梧，也看不出风流倜傥，可接触多了、交谈多了，慢慢地就对他刮目相看了。他不光能写文章，还善解人意、彬彬有礼，总是一副不急不躁的稳重姿态。

吴金玲一有机会就拉他一起吃饭，还时不时地在晚上去他宿舍聊天。

宋书恩从一开始对吴金玲就是排斥的，他非常清楚她的用意，内心无数次地告诫自己，一定做到爱情专一，绝不能辜负亲爱的玉凤。

因此，与吴金玲在一起的时候，宋书恩是非常警惕的，但她是厂长的妹妹，又不能对她太冷漠，他只能装傻，有时候还故意跟她说起自己跟何玉凤的事情。

吴金玲有足够的耐心，她也不说明白，就是纠缠他。她本来住在家属院哥哥家里，为了找宋书恩方便，专门搬到了厂里的宿舍。厂里在三层办公楼的顶层给几个单身的中层干部每人安排了一个类似宾馆标准间的独立宿舍。由于乡镇企业的特殊性，女性中层干部几乎全是厂领导家属，都住家属院，这里全都是男性。吴金玲要搬过来，吴金春开始还不同意，后来明白了她的用意，也就没再拦着。他对她说了一句话："不能剃头挑子一头热，得两相情愿。"

吴金玲笑笑，说："把你的心放肚里吧，一定会有两相情愿的那一天。"

她第一次去他的宿舍，是他们在厂里的小食堂共同陪银行的客人吃过晚饭之后。她喝了不少的酒，没有了平时的矜持，客人一走她就说："我去你屋里坐一会儿，你给我弄点茶。"

宋书恩也喝了酒，但非常清醒，站在那里没动，说："我那儿太乱了，也没有茶，我送你回去吧。"

"不行，乱我也要去，没茶你去老大办公室拿。"吴金玲霸道地一挥手，就开始走，"宋主任，我陪你说话咋的？我可不会轻易陪谁说话的。"

宋书恩心里有一百个不愿意，表面上还不得不装出热情的样子，说："好好好，我去给吴会计拿茶叶。"

宋书恩拐到一楼办公室拿了一盒平时厂长专用的信阳毛尖，又顺便提了一暖壶开水。

吴金玲进了屋把外罩往床上一撂，鞋一脱就一屁股坐在床头，四下看了看，说："宋主任，这哪儿乱啊？很规矩嘛。是不是不想让本姑娘来啊？"

宋书恩刷了茶杯，洗好茶泡上端到她面前，说："吴会计请喝茶。"

吴金玲也不看他，只顾翻看他床头桌子上的书，有他自学的汉语言文学专业的教材，还有《现代散文精选》《基度山伯爵》《战争与和平》《约翰·克利斯朵夫》等文学作品。

"喜欢外国文学啊，大才子？"吴金玲把书放回原处，"你还在参加自学考试，赶明儿我也报个，还有啥专业？"

"眼下好像就这一个专业，得到明年才能报吧，我是今年秋季报的。"宋书恩坐在桌子前的椅子上，"我是没事，瞎胡看，捞着啥看啥。"

第十一章 负情

"反正你得帮我报,我也要参加自学考试。"

吴金玲的眼睛已经有些蒙眬,她歪着头,长发从额前飞流直下,右边的一部分遮住了她的一半脸。电棒管的荧光下,她白色的衬衣领在紫红色的羊毛衫衬托下更加雪白,鼓鼓的胸部弧线优美。

他说:"吴会计,你困了吧?"

"我不困!想赶我走啊?"她用手向后撩了一下头发,"我给你说,咱今后约定,没人了,我不再叫你宋主任,你也不能再叫我吴会计,我们都叫名字,你要犯规了就罚你,罚你干啥呢——对了,罚你请我吃饭。"

"那你要是犯规了呢?"

"我犯规罚我请你吃饭。"

吴金玲很健谈,她向他谈起了自己的童年。她告诉他,自己的童年有忧伤又充满快乐。忧伤的是,自己在七岁的时候,疼爱自己的父亲因患癌症去世,从此她失去了父爱。快乐的是,两个哥哥和一个姐姐对她很宠爱,特别是大哥吴金春,像父亲一样对她言听计从。她还说起了许多小时候跟大哥在一起的趣事。说到伤心处,免不了伤心垂泪;说到兴奋处,禁不住咯咯大笑。

宋书恩渐渐地被她感染,不知不觉就放下了戒心,开始向她诉说,诉说自己养兔子的乐趣,诉说娘去世的那个中午,还说起傻改柱和他的傻媳妇老七。

那一晚,他们聊了很多,吴金玲在他的宿舍待到很晚,倒也没发生什么暧昧之事。而仅仅如此,就让宋书恩受尽了煎熬,内心充满了负疚感。他总是不时地想起与何玉凤的恩爱。

自从那次吴金玲在宋书恩宿舍待到深夜,他立即提高警惕,专门制定了一个对待吴金玲的"四不"政策:不卑不亢,不远不近,不冷不热,不单独相处。

但事实证明,这个"四不"政策对吴金玲是不管用的,她认定了要追他,哪怕你躲闪,哪怕你不冷不热,她只顾对他好。

而尤其令宋书恩无奈的,是她开始故意搅和他与何玉凤的关系。本来何玉凤来厂里的次数就不多，一个月也就一两次，可每当何玉凤来厂，刚在宋书恩宿舍里坐下，吴金玲就会跑过去，手里还会提点儿苹果、橘子等水果，像主人一样对玉凤让来让去。

宋书恩知道她的用意，不去理她，她却热情地招呼何玉凤，嘴里说的却是宋书恩："书恩，来客人了你唬着个脸，一点儿也不热情，这哪是待客之道？连水也不倒。"

宋书恩扫了她一眼，但还是忍住没有发火——在这个企业，他有足够的忍耐力。别说她是厂长的妹妹，就是办公楼上随便一个职员，说不定就是哪个镇领导、厂领导的关系，他都不敢轻易得罪。

宋书恩装着去提水，拿着暖壶出了宿舍，他想着等回来吴金玲就会知趣地走了。但他想错了，她坐在桌子前看着一本书，何玉凤尴尬地坐在床头不知道说啥。

宋书恩看不下逐客令她是不走，就说："吴会计，那书你要看拿走看吧，看完了再还我。"

吴金玲眼光一直在书上，说："谢谢啊，我走时候就带走。"

她仍然坐在那里一动不动，宋书恩看她不走，就给玉凤使了个眼色，往外摆了摆手。

何玉凤一脸的不高兴，却还带着笑脸对吴金玲说："吴会计，我回去了。"

吴金玲拉着她说："走啥啊，天都快黑了，你不走就跟我住一起，我在走廊那头。我跟书恩这关系没啥说的，他的客人就是我的客人。"

宋书恩说："吴会计，你忙吧，我去送送玉凤。"

一出厂门，何玉凤就说："书恩，那个吴厂长的妹妹，对你有意思。"

宋书恩恼火地说："她这人，真让人受不了。"

看看何玉凤不高兴，他又笑笑说："咋了，吃醋了？她再有意思我不理她不就行了，她还能硬把我抢走？"

何玉凤叹口气，说："人家是厂长的妹妹，长得又比我漂亮，啥条件都比我强，你不动心？"

第十一章　负情

宋书恩一脸的委屈，说："玉凤，我要有一点儿动心就不得好死！你玉凤对我的好，我啥时候都不会忘记。你要相信我，相信我，我绝不会对不起你。"

坐在车后架上，何玉凤把头靠在宋书恩背上，泪水在眼里打转。她紧紧地抱住他，抽泣着说："我相信你，书恩，我不敢想，要是没有你，我不知道还怎么活。"

"玉凤，你放心吧，我绝不会离开你。"

宋书恩与何玉凤在街上的饭店吃完饭，骑车回到厂里，想偷偷回到宿舍，可一上三楼，就见灯光下吴金玲倚着栏杆站在走廊上。她看见他们走过来，就打招呼："书恩真不够意思，你说去送客，原来是去街上吃饭啊，客人要不走我说请你们吃饭哩。"

宋书恩说："没车了，没车了。"

吴金玲说："何老师来我屋里吧，我的床宽着呢。"

宋书恩说："不用了，办公室也有床，我去那儿吧。"

何玉凤说："我睡觉有点儿独，从小就没跟别人睡过一张床，不麻烦你了。"

宋书恩看吴金玲又要跟到屋里，就说："你先忙吧，我们去办公室说会儿话。"

他拉着何玉凤去了办公室，这次吴金玲没有再跟过去。她心里酸酸的，心里早把何玉凤当成了情敌。

他们到了办公室，把门关好，宋书恩迫不及待地抱起何玉凤，她忍了半下午的热情终于爆发。

良久，何玉凤从热吻中抬起头，说："书恩，你可不能忘了写作啊，这两年也写出点儿眉目了，都加入市作协了，再坚持几年，就会有大的成功了。"

宋书恩点点头："我也是这么想的，可企业的事情太多了，这个办公室主任可以说啥都管，吃喝拉撒，共青团、工会，各种公文材料，都给了我，我又不想干不好，没办法，到了这儿我几乎就顾不上写作了。"

"也是，光说工资高点儿，干的工作也多，不容易。"

宋书恩叹了口气:"我现在非常怀念在学校的日子,虽然穷点儿,精神却舒畅,没那么多杂事,有很多时间读书写作,关键是有心情读、有心情写。"

两个人在办公室待到深夜,宋书恩拉她上楼,蹑手蹑脚来到宿舍。他们相拥而眠,互相传递着爱意,却又不越雷池。

无疑,吴金玲对宋书恩是用心的。她很清楚宋书恩的心思,无论是个人条件和家庭条件,何玉凤都要逊她一筹。他之所以不接受她的示爱,就是因为他不愿意辜负何玉凤,而不是不喜欢她。

吴金玲一如既往地对宋书恩实施着自己的攻势。她也是个聪明人,趁何玉凤来厂搅和过几次之后,不但不奏效,反而让宋书恩有点儿恼火,她就放弃了这种不高明的行为,碰到何玉凤再来就不声不响地躲一边去了。

吴金春曾经告诫过妹妹,不要硬拆散人家,镇政府大院及各机关,年轻小伙子多的是,何必非要在宋书恩这一棵树上吊死?

吴金玲则说:"我的事不用你管,你看着他宋书恩总有一天被我俘虏。"

吴金玲改变了攻略,不再像以前那样死缠他,而是有张有弛。平时,暗中关注着他,尽量不去打搅他。工作上一有机会在一起,她就表现得异常乖巧和体贴:跑腿儿的事抢着干,给他递水喝,吃饭给他夹菜;等等,却不多说话。

有一段时间,宋书恩都放松了警惕,认为她不会再纠缠了,心里松了一口气,不那么紧张了。说到底,能否坚守住他与何玉凤的这份爱情,他对自己一直怀疑。作为年轻人,宋书恩肯定喜欢跟吴金玲这样一个年轻美丽的姑娘在一起。

为了能跟他有共同的话题,很少看小说的吴金玲,开始找来《钢铁是怎样炼成的》《青春之歌》《第二次握手》等书看,后来还因此迷上了当时流行的琼瑶小说。

慢慢地,一有机会她就跑到他办公室或宿舍跟他聊天,谈论读小说的感想。她还别出心裁地跟他搞起了"成语接龙"的文字游戏。那是在一个初冬的夜里,她去他宿舍,他不知道为啥正坐着发呆,她看他蔫蔫的,就说:"书恩,咱玩成语接龙吧，你这大文人，肯定喜欢。"

宋书恩无精打采地问："怎么玩啊？"

吴金玲胸有成竹地说："一个人说一个四字成语，下一个人接一个成语，接的头一个字得是上一个成语最后一个字，谐音也可以。谁超过十秒钟说不出来就算输了，就让刮下鼻子，好不好？"

宋书恩说："好，你先说吧。"

吴金玲清清嗓子，稍做思考，念道："欢聚一堂。"

宋书恩立即接道："堂而皇之。"

吴金玲："之乎者也。"

宋书恩："这之乎者也不能算一个词，按说你输了。"

"是你输了，你自己说不出来就说不是个词，我查过词典的，有这个词。不行，让刮一下鼻子。"吴金玲说着刮了一下他的鼻子。

"是是，有这个词，你接着说吧。"宋书恩只好乖乖地认输。

"好，我说了，我得找个难的，让你再输一次。刮目相看。"

"看风使舵。"

"多愁善感。"吴金玲接道。

"敢拼敢闯。"

"窗明几净。"

"净……"宋书恩又一次输了，把头伸过去被她刮鼻子，她用食指在他鼻子上轻轻划了一下，咯咯地笑起来。

后来吴金玲还经常与宋书恩打扑克牌。夜里，两个人在宋书恩的宿舍，盘着腿坐在床上，打"揭八张"，也就是一副牌的"升级"，从A到K，看谁先打完一轮，就算赢一局。赌注一般是吴金玲定，有时候在额头上贴纸条，有时候刮鼻子，有时候打锤，还有时候是请吃饭或是买个什么东西。这揭八张，宋书恩是吴金玲手把手地教会的。他开始很不习惯，但看她并不说啥，就是聊天、玩牌，慢慢地他也就释然了。

他们玩牌也好，聊天也好，吴金玲表现得异常自然与随便，有时候她的脚蹬在他腿上，或是附在他肩膀上偷看他的牌，却没有那种暧昧，他心里纵是有些想法，看她那么平静，也就平息下来。

他们也一起看过电影，电影院里去过，露天电影看过。跟吴金玲在一起看电影，是宋书恩最内疚的时候，他内心充满了矛盾与煎熬。吴金玲跟他在一起，从来不说他们的关系问题，也不说何玉凤。

后来他们一起去市里上自学考试辅导课，有了更多的机会在一起。他们住在同一个宾馆的同一个楼层，一起吃饭一起听课，一起复习一起讨论。她对他好自不必说，却从来没有过分亲热的表示。

他们这种若即若离的关系，一直持续了近一年。无论他们怎么相处，始终都没有捅破那层纸，关系上也没有质的变化。很多年之后，宋书恩回忆起那时候吴金玲在他宿舍待到深夜不走，都能相安无事，就是因为自己能把持住自己。吴金玲尽管热情大胆，但那个年代，女孩子还是少有主动亲热的。孤男寡女，独处一室，好比干柴烈火，稍有不慎，碰出一点火星儿，熊熊大火就会激情燃烧。这期间，他因为有何玉凤在心上，任吴金玲如何敲他的心扉，何玉凤都在那儿挡着，也就始终保持着那种微妙的关系。而他也多次权衡过其中的利弊——他真的太为难了。

终于，在他彻底放松警惕的时候，宋书恩与吴金玲的关系一下子发生了质变。

一九八七年盛夏，吴金玲说服哥哥吴金春，让她跟宋书恩一起去省城参加一个供应商的订货会。这样的订货会，其实就是商家为加深与客户的感情安排的游玩活动，吃吃喝喝，唱唱歌跳跳舞，再拉到景点转转，临走还有价值不菲的纪念品。这样的好事一般都是厂长、供应科长的，轮不上主管会计和办公室主任。

接邀请电话的正好是吴金玲，偏偏供应科长出差去东北，她就想这是个机会，马上跟哥哥汇报，吴金春对这个从小娇惯的妹妹也没办法，只好应允。

宋书恩并没有多想，厂长安排的公差，又带着司机，以前也经常在一起，这事根本算不上什么。

当天下午来到省城最豪华的中北饭店，报到、安排住宿，都是吴金玲去联络。

第十一章　负情

刚到房间，会务组就有人给她传信，说吴金春打来电话，让司机回去。

因为参会的女性少，吴金玲自己单独住一个间房。司机走后，她说："咱用车不方便了。"

宋书恩说："也不往哪儿去，不行了坐出租车。"

吴金玲心里一阵高兴，她巴不得司机走了，她能与他无所顾忌地玩几天。

晚饭时候，作为最大的客户，宋书恩与吴金玲被安排在主宾席，由公司一把手和总与办公室主任作陪。酒桌是圆形的十八人台，餐具是考究的白玉瓷，茶杯、汤碗、调羹、筷子托、烟灰缸，都是那种温润如玉的瓷，晶莹剔透，质感柔美；黑色油亮的筷子要比家用的长一大截，还用一个金黄色的布套装着。十二个凉菜摆好，素菜有什香菜核桃仁、凉拌枸杞苗、干炸腰果、手撕杏鲍菇、蒸时蔬、泡嫩姜，荤菜有极品鱿鱼片、卤金钱肚、椒盐乳鸽、白斩鸡、干炸银鱼、水晶牛鞭。

宋书恩自从到了企业，在县城也经常出入大饭店，菜跟省城的肯定错了档次，也从来没有见过这么大的酒桌。

客人坐定，和总与大家简单寒暄后，举杯共饮。酒是五粮液，不喝酒的是鲜榨果汁。吴金玲要了果汁，又要了白酒。宋书恩一向喝酒很谨慎，生怕喝多出事、误事。

今天这阵势，宋书恩想着人多，喝酒应该很随便，加上吴金玲煽风点火，他很放松。

吴金玲平时与供应商打交道多，都很熟悉，宋书恩跟他们则不熟悉，她有意把他推介出来，想让他们多灌他喝点酒——她要让他喝得半醉不醉。

酒过三巡，东道主开始敬酒，接着在座的其他客户也开始互相敬酒，很快酒桌上掀起了高潮。

吴金玲偷偷拍拍宋书恩，让他敬酒，说："这种场合，你代表的是我们彩印厂的形象，可不能退缩啊。"

喝得有点儿兴奋的宋书恩很豪爽地向大家敬酒，一圈十五个人下来，他喝了十五杯。本来到了吴金玲这儿他不想喝，大家都不愿意，说本单位的也得喝，这是前车,都是这样。没办法,宋书恩给她敬了两杯,他陪了一杯。

看着宋书恩喝得晕乎了,吴金玲又开始担心了,不能让他喝瘫了,喝瘫了晚上就没意思了,连话也说不成。

趁大家不注意,吴金玲拉起宋书恩没吃主食就离开酒席。回房间的路上,宋书恩走路有点摇摆。吴金玲说:"书恩,你喝多了吧?"

"没事,没事,我还能再战斗一阵子。"宋书恩推开想扶他的吴金玲,"好久都没喝这么痛快了。"

到了房间,宋书恩往床上一歪,斜靠在床头,说:"这会儿感觉喝得有点儿多了,床好像在转,转得我头晕。"

吴金玲微笑着不说话,给他倒好一杯水,把大灯关掉,坐在床头,说:"书恩,难得有这样轻松的机会,咱出去转转吧。"

宋书恩说:"床怎么老转啊,这省城的床不好,光转,哈哈……"

这时候,床头的电话响了,是会务组通知去餐厅的三楼,安排的有舞会,请他们一定去。

这个安排让她兴奋,他们虽然不会跳舞,她却有跟他学跳舞的机会———一定得把他拉到舞场上,让他牵着自己的手跳一曲。酒精使她亢奋,但她是清醒的。她感觉脸上发热,自己脸红了吗?

她把宋书恩拉起来,说:"书恩,走,咱也去体验下跳舞。"

宋书恩说:"我又不会跳,不去了吧?"

"走嘛,书恩,俺想去,你就陪俺去吧。"

"好,咱去跳舞。"宋书恩穿上鞋站起来,吴金玲就势挽起他的胳膊。

舞会组织得很杂乱无章,供应商找了二十几个伴舞女孩儿,来陪男客户。宋书恩因为有吴金玲,当然没有舞伴陪他。

在迷离的霓虹灯下,伴随着舒缓的舞曲,他们学着其他人的样子,他右手挽着她的腰,左手握着她的右手,她的左手放在他的肩上,开始随着舞曲走动脚步。也许因为年轻,也许因为他们有跳舞的天赋,他们跳得像模像样,一点儿也不像是第

第十一章　负情

一次。

一曲下来，他们都大汗淋漓，但很爽快。等下一曲舞曲响起，她又拉着他走进舞池。他们越来越默契，越来越亲近，后来她干脆把左胳膊搭在他肩上，整个上身几乎贴在他身上。她看他的时候，发现他也在看她。

她伏在他耳朵上说："书恩，跳舞真美妙。"

然后，她就伏在他胸前，内心荡起一汪一汪的热浪。她的脖子可以感受到他呼出的气息，温热而舒服。他的手在她的背上也有了更大的力度，后来干脆滑到她的臀部。

她整个人都醉了。在一曲慢四将要结束的时候，吴金玲在他的脸上轻轻亲了一下。他也大胆地用力往怀里揽了一下她。

她说："书恩，我累了，想回去。"

他点点头，跟着她出了舞厅。她说："书恩，酒劲上来了，我身子有点软，你扶着我。"

宋书恩听话地扶着她，她几乎把身体全靠在了他身上。在电梯里，她闭着眼扑在他怀里，似乎睡着了。

他架着她进了她的房间，把她扶到床上，为她脱掉鞋子。等到他要起身的时候，她伸出双臂抱着他，说："书恩，我让你亲我！"

宋书恩哪里顾得那么多，捧起她的脸亲吻起来。恍惚中，他们光滑滚烫的躯体贴在一起，她温润的嘴唇抵住了他的嘴唇，还有那蛇一样的手，在彼此的身上游来游去。

两个人在热烈的接吻中燃烧起来。他的手很轻易地捉住了浑圆而结实的乳房，身体也随之膨胀起来。

"书恩，书恩，我爱你，我爱你……"

"金玲，我也爱你……"

宋书恩感觉自己就要爆炸，他一翻身跨在她身上，不顾一切地进入她的身体。

一阵战栗，宋书恩在从未体验过的激情中释放。他温情地吻吻她，说："太美妙了，太幸福了。"

说完，他竟呼呼地睡着了。

从省城回来，宋书恩就知道，娶吴金玲为妻已经是板上钉钉的事了。跟她发展到这一步，想退，那后果简直是不堪设想。

但对何玉凤，他不知道如何给她交代。

你不是信誓旦旦地向她承诺吗？你不是下决心要爱她一辈子吗？在你最落魄的时候，她家收留了你，她给了你爱，而你，这么快就背叛了她。

酒真是祸害，绝对的祸害。当初，那第一次喝酒，惹出轰动全校的事件，还把自己的前途葬送了。而如今，又因为酒，自己一失足把生米做成熟饭，成为背叛爱情的小人。

决定与何玉凤分手之前，宋书恩找到老四，痛哭流涕地向老四倾诉自己的纠结。

"四哥，我不是人，我真不是人，我对不起玉凤，对不起玉凤啊……"

老四对他的哭诉无动于衷，宋书恩一离开学校，他就有这种预感。本来，他与何玉凤的爱就是在特殊情况下建立起来的，尽管经历了一些风雨，但终究不牢靠，何况又碰到现在的状况。

老四说："别哭了，想想下一步吧，你跟她分手，她找你闹咋办？她爹找几个人打你咋办？这样的事情，谁也不向着你。"

"我倒是想让他们打我一顿，骂我一顿。"

老四说："找到厂里去闹一场，你丢不丢人？今后你还能抬起头？"

"那我咋办？我对不起她，还能不让人家闹？"

老四问："没有余地了吗？比如，那个吴金玲，你对她没一点意思？要真是跟她结了婚你要委屈一辈子，我看也不是不能考虑离开她。"

宋书恩思索良久，说："现在离开她，肯定不行了。我们在省城一起住了几天，她能忍吴金春也忍不了啊，他还不把我给活剥了。"

第十一章　负情

其实，宋书恩想得更多的，还是他的工作。如果离开彩印厂，学校肯定是回不去了，那么他能去哪里？只有去工地打工。而如今，他想起打工的苦日子都害怕。可以说，离开吴金玲，就等于离开彩印厂，离开彩印厂，自己将再次陷入绝境。再说了，与吴金玲相处这么长时间，他就是一块石头，也会被暖热。

"你自己拿主意吧，这事我说不来。"老四叹口气，"好好想想再定，别吃后悔药。"

宋书恩骑车走在黑夜的大街上，满心想的都是何玉凤的好处。他真想心一横，什么都不顾，对吴金玲理直气壮地说，我就要跟玉凤好下去，你爱怎么着怎么着吧。

然而，回忆起几天前与吴金玲在省城的亲热，他又怎能说得出口？

这么长时间，他表面上一直抵触吴金玲，其实这抵触并不是因为讨厌她，而是因为他与何玉凤的诺言。当他与她有了那事，他突然发现自己是那样喜欢她。

那天夜里，他们有了床笫之欢之后，第二天早上，当他从睡梦中醒来看到身边的吴金玲的时候，头一下子就大了。他支支吾吾地说："我们……"

吴金玲温情而羞涩地对他微笑着说："我们好了。"

宋书恩低着头不敢看她："真是，喝醉了，喝醉了……"

吴金玲起身给他倒了杯凉开水，说："是我愿意的，不怨你。"

又问他："你后悔了？"

宋书恩说："可我有未婚妻啊，你知道的，何玉凤咋办呢？"

吴金玲说："你们又没领结婚证，我不在乎。"

宋书恩说："玉凤家对我有恩，我不能辜负她。"

吴金玲说："有恩报恩，不能拿婚姻大事报恩。"

宋书恩说："可……可我不能不负责任吧？"

吴金玲说："那你对我就能不负责任？我现在是你的人了。"

宋书恩无言以对。

吴金玲妩媚地伏在他胸前，说："书恩，亲爱的，我要你对我好。"

看着身材曼妙的吴金玲，还有床头柜上带着鲜红血迹的卫生纸，他顾不上多想，把吴金玲抱在怀里，热烈地回应她的温情。

宋书恩恍惚回忆起他们的第一次身体交合，那种不可言状的幸福令他再次燃烧。他再次完成自己成为男人的洗礼。

亲热中，他对她说："金玲，我爱你！"

吴金玲万般风情，呢喃道："书恩，我爱你！我爱你！"

宋书恩这时候才真正体会到性爱的销魂，那一刻，他完全忘记了何玉凤。

吴金玲与宋书恩有了那层关系，她就知道自己胜利了。有了肌肤之亲，再凭着经常在一起工作的优势，战胜何玉凤是轻而易举的。

也许是天意，在宋书恩提出分手之前，发生了令他痛心的一幕：一个星期天的上午，何玉凤推开他宿舍门的时候，他正与吴金玲抱在一起接吻。

推开门的一刹那，何玉凤惊呆了。凭直觉，她已经明显感觉到，他有情况了，好久了，她都怀疑宋书恩跟这个吴金玲关系暧昧，但想不到这么快，她的怀疑就被事实证明。

宋书恩与吴金玲非常投入地接吻，根本没有发现何玉凤的到来。玉凤的泪水不知道什么时候已经挂在脸上，看着他们陶醉而幸福的样子，她绝望地尖叫了一声："宋书恩，你不要脸……"

然后她摔门而去，逃也似的离开彩印厂。

听到何玉凤的尖叫，宋书恩推开吴金玲，仰倒在床上无声地哭了。他没有去追赶何玉凤，追上去说什么呢？她都看见了，还用说吗？他在心里默默地骂着自己，宋书恩，你这个无情无义的家伙，你趋炎附势，为了厂长的妹妹，抛弃深爱你的玉凤，你真无耻！还让何玉凤目睹这样残酷的场面，你还是个人吗？

就这样与玉凤分手了吗？就这么简单吗？在那个上午之后，何玉凤一直没有再来。宋书恩天天处于焦灼与内疚之中。她就这样认了？不会再来找我质问，甚至吵闹？他倒真希望她来闹一场，把他骂一顿，再狠狠地抽他几耳光。可她一直

第十一章 负情

没有来，也没有音讯。第八天，他给她写了一封信，信中写了自己的愧疚和无奈，写了很多替她骂自己的话。

那封信寄出去好多天，仍然没有何玉凤的音讯——她彻底地与他决绝，没有一点儿缠绵。

宋书恩的心一下子空了。他所有的担心都没有，连一点儿麻烦都没有。何玉凤真善良，对他的负情，就这么默默地承受了，把所有的苦水，都咽到自己肚里。

他更加自责。此时，吴金玲已经公开了他们的关系。也许怕宋书恩有啥变故，她很快张罗了一个订婚宴会，把全厂中层以上干部和厂部机关的同事请到饭店热闹了一番。吴金玲很兴奋，也很满足。对于她来说，找一个像回事的对象不是问题，但像她的条件，真要找一个既合适又情投意合的小伙子，也不是一件容易的事情。

吴金春也格外高兴。他很欣赏宋书恩，有了这层关系，会更加亲密无间。宋书恩给他敬酒的时候，他亲密地揽着宋书恩的肩膀，说："书恩，多余的话我就不说了，金玲交给你我放心，以后就是一家人了。"

宋书恩点点头，说："厂长放心，我会更加努力干好工作，绝不会叫人说闲话。"

吴金春老婆说："不中，书恩，还叫厂长，罚一杯。今天喝过酒，往后就得改口了，叫大哥。"

吴金春哈哈大笑，说："书恩来，咱弟兄俩喝三杯改口酒，从今往后，除了公开场合叫厂长，私下里就叫哥了。"

两个人碰过三杯，宋书恩规规矩矩挨个儿叫了在座的人：岳母，大哥、二哥，大嫂、二嫂，姐姐、姐夫。

接下来，吴金春领着宋书恩与吴金玲挨桌给厂里的人敬酒。本来宋书恩与每个人的关系都处得不错，有了这层关系，大家对他更加高看。

订婚酒宴的热闹与喜庆，并没有让宋书恩轻松起来。他偷偷地流过很多次眼泪，想着何玉凤会如何伤心，如何恨他。他又给她写过三次信，都是石沉大海。也难怪，结局已定，何玉凤还有必要见他吗？见了面，除了增添痛苦与伤心，还能怎么样？只要结果不改变，解释没有丝毫意义。

那么，何玉凤就认准他不会回心转意？其实，他内心是期待着她来找自己闹一场。她一闹，也许吴金玲会放过他，兴许就有回旋的余地；即使改变不了结果，他心理上也会好受些。

然而，何玉凤一直都没露面。而在宋书恩，心里始终有个疙瘩解不开。她怎么就这么认了呢？这是要折磨我一辈子啊。

当然，宋书恩的痛苦是埋在心底的，他与吴金玲的恩爱更进了一步。有了真正的肌肤之亲，他们都像染上毒瘾一样，时时刻刻渴望在一起。终于，甜蜜与激情给他们带来了麻烦：吴金玲怀孕了。当吴金玲告诉他的时候，他惊呆了，惊慌失措地问："咋办？这可是未婚先孕啊！"

吴金玲羞涩地说："咋办？你怕啥？才刚一个月，咱马上结婚不就得了？"

宋书恩说："我还差两个月不够二十二，那行吗？"

"看你死板的，这你就别操心了，我叫咱哥办。"

很快，宋书恩回老家开回了介绍信，在吴金春的操纵下，与吴金玲领了结婚证，并举行了盛大的婚礼。

爹与大哥、大嫂来沙源县参加了宋书恩的婚礼。看着三儿子混得有模有样，宋恒四很是满足。

这时候，宋书魁已经有了一对龙凤双胞胎；二哥宋书仲在煤矿继续打着光棍儿，他变得更加少言寡语。

第十二章 江湖

老四处世为人的方法，对宋书恩影响很大。老四沉稳谨慎，不事张扬，有主见，无论什么事情，总是做在前边、说在后边。

宋书恩从老四的身上看到，话越少的人，说的话越有分量，而且更有威信；而不事张扬，表现出来的则是示弱，这样会让很多人忽视他，从而减少树敌和被嫉妒的概率，建立很好的人缘。

到企业之初，宋书恩有时候会沉不住气，甚至还会冲动，但比起同龄人，他显得成熟多了。而且，随着阅历和见识的增加，他的成长异常迅速。

宋书恩进厂在会上第一次针对职工行为规范的发言，会后被吴金春找去进行了单独谈话。他很严肃地说："书恩啊，作为办公室主任，应该跟厂长保持高度一致，特别在会上，不敢乱发言。"

宋书恩这才感觉到问题的严重性，马上表态："我不懂事，今后一定改，坚决做到不乱说话，请吴厂长放心。"

但是，年轻人的冒失与急躁，还是让宋书恩又犯过几次同样的错误，比如处理问题时急于表态、说话不留退路等。

一次，仓库保管员跟保卫科反映，放在仓库门口价值四五千元的近两吨白板纸边料（整开的纸张裁过后剩下的还可以做小规格产品的边料）在夜间失踪了。当保卫科长找到宋书恩商量的时候，他马上召集有关人员开会，表示要一查到底，一旦查出来是谁干的，没二话，除名走人，绝不手软。接下来他与保卫科长展开调查，很快就在生产办公室的一个杂物储藏室找到了物品的下落——这说明，这件事有车间中层以上领导参与，不然不会有储藏室的钥匙。最后的结果不出所料，是两个生产车间主任所为，一个还是厂长的内弟。两个人把这些边料藏起来，准备趁机会倒出去卖掉。

查清后，宋书恩与保卫科长跟厂长汇报。他义愤填膺地说："厂长，这件事性质太严重了，必须严肃处理，最少得开除。"

初来乍到的宋书恩还不知道如此复杂的人际关系。保卫科长偷偷地给他使眼色，又偷偷拉他，他说得正兴奋，什么也不顾。

吴金春听他说完，先表扬道："你们干得很好，这样的事情就得查清，不然不知道厂里有多少东西流失呢。"

吴金春扔给宋书恩一支烟，又淡淡地说："书恩哪，你先别急着表态。要沉得住气，学会处乱不惊。怎么处理，等开班子会研究研究再定吧。"

宋书恩马上意识到自己又太急躁了。在他看来，车间主任监守自盗，哪怕是厂长夫人的亲弟弟，都应该开除，不然还怎么管理别人？事情的复杂性等更深层次的东西，他没有考虑，他还缺少人情世故的经验。

研究处理两个车间主任偷盗事件的班子会上，宋书恩接受教训，沉默不言，始终在听其他人的意见。说来说去，都是围绕着罚款，没有哪个人提出来除名。

最后，吴金春做了总结性讲话："这两位同志，作为车间主任，干出这样的事，实在可恼，严肃处理是一定的。综合大家的意见，我建议，每人罚款一千元，公开警告批评，年底奖金降一半。小宋，你把这个处理意见写个公告贴到厂区，再发个处理文件给财务上。"

宋书恩心里不免有点儿失望，费了好大的劲查清了，处理起来却这么轻描淡写。

后来他看见那两个车间主任被吴金春叫到办公室，祖宗八辈地一顿臭骂。吴金春暴跳如雷，只差没有动手了。两个人乖乖地站在那里挨骂，低着头，含着胸，没有一丝一毫的不满情绪。

第十二章　江湖

事后，吴金春告诉宋书恩："书恩啊，大家都不容易，都是从最苦的时候跟着我干过来的，哪能一句话就让走人啊？这处理职工违纪，得把握一个原则，就是'雷声大雨点小'，批评要重，处理要留余地，不能一棍子打死，把事情做绝。"

宋书恩关于对两个车间主任除名的说法，到底还是传到了他们耳朵里。在很长一段时间里，他们对宋书恩都心怀不满，见了面甚至连招呼都不打，还欺负他不懂技术，在他去车间进行安全检查的时候故意出他的丑。

因为工作得罪人是不值的。宋书恩这样想。但是，工作中不得罪人也很难做到。如何做到既不得罪人，又不影响工作，这成了他工作中追求的目标。

宋书恩非常清楚，在厂里只有吴金春说了算。别看车间那帮子车间主任、班长见了面说话很客气，他们都是琉璃头，连几个副厂长都不放在眼里，更不会在乎他这个办公室主任，关键时候根本不尿他那一套。宋书恩不会跟这群势利鬼一般见识，有机会了一起吃吃喝喝，给谁弄瓶酒送盒烟，与他们友好相处。他也明白，用得着人靠前，用不着人靠后，这是老辈人总结出来的交际谚语。自己既不管钱又不管人，除了吃喝上能给点儿小恩小惠，给他们加不了工资提不了官（尽管企业的官摆不到桌面上），没人买账是自然的。

慢慢地了解了厂里的情况，宋书恩才知道什么叫乡镇企业。除了几个创业的厂领导之间没有亲戚关系，其余的中层管理者及一线工人，几乎都与几个厂领导有着千丝万缕的关系，再不然就是跟县领导、镇领导有关系。本来他进厂之前没有关系，现在他成了厂长的妹夫，也扯上了裙带关系。

沙阴市委、市政府为大力发展乡镇企业，提出了"百村千万工程"，口号是"百村创千万（年产值），乡乡超亿元（产值），增速超四十（年增速超40%），五年翻三番"。彩印厂在这样的大气候下有了良好的发展环境，政府支持、银行贷款、税收等方面都有优惠政策。一九九〇年，沙源县城关彩印厂已经发展成为一个年产值上千万的大厂，厂名也改为沙阴市美华彩印厂。

在这个过程中，宋书恩真是英雄有用武之地。他刚结婚，吴金春就让他糊里糊涂地入了党。成了共产党员，宋书恩并不兴奋。他尽管从小读了不少革命书籍，但并没有要当共产党员的理想，感觉自己离共产党员太远了。再者，入党对他来说太简单了，吴金春对他说，镇党委要让厂里成立党支部，可厂里只有他自己一个党员，得突击发展一批。于是，宋书恩和三个副厂长、供应科长、销售科长、两个车间主任一起写入党申请书、填志愿书，镇直银企党支部突击搞外调，他们不知不觉就算预备党员了。这中间，甚至连入党宣誓都省略了。转正也悄无声息，支部组织委员通知每个预备党员交了一份转正申请，就算转正了。宋书恩成为正式党员好久，都感觉有点不可思议。心想，入党原来这么简单。

彩印厂一下子有了九名党员，成立党支部理所当然。吴金春委托宋书恩找了几次镇党委的组织委员，一起吃了几次饭，写了个申请，很快就批准了。吴金春当然是支部书记，宋书恩被指定为组织委员，一个副厂长任纪检委员。吴金春让装饰部做了一个跟厂牌一样大的木牌，上边用红油漆赫然写着：中国共产党沙阴市美华彩印厂支部委员会。吴金春的名片上也加了一个职务：中共沙阴市美华彩印厂支部委员会书记。

企业发展壮大之后，宋书恩住上了独院的两层洋楼，出入有小轿车，衣食住行花钱都能报销，可谓要风有风要雨有雨了。

这时候，宋书恩的职务仍然是办公室主任，但不知不觉中他成了班子成员，享受"副厂级"待遇，拿到了六百元的月薪。他知道，这跟他是厂长的妹夫有着密切的联系。调工资前，吴金春对他说："书恩，既然做了组织委员，就该享受副厂级待遇了，办公室主任这个职务先不变，工资给你调上去，也不下文件了，免得有人心里不舒服，说闲话。"

宋书恩当然无话可说，他根本就没想过这档子事。他感激地说："大哥，你对我照顾得够多了，怎么样我都没意见。"

企业大了，杂事更多了。厂里建起了招待楼，来客吃饭、住宿都在厂内解决。宋书恩被吴金春指派兼任招待所所长。说起来是个厂内招待所，看起来可够气派，一栋双面五层楼，每层就有四十多个房间。一层和二层是厨房、工作人员住室、餐厅，三层和四层是客房，五层是歌舞厅、棋牌室、音像厅。

招服务员的时候，宋书恩拟了一个计划，准备到县电视台打个广告，好好选拔一下。跟吴金春一汇报，吴金春却笑了，他说："你以为咱这是五星酒店啊，服务员哪用得着这么挑剔。晚上开个班子会，加上中层干部，谁有亲戚，得是女的，愿意干了就报名。也算给大家办件好事。"

"年龄是不是得限制一下？"

吴金春想了想，右手拍了一下桌子，说："不超过五十岁就中。"

看着站在面前的二十名年龄不一的服务员，宋书恩自己都禁不住想笑，他想到了几个词：大小不一，高低不一，美丑不一，胖瘦不一。年龄小的，真小，十五六岁；年龄大的，够大，四十七八。高个子的，有一米七；矮个子的，不足一米五。胖的，虎背熊腰，丰胸肥臀；瘦的，骨瘦如柴，形如豆芽。好看的，身材、脸盘堪称一流；丑的，身材像水桶，皮肤又黑又粗糙，五官活似烧伤过。几个年龄大的，手还特别糙，又不是冬天，皮肤竟像皲裂一样，纹路特别粗，里边还黑乎乎的，好像刚修过柴油机的拖拉机手。

靠这样一群服务员，创一流服务水平，那简直是异想天开。宋书恩这样想着，嘴上却言不由衷："同志们，从今往后，我们就是美华彩印厂招待所的一名服务员了，就要为美华的客户提供优质的服务了。在这里，我代表吴厂长，给大家提几点要求。一是要高标准严要求，按照县宾馆的水平来服务，态度温和，随叫随到，不急不躁；二是以所为家，勤劳踏实，不怕苦不怕累；三是注意形象，穿戴大方得体，搞好个人卫生……"

宋书恩站在招待所的楼下给服务员讲话的时候，过往的工人与群众如看玩把戏一样兴奋。宋书恩一边讲话，一边听着群众评价服务员的私语：那个黑胖的老婆穿上工作服，像个玩猴的小丑，她不把客人吓跑啊？那个虎背熊腰的是李厂长他媳妇，说话跟打雷一样，她咋也当服务员了？还是郝厂长他侄女好看，不高不低的，那脸儿跟电影明星一样……

对服务员队伍，宋书恩肯定是不满意。但他知道，这是厂里的大气候，他需要与吴金春厂长保持高度一致。

　　企业的生活，在宋书恩的记忆里除了喝酒应酬（陪客人吃饭是家常便饭，后来时兴跳舞唱歌、洗澡按摩，他陪一些重要客人出入歌舞厅、洗浴中心、按摩房也是常事），很多往事都烟消云散，而有一些细节却深深地印在脑海里。很多时候他都不齿于提及在企业的那个时段，但它实实在在地存在，他避不开，而且越不愿意想起，大脑里越是闪现某些片段，像梦魇一样挥之不去。

　　当他一步步成熟起来之后，公关成为他的主要工作。企业的公关很简单，说透了就是请客送礼。宋书恩在吴金春手把手地调教下入门历练，最终成为一个可谓攻无不克的公关好手。

　　宋书恩第一次给人送钱，是一个银行的副行长。他费了很大的周折找到了那位丁副行长的家里，好不容易敲开门，坐了好大一会儿才硬着头皮把钱拿出来，然后红着脸拉开门就走。他没有预料到的一幕发生了：他一出门，后边就跟着搞了一个"天女散花"，一共五千元的百元钞票树叶一样从三楼飘到一楼，接着是关门的沉闷撞击声。

　　他的脸一阵阵发烧，眼睛里也有泪水涌出，一种从来没有过的耻辱涌上心头。为了给单位办事，自己的尊严和人格落叶一样被踩在脚下。但他不能就这样缩回去，还得往前走——他很清楚，如果今天的钱送不出去，第二天到办公室的贷款手续就签不了字。他不能耍性子，不能顾及自己的尊严与人格，而是无论如何都要完成厂长交办的任务。

　　好在这时候楼道里没有一个人。他一张一张捡起地上散落的钞票的时候，脑海里再次无数遍闪现出那只白狐的眼睛。那眼睛静静地注视着他，让他受辱的心稳下来。等到他把钞票全部捡起来，又成为整齐的一沓，他已经平静下来，刚刚冒出来的给厂长打电话的念头被压了回去。他踏着楼梯一步一步爬上三楼，再次敲响那扇门。

　　宋书恩的手刚刚敲出一点儿声响，里边就扔出来一句话："走吧你，别在这儿烦我！"

他低声下气地对着门说："丁行长，你开开门吧，你要不开门我把东西别门把手上就走了。"

这句话起了作用，门吱呀一声开了。宋书恩把钱放到茶几上，说："丁行长您不能为难我，吴厂长让我来，我得完成任务，不然回去吴厂长会把我炒了，我先把这东西放这儿，您给他打电话让他来取，这我就不为难了，您得帮我啊。"

丁副行长马上给吴厂长打电话，说："吴老板，你让宋主任来送这东西是不对的，不行，这不是让我犯错误吗，他在这儿磨磨叽叽，非要放这儿，那就先放这儿，回头你一定得拿走。"

宋书恩很感激地把钱放在客厅的茶几上，出了门兔子一样跑起来，生怕人家再改变主意追上来。他坐在车上松了口气，对司机说："日他娘，走，咱去洗澡。"

过后，他才如梦初醒，那位丁副行长并不是不想要，而是不放心他，故意作秀给他看，也给自己留了退路。

再不正常的事情，习以为常了，就变得正常了。宋书恩给人送钱送东西，慢慢地，就像穿衣吃饭一样熟练，不再不安，不再有耻辱感，当然也就不再痛苦。一年四季，不算中秋节、春节正常的打点，请人吃饭、给人送礼成了他的主要功课。

表面上看，工厂是搞生产的，厂里的人一般不会被看作商人。但说到底，工厂里还是有"商"的，车间的工人不是商人，会计保管不是商人，但厂长是商人，管供销的副厂长也是商人，业务员也是商人。宋书恩算不算商人，他自己也说不清。说他是商人吧，他不管生意，只管厂里公关和"思想政治"方面的工作；说他不是商人吧，他做的工作也算是"交易"，也可以给厂里带来经济利益。

宋书恩学过经济基础决定上层建筑的理论，但现实中，他看到更多的，是上层建筑对经济基础的反作用。彩印厂虽然是县里的名头企业、利税大户，但很多时候还是需要向上层建筑领域低头的。比如公检法司，这些部门似乎跟企业关系不大，联系不多。但事实上，厂里经常与他们发生关系，还要讨好他们。讨好是需要成本的，厂里经常不声不响地给他们送支票或现金、物资。

因为直接经手，宋书恩有机会认识和结交方方面面的人，无论到了哪个部门，对他都很客气，也很热情。他清楚，他拿厂里的成本在办厂里的事情的同时，也收获了自己的人脉资源。

如吴金春所说，关系也是生产力，开发领导和社会各部门，也是开发生产力，有时候比搞技术改造带来的经济效益还要高。

宋书恩是美华彩印厂开发"特别生产力"的主要人物之一（最主要的人物当然是吴金春），很多时候，他在县里活动的频率还要高于吴金春。当然，宋书恩打交道的，相对应的也都是部门副职、办公室主任、股长之类。如遇部门一号，或县级高层，必有吴金春出面，他则由主角退到配角，给领导们搞好服务。宋书恩的服务是无微不至的，他有个随身携带的笔记本，上边有包括书记、县长、分管副县长及各局委一把手家庭住址、生日、饮食习惯、爱好等记录。这些领导一出现，宋书恩就会滴水不漏地安排各种程序。比如工商局局长，他笔记本上这样记录："住址：解放路煤场巷76号。生日：农历六月初三。饮食习惯：必点菜猪嘴、猪蹄或煮羊肉（必有醋、大蒜），喝简装汾酒（酒具小碗或茶杯，忌小牛眼盅）。主食：沫糊或玉米糊涂面条配油饼。习惯：午饭后洗澡，洗后按摩捏脚（修脚）。附：吃饭一般不带随员、司机，须安排车接送……"

阎王爷好说，小鬼小判难缠，这大约是说领导好对付，具体的办事人员难办。宋书恩在实践中才真正体会到这句谚语的深刻。他经常感叹，真是个有点儿权力能办事的人就是路神，你敢不烧香立马捏你头疼。

这话一点儿不假。有一年中秋节前几天，厂里正在给职工发福利，来了一个面包车，说是县质量技术监督局企业股的，过节了来厂里看看。之前，厂里跟这个局也没打过什么交道，宋书恩不认识他们。他们其中一个带头的说得很明白，过节了，局领导都喜欢城关的驴肉，看能不能弄点儿。

宋书恩正忙着，就打发他们先走，说回头把驴肉送去。过后，他却把这事忘了。这下子就有麻烦了，面包车一连好几次到厂里"检查"工作，今天是这个酒盒

第十二章　江湖

手续不全，明天说那个商标材料不够，连续开了几次罚款单。彩印厂也不是好捏的，罚款单肯定是不会兑现的，但"运动"还是要有的，通过县政府办，宋书恩把局长约出来，吴金春亲自作陪，与局领导结下了深情厚谊。但在与企业股沟通的时候，却费了很多周折。

那位股长不客气地对宋书恩说："吴厂长不是跟局长关系好吗？但关系是关系，工作是工作，局长肯定不会说让我们不顾原则，这罚款通知还是他签的。"

宋书恩只好不断地跟他们沟通。沟通的平台当然是酒局，还有成件的软包装驴肉。一算账，除了驴肉没逃掉，又多赔进去好几桌酒席，外加若干点头哈腰及笑脸。爷爷的那句"用得着人家咱是孙子"，让他有了更深的认识。

有了这次教训，宋书恩就是把自己姓啥忘了，也不敢把此类事情忘了。

宋书恩替吴金春操心照顾着方方面面的关系，天天身陷其中，人真正成了厂里的人，特别是肩上的担子重了之后，不光很少回家吃饭，更顾不上与老婆浪漫、与孩子亲密，吴金玲满腹牢骚，甚至怀疑他在外边有人，还把官司打到了吴金春家里。

吴金春表态："书恩全是为了厂里，金玲不能胡搅蛮缠，要顾大局。"

宋书恩的内心，一直有一个"身份"的概念，而且，他对这个身份看得很重。他走进学校当上代课教师的时候，即使是"临时代教"，在他心里也是非常认可的，不管有没有编制，是不是正式的，三尺讲台是实在的，学生是实在的，教书育人是实在的。当他来到企业之后，身份虽然有点儿不明朗，但薪水是实在的，出头露面是实在的，在社会上所受的尊重是实在的。

身份的不确定，加上家庭的贫困与苦难，让宋书恩时时处在一种无形的压力之中。渴望改变生活状况，改变自己的身份，过上美好生活的信念，让他的内心经受了很多扭曲。

他最在乎的，其实是户口、学历和正式工。那也是那个时代评价一个人的价值尺度。

他与吴金玲结婚不久，把户口迁到了城关镇吴庄村，就是吴金玲家，但仍是农村户口。迁户口的时候，爹说："书恩，你这不算倒插门吧？"

宋书恩说："不改姓不改名的，哪是倒插门啊？把户口迁过去，有机会农转非，变成商品粮户口，要不我才懒得迁呢。"

爹的脸舒展开，笑笑说："啥时候能混个商品粮户口，你也不算亏了。"

拿到大专文凭，应该是他的一个转折点。因为有了这个学历证书，困扰他的很多问题便迎刃而解。当他从教育局拿到那个大红色的硬本本的时候，在大街上哭成一个泪人。他流着泪去找老四喝酒。

老四已经调到县文化馆做专职创作员了。一九八七年，为了解决部分为县里赢得荣誉的笔杆子，县里出台了一个"闲散科技人员转干"政策，农转非、转干、安排工作一步到位。老四到了县文化馆创作室，更努力地创作，他的中短篇小说连续两次上了省文联的《中北文学》杂志，名声越来越大。虽然老四的个人问题解决了，但老婆孩子在农村，他自己在县城过的还是很不规律的独身生活。

宋书恩对老四说："我终于也成为一个大专毕业生了，本来我可以很顺利地拿到本科毕业证，却费了这么多周折才弄了一个大专。"

这已经是一九九〇年的初夏了，他的女儿宋省玉已经一岁多了。本来他可以更早一些拿到毕业证，因为恋爱、结婚影响了学习，他挂过几次红灯。而吴金玲干脆放弃了自考，把心思放在了家和女儿身上。

吴金春也为自己的妹夫拿到大专文凭而高兴，把班子成员都请到一起摆了一桌酒席，为厂里这个唯一的大专生庆贺。

没过半年，吴金春又活动了一下，让宋书恩花几千块钱买了个商品粮户口，很自然地解决了转干问题。

办各种手续的时候，宋书恩享受到了人脉给他带来的方便。到公安局办户口，虽然吴金春跟局长打了招呼，但具体办还得有个过程，请客吃饭什么的。宋书恩却没费一点儿周折，他让办公室主任领着去找户政科科长，手续简化到极致，十分钟搞定。

第十二章　江湖

办转干手续时，镇党委、人事局一路绿灯，出乎寻常地顺利。宋书恩办完转干手续的当天，在黑夜里跑到野外，坐在地上望着北方天上的星星，低声向亲人们倾诉："爹，书恩给你的承诺实现了，总算干出点成色，虽然还不是个什么官，但也算是个干部了。娘，你在天堂看得见我吗？书恩已经长大成人，虽然走了弯路，现在总算又回到正道上了。大哥，你为兄弟高兴吧，书恩现在转干了，实现了我们宋家多年来的愿望。二哥，你会找到一个好媳妇，要是找不到，从南方买也得给你弄个媳妇。小四，三哥几乎没有管过你，你马上也该上高中了，一定得好好学习，考上大学，不能像我一样……"

那天晚上，宋书恩在野外待了很长时间，后来他不知不觉来到当初的建筑工地上，这时候那里已经是一片厂房。他很想念那只白狐，他无法走进当初厨房的地方，就坐在大门外，久久地看着黑暗的沙丘，期望那只白狐的出现。

但它除了走进过他的梦里，再也没有出现在他的眼前过。

第十三章　同学

宋书恩去武汉出差，专门腾出一天时间去找高上，这时候他正面临毕业。

高上见到西装革履、夹着牛皮公文包的宋书恩，吃了一惊。这家伙除了穿戴不凡，身上还有一种说不出来的高贵气质，简直就是个贵族公子。

"看样子混得不错，说说。"

四年大学生活，已经把高上变得有了一些知识分子模样，满脸都是踌躇满志，戴着金丝边的近视眼镜，头发梳成中分式，一招一式都很像个城市人了。

"再混得不错，还能比得上你吗？"

宋书恩叹口气，拿出带嘴的"石林"烟，给自己和高上点燃。

在弥漫着花香的珞珈山上，宋书恩向老同学诉说自己几年来的经历与遭遇。春天的珞珈山花木葱茏，远处的东湖波光粼粼。高上告诉他，这珞珈山，原名罗家山，也叫落袈山，后来武汉大学第一任文学院院长闻一多改成现在这个名字。珞，就是石头坚硬；珈，是古代妇女戴的头饰。

宋书恩与高上在一个偏僻处的石头上坐下，吞云吐雾，回想当年。

宋书恩从公文包里拿出一张名片递给高上，自嘲地说："混上名片了，也给老同学谝谝。"

高上拿着名片念道："沙源县城关镇彩印厂办公室主任。"

宋书恩与高上在火车上见过面之后，一直通着信，到了企业，他却没再给他写过信。

第十三章 同学

高上拍了一下宋书恩的肩膀，说："老同学，好！好！真为你高兴。二十一岁当上一个厂的办公室主任，不简单！"

宋书恩眼里已是泪花晶莹，他摇摇头："我这算什么？"

想想三年高中，好像就在昨天，那时候，他何曾想过会在工厂干？心里全是名牌大学。

回忆起过去，自然说起母校。高上说等毕业了约与几个同学去母校看看。

宋书恩苦笑说："我还有脸回母校？至今，包括老师同学，我也就跟你有联系。高上，你一定不要向老师同学透露我的消息。这辈子，我无颜见母校老师同学了。"

"都过去这么多年了，再说你也没做什么，你该放下了。"

宋书恩再次摇摇头，苦笑了笑，说："放下？我能放下吗？每每回忆起那个夜晚，我的心都会颤抖，放下？这辈子恐怕我都放不下了。"

在高上面前，宋书恩的内心充满了自卑。在高中，除了云丽霞，他几乎没有一个特别要好的同学，而出事后的落差，更使他无地自容。内心深处，在他逃离后就与母校隔山隔水了，如果不是与高上的邂逅，这辈子也许真的会与母校和同学们断绝来往。然而，随着时间的流逝，随着自己人生道路的变化，他越来越感觉自己对母校的思念与牵挂是那么强烈。这时候，高上成为他与母校联结的一个纽带。

保持与高上联系，宋书恩还有一个想法，高上学的是中文，将来会分到与文学有关的单位。而自己喜欢文学，肯定有用得着他的地方。

与高上分手时，宋书恩拿出三百块钱，说："马上要毕业了，事多，分配工作也需要活动吧，经济上有什么困难跟我说。"

高上百般推辞，他跟宋书恩并没有太深的交情，怎么肯接受这样的馈赠？宋书恩一脸的真诚，说："高中我就你这一个同学了，就算借我的中吧？"

如此，高上才收下钱，与宋书恩拥抱了一下，说："老同学，不说了，我记在心里呢。"

后来，高上通过努力留到中北省省城，分到了新闻出版部门，为宋书恩帮了很大忙，成为他人生中的"贵人"。

一九八八年春节，宋书恩带着新婚不久的吴金玲回老家。作为新媳妇的吴金玲，肚子里已经有了宋书恩播下的种子，如果不是棉衣的遮盖，肯定会原形毕露了。

大年初一早起，在爹的带领下，宋书恩与吴金玲挨家挨户地给五服以内的本门自家长辈磕头。磕头的见面礼少得让吴金玲有点儿受不了，除了嫡亲的大爷、叔叔给了十块钱，其他的都是五块三块，好几家给的都是一块。宋书恩偷偷地告诉她，这是礼节，再少也得磕。

因为是新媳妇，婚礼又没在村里办，年轻人、半大孩儿跟了一大群。爹从沙源回来跟爷爷奶奶说书恩娶了个好媳妇，爷爷奶奶就把这个信息在大街上广泛宣传。吴金玲就成了金马村新媳妇中的尖子，大家争先恐后来一睹她的芳容。

在围观的人群中，宋书恩再次看到了傻改柱和他的傻媳妇老七，大概是他们因为傻而没有心事，几年间模样几乎没变，四五十岁的人看起来还很精神。傻改柱拉着老七挤到吴金玲面前，仔细看了看，说："就是不赖，怪好看。"

又说："小三儿干啥都中，喂兔中，寻媳妇也中，寻恁好个媳妇，又抓住了。"

有人说："改柱你还是个大伯哥哩，哪有大伯哥那样看兄弟媳妇的？"

傻改柱笑笑说："我是个傻子，谁跟我一样啊。"

人群发出一片哄笑。宋书恩想，这傻改柱的很多傻话，听起来倒一点儿也不弱智，还蛮有些哲理。

爹对宋书恩说："别看改柱傻，每年大年初一都知道领着媳妇挨家挨户磕头拜年，弄一大包核桃、糖果。"

正月初三，宋书恩在家里搞了一个小范围的同学聚会。中午，爹把酒席张罗好，马平川与邢梁早早地赶到。因为一个村，宋书恩对他俩的情况基本清楚。马平川从师专毕业，分到柳青县三高成了一名政治教师。邢梁在参军的第二年考上了军校，如今也毕业返回原部队，成了一名见习军官，过了见习期，就能扛上一杠一星的少尉军衔了。

马平川应该是宋书恩最要好的玩伴。小时候，马平川是个别筋头，很不爱说话。

马平川因为别筋，同村年龄差不多的，他几乎谁都不玩，唯独跟宋书恩特别铁。他对宋书恩的评价是，没坏心眼儿，公平，最讨人喜欢的是跟谁都能玩一块儿。他们的关系是从一对小兔子开始的，马平川想要一对兔崽，却只有三毛钱，宋书恩知道他想要兔子，二话没说就给他送去一对，还不要钱。马平川感激得眼泪差点儿出来，两人的关系迅速升级。

宋书恩与马平川从来没有在一个班过，但这一点儿也不影响他们在一起玩，上学放学的路上总是形影不离。

在初中两年的冬天里，宋书恩几乎全住在马平川家。他家的条件好一些，被褥还算宽裕，宋书恩不想睡地铺的麦秸窝，就一直跟马平川打通腿。

等到初中毕业，两个人又一起考上了高中，虽然不在一个学校，却一直没断联系。每到星期天从学校回来，彼此总会去对方家里看看，如果赶到一起回来，两个人就会在马平川住的屋里聊上大半夜，然后打通腿睡觉。

在很长的时间里，宋书恩对马平川一家都心存感激。在那个家家户户都不富裕的时代，能够在冬天里享受足够的被褥，对于处在像他这样贫穷家庭的孩子，真是不小的恩惠。

宋书恩因为常住在马平川家，马家人对他都很好。下了晚自习回到家，已经是深夜，饥饿的感觉特别强烈，马平川会跑到厨屋里，拿两个窝窝头，端一小瓷碗腌白菜疙瘩，两个人坐在床头狼吞虎咽地吃完，再喝一碗热水，浑身热乎乎的，肚里也不咕噜了，这才钻进被窝。被窝里有马平川他娘烧的热砖（那时候买不起热水袋，就在炉灶里放一块砖烧热，然后用破布包起来放在被窝里），冻得猫咬一样的脚触到那热砖，便有一股温暖传遍周身。

宋书恩曾经多次回忆起住在马平川家里的温暖，非常留恋，非常怀念。在他远离家乡的日子里,他不止一次地思念马平川的父母,还有他的弟弟妹妹们。

宋书恩与邢梁,同村还同班。邢梁的父亲是个教师,母亲很能干,家里孩子又少,经济条件在全村都数得着,不存在吃不饱的问题,不像宋书恩家,几乎每天都是半饥不饱。

在童年与中学时代,宋书恩最突出的记忆就是饥饿,那时候,他特别渴望粮食,玉米面与红薯干面两掺的窝头能敞开吃,对他一家来说就是奢望。他家的馍筐里,经常装的都是红薯、胡萝卜,很少有窝头之类的面食。

往往,在宋书恩非常渴望一块窝头的时候,邢梁就会给他递到手里一块——即便是在初中,宋书恩也从来没有矜持过,总是毫不客气地拿着就大口大口地吃。

邢梁不仅经常给他窝头,还会出其不意地给他一小块馒头或是白面、玉米面两掺馍,甚至是一个炸面坨。对于食物极度匮乏的宋书恩来说,每次的食物都会让他记忆深刻。

邢梁话不多,却心里做事。他与宋书恩的友谊,应该算是脾胃相投。他们坑得好的时候,已经是三年级了,宋书恩他娘还没有死。

除了睡觉的时间,他们几乎经常在一起,上学在一起,放学了一起去地里割草。到地里说是割草,其实割草是个由头,很多时候都在干与割草无关的事情,诸如掰个玉米穗烧烧,拔一捆黄豆炸炸(用火烧得让豆荚炸开,豆粒焦黄),刨几窑红薯焖焖(在地上挖一个坑,垒上土坷垃,用柴火把土坷垃烧热后再把红薯放到坑里,用烧热的土坷垃盖住焖上一两个小时红薯就熟了)。

肉是那个时代非常紧缺的食物,尽管猪肉、羊肉、牛肉都是几毛钱一斤,但大多数家庭只有在过年时候才会见点荤腥。宋书恩与邢梁在上到五年级的时候找到了解决吃肉问题的办法——这是很辛苦又很解馋的事情。

这个创意源于邢梁的一次发现:他娘放在屋里逮老鼠的老鼠夹子夹到了一只鸡,由此他想到了用老鼠夹子逮鸽子、斑鸠(那时候有很多蓝色的野鸽子和灰褐色的斑鸠)。

第十三章 同学

在一个初秋的傍晚,宋书恩与邢梁带着一个老鼠夹子来到了南地打麦场,把老鼠夹子下到了麦糠里,然后躲在场边的沟里注视着老鼠夹的动向。不大一会儿,一群灰蓝色的鸽子盘旋着落在了场上。他们屏住呼吸,看着鸽子悠闲地在麦糠上啄食。

宋书恩的心都提到了嗓子眼儿,小声问邢梁:"能夹住不能啊?"

"能,保准能,等着瞧吧。"

正说话,砰的一声,老鼠夹被一只鸽子啄翻,两个用铁丝弯成半圆的弓形被中间的一个弹簧紧紧地合在一起,那只鸽子的脖颈被牢牢地夹住,它的两个翅膀还在不停地扑棱。其他的鸽子被那个同伴遭受的突如其来的袭击惊吓得展翅高飞,它们顾不上陷入绝境的同伴。

宋书恩与邢梁箭一般地冲到那只已经昏迷的鸽子前边,把那只鸽子从老鼠夹子里拿出来,然后用绳子捆好它的腿和翅膀。

"有鸽子肉吃了。"宋书恩说着吸了一下口水,"就是太少了,一次只能夹一个。"

"再下一次,一会儿鸽子就又飞回来了。"邢梁一边再次把老鼠夹下好,"回头再多拿几个老鼠夹,多下几个地方,就能多逮几个。"

宋书恩疑惑地问:"它们知道有老鼠夹了,还敢再来吗?"

邢梁胸有成竹地说:"敢来,它们饿着呢。"

两个人再次躲到沟里,眼睛一眨不眨地盯着场上。果然,鸽子没有接受教训,它们又一次盘旋而来,迈着高傲的步子在麦糠里觅食。

接下来又重演了刚才的一幕。两个人高兴地把鸽子取回来再次下好老鼠夹。邢梁说:"鸽子是没有记性的,一会儿就又飞回来了。"

宋书恩虽然高兴,却惋惜地说:"这鸽子也真傻,看来轮不到自己头上它们是不会长心。"

那天,他们坚持到天黑,抓了四只鸽子。在邢梁家里烧水褪毛,开膛切块,直到晚上十点才吃上鸽子肉。

以后，他们一有机会就拿着几个老鼠夹到地里，夹住的除了鸽子，还有斑鸠，当然也有家鸡（因为他们的捕猎，村南边住的几户人家养的鸡会不时失踪，但都归罪于黄鼠狼或皮草狐，没有人想到是他们）。

后来马平川与宋书仲也加入了吃肉行动。人多嘴杂，特别是宋书仲，嘴特别没把门的，是个吃狗屎谝渣的角色，加上行动不好保密，便产生了好几个吃肉活动小组，他们如法炮制，拿着老鼠夹子四处逮野鸽子、斑鸠。渐渐地，这种行动的成功率越来越低，无论是野鸽子还是斑鸠和家鸡，都没有足够的来源供他们捕捉。宋书恩这一组还曾经有一次因为逮了人家一只家鸽跟人打了一架，最后不得不罢捕，把老鼠夹子束之高阁。

没了野鸽子与斑鸠，后来他们就开始吃麻雀。冬夜里，他们搬着梯子，拿着手电，挨家挨户掏屋檐，抓住麻雀就地摔死。屋檐里掏完了，邢梁又创造性地把目标指向搭着红薯秧的墙上，几个人一人拿着一根木棍在红薯秧上敲来敲去，干燥的红薯秧发出哗哗的声音，一些碎屑落在地上，藏在里边的麻雀很难躲过密集的木棍，连叫声都来不及发出就被敲死落在地上，有人拾起来丢在篮子里。这些被处死的麻雀虽然小，褪毛开膛后只剩下两条腿上有点肉，与鸽子、斑鸠比起来不光肉少得多，也难收拾，但数量多，一次几十只乃至上百只，也够吃一嘴解解馋。但掏麻雀太费劲，有一次因为马平川从梯子上掉下来把胳膊给摔折了，每个人回家都挨了骂，有的还挨了打，并被命令往后再也不能掏麻雀，他们的吃肉行动彻底罢休。

在宋书恩的记忆里，邢梁带给他的，最多的就是吃——在经常被饥饿困扰的日子里，这种享受无疑是快乐而美妙的。

焦楚扬领着媳妇抱着孩子来到宋书恩面前的时候，他大吃一惊。两年多没联系，他连孩子都有了。

焦楚扬已经在乡党委办公室干临时工一年多了。因为他能在地区报纸上发点儿"豆腐块""火柴盒"的新闻稿，加上还喜欢给市报省报写点儿读者来信反映当地的一些阴暗面，不光在全乡小有名气，也给乡领导带来了一些麻烦。党委书记一句

第十三章　同学

话："这个年轻人会耍笔杆子，得把他弄到乡里来耍，不能乱耍。"焦楚扬糊里糊涂就进乡党委办公室了，在乡党委办为乡里唱起了赞歌，还兼写公文信息，再也不乱写读者来信了。

真正走向社会，在生活的压力下，同学之间逐渐减少联系，甚至断绝联系，是人生的大趋势。宋书恩这时候才意识到，友谊在生活面前真的太无足轻重了。

"焦楚扬，你太不够意思了吧？结婚生子都不跟我说。"宋书恩把焦楚扬的儿子抱在怀里左看右看，"你不是比我才大一个月，结婚证咋领呢？"

焦楚扬笑道："没领结婚证啊，这有啥奇怪的？咱这儿都这样，先举行婚礼，该生孩子生孩子，等够年龄了再去领结婚证。"

宋书恩又吃了一惊。他一直对自己结婚的年龄耿耿于怀，因为年龄不够几次推辞何玉凤提出的结婚要求。当初要是不顾及年龄跟她结了婚，哪有后边的移情别恋？或许也会像焦楚扬一样有孩子了。

穿着军装的邢梁雄赳赳气昂昂的样子，显得特别潇洒帅气。几个同学坐在一起，只有焦楚扬显得有点儿土头土脸。几年下来，焦楚扬身上的锐气与棱角几乎被洗刷得无影无踪。

四个人中，宋书恩从在高中时的一号位置，变换到四号，现在最多也只能算三号。马平川在初中学习平平，甚至就没有过考大学的想法，后来竟是那般顺风顺水，鲤鱼跳龙门，有了找对象也能挑挑拣拣的资本，掌握主动权了，而他身上当初的死板木讷也找不到了，多了几分才气，人似乎也变顺眼了。邢梁走的算是农村青年跳出农门的第二条路，高考落榜能幸运地到部队"曲线救国"，成为一名英姿飒爽的军官，将来转业也是国家干部了。焦楚扬虽然身份还是个农民，但去了乡政府大院，还在乡政府的心脏部门工作，为乡政府摇旗呐喊，也算土鸡变孔雀了，挺令人眼热的。宋书恩应该与焦楚扬的状况差不多，都是农民身份，都没有名分。他比焦楚扬好的地方，是工资高，工厂里没有公派正式工，地位都一样，没有低人一等的感受。焦楚扬也有比他好的地方，那就是工作的场所属于领导机构，属于上层建筑，虽然在政府大院里有低人一等的感觉，而在大院以外的人看来也挺风光。

宋书恩心里酸酸的，有点儿不是滋味，倒不是嫉妒别人比自己强，而是生活的变化无常。奶奶说得真对，是你的推都推不走，不是你的拽也拽不来。一眨眼，几个亲密的同学之间的关系结构就发生了如此大的变化。

爹跟年轻人说不到一块儿，安置好酒菜就去了堂屋。大哥大嫂带着孩子回家过年，爹的心思都在一对龙凤双胞胎孩子身上，两个两岁多一点儿的小家伙真是金童玉女，花蝴蝶般地在院子里飘来飘去，谁见了都眼热得不得了。孩子的名字是宋书恩跟何玉凤扳着字典起的，爹和哥嫂都很满意。一想起何玉凤，宋书恩的心里就隐隐地痛。如今自己已经与别人走进洞房，七八个月过去了，她过得怎么样呢？

分手之后大概三个月，宋书恩在县城看见过何玉凤一次，她与程老大一起买东西。他悄悄地在后边跟着，玉凤的脸上几乎没有表情，在挑选床单被罩之类的床上用品，还有衣服。程老大跟在后边，一脸的小心，为玉凤挑好的东西付账。他们难道准备结婚了？不然怎么会买床上用品。宋书恩一想到何玉凤结婚，不免心生悲哀。这么快，曾经的恩爱，曾经的山盟海誓，曾经的如胶似漆，竟如一场春梦，转瞬即逝了。他没有机会跟她说话，也没有必要说话，远远地跟着她，默默地看着她。那一刻，宋书恩的心都碎了，他在路边的一棵树下停止跟踪，靠在树上泪水横流。她已经开始新的生活了，可以肯定她的婚姻没有爱情，她今后的生活也许没有浪漫、没有憧憬，甚至没有目标，但无论如何，她的生活中都不再需要他了，再也不会出现宋书恩这个名字了……

大哥陪几个人喝酒。如今他家庭和睦，幸福甜蜜，人精神了许多，劝起酒来能说会道，一点儿也不像是掏粗力挖煤的矿工，有了点城市人的优越感。

酒席持续到下午三四点，最后酒桌上只剩下宋书恩与焦楚扬。吴金玲与焦楚扬媳妇坐在床上被窝里说话。屋里没有生火，像冰窟一样冷。这两间东屋还是宋书恩小时候跟大哥、二哥一起住的泥棚，大哥结婚时候用报纸扎了一下顶，因为下雨漏水有的报纸浸了水发黄发黑，有的像小孩子尿床留下的不规则图案，有的像淡雅的小写意国画。

第十三章　同学

焦楚扬说："生活可以改变一切。"

三四年前的那次见面，焦楚扬对文学还信心十足，成为文学大师的雄心壮志气冲斗牛，随着时间的推移，他对文学也移情别恋。他写的一篇篇小说、一篇篇散文、一首首诗歌，像做错事情的孩子一样待在抽屉里安分守己，他不好意思告诉人，它们曾经坐着邮车去过省城和北京、上海等地的杂志社，却又被不客气地打发回来。它们在杂志社的牛皮纸信封里被他从村会计家里拿回来的时候，塞在腋下或捂在衣服里，几乎没脸见人。它们的碌碌无为让他很失望，他对文学也越来越凉——看来文学给他带不来任何实际的好处。后来他认识了乡广播站的一个业余通讯员，让他试着给广播站、报纸写点儿新闻稿，真是立竿见影，县广播站、市报很快就出现了焦楚扬的名字。最让他兴奋的，是绿色的稿费单，虽然都是三块五块的，却让他有了很大的成就感，自己的文字可以换钱了。

结婚后，焦楚扬有了建设小家庭的责任，更加实际，拼命地写稿子，写读者来信。为了稿费，当然也是为了被慧眼识珠，有机会被哪个单位录用，甚至哪一天摇身一变，"转正"成为"公家人"。当他被乡政府吸收，激动得夜不能寐，兴奋得多少天都平息不下来。他对媳妇说："太阳出来了，太阳出来了，你真是我的福星！"

"文学是属于贵族的，不属于我们，我决定不再跟文学纠缠。"焦楚扬恶狠狠地说。

宋书恩对焦楚扬无话可说。可以说，是文学给自己带来了人生的转机，让他有机会拥有现在的生活。但是，到了工厂，他对文学也越来越淡，创作的欲望被繁杂事务一次次地扑灭。他也思考过，老四靠文学实现了身份质变的愿望，而且成为专职的创作员。他如何不羡慕？何曾没有过成为作家的梦想！但他能把厂里的工作撂下不管去写作？文学之于他，太渺茫，太虚幻了。对文学，他心里没有底，他不知道它会给他带来什么。而当下的生活，是那么触手可及，是那么令他满足，他得珍惜——这也是命运对他努力的馈赠！

宋书恩与焦楚扬抽着烟说话的时候，与他们一步之遥的床上的四只耳朵听得清清楚楚。

焦楚扬愤愤地说:"平川和邢梁的学习成绩跟你根本没法比,可命运就这么蹊跷,你自己弄了那么一出,后悔吧?"

宋书恩看了一眼床上,两个女人在窃窃私语,吴金玲似乎没有注意他们的谈话。他给焦楚扬使了个眼色,焦楚扬意识到自己不该透露这样的真相,话戛然而止。他又说:"你现在不是很好吗?在厂里也算管理层,挺牛的。"

宋书恩摆摆手,说:"说点儿别的吧,别说我了,我惭愧。"

又侃了一阵,焦楚扬一直熟睡的孩子醒来发出了警报:过渡性地干哭了几声之后,开始了悠长的哭叫,好像受了什么委屈,悲伤而洪亮。

焦楚扬媳妇风驰电掣般地冲过去,掀开被子抱起儿子,小家伙的小鸡鸡上已经挂着水珠,妈妈把他尿尿的姿势还没有摆好,一道冒着热气的水流已经喷薄而出,落在地面上溅起了欢快的水花。

焦楚扬媳妇喘着粗气说:"王八羔子,你要是给你叔叔婶婶尿床上,他们还不骂你爹娘啊。"

吴金玲看着可爱的孩子,不觉表现出一副做妈妈的温柔做派,说:"孩子家,他尿床上俺暖干,也沾沾你儿子的喜气。"

"臭小子,有啥喜气?"

焦楚扬媳妇嘴里的话是贬低孩子,脸上却满都是幸福。在孩子面前显得特别有耐心,她把孩子抱在怀里,洋溢着母爱的目光照在儿子脸上,还嗯啊不停地与小家伙交流。

焦楚扬一家三口走了。宴席彻底地散了,宋书恩坐在渐渐暗下来的屋里,怅然若失。宴席总会散的,总会散的……

宋书恩突然想哭。他走到床边,抱住吴金玲,禁不住抽抽搭搭哭泣起来。吴金玲吃惊地问他:"不是好好的吗,怎么了?"

好一会儿他才止住哭,说:"我们都长大了,再也不会像以前那样透明了……"

第十三章 同学

初中时期最亲密的三个同学,都有了各自的生活,今后的交往也许会越来越少。他又想起了马巧花,大年初二她走娘家回来,特意跑到宋书恩家里送了一条粉色的丝绸被面和自己织的四叶经粗布床单。

马巧花拉着吴金玲的手说:"嫂子,俺书恩哥可是个才子,从小学习就好,能考上县一中,差一点儿没上大学……你可真找了个好女婿。"

马巧花差点儿说漏了嘴,马上改变话题,对宋书恩说:"书恩哥,你看嫂子多排场,要人样有人样,要人品有人品,你可得对人家好点儿。"

宋书恩对马巧花的话非常恼火。这哪是一般街坊关系的同学?一看就知道是青梅竹马的密友,简直就是添乱!

他耐着性子对她说:"你先回去,我们还得去我姥姥家,马上就得走,回头再说话,回头再说话。"

马巧花这才恋恋不舍地走了。对这个儿时曾向他主动暴露过身体,结了婚还曾经和他示过爱的女人,宋书恩开始厌恶,打骨子里产生的厌恶,甚至有了再也不愿见她的念头。

这样的想法让宋书恩有了一些内疚。毫不夸张地说,马巧花曾经点亮过他没有色彩的童年,因了她,让他有了一份别人没有的儿时"爱情"。这份"爱情",曾经温暖过他的成长。甚至就在几年前,已为人妻的她还向他表示过,"你找俺俺给你"。他每次回来,她都会出现。虽然他们没有过浪漫,也从来没有进入过真正的爱情之中,甚至懂事之后连话都不多说。但,他能感到,在她的心里,是把他当作很亲很亲的人,她甚至从来就没有忘记过儿时"俺答应过给你做媳妇"的承诺,一直用心地关注着他。

而如今,宋书恩却开始厌恶她。厌恶的原因,恰恰是她表现出来的热情与关爱。也许,这种不合时宜的关爱与热情,会给他带来麻烦,甚至是伤害。但,那毕竟是一颗心……

为什么突然厌恶她了呢?宋书恩在心里问自己。自从上了初中,他就再没有把这个萝卜花一样不显眼的女孩儿放在眼里，甚至很少想起她来。上了高中，自己被乡邻的美言所笼罩，更不会想起她，哪怕穷得家徒四壁，大哥寻媳妇都非常困难，自己也没有过让她做自己媳妇的念头。

宋书恩冷笑了一下，做出这样的结论：疏远她，是因为自己不再需要她，也就是用不着她。即使在失去娘之后的日子，马巧花偶然在他面前露下脸，曾经给他带来过一丝温暖，但现在回忆起来，她的温暖也许对他来说是微不足道的。他有他的兔子，有他的学习，还有他的伙伴。

这么些年，他竟然对她那样的漠视。这种漠视，恰恰印证了那个令人心寒的结论——这是人骨子里固有的。用不着嘛，用不着当然就可以漠视，可以置之不理。有了这个结论，宋书恩冒出一头冷汗。在社会上混这几年，他非常明白这样的世事。令他震惊的，是这种世事渗透到了同学之间，渗透到了友谊与感情之间。

他痛苦地想，亲密同学的友谊，也将会受到这个结论的挑战？

第十四章　老家

晚上，宋书恩夫妻俩并肩坐在被窝里。屋里寒气逼人，手躲在被子下边纠缠在一起。

"宋书恩，马巧花对你可不一般，我看出来了。老实交代，她是不是你的初恋？"

"胡乱猜疑，俺家这个样子，我还会有初恋？也就是俺娘跟她娘关系好，小时候在一起玩，后来俺娘没了跟她也就很少玩了。"

"我不信。"吴金玲嘴里说着，心里却并不把马巧花当回事。就马巧花那样子，与自己根本就不能相提并论。

但几天来无意中听来的信息，却越来越让吴金玲感到迷惑。宋书恩这么一个学习优秀的学生，为什么在高考之际不考大学而流落在外呢？他曾经告诉过她，因为家里穷。可仔细一想，这个理由根本不成立。三年都读过来了，即将毕业享受免费的大学生活，还有美好的未来，谁会在这个时候放弃？而且，谁一说到他上大学的事情就避开。吴金玲想，这里边肯定有隐情。

"书恩，告诉我实情，为什么离开学校？"

结婚两个多月来，他们恩爱有加，全是幸福和睦。对宋书恩，吴金玲以前只看现在，不问过去。现在，她的好奇心被调动起来了。

"我给你说，我给你说。"宋书恩想了很久，终于开口了，"其实，也没什么见不得人的隐情，就是酒后的一次失误……"

听他说完，吴金玲除了替他惋惜，免不了吃醋，她拽住他的耳朵，摇晃了几下，说："宋书恩，你这个坏蛋，敢跑到女宿舍去亲人家！"

"哎哟，耳朵掉了……你答应不吃醋的，到底还是吃醋了。"

"谁知道你这么坏，到哪里都风流成性，光知道有个何玉凤，谁知道还有个校花，还不让俺心里有点酸？"

何玉凤的名字显然不合时宜，两个人立即陷入沉默。宋书恩没说啥，表情在脸上凝固。吴金玲知道自己又说多了，马上打住。

过了一会儿，吴金玲讨好地说："书恩，给我讲讲你养兔吧。"

宋书恩闷闷地说："兔子有啥说的？"

吴金玲咯咯地笑了，说："就是啊，兔子没啥说的。"

宋书恩听出"兔子"两个字的重音，也笑了。

吴金玲看他笑了，说："不闹了，说正事。"

她说到了家里的房子。无论是堂屋还是东屋，都是很多年的泥棚，屋浅地方小不说，夏天还漏雨，真到了不盖房子不行的地步了。

她很大度地说："盖房子不就几千块钱吗？咱拿出来，你说中不中？"

宋书恩瞪大眼睛看着她，一脸的疑惑："真的？"

"别把媳妇看得那么不顾大局，这是咱的家，咱不盖谁盖？"

宋书恩激动地把她抱在怀里，说："你真是俺宋家的好媳妇。这想法我早就有。"

吴金玲撒娇道："盖房子又不是为了你表扬俺，也是咱回来能住得好点。"

"金玲，真委屈你了。"宋书恩拍拍她的脸，"说真话，我哪一点儿都配不上你，要是在村里，连寻个媳妇都难。俺二哥这会儿还打着光棍呢。"

提到宋书仲，宋书恩不免心酸。他自从去了煤城当了矿工，除了相亲回过几次老家，过年也没有回来过。他说一滴汗一滴汗地挖煤挣点儿钱，回老家既花钱又上不成班，再说，一个独杆儿人，过年回家也没意思。

宋书仲开始挣钱为大哥娶媳妇，后来为自己盖房娶媳妇。钱倒是攒了一些，可

第十四章　老家

媳妇就是定不下来。说一个，满怀希望回来了，一见面说话，姑娘就凉了，再说一个，满怀希望去见面，一说话又拉倒了。他自己都烦了，说啥也不相亲了，直接让媒人把他结巴的毛病告诉姑娘，这一弄，连个相亲的茬儿也没了。

"咱把房子盖好了，二哥寻媳妇也好点儿。他不娶个媳妇，我这心里总是块病。"

这时候，宋书恩对自己辜负何玉凤倒有了一丝原谅。如果不娶吴金玲，自己拿几千块钱为家里盖房子，也是三五年内一件遥不可及的事情。

这样想的时候，宋书恩心里极不是滋味。

老家是宋书恩心里的牵挂。在最初的几年里，宋书恩还没有能力照顾家。爹在家里领着书晖，贫穷的日子艰难得把父亲的头发都染白了。他手头有了积蓄之后，开始给爹和奶奶包括大哥买点儿东西，寄点儿钱，但他还不能给家里做更多的事情。仅仅如此，爹对他已经很满意了。

宋书恩跟爹说起翻拆房子的时候，爹根本就没有想到他有这个能力。

爹说："翻拆房子可不是一句话，那得五六千块啊，去哪里弄恁多钱？还是等等吧。"

"爹，金玲说了，这钱，她出。她结婚前攒了点儿钱，愿意都拿出来。我们回去就把钱寄回来。"

"好媳妇儿，好媳妇儿，不好找，三里五村不好找。"爹点点头，眼睛里有些潮湿，"你可得对人家好，可得对金玲好。"

过了年一回去，宋书恩就把钱寄回老家。大嫂留在家里与爹共同操持，没出正月就开始准备，买齐了砖瓦、木料、石灰等。过了二月二，看好日子，寻了亲戚邻居帮忙拆了老房，紧接着找村里的盖房班，扎跶脚立线，呼呼啦啦，堂屋、配房（西屋）、厨屋、过道、院墙一起上，没出十天，一座体体统统的院落竣工。新房落成，宋恒四喝得一塌糊涂，一会儿哭一会儿笑，见了谁跟谁说，俺老三书恩混出模样了，盖房子的钱都是他出的。

宋恒四在给书恩的信中写道:"我儿书恩:见信如面。新房落成,举家欢喜。现将详情告诉我儿,堂屋四间,当门两间待客,东西各一间,我与书晖住一间,给你留一间回来住。西屋三间,有夹山隔开,你大嫂与孩子住两间,另一间做仓库,放粮食及农具等杂物。东屋两间加过道,一间做厨屋,一间吃饭。院墙全用砖砌,两米多高……"

家里有了房子,大嫂与孩子就留下常住。跟着大哥在矿上住一间房,太小了,孩子小,大嫂也干不成其他事,不如住在家里,爹还可以帮助照看孩子。

这件事在金马村周围的三里五村传为美谈,宋书恩像当年考上县一高一样成为人们议论的焦点。传来传去,事情也走了样:有的说宋书恩在外当了官,钱多得不知道怎么花,有的说宋书恩倒插门的家是个大款,家里的钱就像卷烟纸,柜子里、抽屉里、枕头底下放的全都是割耳道票……

半仙徐廷甲春节期间曾到宋家与宋恒四、宋书恩喝过一次酒。酒后,他对宋恒四言之凿凿地说:"我看了,你们家老三书恩,有大将风度,有出巴头,弄不好在金马村还能弄个史无前例。"

"有啥出巴头?连大学都没上,最多也就是在工厂干个文职,还能走仕途?"宋恒四心里有点儿自得,说出来的话却瞻前顾后,一点儿也不显摆。而最后的那句问话,则是他希望的走向,儿子大小只要能当个官,也是官身,算是了了他的心愿。

徐半仙捋捋自己花白的胡子,胸有成竹地说:"走不走仕途我不敢说,不过我能掐准,他将来肯定能成公家人,最少能吃上商品粮。"

宋恒四一脸的满足,说:"那我就知足了,咱宋家几代都没出过个公家人,他能走到这一步,就不孬了。"

因为吴金玲对老家的大度和顾全大局,宋书恩对她心存感激,处处让着她,宠着她。在前两三年的日子里,虽然他会时不时地想起何玉凤,并因此影响情绪,但他对吴金玲是全心全意地好,没有一点儿私心杂念。

无论如何,他与吴金玲也有着深厚的感情基础。当初,他们在省城关系有了实

第十四章 老家

质性突破，接下来的几天里他们尽情地享受爱情与浪漫。在商家安排的旅游中，他们总是走在大队伍的最后边，有时候还故意掉队，陶醉在二人世界。

第三天，在王屋山上的一片树丛中，吴金玲双臂环抱着他的脖子说："亲爱的，这样的日子一直过下去多好，我真不想回去。"

宋书恩把她揽在怀里，说："我也希望这样的生活永远不结束，与你朝夕相处，耳鬓厮磨。"

回厂的最后一个晚上，他们在省城中间的白水河畔相拥而坐，一直到深夜。宋书恩开始变得沉重。她清楚，他回去将不可避免地面对与何玉凤的分手。

看着满怀心事的宋书恩，吴金玲问："书恩，你后悔了？"

"没有。"

"不后悔干吗那么不高兴，像谁欠你几百吊钱一样。"

"没不高兴。"

"我能看出来，是不是舍不得何玉凤？"

"不是舍不得，是不知道怎么给她开口。"宋书恩把抱头的双手拿下来，一只胳膊搭在她肩膀上，"金玲，我爱你，你给我点儿时间去处理这件事。"

几天来，他们从精神到肉体都纠缠在一起，甜蜜、幸福、刺激、新鲜一起涌来。宋书恩对何玉凤的负疚，早就被这突如其来的蜜月般的生活驱散。

到了这一步，别无选择。与吴金玲在床上热血沸腾的时候，宋书恩这样想。

不用做倒插门女婿了。这也是他几天来反复出现的一个念头，也是他安慰自己行为的最佳理由。一直，宋书恩内心对倒插门还是非常抵触的。大凡倒插门的，不是家里穷，就是窝囊的男人。何家没有说过让他改名换姓，也从来没有说过孩子将来随谁的姓。他也曾经把倒插门的阴云从自己的天空驱走，变得无所谓。而此时，他再次把这个问题拿出来，用来开脱自己，好使自己的理亏变得理直气壮一些。

可是，无论他把分手想得多么理所当然，内心的煎熬与痛苦却一点儿也没有减少。自己种下的苦果，没有人代替他去收获苦涩。而且，在他今后的生活中，这个炸弹会时不时地冒出来折磨他。

女儿的出生给宋书恩与吴金玲带来了新的快乐增长点，给渐渐平静的婚后生活增添了不少色彩。这个小丫头遗传了他们身上的很多优点，大眼睛、黑头发、白皮肤，要多可爱有多可爱。他们给女儿起名叫省玉，借鉴了《论语》里"吾日三省吾身"和"君子比德于玉焉"两句的意思，也随了大哥女儿立玉名字中的一个字。

吴金玲对生活和家庭表现出来的热情，用全心全意来形容一点都不夸张。孩子一两个月时，她就开始给小丫头读古诗词、讲故事，她的耐心与温柔让宋书恩感动得一塌糊涂，总是情不自禁地对她做出一些亲昵动作。

这个时段，是宋书恩婚后最温馨最幸福的生活。回到家里，吴金玲把女人所有的柔情与可爱都使出来，让他幸福得都有点儿发腻了。而女儿简直就像一朵雪白的棉花团，看着可爱，抱在怀里感觉更好。

小丫头两三岁的时候，已经表现出聪明、活泼、乖巧等可爱的品质。宋书恩与吴金玲喜不自禁，看作掌上明珠。女儿省玉，成了他们快乐的源泉。

无论女儿带来的快乐多么多，宋书恩与吴金玲之间的问题还是暴露出来了。先是宋书恩工作繁忙引起的不快。这一点吴金玲虽然能理解，但她还是埋怨他不顾家。宋书恩早出晚归，中午几乎没回家吃过饭。回到家里，他除了逗逗女儿，对她也变得没那么上心。关键是他们的性格差异，宋书恩稳重谨慎，内敛而实际，说话总是很吝啬，包括对吴金玲；吴金玲则是热情奔放，快言快语，喜欢浪漫，还霸道，爱撒娇。而何玉凤则像一片阴云，飘荡在他们的天空，时不时地还会打雷下雨。

有时候，吴金玲会对他说："宋书恩，说你爱我！"

宋书恩皱皱眉头，想不理她，但他很快会平息脸上的不屑或不满，露出微笑，淡淡地说："爱你，还用天天挂在嘴上吗？"

"我就是要你挂在嘴上，天天说，说，我等着听呢。"

宋书恩就乖乖地说："我爱你。"

"一点儿感情色彩都没有，带点儿感情。"

第十四章 老家

"天天想着请客送礼,哪有心情朗诵我爱你啊。"宋书恩虽然这样敷衍吴金玲,但实在没办法的时候他仍然会装作投入地去说"我爱你",这时候,他嘴上的三个字虽然充满了感情色彩,心里却是一潭死水。

就是在床上,吴金玲也会耍蛮。半夜里他正在熟睡,她会突然压在他身上,一边吻他一边说:"书恩,书恩,我要……"

宋书恩迷迷糊糊的不知道发生了什么事,等到弄清咋回事,哭笑不得,说:"你以为我是个机器,打开开关就能作业是不是?"

她急火火地说:"我不管,我这会儿就要……"

宋书恩只好努力地去战斗,却总是不在状态。她更加急躁,每每到他败北而她还在半道的时候,她就在他身上乱掐乱拧,把很美妙的事情弄得痛苦不堪。

这样的事情发生得多了,宋书恩有时候还真惧怕做爱。这事一出问题,夫妻关系想好也好不到哪里去了。

吴金玲时时被无处宣泄的雌性激素折磨得烦躁不安,爆发的时候,就对他大喊大叫,甚至在他身上乱捶乱打;有时候她也会平心静气地跟他谈心,但又说不出什么实质问题,她说来说去都是一些听起来无关紧要的细节。

她曾不止一次地对他说过:"我想要的就是夫妻间的温馨、浪漫,你对我的恩爱与激情,我的要求高吗?可这些却离我们那么遥远,那么飘摇不定。难道当初的幸福与甜蜜再也回不来了?"

当然,宋书恩从来不与她发生正面冲突。她耍脾气的时候,他总是笑笑,高挂免战牌。她跟他谈心的时候,他也会很认真地听她说,对她提出的要求表示赞同。但一进入实际生活,仍然平淡如水,实在是寡淡无味。

宋书恩清楚,这才是生活的本色。再说了,好男儿志存高远,哪能天天沉溺于儿女情长之中!

这天,宋书恩突然接到老四的电话,说何玉凤在文化馆,想见他一面。

宋书恩拿着电话支吾了一会儿,说:"刚上班,这阵儿正忙,稍等下好吧?"

老四说:"多忙啊?啥事不能先放放?人家几年不找你一回,你还推啊?"

宋书恩马上说:"好,我马上过去。"

宋书恩看吴金春办公室没人,给通信员打了招呼,就自己开车出去了。一路上,他的心里一直平静不下来。六年了,分手六年,除了看见过她一次,两个人再没见过一次面,没说过一次话。她找我又有什么事情呢?这么多年都没有找过,连封信都没写过,现在怎么突然就想起找我来了?有什么困难需要我帮忙?是经济上有困难,还是其他事呢?

宋书恩脑海里不停地想着她找他的原因,却想不出个所以然。急匆匆地到了文化馆,看见何玉凤坐在老四办公室,她变得更加成熟而有风韵。她看见他来一脸的吃惊,站起来就要走。

老四说:"玉凤你别走,我没征求你的意见叫书恩来,你别生气。这事找他办比找谁都强,宋书恩得帮这个忙。"

何玉凤站住脚,宋书恩说:"玉凤,只要我能办到,让我赴汤蹈火都没问题。"

何玉凤淡淡地说:"那倒不用,俺可用不起你。"

老四说:"玉凤,你别赌气,关键问题是得抓紧叫人出来,是不是?书恩呢,这事玉凤找我,我没那么大能量,只有找你了。玉凤她爱人,掺和到村里一个盗割电线案件中,被抓到看守所了。玉凤说他根本没有参与,也不知情,就是跟那几个人喝过两次酒。"

"昨天才抓的人,这会儿应该还没有批捕,只要没参与,应该没大问题。"宋书恩说着站起来,"我马上去公安局找人。"

临走,宋书恩说:"玉凤,我对不起你,我知道你恨我,不想见我……"

何玉凤摇摇头,打断他:"别说了,我不恨你。"

宋书恩想想,说啥都是多余的,不再多说,快步走出办公室。

老四说:"你抓紧点儿,我们在这儿等着信儿呢。"

跑了一大晌,到十一点多,宋书恩总算把事情摆平,说好取保候审,交点儿保

第十四章 老家

证金办好手续就可以放人。他松了口气,这边在县宾馆定好餐厅,中午请公安局几个人吃顿饭。又赶紧给老四打电话告诉何玉凤,让她放心。

一忙,就忘了给家里请假。酒局刚开始,吴金玲就打来传呼:"速回电话!中午不回家吃饭也不说一声,你把家当啥了?"

用上传呼机,在很多人眼中都是很风光的事情,那也是身份的象征。宋书恩却很清楚,有了传呼机,其实就是多了根牵引你的线。这根看不见的线,时不时地会拉一拉,让你不得安宁。

老婆的传呼还得回,宋书恩等到酒过三巡、菜过五味去回电话。电话一接通,挨过了吴金玲一阵机关枪扫射,等她渐渐熄火了,宋书恩才唯唯诺诺地说:"金玲,我就是该千刀万剐,也得等我回去,好吧?我回去甘愿受罚。"

"宋书恩,你越来越油腔滑调了,我越来越不相信你了,你说,你在哪儿鬼混呢?"

"我跟公安局的几位领导在一起呢,人家都等着我呢,好了好了,回去给你好好汇报,回见啊。"

宋书恩好不容易挂了电话,回去继续战斗。老四偷偷问他:"是最高指示吧?"

宋书恩点点头,说:"难啊,吴金玲越来越不好对付了。"

老四说:"别老怨人家,多找找自身原因。"

"我有啥原因?还不就是忙?忙得都快阳痿了。"

宋书恩说得一点儿不错,天天忙于应酬,加上他跟吴金玲在床上的不和谐,连对做爱都没了兴趣。按说,二十六七岁,正是好时候,荷尔蒙正旺盛,宋书恩却老不在状态。也难怪吴金玲怀疑他在外边拈花惹草。

今天这事又涉及何玉凤,宋书恩非常担心吴金玲知道。这些年,虽然没有跟何玉凤见过面,但内心始终还保留着她的信息,而且偶然还会跳出来折磨他一番。他与何玉凤分手之后,真的不想再与她有任何瓜葛,下决心要对吴金玲好,好好过日子。但事与愿违,越是强迫自己忘掉她,不想她,心思越是往她身上走。如果仅仅是这样,也许时间长了对她会慢慢淡化。吴金玲也来刺激他,时不时就会提到何玉凤,尽管有时候是开玩笑,但这无疑是让他强化了对何玉凤的记忆。

上午一见到何玉凤,他却豁然开朗了。她的平静与冷淡,好似一副泻药,把他淤积在心里的所有内疚与恩爱,一股脑儿地都给泻下去了。

起初,他想问问大爷、大娘的身体,问问她的生活。但她那副拒他于千里之外的样子,让他意识到自己的自作多情。他在心里对自己说,宋书恩,你以为你是谁?你还有资格有脸面去问大爷、大娘的身体?你问了怎么样?该怎么样还是怎么样,何家已经不需要你的关心,也不会接受你的关心了。这时候,他才想通何玉凤为什么知情后那么利落地与他一刀两断,没有丝毫的纠缠。她已经认定,你宋书恩是飞走了,而且绝对唤不回来。与其没有尊严地去吵闹、哭求,自己气自己,把曾经的美好糟蹋得无影无踪,不如尽快跳出那个旋涡,好好疗伤,开始新的生活。

当然,这并不能说明,这件事对何玉凤的打击是微不足道的。她草草地结婚,就是对生活的妥协,也把自己降到最低。她不再对生活抱有憧憬了,也不再对爱情抱有幻想了。宋书恩把他们共同创造的绚丽一下子抹去,让她飞翔的心突然折翅,跌落在地上。

能够帮何玉凤办事,对宋书恩来说也是救赎自己歉疚之心的一个途径。他绝没有奢望由此会改变他与何玉凤的关系,更不会奢望她会原谅自己。但无论如何,何玉凤没有拒绝他帮忙。仅此,他就感觉到何玉凤的大度与宽容。

中午吃饭,宋书恩知道何玉凤不会去,老四也断定她不会去,干脆就没有对她说。她要知道为她的事请人吃饭,这钱她是万万不会让他付的。

都喝到差不多,主食没吃大家就散了场。宋书恩开车与老四去澡堂子解酒。老四已习以为常,在县城,大小是个官,酒后驾车是家常便饭。他也不是第一次坐,好歹还没出过事。

在热水池里泡过,宋书恩的酒劲已经化解得差不多。躺在包间休息的时候,他对老四说:"四哥,今儿这一见,玉凤我是彻底放下了。"

第十四章 老家

他看老四没接茬儿，又说："做都做了，说啥都是苍白的，她不需要解释。"

老四说："过去了，都过去了。谁年轻的时候没做过糊涂事儿，放下就对了。"

宋书恩的思绪不自觉地回到过去。他在工地的时候，何玉凤来看他的情景；他住院的时候，何玉凤的焦急与体贴；他到企业的时候，何玉凤对他的思念……当过去在脑海里幻化成一个个清晰的镜头，宋书恩的眼睛被这些画面所刺激，一汪泪水溢满眼眶。

盖好新房后的几年里，宋书恩感觉家里是平安而和谐的，而且渐渐地向好的方向发展。爹的身体仍然硬朗；四弟书晖也健康成长，学习成绩名列前茅；大哥大嫂把两个可爱的孩子养育得结结实实，聪明伶俐。要说遗憾，就是二哥书仲，他仍然是光棍儿一条。

可以说，宋书恩心底松了口气。这么多年来，他一直尽全力照顾家里，没少往家里贴补钱。他的努力，换来了爹和四弟在村里的风光，甚至都有人开始给爹说媒了。如果不是爹执意不寻，兴许他们家就又该办喜事了。

这当儿，又一场灾难降临。一九九四年八月，大哥宋书魁死了——他不是死于矿难，而是死于肝癌。宋书魁的死对爹的打击很大，他连去矿上看儿子的勇气都没有。宋书恩帮大嫂处理完后事，临离开煤城，他对大嫂说："大嫂，我大哥没福气，你别光生气，以后的日子还得过，不管到啥时候，我都认你是我大嫂，有啥困难给我说。"

大嫂没有流泪，也没有多说。从大哥得病到死，几个月了，她的眼泪已经流干，没用的话也不想说，也不用说。

大嫂领着两个孩子住在矿上。她不想马上回老家，她感到，丈夫的灵魂还在矿上，在注视着她和孩子们。她留下来，还能陪陪他，不至于让他在这个举目无亲的城市里那么孤独。在矿区，在住处，在煤城的大街小巷，她都能感到丈夫的存在。每当看到成群结队的矿工下班，她都会感觉人群里有自己的丈夫。

宋书仲变得更加木讷话少，他对大哥的死好像无动于衷。在火葬场，孤儿寡母的哭声让在场的人们都动容落泪，他的脸上却一副木然，眼睛干巴巴的。

几个月之后，矿上有好心人出面说合，宋书仲与大嫂开始同居。大嫂了解宋书仲，不会说话，却老实厚道。能与宋书仲组成家庭，对两个孩子来说算是最佳选择。宋书仲经过劝说也接受了这种结合。就他目前这样子，大嫂不嫌弃他就够了。

然而，同居了十几天，宋书仲都无法进入大嫂的身体。第一次，他爬上那张大哥睡过的床，迫不及待地把大嫂压在身下，可无论他如何努力，都无济于事，他感觉身体不是自己的身体，曾经因渴望女人而兴奋的部位，这时候却蔫巴巴地耷拉着。他急得满头大汗，粗重的喘气声在黑暗中令人难堪。他突然感觉大哥就在旁边站着看他，一骨碌爬起来，拉着灯，穿上衣服坐在凳子上发呆。

接下来的几次，宋书仲仍然无法完成替代大哥的使命。他沮丧地说："大嫂，不中，我不中。你该嫁人就嫁人吧。"

这件事，是后来大嫂打电话告诉宋书恩的。她对他说："书恩，为了孩子，我不想离开宋家，可你二哥他不行……"

宋书恩说："大嫂，别说了。你该走就走，我们没权利拦你。"

大嫂把一对儿女送到爹身边之后改嫁他乡，爹又为两个孩子操劳，闲散的生活开始紧张起来。

这对于宋书恩来说，感受的只是内心的痛，并没有影响到他的生活。他想把两个孩子接到身边，但爹不同意，爹说你那么忙顾不上管，还是放在自己身边放心。

宋书仲的婚事一直是他的心病，爹多次说过给他从南方买个媳妇，可宋书仲死活不干，说人又不是牲口，买回来也不会好好跟他过。

这一年，四弟宋书晖高中毕业，却出乎意料地没考上大学。复读本来是没有异议的，可最后书晖却铁了心不干，而且不辞而别，外出打工了。

这个家，还有太多的遗憾让宋书恩难以释怀。他自己的进步和身份的改变，与家里的苦难相比，显得是那么微不足道。

第十五章　情债

一眨眼，宋书恩在沙源县已经待了十几年。回忆起这些年的风雨坎坷，最令他难忘的，是在他落魄时候给过他温暖的人。

想得最多的，是何大爷何本良，还有何大娘。何大爷在他走投无路的时候收留了他，何大娘对他如亲生儿子那般好，他们还同意自己的独生闺女跟他好。对宋书恩来说，那就是再造之恩。

宋书恩与何家的联系，有四年之久。无论是住在菜园，还是去县城打工，包括后来到学校教书，老两口儿对他的感情一点儿也不含糊。村子里满是他与玉凤好的风言风语的时候，老两口儿不但不怪他，还赞成他们好。现在想来，老两口儿对他的爱不容置疑。他们就那么肯定他会做上门女婿，不担心他把玉凤带走？显然，他们不会不考虑这个实际问题。但他们没有阻拦，没有干涉，也没有出面跟他谈条件。从这一点看，他们为了他跟玉凤的相爱，是做好了忍痛割爱的准备了。

何大娘对他的情，宋书恩更加难忘。虽然一直没有改口叫娘，但在心里，宋书恩早就把她当成亲娘了。少年丧母，母爱在他的心里已经荒芜了许多年。是何大娘，让他重新感受到了母爱。他在家里的吃穿，大娘操够了心。他在县城打工、乡里教书，大娘还让玉凤给他捎好吃的。冬天怕他冷，夏天怕他热，给他准备足够的衣服。

然而，与玉凤分手之后，宋书恩就再也没有见过大爷大娘。据说，大娘知道他不要玉凤之后，没少流眼泪，还祖奶八辈地骂过几次，街坊邻居都说不能便宜那小了，鼓动何人爷与玉凤找一帮人去厂里闹一场。何大爷始终没多说，他叹口气，对街坊邻居说："在人家手下，哥哥当着家，妹妹追得紧，他也为难，咱就咽了吧，闹闹还能有个啥结果？"

宋书恩纵是可着肚子长个胆，脸上加一层钢板，也不敢、也没脸回何庄村进何家的门了。分手的头两年，逢年过节宋书恩给大爷大娘寄过东西，也寄过钱，但都被退了回来。他清楚，大爷大娘是不原谅他，他更加过意不去，充满歉疚。

一九九〇年，何大娘得食道癌去世。临终前，对玉凤说想见宋书恩。玉凤哭成泪人，答应娘给他捎信。娘却又说："算了，他来了说啥？你女婿不高兴，他脸上也挂不住。"

宋书恩从老四口里听说这件事之后，大哭了一场。老人临终的时候能想到自己，可见她始终没有忘记自己。他与大娘的这种母子之情，也因为自己的背叛而终结。

如今，何大爷怎么样了？他老人家身体还好吗？宋书恩有时候真想厚着脸皮去看看何大爷，但玉凤的态度让他失去了勇气。尽管她接受过他的一次帮助，但那是看老四的面子。老四本来想通过那次帮忙，给他们创造一次见面的机会，冰释以前的恩怨。显然，没有这种可能，玉凤对他的漠然根本没有一点回旋余地。

宋书恩知道，因为这一生都无法偿还玉凤的恩爱，回报大爷大娘的恩情也就无从说起。大爷大娘的恩情，只有欠着，永远地欠着。宋书恩这样想的时候，心里的苦辣酸甜无以言表。

宋书恩心里常常记起的，还有两个人，一个是灵安乡教办室的郝主任，一个是何庄小学的刘校长。

当初，宋书恩顶替玉凤到小学教书，刘校长对他是很赏识的，在工作上也很支持他，特别是他被告了黑状之后，刘校长能坚持正义，替他在工作组面前说话，对他进入初中教书起了决定性的作用，甚至改变了他今后的命运。

刘校长也算是宋书恩人生中的一个贵人，他的朴实与公正，激励过年轻的宋书

第十五章 情债

恩，让他在教学的路上走出了第一步。而宋书恩对他的感恩，从来没有过一次实际的行动。他与玉凤一个村，又是同事，也就少了很多礼节，没给他买过东西，甚至没请他喝过一次酒。后来在县城碰见他的时候，宋书恩强拉硬拽地请他吃饭，他却因为忙着办事也给推掉了。也许，是因为他对宋书恩的负情而不满，不愿意与他坐在一起。

对于刘校长，宋书恩有所感激，但既然没机会回报，连请他吃顿饭的机会都不给，也就只能放在心里了。也许他也从来没有想到过得到回报，他的所作所为，只是实事求是，没有任何私心杂念。宋书恩甚至想，反正早就离开了何庄小学，早就用不着他了，何必自己老跟自己过不去呢？时间长了，刘校长渐渐从宋书恩意识里淡出，几乎不再想到他了。

而郝主任，应该是宋书恩人生中最关键的贵人，对他来说那是知遇之恩，他不但促成了他去初中教书，给了他一个施展锻炼的机会，还把他举荐给吴金春——到了彩印厂，才可能有他的今天，农转非、转干，在县城过上了像模像样的高品质生活，真可谓风雨兼收了。

最初，到了中秋节、春节，宋书恩都去郝主任家里看望，拿点水果、饮料，一次花三四十块钱。那时候这钱对他来说也不是小数目。但感恩嘛，他心里痛快，感觉拿多少东西都表达不了自己的情意。郝主任对宋书恩也很随便，对他拿东西也不阻止，也不拒绝。他知道阻止也是没用的，说多了倒显得虚伪。宋书恩每次去看他，他都会留他在家吃饭，弄几个菜，喝点儿小酒，谈谈心。宋书恩能体会到，郝主任对他是真的欣赏，欣赏他的文采和沉稳，更喜欢他的性格，可谓脾胃相投。而且他曾预言：宋书恩将来肯定会成大气候。

郝主任毫不客气地接受宋书恩送的东西，也不容推辞地回赠他东西，有时候是一条烟，有时候是两瓶酒，或者是一包牛羊肉，反正不让他空手走。第一次，宋书恩坚决不要，郝主任就把他的东西拿出来说："你跟我远了不是？你要不把我当朋友看，把你的东西拿走咱永远别来往！"宋书恩看他虎着脸不像开玩笑，只好乖乖地拿着。之后宋书恩也不再客气，逢年过节就去，给啥东西就拿着。那时候，宋书恩与郝主任平日里来往并不多。人家毕竟是领导，宋书恩在他面前还很矜持，他没事几乎不去教办室，郝主任去学校检查工作也几乎不提他。当然，学校领导和很多教师都知道宋书恩是郝主任的人，关系不一般。无形中，他受到了很多关照。特别是对他的文学创作，学校很支持，只给他安排了一个班的语文课，校长、主任经常在会上表扬他好学上进，让年轻教师向他学习。

宋书恩到了企业之后，仍然保持着与郝主任的联系。后来他成为吴金春的妹夫，关系更近了一步，开始称兄道弟，不知不觉中两人的位置也变平等了。后来随着企业的发展壮大，吴金春在沙源县成了有身份、有地位的名人，经常跟县领导、市领导接触，他会见客人就像大领导一样得排队，见他一面很不容易，以往的很多平民朋友都渐渐疏于联络。作为老同学，郝主任没事也不像以前那样频繁地去找吴金春了。吴金春也不忘旧情，逢年过节时候总会委托宋书恩给郝主任送两瓶酒、两条烟。

头几年，宋书恩很上心，公私兼顾，也是一举两得的事情。到了一九九五年春节，突然地，宋书恩所列的送礼名单中，就没有了郝主任。等他事后想起来，直拍脑袋，嘴里说着"忘了郝主任，真是罪过"，心里只觉着过意不去，想打个电话给他解释一下，想想又有点儿不妥，加上忙，这事就放那儿了。之前，郝主任到县城办事开会总会找宋书恩坐坐，一起吃个饭，说说话，这之后，郝主任也不主动与他联系了。一来二去，渐渐就断了联系。

如今的宋书恩，掌管着一个企业的外事关系，每到逢年过节，他恨不得分成八瓣，生怕忘了烧哪一炷香给企业带来意想不到的损失。而郝主任这样的关系，在他眼中实在有点儿微不足道了。无论怎样，反正都不会有啥后遗症，忘了就忘了。

宋书恩偶然想起郝主任，感觉自己太不讲交情，下决心要抽时间去看看他，好好喝一场，说说话。可工作一忙起来，这个愿望竟一直没有实现，反而越来越不好去拾起来了。

宋书恩这样安慰自己：大家都在忙自己的事情，都在自己的圈子里活动，淡

第十五章 情债

化老交情，淡化圈子之外的关系，也是人之常情。到什么山唱什么歌嘛。

这样想着，他就释然了。很多时候嘴里还会吹起口哨，总是《莫斯科郊外的晚上》的旋律。那旋律，宁静中显得有点儿躁动。

在沙源县，能够被宋书恩称得上知音的，非老四胡杨林莫属。因为同在县城，加上志趣相投，两个人一直来往频繁。他们之间，除了宋书恩刚到工地打工那会儿稍微有点儿地位偏差，后来一直处于平等的状态。老四对他的帮助说不上有多大，但在精神上给他的滋润是没人能比的。在那么艰苦的环境中，他能为宋书恩创造条件，让他有时间读书写作，给他提供书籍、纸笔，无异于雪中送炭。

应该说，宋书恩与老四的频繁联系保持了十余年，他目睹了老四这些年的人生经历与酸甜苦辣。半路成为国家干部的老四，还是"一头沉"，自己一个人住在单位安排的单身宿舍，凑合生活，老婆带着两个孩子在老家农村，既要操持家又得种地，也没少吃苦。专业搞创作，是老四的梦想，他把对政府的感激，都用在了创作上，下乡采风，去工厂体验生活，把六七亩地全撂给了老婆，农忙时候都顾不上回家。

一九九三年夏，老四的老婆因为给棉花打农药中毒，差点儿没丧命，花了好几千块钱，住了二十多天的院才好利索。该上初中的闺女在抢救室门口哭成了泪人，她拉着爸爸的手说："爸爸，爸爸，别让妈妈在家种地了，俺要跟着你去县城……"

老四含着泪点点头，说："听闺女的话，不种地了，这地咱不种了，再也不让妈妈受苦受累了。"

那一年，因为老婆中毒住院，剩下的几亩地都没有打农药，三亩棉花因虫害绝收，两亩多大豆被豆青虫把叶子吃成光杆儿，近两亩玉米因缺乏管理荒草横生，几乎吞噬了庄稼苗。老婆出院回到家，街坊邻居这个说"你家棉花叫虫吃坏了，赶紧打药啊"，那个说"你家的玉蜀黍都叫草糊严了，得锄锄地啊"，还有人说"你家豆秧叶都叫虫吃光了，赶紧想办法再种点啥吧"。

老四再不敢让老婆下地干活。自己到地里转了圈,给棉花地打农药是不敢,老婆能中毒,保不准自己不中毒,干脆放弃,不管了,叫虫随便吃吧。再看看豆苗,全是光杆儿,也不管它。只有玉米还像回事,他开始拿着锄头给玉米除草。多少年都没好好干过农活了,老四身上已经没力,但他想着要从草里夺回玉米,因为这是当年秋季唯一有收成希望的地了,他格外地卖力。起早贪黑干了三天,把玉米地里的麦茬和荒草锄了一遍,又把麦茬和草捡到地边,地里变得干干净净,玉米苗似乎也显得舒展了一些。老四累得腰酸腿疼,对老婆说今年保住这两亩玉蜀黍就中了,棉花、大豆绝收就绝收吧,顾不得那么多了。

干完的当天晚上,一场大雨从天而降。第二天,老四到地里一看,光杆儿的豆苗开始发芽了。他说既然发芽了就长吧,能长一个豆角就算一个,总比绝收强。后来,光杆儿豆苗长势良好,竟有了亩产三百多斤的收成。

收完秋庄稼,老四把几亩地包给邻居,在县城租了房子,老婆孩子都跟着搬进城,闺女进了县城的初中,儿子也安排在县城的小学。他松了口气,心想这下一家人总算能在一起生活了。

老婆孩子在身边,老四的生活质量提高了不少。这时候,宋书恩虽然找他喝酒的时候少了,但还经常保持联系。可没多久,因为市里筹办文学杂志,一纸调令把老四调到了市文联,一家人不得不再次分开。老四到了市里,宋书恩就很少联系他了。他与老四的友情,似乎从这时候开始淡薄了。

还有一点,宋书恩进了企业之后,渐渐冷落文学,后来不要说写作,连读书都很少了。曾经激励过他的那个文学梦,早就尘埃落定,不再泛滥了。

当然,还有很多好朋友,随着时光的流逝都渐渐疏远。宋书恩每每想起他们,心里禁不住会涌出一股温暖。其实,自己并没有忘记他们,只是疲于奔波,顾不上联络。宋书恩毫不费劲地找到了安慰自己的理由。但,心底的那本账,欠着太多的人情。他不知道,这辈子自己还能否还得上,或者,能还多少。

第十六章　抉择

一九九五年秋天的一个下午，宋书恩在沙阴市委招待所见到老四的时候，都有点儿不敢认了。他白衬衣、红领带、蓝西装、黑皮鞋，简直就是风流倜傥。一问，才知道市里专门为他召开作品研讨会，省文联、作协都来了人，著名作家、评论家有好几个。而且，研讨会开完，他就要离开沙阴市，调到省文学院创研室做专业作家了。

"去我房间坐坐吧。"老四拉着宋书恩说，"也送你本书。"

宋书恩来市里办事刚住下，这会儿没事，就跟老四去房间说话。拿起老四的长篇小说《沙源记事》，宋书恩眼真热。淡雅的封面上，赫然印着"沙源记事/杨柳著"，下边是清秀飘逸的行书"中北文艺出版社"。翻开书，一股淡淡的油墨味扑面而来，白纸黑字间，跳跃着老四的才情。

"真好，真好！四哥，祝贺你。"

宋书恩出神地看着那本书，把目光聚焦在"杨柳著"那三个字上。一忽儿，他的眼光散了，脑海里闪现出另一本书，书名并不清楚，却分明印着"宋书恩著"。

很久了，宋书恩也渴望自己能出本书。记得老四出第一本散文集的时候，宋书恩就羡慕地说："啥时候我能出本书啊？"等到老四出第二本书小说集，宋书恩拿着书没再说话，他已经离出书的目标越来越远了。

这一刻，宋书恩想出书的愿望突然强烈起来，但他没有表现出来，说出的话也口是心非："四哥你是飞机上挂暖壶，水平越来越高。这辈子我是坐着飞船也撵不上了,出书就更别想了。"

老四笑笑,说:"别这样说,你还年轻着呢,只要写,就不愁写不出来。"

"在厂里天天这么忙,写不成啊。"

一边与老四说话,宋书恩心里却胡思乱想起来。如今,自己的物质生活应该算提高到了一个不低的档次,住着厂里提供的两层小别墅,坐着高级小轿车,陪客人吃着高级饭店的山珍海味,与客户在洗浴中心、按摩房、洗脚城享受高档服务,什么搓背打盐、捏脚采耳、异性按摩、推油、打飞机,除了嫖妓,全都体验过。宋书恩虽然不是正人君子,但绝不嫖妓,也不拈花惹草。就他在彩印厂这个位置,在沙源县有一点儿风吹草动都会传到吴金玲耳朵里,他就别想安生了。他与老婆的性生活不和谐,在相当长的时间里,只能靠推油、打飞机来释放自己。

说到精神生活,宋书恩简直是一穷二白。吴金春精力异常旺盛,他除了工作与喝酒,几乎没有别的爱好,不看电视,不看报纸。早上六点多起来,他就去办公室坐着,到八点左右回家吃过早饭再回来上班;吃过晚饭,没有特殊情况他也要去办公室坐一阵儿,到九点多甚至更晚才回家睡觉。他的这种习惯,导致机关所有人员都得跟他走,厂机关曾经有一段时间制定了独特的作息时间:早上六点半上班,七点半下班;上午八点半上班,十二点下班;下午十四点上班,十七点半下班;晚上十九点上班,二十一点下班。

负责接待与外联的宋书恩,很少按作息时间上下班。出差得早起,回来更没准儿,深更半夜是常事。应酬干脆就不用考虑时间,中午饭局扯秧能到下午四五点,晚上更随便,纠缠起来没完没了,反正夜长着哩。长年累月沉浸在这样的应酬之中,连读书、看电视的时间都没有,除了肚子吃大了、肝喝硬了、身体灌坏了,哪还有什么精神享受?

这样一想,宋书恩心底就无端地生出一股怨气。看起来风风光光,其实就是一酒囊饭袋,就是一行尸走肉。不读书,不看报,更别说学习,还有什么信念?满脑瓜子全是钱,厂里为了挣钱,动用一切手段;个人为了挣钱,把吃奶的劲都使了出来。可忙来忙去就是光为挣钱吗?

第十六章 抉择

宋书恩第一次对钱有了反感，对自己的生活有了怀疑。

宋书恩想起他离开工地时候老四对他说的话："无论啥时候，别忘了文学。"而今，他早把文学扔到垃圾篓里，忘到九霄云外了。跟老四道别之后，他满心都是今后不能这么消沉下去了，从明天起，不，从今天晚上起就开始读书，把文学创作拾起来。忙、没时间只是个借口，只要下决心，读书写作总能抽出时间，没多有少，积少成多嘛。宋书恩投入地思考读书写作的事情，差一点儿把自己来银行贷款的正事忘了。

从市里回来，宋书恩把二楼的书房收拾得有条不紊。说是书房，其实就是他平时加班写材料的家庭办公室。也没有多少书，一个书橱还没装满，里边还有很多企业管理之类的专业书籍。宋书恩把跟文学无关的书从书橱里拿出来另放，把新买的一千多块钱的书摆上去，又在书桌上摆了两个笔记本，一个记日记，一个记读书笔记。

吴金玲惊奇地瞪着眼睛，说："宋书恩，怎么，要发奋读书写作了？"

宋书恩指指放在一起的老四的三本书，说："人家四哥，第三本书都出来了，我也得拾起来。"

"嫉妒了吧？小样儿，你跟他比，人家专业作家，穿上兔鞋你也撵不上人家。"

"俺不撵，读读书写写日记总能做到吧？这么多年了，手生了。"

"好，我等着宋老师写出大作，当第一读者呢。"吴金玲的话虽然有点儿嘲讽的味道，但并不反对他，"好好努力吧，我去给大作家做饭。"

宋书恩坐在书桌前，翻开泰戈尔的《游思集》，大声地朗诵起来："我听见轰雷般的洪水冲击着我的生命，从这个世界冲向另一个世界，卷成一个形体又一个形体，在滔滔不绝的赐予的浪花中，在悲叹和欢歌中，把我的身体驱散开去。……"

过了十一，宋书恩收到了老四寄给他的一个北京的文学活动通知。这时候厂里生产上正忙得不可开交，正是白酒销售旺季，包装盒用量剧增，车间便马不停蹄地连轴转。但越是忙越是出错，产品质量问题不断，厂家退回来返工的货堆成小山，报废的成品不计其数。吴金春急得在车间里不停地骂娘，挨骂的车间干部一脸的可怜相，乖顺得就像耍猴儿人鞭子下的小猴儿。

宋书恩说忙也忙，说不忙也不忙。厂家催货的客人有业务员陪着，他可以不管；中秋节刚过，外联活动也刚告一段落，暂时没有大的行动。他拿出那份通知，跟吴金春说自己想参加。吴金春心情正不好，说了句："这种闲会你去干啥？"

宋书恩说："我想出去学习一下，开开眼界。"

吴金春不耐烦地说："你自己看吧，想去我也不拦你。"

宋书恩满脸发热，他有一种受辱的感觉。他悻悻地出了厂长办公室。

"闲会"，在吴金春看来，这还不就是闲会？跟社交没关系，跟生产更没关系。可这对宋书恩就不是闲会，而且他认为是很重要的"正事"。他已经坚持几个月读书写日记了，还写了几篇短散文，而且渐入佳境。这时候，他非常迫切地想去北京聆听文坛的名家们讲文学形势。

去，一定得去，管他高兴不高兴呢。宋书恩泛起来的受辱情绪令他有点儿恼火，他在心里恶狠狠地表态。过了一会儿，他又冷静下来，对自己说，别意气用事，还得好好跟他说，他这一阵心情不好，回头趁他高兴了再说。回到家，他担心吴金玲反对，可一说她很支持，说："你想去就去，大哥那回头我去说。"

"老婆，我一直以为你会反对我爱好文学，原来你这么支持我，我的信心更足了。"

"小瞧人，别忘了，我当初也是文学爱好者，还跟你一起自学过汉语言文学呢。"

宋书恩一把抱住她，反常地出现了冲动，不由分说抱起她去了卧室，刚褪下裤子，一楼却响起了女儿省玉的声音："妈妈，妈妈，我放学了。"

二人立即停止行动，匆忙整好衣服出来迎接女儿。女儿说："你们在干啥？这么久才下来。"

宋书恩说："你妈让我给她掏耳朵呢，她说耳朵痒。"

第十六章　抉择

吴金玲翻了他一眼，说："你爸的手真狠，都给我掏疼了。"

女儿认真地说："我姥姥说，耳不掏不聋，牙不剔不稀。妈妈别掏耳朵了，光聋。"

夫妻俩都笑了，说："省玉懂得真多，听省玉的话，不掏了，不掏了。"

去北京的事说定，宋书恩抽时间买了火车票。吴金春再见到他，对他说："书恩哪，这一段弄得焦头烂额的，心情不好，说话不好听你别往心里去。金玲跟我说了，去北京开会，你去吧，只当歇歇，天天忙，没个头儿。"

"没事，没事。"宋书恩对他的怨气立马就消失得无影无踪。心想，看来沟通很重要啊，说清了，他还是通情达理的。

几天之后，宋书恩坐上北上的列车，去北京重温他的文学梦了。

宋书恩从北京回来的时候，沙源县正热闹得像一锅沸腾的玉米糊糊，上下翻滚，热气逼人。县委书记因卖官鬻爵翻了船，省市纪检委、检察院派到县里一个几十人的工作组，在县委招待所占了一层。案子轰动全国，涉及副县级以上领导四人，各局委、乡镇副科级以上领导六十多人。县委书记把能吐的都吐了出来，甚至过年给孩子几百块的压岁钱都撂出来了，全县政界陷入一片恐慌之中。

吴金春已经被传唤过去进行了对证。过年过节，企业给县、镇领导及职能部门送红包、物品，那是公开的秘密。宋书恩替吴金春去书记家里送过一次钱，两万元。他根本没放在心上，不是副科级，又不是法人，只是个办事的，还是替厂里送，这责任当然由吴金春承担了。可没过几天，传唤就过来了，要对他进行审讯。不用猜，书记把他给卖了。

去的时候，吴金春告诉他，别害怕，实话实说就中了，不能多说，也不能少说，就那一件事，说清就完了。

但事情远没有那么简单。宋书恩明确地交代了那次送钱的事情之后，工作人员却说他不老实，让他从实交代。可他说的是实话，两万元，一分不多，一分不少。他把这话说到第三遍的时候，工作人员开始训斥起他，语气相当严厉了。

翻来复去地问，翻来复去地说，折腾了近四个小时，宋书恩才从宾馆里的审讯室出来。后来他才知道，书记不知道哪根神经犯了毛病，把两万元说成了两万二千元，口径不统一，他们就抓住宋书恩不放。经过说不清多少次的盘问，最后看他不像说谎，才放了他。

他一出那个房间，泪水就飞流直下。他感到了前所未有的耻辱，回忆起给人行贿的情景，他痛心疾首，悲愤交加。

要说，这件事对他并没有直接影响。但他非常清楚，虽然是为了厂里的事给人行贿，但违法乃至犯罪的风险却是得自己承担。

他回到家对吴金玲说："我不能再为了厂里去行贿了，坚决不能了。"

吴金玲却说："你不去谁去啊？总得有人去送。"

宋书恩手一挥说："谁愿意去谁去，我是坚决不去了。"

宋书恩好些天都提不起神。之前，他一直任劳任怨，从来没有想过哪些事该做、哪些事不该做。随着春节的临近，他更加恐慌不安。想起即将到来的送礼任务，他如临人敌，第一次感到了害怕。

但是，有情绪归有情绪，害怕归害怕，班还得继续上，工作该做还得做。在这个位置，就得干这个位置的活儿。宋书恩在吴金玲面前理直气壮地说不送，但到了吴金春面前，他又开不了口了。吴金春待他不薄，这些年培养他、重用他，又有了这层关系，他怎么能想不干啥就不干啥呢？他没有别的选择。

伴随着一场铺天盖地的大雪，过年的气息越来越浓。过了腊月二十三祭灶，宋书恩便投入到一年一度的送礼行动中。宋书恩负责送的都是轻量级的人物，大都是副职，镇里的副书记、副镇长，职能部门的副局长之类，加上经常打交道的县直中层领导，这部分人员，送的主要是东西，烟酒、烧鸡、牛羊肉等；比较重要的人物，也送点儿钱，一千或两千；再多了就属于吴金春的范畴了，他得亲自去打点重量级的人物。老板亲自出手，肯定就不是三千两千了，都是大礼。

要说，除了辛苦点儿，这样的事情也是美差。无论到了谁家，都是笑脸相迎，

第十六章 抉择

嘴里说着客气话，对送去的东西与信封也都爽快地笑纳，极少有例外。

整个送礼的过程，让宋书恩始终处于一种煎熬之中。他坐在车上，紧锁眉头，思虑重重。他不时想起自己受审的那一幕，工作人员严厉的面孔和训斥孩子般的口气，刺激着他的感官。他曾经那么强烈地向吴金玲表示过自己对送礼的抵触，但现在，他仍然在送。

摆脱，得摆脱这折磨人的勾当！这个念头像一只兔子从笼里跳出来一样，瞬间便四处跳跃，收拾不住了。

如何才能摆脱掉呢？显然，这是个令他不敢往下想的问题。他非常清楚，无论是生产还是销售，自己都是个十足的外行。要求调换岗位，其他人肯定说他不知天高地厚，仗着大舅哥掌权无理取闹。再说了，宋书恩积累了这么多年的人脉资源，跟老板又有亲戚，班子成员中没有比他更合适做这件事的人了。但不调换岗位，摆脱这个事就无从谈起。

只要在厂里干，摆脱这件事就是绝路一条。自己都想不通，别人更想不通。宋书恩心乱如麻，不觉中又往深里想了一步：离开企业，离开企业肯定就能彻底摆脱了。这样一想，宋书恩吓了自己一跳。

这话，怎么能说出口呢？说出口了，吴金春能同意吗？退一万步讲，吴金春同意了，自己离开企业去哪里呢？

到了腊月二十六，送礼终于结束。回到厂里，宋书恩的心里总是恍恍惚惚。他坐在自己的办公室，开始给在北京会上认识的一个东北女文友郭珂打电话。

郭珂属猴，小他三岁，小巧玲珑，活泼可爱。在北京的几天里，两个人打得火热。在最后一天晚上的舞会上，他们跳了几曲之后，身体开始暧昧地纠缠。后来，他们就悄悄地退场，在外边的黑暗处拥抱热吻。再后来，他拉着她的手去服务台开了房间，像谷碾米一样自然地睡到了一张床上，一夜疯狂妙不可言。

第二天大家依依惜别，郭珂让宋书恩再在北京玩两天，他却莫名其妙地没答应。后来他想清了，是怕自己陷进去出不来。仅仅几天的相处、一夜的温情，就让他如醉如痴、恋恋不舍了。

有时候他禁不住后悔万分，自己怎么就不能答应跟她在一起多待两天，那是何等令人陶醉令人销魂的时光？一念之差，使自己失去了一次人生中也许永远难以再有的幸福机会。有时候他也庆幸，如果自己不能克制，答应跟她再待两天，也许他会得寸进尺，能在一起两天，又想待四天、六天、八天……什么时候是个头儿？毕竟，那是婚外恋，是自己彻彻底底的越轨。真是不应该。这样做，不光对不起金玲，也对不起女儿。可是，这两年跟金玲在一起怎么就没有了那种令人神往的感觉了呢？自己应该好好找找自身原因了。

宋书恩与郭珂的电话冗长而缠绵。他们尽管因为文学活动相识，却很少说到文学。他们的电话开始总是一遍一遍地说起吃的什么饭、今天都做了什么、心情如何，接下来就说多么想念对方、多么牵挂对方。如果电话在晚上，他们的通话会有肉麻的片段，他会不停地叫她的名字，反复地说一个粗字；她会呢喃，甚至呻吟，也会泣不成声。

宋书恩跟她诉说了自己的困惑，毫无保留地说了他渴望摆脱行贿送礼的想法。她因为不知道他与老板的关系，几乎随口就为他开出了处方——辞职。她说，你这么困在企业，永远别想在文学上有什么起色。

他问，我辞了职干什么呢？将来怎么办？

她说，年纪轻轻，还是一个大专生，这么有文采，还愁找不到工作？

郭珂的话，打破了他内心的平静。这个他以前不敢面对的问题，现在真的需要仔细考虑了。

他又给焦楚扬打电话。他们已经好长时间不联系了，焦楚扬在乡里虽然还是个临时工，但已经当上了片长（乡里把邻近的五六个村划成一个区域算一个片），负责五六个村的计划生育、统筹提留征收等各项工作，天天忙得不亦乐乎。他接到宋书恩的电话，很是惊喜，说："宋大厂长，你还能想起老同学啊？有什么指示，请讲。"

焦楚扬说话变得油腔滑调，宋书恩却无心说涮话。他简要地说了一下自己的想法，想让他谈谈看法。

第十六章　抉择

焦楚扬说："你是吃饱了没事找事，天天花天酒地，工资又高，去哪儿找这么好的工作？文学？文学是个什么？毛都不是，还想文学呢，你以为你还是小伙子啊？三十岁了，还闹青春期综合征啊？老同学，别折腾了，随遇而安吧。"

宋书恩放下电话，说了一句脏话，他对焦楚扬的说法非常不满意。他又想给马平川、邢梁打电话，转念一想，又觉得别人的看法都无关紧要，关键是自己的选择，干脆谁也不问了，还是自己好好琢磨吧。

这天，突然他看到了《中北日报》刊登的一则启事：日报社要创办《中北晚报》，面向全省公开招聘编辑记者。除了作家，记者是他梦寐以求的职业。他心里突然就明朗了，过了春节就去省城看看，如果能应聘做记者，就果断辞职；如果应聘不上，辞职的事只能暂时放在心底，继续受煎熬了。

宋书恩带着一腔豪情，怀揣那份《中北日报》，踌躇满志地去省城寻求新的发展契机了。等待他的，是什么呢？

第十七章　柳暗花明

一九九六年正月的一天。一大早,宋书恩坐上了去省城的汽车。春运时节,火车票难买得很,上车也跟打仗一样。坐汽车虽然慢点,好歹有个座。

跟吴金春请假的时候,宋书恩当然不能说是去应聘,而是谎称参加同学聚会。他对吴金玲也守口如瓶。他怕弄不成被人笑话。她对他的说法半信半疑,参加同学聚会用得着三天时间?她还半真半假地说:"宋书恩,你别是去约会吧?"

宋书恩说:"那可不好说,要是碰上哪个当初暗恋我的女同学,弄不好还真演绎一出《红楼梦》。"

吴金玲装着咬牙切齿的样子,说:"那你就别回来,跟你的暗恋者私奔得了。"

宋书恩之所以有胆量去应聘记者,一方面是郭珂的鼓动,另一方面是他的自信。他大专自学的是中文,又有写作功底,加上在企业这么多年,为了写好厂里的报道,他啃过几本新闻理论,也写过一些新闻稿子。对照招聘启事上的要求——相关专业大专以上学历,写作功底扎实,有较强的交际能力,能吃苦耐劳,等等,他感觉自己全都符合。

看着路边湿润而泛绿的树丫、残雪覆盖的原野中返青的麦苗,宋书恩感觉自己浑身都是力量,似乎也如这蛰伏了一个冬季的植物,酝酿着萌动。

他甚至有一种预感,自己的应聘一定能成功。能进报社做一名记者,那是多么惬意而神气的职业?口袋里揣着记者证,看到不公平的事情,走上前掏出记者证一

第十七章 柳暗花明

亮,声色俱厉地质疑当事人:请你解释一下你的做法……那才叫牛气,那是真正的"无冕之王"。

即使不考虑做记者多么风光,关键是自己可以跳出那个用利益联结起来的"网"。在这个"网"中,大家坐在酒桌上称兄道弟,见了面又握手又寒暄,而背后,全跟利益有牵连。表面的热情,只是这些见不得人的利益的遮羞布,充满了矫情与虚伪。而我宋书恩,充当的无非是这个"网"中的最末端,就像一条生物链中的草,永远都是被吃掉的宿命。倘若不是为了获取非法的财富,那些身居要职的官老爷,才不会与一个乡镇企业的厂长助理推杯换盏,乃至屈尊到平起平坐。

想起这些年的所谓交际,宋书恩甚至感到自己竟那般无耻——可以说,他的通信录上,几乎全是有用的关系。他的意识里,没有利用价值的关系,他懒得去理睬。而那些老同学、老朋友、老领导,都被他渐渐忘却。对自己有过恩的郝主任,已经几年没去看望过了;相知相投而且曾经为他指点迷津的老四,也很少联系了;还有儿时的密友,焦楚扬、马平川、邢梁,几乎一年都不联系一次……自己总是把忙当作顾不上联系的充分理由,而回过头来去思考,其实就是"无关紧要"。这些人,你无论多长时间不联系,谁都不会责怪你,不会计较你,更不会为难你。

记者,那应该是个神圣的职业,是站在高处俯视社会,可以用自己的笔讴歌真善美,也可以用自己的笔去抨击假恶丑。能够担当这样的责任,那是多么崇高和令人振奋的工作?宋书恩这样想着,不禁豪情万丈,心潮澎湃。他拉开包链拿出大红色的平绒面大专毕业证,自信地微笑了一下,对自己说:"宋书恩,你要开始新的生活了。"

这次来省城,他不准备去找在省新闻出版局的高上,也不准备去找在省文学院的老四,他要悄悄地参加考试。成功了,留在省城有的是时间。不成了——尽管他非常自信,但凡事总有个余地,万一不成了,谁都不知道他有过这么一遭,也不丢面子。

正月十二是最后一天报名,只要头一天赶到,再晚都不会误了报名;十三上午进行笔试,下午进行面试;十四上午公布结果。从笔试到面试,三天内完成,不耽误回家过元宵节。宋书恩计划得滴水不漏,到省城下了车先买回去的火车票,反正结果无论成败都得回去。成了,回去辞职;败了,回去继续上班。

宋书恩下车的时候,已经是下午两点。他在车站门口买了个烧饼夹豆腐串,一边吃一边叫了辆的士,在路上复印好毕业证、身份证和自己发表的作品,直奔中北日报社。

站在报社庄严的大门口,他的心跳有些加快。这是省委机关报所在地,中北省的最高声音,就是从这里通过散发着油墨清香的新闻纸传到社会各界的。

今后,我就要在这里工作了?如果美梦成真,对自己来说无疑是一个惊天动地的事件。宋书恩心中刹那间还闪过了一丝胆怯,但那胆怯只是昙花一现,很快就被自信驱散了。他定定神,挺挺胸,整理了一下衣服,用右手抿了抿头发,雄赳赳气昂昂地走进报社。

他把自己的证件及复印件拿出来,负责报名的工作人员拿着他的毕业证翻了翻,其他的东西看都没看,就把东西直接撂了回来,随后说:"你这毕业证不行,是自考的,我们要求必须是普通高考统招毕业生。"

宋书恩一下子就蒙了,这无疑是晴天霹雳。他掏出那张报纸再看,启事中确实有这一条,"相关专业大专以上毕业生"后边的括号里,明确地标着"普通高考统招毕业生"。自己当初怎么就没有注意这一点呢?真是要命。

宋书恩点着一支烟,又问了一句:"没有一点余地吗?"

那人手一挥,断然说:"这是硬件,肯定没余地。"

宋书恩心一下子就凉了,他不知道怎么走出了报社大门。他在大门外边站了很久,对自己一路上的想法嘲笑起来。宋书恩啊,你也不掂量掂量自己,连大学都没上过,还妄想当记者,真是老光棍儿做梦娶媳妇,尽想美事了。

他苦笑了笑,笑得甚至有点儿凄惨,眼里似乎涨了潮。他走在大街上,左胳肢窝夹着公文包,右手拿着烟一边抽。他不知道自己要去哪里,反正不能马上回去,在宾馆睡觉也得熬到后天再走。

扔掉烟头,他掏出手机给郭珂打电话。手机对很多人来说还是稀罕东西,而

第十七章　柳暗花明

这已经是他用过的第二部手机。他用的第一部手机，是两三年前买的一个"大哥大"，还是号码为"9"开头的模拟机，购机加入网费就三万多块钱，每月的电话费要两三千元，全厂也就他跟吴金春有。

一坐上长途车他就给郭珂打了一个电话，满怀激情地报告自己将要按照她的规划去省城发展。当时，他看着手里的手机，心想，离开彩印厂，这东西就得交回了，保留传呼机就够了。即使吴金春不让他交回，这玩意儿费用太高，自己掏钱也用不起。

现在，手机的问题已经不是问题了，他仍然可以继续使用它。仅仅几个小时，他的热情就遭遇了如此残酷的打击。

"郭珂，坏消息，不成了，我还得回厂里去受煎熬……"宋书恩说着，竟然在大街上抽抽搭搭地啜泣起来。

宋书恩在中北饭店的三号楼住下。三号楼是这个饭店最便宜的客房，平时来省城自己几乎全住在这里。他进了房间，扑在床上淌够了眼泪，起来冲了个热水澡，情绪渐渐稳定下来。

看来自己是没做记者的命了。记者是什么身份？是"无冕之王"，是随便谁想做就能做的吗？郭珂啊郭珂，你真是天真幼稚，你怎么会想到我能做记者呢？我就是一个高中生，连高中毕业证都没有，还是那么不光彩地离开的学校。有个大专文凭，尽管上边盖着全国自学考试委员会的钢印，还有大红的主考学校印章，但那属于"五大生"一类，很多时候，很多部门都不认。

不做记者梦了，这个梦太不切实际了。不就是在企业送礼行贿受了点委屈吗？那也是人家吴金春抬举你，不然你想送还不让你送呢。送出去的那都是钱，每年有数十万元的钱过你的手，那是对你的信任，你还闹情绪，想撂挑子。宋书恩啊，你真是不知道天高地厚，分不清喇叭是铜锅是铁。

别怨天尤人了，不就是不当记者吗？以前不是也没想过吗？自己在企业也见过很多记者，他们找我拉赞助的时候，不是也赔笑脸吗？去他的，记者有什么了不起？老子不做了，老子在企业混，天天有酒喝，拿着高工资，吃着公家的，也算"工资基本不动"一族。宋书恩把头发梳得光溜溜的，然后把梳子扔到垃圾篓里，嘴里恶狠狠地说："去他的，老子要及时行乐，找个小姐打一炮。"

宋书恩从来不嫖妓的底线，今天是要打破了。

他翻开庞大的棕色牛皮面服务手册，找到按摩的电话打了过去。

电话里传来一个娇滴滴的女人声音，他对着听筒说："我要打炮，来个年轻漂亮的。"

女人问了房间号，说马上过去，请先生稍等。

门铃一响，宋书恩裹着浴巾打开门，一个小巧玲珑的女孩儿一闪身进来。宋书恩一把抱住，压在床上就要进入。女孩儿却两手撑着不让他靠近，手里举着一个安全套，说："得先说好价钱。"

小姐刚进来说的是普通话，没说几句就变成了土话。宋书恩一听口音，绝对的柳青话。天地真大，也真小，还遇见了老乡。

宋书恩抓起安全套扔到地上，蛮横地说："老子不戴套，你开个价。"

"你得让我看看小弟弟，我看有病没病。戴套二百，不戴套三百。"

"随便看，随便检查。我靠，老子不怕你有病，你还怕老子有病。"

屋里的暖气很足，温暖如春。宋书恩把被子、浴巾撩到一边，一丝不挂、四仰八叉地躺在床上，任凭小姐像一个医生一样拿着他的生殖器翻来覆去地看。

"看样子没病，可以不戴套做，开始吧。"小姐说着，开始脱衣服。

"别脱了，我不干了。"小姐脱得赤裸裸的时候，宋书恩突然坐起来，匆忙地裹上浴巾，从包里拿出二百块钱扔到床上，"你走吧！"

光身子的小姐吃惊地瞪着他，问道："你怕我有病吧？我没病，真的。"

宋书恩把头扭到一边不看小姐，朝外摆摆手，低声说："拿上钱走吧，不关你的事。"

小姐拿了钱，悄悄地离开房间，轻轻地带上门。

好险啊！再往前走一步，自己洁身自好的底线就被打破了。

第十七章　柳暗花明

宋书恩握起双拳，猛力地在自己胸口捶打，似乎要把什么东西打碎。

一阵猛打，胸口都被打红了，两只胳膊累得用不上力了，宋书恩才停下来。他又"啊"地尖叫了一声——尖叫让他感到了从未有过的快感，他接着又发疯般地"啊啊啊"了一阵，堵在心里的那团他说不清的淤积，刹那间好像就冰释了。

他的声音引来了服务员的敲门："先生您是不是病了？需不需要帮忙？"

宋书恩吓了一跳，赶紧说："没事，没事。对不起啊。"

这时候，脑海里再次闪现那只白狐的眼睛，宋书恩心里渐渐沉静下来，身上的横劲也柔顺了，出气也匀了，心里敞亮了许多。他拉上被子，对自己说，好好睡一觉吧，睡一觉醒来啥烦恼都没有了。

宋书恩却无论如何都睡不着。文凭造成的结果仍然让他充满郁闷与失落。此时，他特别想找一个人倾诉。第一个，他想到了老四。以前遇见烦心事老找他喝酒，这几年他几乎淡出自己的交际圈。联系一下他吧，晚上一起坐坐，喝一场。拿出通信录翻了一大会儿找到他的电话，打过去一问，说他没来上班，可能过了元宵节会来开会。专业作家平时不用坐班，很少在办公室。又问了他在省城住处的电话，打过去却没人接，估计在老家还没过来。

那就只有找高上了。这些年跟高上联系多一些。宋书恩来省城，很多时候都会给他带点土特产、烟酒之类的东西，也请他喝酒、洗澡、洗头。应该说，他与高上的关系已经很铁了。他在经济上对他的帮助，让高上心存感激。高上也凭着自己在新闻出版局的方便，在报纸上为他们厂发了不少新闻稿。

打电话之前，宋书恩还计划不把事情告诉高上。等到见了面，酒喝到高潮，宋书恩到底没有憋住，带着哭腔向高上倾诉起来。

高上听完，没说话，掏出电话本翻了一阵，给宋书恩要过手机拨通了一个电话。宋书恩对他的无动于衷有些恼火，说："老同学，你啥时候不能打电话？这时候不顾我的死活打电话，你啥意思啊？你太不把我当回事了吧？"

高上把右手食指竖起来放在嘴上，示意他别说话，然后对着电话说："林总你好，我是新闻出版局报刊处的高上，这么晚打搅你真不好意思。有个事和你汇报一下，你们报社不是招聘编辑记者吗，我一个非常要好的同学想报名，叫什么名字，现在还没报，毕业证有点儿问题，哦，自考的毕业证，不过水平不用怀疑，还是市作家协会会员，写过不少新闻稿。你看能不能通融一下？啊？明天直接去办公室找你，好好好，谢谢林总了，回头我请你吃饭啊，哈哈……"

高上挂了电话，说："别哭了老同学，这事成了，来，干一杯！"

放下酒杯他又说："书恩，这事，你和我说就对了，我们处经常跟报社打交道，还算有点儿关系。"

宋书恩瞪着眼睛看着他，疑惑地说："这就成了？"

"成了，最少报名资格的问题解决了，明天我领你去找林总。"

"真的成了？高上，你真是我的贵人。"宋书恩忘乎所以地拽起来高上，紧紧地抱着他，呜呜地哭了起来，惹得很多人都看他们。

好一阵，宋书恩情绪才平静下来。第二天还要办正事，酒打住不喝，两个人吃了主食便去了洗浴中心。

几个小时之内，宋书恩可谓经历了情绪上的大起大落。凭着高上的关系，他可以顺利报名参加考试，没什么意外，自己考试发挥正常，被录用也应该不是太大的问题。高上啊高上，你真是我的福星，十几年前列车上的那次邂逅，原来是为今天这事做铺垫啊。假如碰不到你，假如这些年不联系，假如……倘若这假如中的任何一点成立，今天就不会有这样的结果。

宋书恩不禁感慨，命运之神再一次眷顾自己，让自己有了一个光明的未来。

因为周六高上不用上班，就带着儿子陪宋书恩去考试。笔试结束，宋书恩自我感觉不错。除了个别的知识填空题没做，其他都做得很顺手，尤其是通讯改写消息和一篇评论的写作，他自以为发挥得很出色。不过参加考试的有一百多人，最终只要二十个人，自己的实力究竟怎么样，他心里也没底。毕竟自己是考生中唯一一个没有上过大学的人。

第十七章　柳暗花明

他对高上说:"让你出面说情才报了名,考试千万过了吧,过不了这辈子我就没机会了。"

高上说:"只要你感觉考得不错,就应该没问题。放松点儿,别多想了,准备下午的面试吧。"

高上有点儿如释重负的口气,又说:"你能去报社,也不亏这些年的努力了。进了报社,我建议你下一步还得充电,继续自学,至少弄个中文本科,有机会了再读读研究生。"

宋书恩点点头,心里对高上的感激之情更加强烈。同学之间,能有这般情谊,实在难得。多少以前很要好的同学,如今都断了联系,互不来往了。

面试倒很简单,问一下工作经历,有什么特长,最后是一个对编辑或记者工作的认识和自己怎样做好编辑或记者工作的设想。宋书恩在应酬方面没问题,沉着冷静,自然大方。对于谈认识与设想的即兴发言,他却拿不准。因为他看不见其他人的表现,敢来参加应聘的,应该说没有几个笨蛋。

高上也有点儿担心,给林总打电话,手机关机,办公室、家里都没人接。看来林总这是在躲。这样一个招聘,肯定打招呼的人不少,最好的办法就是躲。躲过今天,明天上班一发榜,生米做成熟饭,谁再找都晚了。

"老同学,就看你的造化了,现在是啥劲也使不上了。走,回家喝酒,只有等通知了。"

夜里,宋书恩辗转反侧,难以入睡。明天上午九点,结果一公布,他下一步的人生之路就基本确定了。他的恐慌异常汹涌,想起回厂里继续过那种琐碎而没有含金量的生活,他毫无来由地惧怕。他甚至惊奇,自己以前是如何适应那种没有自我、没有方向的工作的。本来开始抱定的态度只是试试,不行了还回厂里干。可一离开沙源县,他的心里就开始酝酿,既然有了这个念头,并开始付诸行动,那就得成功。

翻过来倒过去,宋书恩脑海里一直是惊涛骇浪,无法平静。他打开灯坐起来,倒上一杯水,点上一支烟。

谋事在人,成事在天。能在高上的帮助下报了名,有机会参与竞争,这就够了。笔试的情况，应该说，平日的积累与准备还是可以的。机遇是为有准备的人提供的，这话说得真好。毋庸置疑，这些年，企业培养了我，我得到了锻炼，无论是社会经验还是学识，都有很大的提高。想想自己进厂前的样子，虽然在三尺讲台上也从容，也洒脱，但给人的感觉还是一个穷书生，身上的那股子猥琐气质还没有消尽。如今可不一样了，全身都是昂贵的名牌不算，说气质高贵一点儿也不为过，举手投足都透着精明干练、老道稳重。

这样一想，宋书恩又有了自我安慰的理由。自己怎么突然就那么不可遏止地憎恶起改变自己命运的工厂呢？多少人羡慕他这个位置，羡慕他花天酒地的生活，羡慕他在县里的风光？是啊，不成就不成，干不了记者，就坦然地回厂里。毕竟，那里是自己战斗了十年的战场，有他的爱情，有他的家庭，有他的人生课堂，他把自己人生中最好的时光，都奉献在了那里。

宋书恩吸了几支烟，喝了几杯水，情绪渐渐缓和下来，熄灯躺下。睡吧，胡思乱想无济于事，自己争取了，结果如何就看天意了。

读到第二十个人的名字时候，宋书恩没有听到自己的名字，他的头轰的一声就大了。高上去榜前看了，宋书恩却不敢去，远远地站在那里听广播里宣读被录取的人员名单：第一个、第二个、第三个……第十九个、第二十个。完了，宋书恩好像脚一下子踩空了，身上一股凉气袭来。他朝张榜的地方看去，却没有看到高上。他的手伸向口袋去摸烟，竟有些颤抖。当他点燃烟的时候，广播里又传出了声音，他的大脑一片混沌，广播里播的啥他根本没听清。

接下来又宣读了几个人的名字，第一个是宋书恩。宋书恩？宋书恩？有我了？怎么回事？怎么又有我了？是宣读落选人员名单吗？可又不像啊，落选的名单不应该这么少。

这时候，高上跑了过来，老远他就喊："书恩，书恩，成了，你被录用了。"

第十七章　柳暗花明

"真的吗？是真的吗？"宋书恩迎上去，都有点惊慌失措了。

"真的倒是真的，不过真悬，如果只招二十个人，你是第二十一名，肯定不行了，这又多录了四个人，跟第二十名都是差一两分，你就入围了。祝贺你！"

宋书恩把正抽的烟向后边一甩，双手抓住高上的肩膀摇晃着，说："高上，我真的能当记者了？太高兴了，太高兴了，高上，我想大声喊。"

高上一只手揽着他的肩膀，说："这点儿事就让宋助理失了方寸？藏着吧，偷着高兴吧。"

高上指指办公楼，说："走吧，咱去看看林总在不在，看中午能不能请他一起坐坐吃个饭。"

两个人到了林总办公室，门锁着，敲了敲没动静，高上跟宋书恩要过手机给他打电话。

"林总，我是高上。我朋友你们报社录用了，中午想请你一起坐坐，简单吃个饭呗，星期天还忙啊？"

"不必了高上，都是自己弟兄，这个时候也不合适。录用他是他考得好，这里边没一点儿假，今后好好干工作就行了。"

高上挂了电话，说："走吧，今天在家里喝，我请你，给你庆贺庆贺。"

宋书恩说："好，听你的。"

高上亲自下厨房做菜。宋书恩在阳台上一边抽烟，一边兴奋得来回走动。

心里的石头落地了，可又浮出了按不下去的激动与兴奋，宋书恩先给远方的郭珂报喜，郭珂正在做美容，简单说了句为他高兴，就把电话挂了。他又给老四打电话，仍没人接。他当然想给吴金玲打电话，也想给吴金春打电话，但他还没想好怎么给他们说，得暂时缓缓——这样的消息，无论是对吴金玲，还是吴金春，都不一定是好消息。

宋书恩又想到了焦楚扬，打通电话，他却不在家。再给马平川打，终于打通了，马平川的反应却是淡淡的，不咸不淡地说了几句祝贺的话，就不作声了。

宋书恩说:"平川,我终于熬出头了。"

马平川说:"嗯,熬出头了。"

宋书恩又说:"做记者这辈子我以前想都不敢想啊。"

马平川说:"做记者不错。"

宋书恩的热情在马平川平淡的回话中渐渐被平息,连再见都没说就匆匆挂了。他突然意识到自己的失态,把手机装了起来。

是啊,这件事对自己十分重要,但对别人来说可能就无所谓。你当记者又不是别人当记者,别人有啥高兴的?朋友?只有铁杆朋友才会真心为你高兴,对一般的朋友来说几乎无所谓。你当不当记者对别人都不会有什么影响,也许你当了国务院总理对有些人也无关痛痒。甚至还有人会嫉妒你,为你的成功心里不舒服。你凭什么运气那么好?你凭什么没上过大学就能当上记者?凭什么你一步一步越来越好?

宋书恩连续做了三次深呼吸,感觉自己突然变得这么不沉稳,真有些对不住曾经对他"少奸巨猾"的评价。自己一向是稳重的,是能存得住事的。由此可见,这件事在自己心中产生的刺激有多么强烈。

本来他是准备一醉方休的,冷静下来,就改变了主意。下午还得坐火车回去,不能喝醉了。明天就是元宵节,回去高高兴兴地过了元宵节,跟金玲说说,再向吴金春辞职,接下来就该去报社报到了。一想起将要到报社上班,他就充满了激情。

这时候他突然想起了应该给爹打个电话,爹才是最关心他进步的人。他对爹说起工作的事情,声音都有些颤抖。爹更是激动不已,呼呼哧哧哭了起来。

爹说:"书恩,你真争气,爹为你高兴,真为你高兴……"

爹又说:"书晖有信了,他在广州一个玩具厂,还是个什么小经理,捎信说五一回来。"

宋书恩又一个心病消解了。四弟宋书晖外出打工一年半多了,一直不跟家里说在哪儿干啥,这回儿终于有了准信,爹也该放心了。

宋书恩在火车站等车的时候,郭珂的电话打过来。他有很多的话要倾诉,在闹

第十七章　柳暗花明

闹嚷嚷的候车厅,他大声地对着电话说话,很多人都用异样的眼光看他,把他当成了一个醉鬼。郭珂为他高兴,说等他到省城上班了,她就跑过去看他。

　　一直到检票进站,宋书恩才挂了电话。坐在列车上,他开始酝酿回去辞职的事情。

第十八章　重逢

　　一条乡间小路，像蚯蚓一样盘踞在华北平原的一片麦田中间。五月的麦穗已经发黄，静静地长在地里，在夕阳中等待着成熟的到来。忽然，随着一阵轻微的"沙沙"声，路边的一垄麦子晃动起来，一条一米左右的青花蛇从麦田游出，一忽儿穿过小路，消失在路另一边的麦田之中。

　　"蛇，这就是你诱惑夏娃偷吃禁果的结果，惩罚你终身吃尘土，用肚子爬行走路。"一个十七八岁的少年望着蛇消失的麦田，像哲学家一样慷慨陈词。

　　"这可是上帝的声音，你把自己当作上帝了？"一个与少年年龄相仿的少女接着少年的话说道，"按照上帝的意思，蛇还应该是女人的仇敌，所以我讨厌蛇。"

　　"你也看过《圣经》？"少年问道。

　　"你以为只有你自己读书多呀？"

　　…………

　　这一幕，曾经无数次地出现在少女时代的云丽霞的梦中。那天傍晚与那个少年的相遇，打开了她怀春的芳心，让她甜蜜，让她幸福，也让她不安。她也曾憧憬过他们美好的未来，甚至想过与他牵手相伴走进大学校园时候别人羡慕的情景。

　　此时，麦田那一幕再次呈现在她的脑海。

　　坐在云丽霞老板桌对面沙发上的这个年轻而成熟的男人，她是那么熟悉而陌生。他浓密的头发、高高的颧骨、深深的眼窝、瘦削的脸颊，几乎与十三年前别无二样，只是减少了当年的稚气，变得成熟了。这成熟让他更具男性魅力。

第十八章 重逢

一时间，她有点儿意乱情迷，满脑子都是那个傍晚夕阳下麦田金光灿灿的画面。

显然，他没有认出她来，看来自己的变化是真大。她自己清楚，自从结了婚，纤瘦的她喝凉水都长肉，胸脯、臀部像发酵的面团一样膨胀，硬是把一个苗条的少女塑成了丰满的少妇。当然，她看上去绝对不丑。虽然身体的横向发展让身体有了些许赘肉，但雪白的皮肤加之穿着得体，三十出头儿的她依然光彩照人。

她接过他的名片，没有按礼节回赠自己的名片，而是笑看着他，看他最终能不能认出自己来。

"您贵姓？云？噢，云总，您先介绍一下这次氯泄漏事故的经过好不好？"他对"云"这个姓并不敏感，仍然一副公事公办的神态。

她有点儿失落。自己的样子变化就那么大吗？告诉他姓云也不能激活他的记忆，要么是他压根儿对自己就没有过感觉，抑或早已把那段蒙眬的恋情忘到九霄云外？这不是不可能。也许自己从来就没有走进过他的记忆。而她对他，却是刻骨铭心的。他走进她办公室的一刹那，她的心就像被针猛刺了一下，大脑里一片空白，怔怔地坐在那里发呆，储存在她记忆里的一个人跳了出来：宋书恩。

怎么会是他！

云丽霞呆呆地看着他一步步走近自己，一边打招呼一边落座，她这才猛然醒过来。

云丽霞很想提醒一下他，比如问他在哪个学校读的高中，或是问一下他老家是什么地方的，但她话到嘴边又咽了回去。作为企业分管后勤的副总经理，云丽霞并不清楚事故的来龙去脉。但她负责接待工作，所有的媒体记者来采访都要先过她这道门槛。

"宋记者，你先喝杯水，我马上通知车间主任来向你汇报。"

云丽霞从老板椅上起身倒了一杯水，放在茶几上，然后拉了一把椅子坐在他对面。

"你们做记者的天天出差在外，也挺辛苦的。宋记者在《中北晚报》多长时问了？"

"也没啥辛苦，最少比工人农民轻松吧。"他说过，哈哈笑了两声，"别看我年龄大，到报社才半年，半路出家，还是个新手。"

"你年龄不大呀，我看最多也就二十五六岁，在我面前肯定是小弟弟了。"

"哪里呀，我都三十多了，孩子都上学了。"

"看不出来，真看不出来。"云丽霞脸上笑着，心里却是酸酸的。其实她应该能想到，这么多年了，他不会不结婚成家。再说，当年他制造的那个轰动全校的事件，让她对他伤透了心，乃至产生了怨恨。

而十三年后的今天，他突然以一个记者的身份出现在她面前，令她大感不解。无论如何苦思冥想，她都想象不出他成为一个记者的缘由。

四十分钟之后，车间主任汇报完毕，云丽霞示意他回车间。几天来记者来采访事故，她都会让车间主任留下来一起陪记者吃饭。云总今天的做法让车间主任有点儿搞不懂，他临走还问，云总中午怎么安排？云总热情地跟宋记者说着话，潦草地朝外摆摆手，眼神依然留在宋记者身上，说："你去忙吧。"

打发走车间主任，云丽霞边拿起包边朝外走："走，宋记者，我们去吃饭。"

云丽霞对宋书恩的推辞置若罔闻，径直打开车门坐在驾驶位置，随手拉开副驾驶位的车门。

"上来吧，总得吃饭吧。"

宋书恩上了车。面对一个漂亮的女老总，他坚定的推辞显得苍白无力，只能就范了。

"以前来洹滨市多吗？"

"没来过，第一次。"

"欢迎以后多来。"

车里的空气沉闷起来。直到这时候，他仍然没有认出她，简直有点儿不可思议。同学三年，还曾有过一段美好的初恋，面对面在一起两个多小时，他竟然认不出来她！是真的认不出来，还是认出来了故意装傻？云丽霞有点儿恼火。这个无情

第十八章 重逢

无义的家伙，真是白白牵挂他这么多年。

他们来到一个饭店的包间，已经有一个人在等候。

"宋书恩，你还活着呀？"一个高亢、洪亮的声音在耳边炸响。

宋书恩一怔，盯着说话的女人仔细看了好大一会儿，惊诧道："你？——高小青，你怎么在这里？"

"你说我怎么会在这里？还不是等你呀。"

"等我？你怎么知道我会来这里？"

宋书恩看了一眼云丽霞，猛地拍了一下额头，指着她说："云丽霞！你是云丽霞？我说怎么那么眼熟呢，我一直都在想你跟谁长得像呢。"

云丽霞眼一热，泪水刹那间决了堤，语气有点儿恶狠狠地："你这个死货，还能记起我呀……"

宋书恩醒来的时候，已经是晚上八点，房间里被他搞得乌烟瘴气。中午醉得一塌糊涂，酒经过他的胃再"直播"出来，那种特别的味道在房间里飘荡着，有点儿让人透不过气。他感觉嘴里黏糊糊的，不是个滋味。从床上爬起来，一口气喝完了床头柜上的两杯凉开水。回想了一下，是云丽霞和高小青把他给灌醉了。印象中两个文文静静的女生，如今喝酒竟比男人都生猛，把他搞得晕头转向，丧失记忆。

他打开房间大灯，把电话打到另一个房间，接电话的是高小青，她说云丽霞正在卫生间吐酒呢。

"哦，她也喝多了？你们都够能喝的，我没说错话冒犯两位吧？我是啥都不记得了啊。"

"宋书恩你少来这一套，不记得了？我给你说，你可不能说话不算话。"

"哟，我说啥了？不是说给你们每人送辆车吧？要真说了我收回，醉话能当真吗？"

"你少装蒜，你跟人家云丽霞说的可是掷地有声，男子汉可不能把说出来的话再吞回去。"

"老同学，同学妹，我说啥了？你总得让我知道说的啥才能兑现吧？"

"你还是自己去问她吧。快出来到宾馆大厅，咱去吃小吃。"

他们一起来到热闹非凡的小吃夜市。吃东西以前，宋书恩咕咚咕咚喝下去两瓶冰镇水。云丽霞劝他慢点儿喝，说冰镇水太凉喝快了伤胃。

宋书恩笑笑，说："我没事，敢说胃如钢铁。也怪了，这么多年酒冲肉打的，这胃硬是安然无恙。"

吃过晚饭，已经很晚。高小青打的回家，云丽霞送宋书恩回宾馆。

初秋的夜晚天气已经变得凉爽。他们走在灯影斑驳的马路上，心里都有很多话想给对方说，却都不开口。

酒桌上，云丽霞几次都想问他当年离开学校时的细节，但始终找不到切入点。那毕竟是一件很不光彩且很伤自尊的事情。

酒喝到兴奋的时候，高小青对宋书恩说："现在云丽霞可是自由之身，你要想圆当年的梦，现在追还有机会。"

宋书恩兴奋地说："真的？好，回头我马上独身，与云丽霞小姐牵手相伴。"

云丽霞恼火道："你怎么知道我愿意与你牵手？别以为你当了记者就了不起，你当了记者我照样看不起你！做梦吧你。"

"看我，这叫自作多情，该死，该死。"

高小青在宋书恩肩上拍了一掌，说："你可要听清楚，她可牵挂了你十几年。"

"牵挂我？哈哈，牵挂我，哈哈哈……"

宋书恩说着大笑起来，接着伏在桌子上哭了，任凭云丽霞、高小青怎么劝，他都无法抑制情绪。

他哭着说："谁知道我的苦？我做什么了？我不就是喝醉去了女生宿舍吗？说我耍流氓，是她引诱我，呜呜……"

云丽霞说："我想知道究竟发生了什么。"

宋书恩却趴在桌子上没了声音，酒精让他的脑细胞进入了休眠……

第十八章 重逢

到了宾馆大门口,两个人都站住了。

"你早点儿休息,我回家吧。"

"要不——咱随便走走?"

"嗯——那好吧,咱到野外走走吧,我去开车。"

小轿车缓慢地行驶在霓虹闪烁的夜色中。云丽霞打开音响,车内弥漫起小提琴协奏曲《梁祝》的旋律,习习的凉风从车窗掠过。

洹滨市因坐落在洹河之滨而得名。洹河是一条古老的河流,至少有3000多年的历史,发源于洹滨西部的太行山,冲出山谷之后潜入地下,潜流到洹滨县境内露出地面,向东入卫河后向北流去,最后汇入海河。

可以说,洹河是洹滨市的母亲河,孕育了洹滨厚重的历史,孕育了闻名世界的殷商文化。如今的洹滨,因了这一带活水,充满了灵秀。

洹滨县城紧邻洹滨市区,很多城区相互交错在一起,当地人也说不清县城与市区的界限。云丽霞所在的洹滨纸业公司,处在洹滨县城区,为县属企业。

出了洹滨县城,往东走两三公里就是野外。云丽霞把车停在路边。月牙儿不知道什么时候升上了天空,夜好像点了蜡烛一样,不再那么漆黑。不远处有一个坑塘,蛙声高一声低一声地传来。地里的秋庄稼墨黑一片,与风窃窃私语。空气中弥漫着潮湿的水汽,白天的炎热已经遁去。

在氤氲的夜里,云丽霞单独面对宋书恩,心里涌起一阵阵惊涛骇浪,仿佛又回到当初两人那神秘而美好的初恋。

田野已经沉睡,只有庄稼地的昆虫和坑塘里的青蛙像拿了加班费一样卖力地叫嚷。在月色朦胧和蛙声如琴的情境中,云丽霞想起许多往事,再次回忆起那次傍晚麦田的初遇,沉浸在少女怀春的情愫之中。

可谁又能想到,他却突然爆出冷门,惹出一场桃花案后销声匿迹,由此一别,竟是十三年!

当敲门的声音把宋书恩从睡梦中惊醒的时候,他入睡还不到三个小时。他穿上衣服拉开门，云丽霞就面带笑容走了进来。

昨夜，云丽霞回到家，已经是午夜两点。她的家在厂家属院，房子是厂里分的一套三室两厅，三楼东户，南北通透。客厅的主调是暖色，深棕色仿木地板，深色家具，深灰色壁纸显得古朴庄重。进门右首是客厅，靠门口是一个枣红色的鞋柜，挨着鞋柜摆着一套枣红色的木雕沙发、茶几；沙发对面是一套很壮观的"家庭影院"；两个墙角处，放着根雕做支架的花草，一盆葱绿的吊兰、一盆蔓延的小绿萝。左首是餐厅，餐桌、椅子均为咖啡色，餐桌上放着一个圆柱形花瓶，里边插着几株油绿绿的水养富贵竹——显然，这餐桌的功能已经好久没有发挥了。云丽霞的卧室，则有点儿素雅：原色实木地板，房顶、墙面均为白色，衣柜是淡雅的鹅黄，床上则是一水儿的粉色。

这个被称作家的宽敞房子，现在只有云丽霞一个人住，显然有点儿冷清。当然，因为忙于工作，独身生活并没让她感到寂寞与孤独。

她换上粉色的拖鞋，走进卧室。打开床头柜上的台灯，橘红色的灯光使卧室显得温情。因为白天关着窗户，房间热烘烘的，她马上把空调打开，然后脱了衣服去卫生间匆匆冲了个澡，躺在床上漫无边际地胡思乱想。

往事如梦，往事如烟，往事如昨……

往事犹如被打开的潘多拉魔盒，引领着云丽霞的思绪泛滥——不由自主地，她再次走进自己失败的婚姻。

前夫许珅是个不错的教师，师范大学毕业，学历史的，人长得说不上英俊，却很魁梧，是让女人产生安全感的那种类型，也有涵养，除了缺少点儿浪漫情调，应该算一个优秀的男人，尤其适合做丈夫。

云丽霞大学毕业，与许珅同一年分到洹滨县第二中学，后来有同事为他们牵线搭桥，促成了他们的婚事。领了证，请同事们吃了一顿饭，他们就把铺盖放到了一起，进入了二人世界。

婚后，生活虽然平淡如水，却也相亲相爱，甜甜蜜蜜。

他们的变故，缘自云丽霞的工作变动。结婚第二年，她的大学同学、铁姐妹邱

第十八章 重逢

夏雨到洹滨县当团委书记，通过关系把她调到了团委。她到团委后，因为工作出色，很快被任命为学生部部长。

正当云丽霞一心工作、追求进步的时候，却意外怀孕。结婚两三年，许珅非常渴望有个孩子，妻子一怀孕他高兴得手舞足蹈，而云丽霞却自作主张地把孩子给做掉了。

这下惹恼了许珅，他愤怒地对她发火："云丽霞，你凭什么做掉我们的孩子？你眼里还有没有我这个丈夫？你不就是想当官吗？你想当官就牺牲我们的孩子啊？你去当你的官吧，我陪不起！你走你的阳关道，我走我的独木桥。"说完扬长而去。

云丽霞也感到自己做得有点儿过分，就主动去找许珅谈，也道了歉。而许珅原谅她的唯一条件就是马上要孩子，否则就离婚。他这么要挟，一向气盛的云丽霞毫不犹豫地选择了离婚。

后来，邱夏雨下乡当了乡长，也帮云丽霞调到了县办企业，副科级，算是提拔了。

几年的摸爬滚打，云丽霞成了全县小有名气的女强人，斡旋应酬，疏通关系，管理运筹，都能独当一面了。

此时，云丽霞躺在床上没有半点儿睡意。这个令她牵肠挂肚的男人，突然来到她的面前，让她有了新的希望——他在饭桌上说的话，究竟有多少可能？如果他真的成了自由之身，自己还能跟他牵手吗？——十几年前那个事件在心里产生的阴影，能否烟消云散呢？

"失眠了吧？都快九点了，还不起床。"云丽霞坐在床边的椅子上，一点儿也不矜持，"你说，是在这玩儿，还是回去？你去哪儿我开车送你。"

"我得回去了，你把我送到汽车站就行了。"

"不用跟我客气，你回去我开车送你。"云丽霞的语气不容置喙，"快洗洗，咱吃点儿饭就动身，我去省城还有其他事。"

宋书恩不再推辞。他明白，她想与他在一起，还有很多话想问他，也有很多事情想了解。

"我给高上打个电话吧，中午一起吃个饭。"洗漱完的宋书恩从洗手间出来，"这么多年，他是咱班我唯一保持联系的同学，而且，他帮过我的大忙。"

"他在省新闻出版局是吧？听说过，没联系过。"云丽霞淡淡地说，"见见他也行，毕业之后就没见过面。"

同样是坐在云丽霞身边，白天与夜间的感觉却不一样。此时，宋书恩平静地坐在她身边，很随意地与她东拉西扯，完全没有了昨夜的神秘与暧昧。

云丽霞终于憋不住，问他："告诉我那天晚上的事情。"

宋书恩不得不再次回忆起那个痛苦的晚上，但说起来的时候他很从容，也有点儿轻描淡写。

"都是酒精惹的祸，但有一点，不是我主动，是她向我招手。"他看着车窗外边，几乎是后脑勺儿对着她，"对了，凌燕现在干啥呢？"

"可人家凌燕跟老师说是你耍流氓。你还打听她，怎么，还想重温旧梦？"

"可以理解她那么说，女孩子都要面子。我哪是要打听她，随便问问嘛，我和她有什么旧梦？哈哈，她一句话就把我给帕斯了。"

"听说她在柳青县城做服装生意，离婚了，过得也不怎么样。"

"宋书恩，我问你，走了，就没想过我？连封信都不写。"云丽霞就像记者提问一样，步步深入。

"不是没想过，是不敢想，那时候，我还敢想你？我想你你也不会原谅我。我还敢给你写信？那时候我就怕学校知道我在哪里把我抓回去。"

"你怎么就做出那样的事情？真是不可理喻。"云丽霞说这句话的时候语气很重。

宋书恩低着头不再说话。良久，云丽霞又问："你怎么又去报社了？"

"在企业待时间长就烦了，今年过了春节我去报社应聘，定下来就辞了职。"宋书恩说，"这事高上帮了大忙，没有他，报社我绝对进不去。"

"你的运气还怪好哩。"

"是呀，我总是碰到好人。"

第十八章 重逢

"真该让你多受点儿苦,叫你不老实。"云丽霞瞪了他一眼,"老婆孩子在哪儿呢?"

"还在沙源县呗,我出来她就反对,她还是厂里的财务主管,她哥是厂长,我走了她不能再撂挑子不干啊。"

因为与高上约好中午一起吃饭,十一点半前赶到就行,时间很宽裕,云丽霞把车开得舒缓而平稳。

云丽霞说起了他这次的采访:"书恩,事故是不能报道的啊,这么多媒体采访都没报,你更不能报,你看需要和谁说?这事咋办?"

"让我用你下手机,给我们采编中心主任打个传呼,中午吃饭请他过去,看情况吧。"

"很多媒体记者都给了红包,你呢?也给你弄个红包?还有你们主任?"

"我们晚报是党报,又刚成立,谁敢收红包?杀无赦,立马开除。再说了,你给我红包?你这是骂我呢,你再说我跟你急了。"

"反正都是公家的钱,又不是我自己出。"云丽霞轻描淡写地笑笑,她对他这样说很满意,"但你无论如何得说服你们领导不能报道。"

宋书恩想了想,建议她实话实说给报社解释:事故发生后厂里积极采取了补救措施,又没造成严重后果,事故原因正在调查中,等结果出来再给报社反馈。如果真不行,他就客观地写个短消息,对厂里也不会有多大影响。

快下高速的时候,高上给宋书恩传呼留言,说饭店已经订好,让他们直接去饭店。

他们赶到饭店包间,发现高上已经等在那里,还有另外几个在省城的同学。

宋书恩很意外,他来到省城以后,光听高上说过有几个在省城工作的同学,但一直没聚过。他跟他们一一握手,很亲热地寒暄。几个同学对他都表现出特别的热情。

宋书恩对云丽霞说:"我来这么长时间,高上都没有组织过同学聚会,今天为了你,把大伙儿都召集来了,还是你有号召力啊。"

高上笑着说:"一听说我们的班花云丽霞来了,几个男同学一个比一个跑得快,等不到下班就跑过来了。"

说笑间,大家落座。云丽霞主动坐在东道主的席位,高上也不与她争,说:"丽霞你坐在东道主的位置上也不能买单,到省城了怎么也不能让你请大家,到洹滨你请,你想跑都不行。"

宋书恩一直在等部主任常鸣,他却迟迟未到。因为事先通了气,高上知道有这档子事,专意给常鸣留了主宾席,凉菜上齐了大家坐着喝茶等他。

常鸣到的时候,已经过了十二点半。他先与高上握手,为来晚道歉,说路上堵车,埋怨省城的交通状况差劲。高上一一介绍了同学之后,对云丽霞做了特别推介,然后很随意地说了宋书恩采访的这次事故,并提出能否关照一下。

没等常鸣表态,高上就站起来举起酒杯,与常鸣碰了一下,然后倡议大家一起干杯。于是大家一起站起来,或碰杯,或把杯子放在桌上敲敲。

饭局结束,其他同学握手道别,高上把账结过方离开,包间里剩下宋书恩、云丽霞与常鸣。云丽霞详细说了情况。常鸣很给面子,友好地在宋书恩肩膀上拍了一下,说:"书恩,高上与云总,都是你的同学,咱俩又是好弟兄,这稿子我看可发可不发,回头让云总形成个文字材料,传真发过来,我再跟厉总说一下,应该问题不大。"

宋书恩感激地握住常鸣的手,说:"常主任,你对兄弟够意思,我一定对得起你老兄。"

说了一阵闲话,遂与常鸣道别,云丽霞送宋书恩回家。宋书恩在一个小区租了个一室一厅。他经济条件好一些,没有像其他招聘记者去都市村庄租房子,都市村庄太乱,也不方便。云丽霞把车停在院里,不下车,用征询的眼光看着他。

"你上去看看吗?"宋书恩问她,"要不我把东西放家里咱去咖啡厅?"

"你让我上不上去?你如果不介意,在家里说话不是更清净?"云丽霞因为喝了酒眼光有些飘移,也有些热辣。

"好吧,不过我这可没空调,估计会热点儿。有茶叶,还不算太差,有速溶

第十八章 重逢

咖啡，可比不上咖啡厅。"

"我要是喝咖啡，还用跑到省城来？"

宋书恩预想的事情没有发生。

他与云丽霞进到屋里，她拉了一下他，他很想把她拥到怀里，然后吻她、要她。可他就那么轻轻地抱了一下她，说："你坐，我去烧水泡茶。"

接下来，他与她一起坐在长沙发的两端，相距一个人位置的距离，喝着茶，他竟越来越冷静。吊扇发出嗡嗡的低鸣，风有些温热。

时不时地，他大脑中就会冒出伸手去触摸她脸的念头，那手却被羞怯压住，始终都没伸出去。他心里很想与她亲热，近一个月没有回家了，他多么渴望与一个女人有一次亲热。何况坐在他身边的这个女人，又是他的初恋情人。虽然那种美好的情感已经远逝，但曾经的误会消散了，两人似乎也可以重归于好了。

他也能感觉到她对男人的渴望，一个正值年轻力壮的独身女人，面对初恋的男人，产生冲动自然而然。很显然，她也很理智，她在期待他的主动。而他，就那么在茶水浸泡的时间里一直未有行动，直到夜色降临在窗外。

她提出要走的时候，他居然没有阻拦。当他说过"好，你走吧"的时候，后悔得肠子都青了。他在心里说，宋书恩，你究竟怕什么？上天再次把她送到你面前，你怎么那么犹豫不决？你怕承担责任？是的，一旦拥有了她的身体，就一定要为她负责，而自己很可能就要面临抛家离子。近些年，虽然他与吴金玲还会行夫妻之事，也很少吵闹，但时间（也许还有他对何玉凤背叛的因素）让他们渐渐进入审美疲劳的状态，他对吴金玲失去了热情，年纪轻轻就提前进入了婚姻休眠期，寡淡如水。但他从来没有考虑过离婚，尽管离婚现在已经不是什么大不了的事情了。

云丽霞听到他的话，脸上分明露出了不满，他对自己也挺不满的。他很想把话收回来，阻止她走。但他就那么鬼使神差地跟着她下了楼，眼看着她上了车然后一溜烟开走。

回到家，宋书恩心乱如麻，什么事也做不成，随便吃了点儿东西，就去了附近的"碧水蓝天"洗浴中心。

洗澡是宋书恩消解烦闷的主要方式。热水一冲，再在浴池里泡一泡，浑身都是舒展的，内心也放松了，真是神清气爽。

从"碧水蓝天"出来，发现传呼机上有云丽霞的好几条留言。他找公用电话回过去，电话一通云丽霞就扔过来一句硬邦邦的话："跑哪儿鬼混了，这么大会儿才回传呼。"

"你到家了？吃饭了吗？"宋书恩故意避开她的话题。

"我吃不吃饭跟你又没啥关系，你管呢？"云丽霞说话的时候好像一边在吃着什么东西，呜呜啦啦地不清楚，"宋书恩，老实交代，你是不是在省城还有女人？老婆不在身边，我看你一点儿都不急。"

宋书恩禁不住笑了，"我急不急你怎么看出来了？"

云丽霞也笑了，说："你别坏，我反正看出来了。"

两个人说了一大会不疼不痒的话才挂断。宋书恩刚到家躺在床上，云丽霞又把电话打到家说个没完，宋书恩刚刚被压制的欲望又涌上来。

直到很晚，他们才通完话。宋书恩又给家里打电话，吴金玲已经入睡，电话响了好一会儿才接通。吴金玲声音迷糊："都几点了，还不睡觉？"

宋书恩说："才十二点多一点儿，睡不着啊。"

"睡不着就查数，查不到一万就睡着了。"

"我想让你跟省玉来省城，跟我在一起过，我一个人太不容易了。"

"啥时候了？明天再说。"吴金玲说完，啪一声把电话挂了。

宋书恩在那里愣了很大一会儿。他突然意识到，来到省城的这段时间，自己之所以那么小心，是害怕离婚——对他来说，离婚是对家庭的背叛，他内心是极端抵触的。毕竟，他与吴金玲生活了那么多年，尤为让他感恩的，是吴金玲对他的爱和一直对他家的帮助。而最关键的，是他们有一个可爱的女儿，仅这一点，就让他没有勇气去面对离婚。

第十八章 重逢

刚来省城不久，郭珂不远千里来看他，两个人甜蜜地待了几天。她对他说："哥，只需要你一句话，只要你离婚娶我，我就辞职来中北。"

临走，郭珂又对他说："哥，只需要你一句话，只要你离婚娶我，我就辞职来中北。"

他却摇摇头，说："郭珂，我离不了婚，女儿我都没法面对。"

郭珂哭哭啼啼地走了。她来的时候是带着期望的，而他没有一点儿犹豫。他知道，她走了，也许这辈子就再也没有机会见面了。

宋书恩躺在床上，再一次失眠。脑海里，又开始闪现那只白狐的眼睛。

宋书恩多次思考他与白狐的关系——尽管这么多年来他始终无法解开那只白狐的谜底，却总是在他需要做出抉择的时候想起它。也许，他的这种无来由的联系和感受令人怀疑。但那只白狐的的确确出现过。

他从它的眼睛中，看到了沉静，看到了波澜不惊，看到了力量和智慧。宋书恩甚至唯心地想，这是上天给他警示的一种方式。因为它出现过几次之后，再也没有见过，但它却像一个幽灵一样时常出现在他的记忆里，提醒他谨慎，提醒他理智，提醒他示弱。而示弱，成为他多年来的一种姿态——这姿态，成就了他很多事情。比如他在企业，凭着他的能力与吴金春的关系，完全可以更高调一些，但他始终坚持，只做厂长助理，不做副厂长（吴金春很多次说提他都被他说服）。再如他与几个副厂长之间，包括全部中层干部的关系，处理得非常柔软——在这些人面前，他从来都是谦逊的样子，说话做事都是商量的姿态；涉及这些人的私人利益，他从不与人争，总是替他们说话。他这样做，就是想让自己在企业高层与中层都有很高的威信，他甚至还想，即便哪一天他与吴金玲离了婚，也不能让这些人跟自己对立。

他的低调与理智，不光给他赢得了好的口碑，也让他自然而然地完成了人生中考文凭、入党、转干等紧要的几步。他与吴金玲的婚姻，虽然让他背叛了一场爱情，但也让他走出了贫穷，过上了富裕生活；大专文凭、入党、转干则为他后来的发展奠定了基础——当在后来的发展上用得着这些东西的时候，他非常为自己当初有如此的远见而欣慰。

第十九章　家事

　　对面楼上的鹦鹉开始吵闹的时候，天还没亮透。宋书恩对它们的叫声已经习以为常，那对被一个孤僻老头儿养着的鹦鹉，跟它们的主人一点儿都不一样，特别喜欢发出声音。

　　宋书恩拿起传呼机看看时间，还不到六点。这时传呼突然响起来，是家里。他马上回电话，吴金玲说大哥大嫂要带着闺女去省城，问她去不去，她看他的意思。宋书恩说当然愿意，最好能把省玉带来，趁星期天在省城转转。吴金玲说那就让小玉请一天假吧。

　　宋书恩来省城半年多，夫妻关系渐渐好转，吴金玲却一直没来过，不仅仅是因为忙，也是做给大哥看的。当然，对他的走，她心里一直别别扭扭，嘴上说通了，心里却有疙瘩。她担心他们的婚姻出问题。他正是好时候，又去了省城这么好的单位，独自一人在那儿，谁能保准他不会闹出点儿花花事？半路上把她给休了，也是很正常的事情。

　　吴金春对宋书恩辞职简直是如鲠在喉，嘴上不说啥，心里肯定不是滋味——自己身边的人，又是厂里的骨干，还是自己的妹夫，就这么说走就走了，撂下一摊子事一时没人接管不说，传出去不好听，面子上也过不去。但吴金春又不好阻拦。

　　当宋书恩向吴金春提出辞职的时候，吴金春一愣，接下来是长时间的沉默。吴金春坐在老板台后，身体深深地陷在老板椅里，把右手放在额头上，不去看他，眼光放在老板台的一片空处，那里是一片深咖色的仿实木纹。

第十九章 家事

"兄弟，我舍不得你。"

"大哥，我也不舍得走，可这工作实在太诱人了，做一个记者，是我做梦都想干的工作。让我去试试吧大哥，不行了我再回来，行吧？"

"金玲同意了吗？"

"她心里也不想让我走，不过她说不阻拦我，算是同意了吧。"

"你走吧，反正这企业是镇政府的，我不能因为舍不得你抓住你不放。大哥希望你能干好。万一不行，还回来，这里是你的家。"

话说得冠冕堂皇，情深义重，但吴金春内心还是有些吃味。宋书恩回去几次到他家里看他，他都以忙为由，匆匆说几句话就出去了。宋书恩心里也不舒服，但他只在心里偷偷想想，连老婆都不说。他仅仅是个招聘记者，关系调不到省城，飞得再高，线都在人家手里抓着，他都得忍着。

今天，吴金春叫妹妹一起来，这也说明他开始把这件事情放下了。之前，吴金春几次到省城办事都不跟他联系。宋书恩想，如果没有这层关系，也许他们之间的疙瘩可能永远都解不开——假如是那样，自己不知道会增加多少麻烦呢。

吴金春来，得郑重地请他吃顿饭。要不要找人陪他呢？找谁陪呢？到目前他还没有交往较深的同事，包括常鸣，似乎都还有点儿生疏，好像不适合来陪大舅哥这样的客人。几个男同学中，与高上的关系就不用说了，他虽然现在还没有职务，但因为拿到了硕士学位，也是正科级了，相当于乡镇的党委书记、乡镇长，又在行政机关，很有分量。另一个有分量的是钟翔斌，大学毕业之后一直在省计生委宣教处工作，也到正科了。还有王世理，他高中毕业参军后考上了军校，现在省武警总队是个少校军官，正营级，也很有发展前途。另外的几个虽然身份稍差一点儿，但也算有头有脸。做钢材生意的杨石俊，拥有资产上百万，算大款了。做酒店老板的水建兵，腰包鼓鼓的，开着豪华轿车也很有派。建筑老板辛善宇虽然一副粗俗不堪的样子，发财后做事却实在，花钱大方得让人瞠目。

想来想去，宋书恩最后却都——否定。吴金春是来跟他说话的，说到底是来消除隔阂的，找有身份的同学陪他，这不是向他显摆自己的人脉吗？会让他更不舒服。最后，他做出决定：去水建兵的酒店吃饭，让水建兵去房间坐一会儿。这样安排可以说一举三得，既可以省钱，又算照顾老同学的生意，还能让水建兵出面作陪，而吴金春又不至于不舒服。

给水建兵打电话订好餐厅，宋书恩起来开始收拾屋子。他不是一个邋遢的人，无非地面上有一些揉成团的稿纸和纸屑，烟灰缸里有成堆的烟头，床上有一些该洗的衣服。最要紧的，应该是云丽霞昨天留在洗手间纸篓里的一片用过的卫生巾，还有她丢弃的几个女士烟头和他们用过的茶具（这些细节倘若不注意，会带来大的风波）。

马上就可以见到亲爱的省玉了！收拾完屋子的宋书恩这样想着，脸上绽开了灿烂的笑容。

中午的饭局气氛非常欢快与热烈，宋书恩和吴金春都喝了不少酒，如果不是被嫂子与吴金玲拦住，他们还能再喝下去一瓶。

水建兵的山场把喝酒推向了高潮。干饭店老板时间长了，在酒桌上的经验自然丰富。水建兵先拿省城的敬酒风俗给吴金春敬酒，端三杯（被敬者独自喝三杯），敬酒者再陪一杯，这叫"外陪"（被敬者独自喝两杯，敬酒者再陪一杯，叫内陪）。接下来又以柳青县的风俗敬酒，碰三杯，即两人各喝三杯。最后以沙源县的风俗敬酒，"写"（写即倒）三杯，不陪酒。

水建兵的敬酒当然包括宋书恩，他们还共同碰了三杯同学酒。

酒喝到差不多的时候，吴金春伸出右臂揽着宋书恩的肩膀，表现出了从未有过的亲密，他说："书恩，有出息，干得不赖，大哥支持你。"

宋书恩很动情地说："大哥，当初你把我从一个临时代教弄到厂里，入党、农转非、转干，哪一步不是你帮我？这辈子，没有比你对我好的人了，我会永记在心，我报答不了你，让小玉孝敬你吧。"

宋书恩转向女儿，"小玉，你长大了得好好孝敬你舅舅，你舅舅对咱太好了。"

第十九章 家事

女儿笑笑，说："爸爸你喝多了，舅舅也喝多了。"

宋书恩说："这丫头，一点儿也不乖。"

吴金春刚上高中的大女儿吴小琪说："还没见我姑父这么能言善辩过，当了记者就是不一样。"

宋书恩做了一个摊手耸肩的动作，"琪琪，你是笑话你姑父不是？我能言善辩，这都是跟你爸学的，他是我的老师。"

嫂子对吴小琪说："你姑父可是个文人，能写能说是出了名的，要不你爸也不会让他到厂里来。"

吴小琪说："以前没看出来，我见他在我爸面前总是不多说话。"

吴金春说："闺女，那叫有涵养，你姑父是真有涵养，你得学着点儿，宝贝。你姑父在厂里这么多年，只要我和几个副厂长在场，他永远都不多说话，多少领导都夸他能干，懂规矩。他这一走，谁不说可惜啊。"

吴金玲马上接过哥哥的话说："有啥可惜的呀，不就是会写几句漂亮话吗，谁稀罕他？"

吴金春马上很认真地批评妹妹："你说得可不对，书恩是人才，难得的人才。你见过谁一下子从一个乡镇企业到省城当记者的？最少在沙源县我还没听说过。"

吴金春又说："金玲啊，你以后那脾气得改改，别老耍小孩儿脾气，人家书恩是让着你，他要是脾气不好打你一顿，我这当哥的也不能护短。"

吴金玲嘴一噘，说："哥，你这是大男子主义，他敢打我试试，我立马不跟他过。"

吴金春说："你看看，三十多的人了，还光说傻话，书恩没打过你，你是碰见好人了。你问你嫂，我打过她没有，她不讲理时候把你气得肺都能炸，动手打人也是常情。"

嫂子马上说："你那脾气，说打就打，要不是有了孩子，也不跟你过。"

吴金春笑笑，"你不跟我过，我还愁找不来个媳妇？说不定还能找个小媳妇呢。"

吴小琪插嘴道:"爸,你是不是又想挨批了?这一段时间不教育你你看都成啥了?还想找个小媳妇,我们都不要你。"

吴金春讪讪地笑笑,用手指着吴小琪:"书恩,你看这闺女,哪见过这么跟爹说话的?一点儿也不给面子。"

从饭店出来,吴金玲带着孩子与嫂子、小琪去逛服装城,宋书恩领吴金春去洗浴中心洗澡。他与大舅哥一起洗澡,肯定没有那些色情服务项目,冲冲泡泡、搓搓背,在大厅掏掏耳朵,做个头部、足底按摩就够了,其他服务全免了。吴金春更是心知肚明,他也是吃喝嫖赌啥都干过,当然也不在意宋书恩会怎么样,只不过不能与他在一起干这些事情。

等到吴金玲她们转完服装市场,天已经黑了,简单吃了点儿东西,把吴金春一家安排到宾馆,司机送宋书恩一家三口回家。

爷爷去世的消息传来,宋书恩心里一震。

宋书恩对爷爷"大龟孙"这个不雅的名字,一直心存隐痛,它却贯穿了爷爷的一生,在金马村被叫了相当长一个时期,具体地说就是八十六年。

春节回去的时候,爷爷的身体还很结实,八十六岁了,耳不聋眼不花,还能骑自行车带着奶奶去听戏。奶奶也很结实,不过眼花了,耳朵也有点聋,她说话声音大得震耳朵,听说话的时候要侧着耳朵,还老打岔。一些年轻人知道她爱打岔,总喜欢跟她打饥荒(开玩笑)。农村打招呼一般都围绕吃饭问题,问吃了吗,奶奶的回答通常有三种答案:吃罢了,做中了,没做呢。跟她打饥荒的年轻人就故意问她:龟孙爷呢?她无论回答吃罢了,或是做中了,还是没做呢,都会引起一场哄堂大笑。奶奶成了村里的幽默大师。

到省城工作的第一个春节,宋书恩是从沙源县开着厂里的小轿车回老家的,而之前他回家都是坐火车。那次回家,在三里五村他的声名大振,很多人都在议论,金马村大龟孙家的孙子宋书恩当上记者了,回家都开小卧车了。

他在企业的时候,厂里有车,吴金玲也想让开车回去,但他坚持坐火车。在他

第十九章　家事

看来，厂里的车他不能用。最关键的，是他认为自己作为企业一个厂长助理，即便是个副厂长，连个副科级都不是，根本没资格坐小轿车显摆。做了记者，他感觉自己有资格了，亲自找吴金春借了一辆"普桑"。

宋书恩开着小车穿过村街的时候，真正有了衣锦还乡的感觉。街上的人都以为来了什么领导，注目观看，他摇下车玻璃与人打招呼，时不时下车给人敬烟，人们看他的眼神都变了，很多人眼里是疑惑——宋家老三出去这么多年不声不响的，突然就开着小卧车回来了，是发了财，还是当了官？

街坊邻居对小轿车的好奇和对他的热情，正是他预期的效果。当时的情景历历在目——

宋恒四一听说宋书恩开着车回来，一手拉着一个孩子从家里出来。他明显苍老的脸上布满了皱纹，他对两个孩子说："立志、立玉，咱去坐你们记者三叔的车转转。"

这么多年来，宋恒四很少对人说起三儿子的情况。他不是一个喜欢显摆的人，也不轻易与人接触。宋书恩能开上小卧车，也大大出乎他的意料。

胡同口站着很多人，有人说："四叔，恁家老三可是老头儿坐轿——真中（斟盅[1]）啊，连小车都坐上了，金马村第一。"

宋恒四露出少有的笑容，说："嘿嘿，这当了记者，就是不一样。"

爷爷奶奶也出来了，爷爷走到小车前转了一圈，说："书恩，你都坐上鳖盖车了，中、中，有出息。"

奶奶说："俺三儿真中，从小我看他就中，当官了？当了个啥官啊乖乖？"她又转向其他人，"俺三儿小时候喂兔，恁小，就能喂一大群兔子，他是干啥啥中。"

宋恒四大声说："娘，书恩当记者了，记者，无冕之王，你见过电视里抗着录像机照领导的人吧，他这也差不多，光跟领导。"

---

[1]　斟盅——一种婚姻礼俗，男方男性老人坐轿去女方家里，女方父母即敬酒行斟盅礼。

宋书恩没有去纠正爹的说法。他很满足，甚至有点儿飘飘然。

傻改柱拉着傻媳妇老七跑到大街上，村里有什么热闹事都瞒不过他。他看见宋书恩从车里下来给人敬烟，就跑到前边说："都闪开都闪开，让小三儿先给我来根好烟，一根不中，得三根，吸一根，俩耳朵上一边一根。"

傻改柱别耳朵上两根烟，把手里的烟点着，又说："靠，小三真拽啊，自己开着小卧车，谁也没他拽。"

宋书恩只顾给其他人敬烟，没有接傻改柱的话，但很快他不得不跟他说话。傻改柱拉开后边的车门，说："三弟，让俺两口儿坐坐你的小卧车吧，坐一回这辈子也不亏了。"

傻改柱准备上车，看到了坐在后边的吴金玲，他咋咋呼呼地说："咦，这还有个娘们儿哩，嘿嘿，你看我这嘴，说错了，大伯哥不能跟兄弟媳妇打饥荒。弟妹，你先下来叫俺坐坐，你肯定都坐烦了，我还没坐过呢。"

吴金玲以前见过傻改柱，也不惊慌，只笑不说话。宋书恩马上说："改柱哥，你还不显老，改柱嫂也年轻多了。你想坐车回头我叫你，这会儿都跟我说话呢，没法开。"

傻改柱说："三弟，不开也中，俺光坐坐，不用走，光坐坐。"

吴金玲只好带着女儿下来，扯着孩子低着头往家走，她不认识几个人，在众多人的目光下，还有点儿羞涩。傻改柱拉着媳妇坐在车后座上颠了几下，说："就是不玄[1]，就是不玄。靠，小三开开吧，好歹走几步。"

宋书恩只好上车开了几十米，然后对他说："改柱哥，我得回家了，回头想坐了你再来。"

傻改柱恋恋不舍地下了车，说："可得，可得，就是走得太近了，能走个两三里地，也叫过过瘾。"

宋书恩笑笑，"下回，下回，我得好几天不走。"

傻改柱伸手说："那三弟你再给我弄三根烟。"

---

[1] 不玄：不错的意思。

第十九章　家事

宋书恩掏出一盒还剩一半的烟递给他,说:"都给你,中了吧?"

傻改柱抓着烟塞到胸口的衣服里,说:"看人家小三儿多大方,一点也不抠。"

爹已经迎着金玲和省玉,看见傻改柱在,放弃了让两个孩子坐车的计划……

春暖花开的季节,到处是草长莺飞,田野里人们在耕作,麦苗已经到了泛浪的时候,仿佛一片汪洋。

回家参加爷爷的葬礼,宋书恩再次借了厂里的车。他驾车穿过弥漫着泡桐花香的村街。街上几乎没有人。如今的农村,过了春节年轻人就外出打工,村里就少了人气。他们先到家,门开着,爹却没在家,他先让老婆孩子在家等着,自己赶到爷爷奶奶的院子。爹在那里,大爷们与本族的长辈也都在。他们并没有像宋书恩想象的那样陷在悲痛之中,而是若无其事地在商议葬礼事宜,需要买什么东西、摆多少酒席、人员分工等等事项都要做详细的铺排。

堂屋正当门,摆着一口黑色的棺材,前边用三块砖围起一个焚纸池,里边还有没焚完的纸在散发着烟雾,棺材头上白色的福字和摇曳的供灯被笼罩在阴森之中。爷爷已经入殓,他此时静静地躺在棺材里。虽然是喜丧(八十岁以上老人去世在农村称为喜丧),但宋书恩的心情还是很沉重,他走上前,扑倒在地泣不成声,久久地不能自已。

在宋书恩的记忆中,爷爷是个和蔼而平庸的老人,他的名字曾经让他感到过耻辱,童年时候也很少给过他什么温暖,算是没有很深的感情。但宋书恩此时却是那么悲痛。他突然觉得,就是爷爷,他认为非常平庸而一副奴性模样的爷爷,撑起了这个家——无论贫穷还是富裕、强大还是弱小,这个家一直都在延续着,养育、亲情、孝道、礼教等关乎人类繁衍和文明的东西,一直贯穿在漫长而平庸的家族发展史中。

抑制住悲痛的泪水,宋书恩坐下来与大家说话。

奶奶踮着小脚来到他跟前说:"俺三儿哭啥哩,你爷爷他都八十六了,该死了，早晚有这一天，你可别伤心，乖乖。"

宋书恩鼻子一酸，眼泪又一次涌出，叫了一声奶奶，却说不成话。

奶奶又说："孩子跟她妈来了吧？来了？早起吃饭了吗？没吃饭让厨上做点儿饭。"

爹对奶奶说："娘，你别管了，我去看看。"

爹拉着宋书恩回家。宋书恩问："爹，我爷爷怎么突然就老了？不是好好的吗？"

"人老了，自然老了，都八十好几了，跟那熟透的瓜一样。头天早上你奶奶叫他，没吭声，一摸，都凉了。"

爹好像并不生气，他平静得就像讲别人的事情。宋书恩哭着说："这么多年，我们孙子辈的还没有来得及孝顺他，他就老了。"

"心里有就中了，不惹气就是孝顺，他也没想过让你们怎么孝顺他，你也不用那么想。别哭了。"

顿了顿，爹又说："书仲跟书晖明天才能回来，对了，书晖谈女朋友了，还是个城里姑娘，在超市做营业员，五一他带着她回来一趟，我还怕成不了，你大哥那年带回来那个，一转眼跑了。书恩你说书晖这事能成吗？"

"应该没问题吧，书晖也是高中毕业，有点儿文化，爹不用担心他找不来媳妇。"宋书恩说，"立志跟立玉都好吧？去上学了？"

"嗯，俩孩儿都可乖，就是学习成绩一般，像你大哥。"

宋书恩从钱包里拿出一千块钱塞给爹，说："你也买几件衣裳，光舍得给他们花钱。"

"我有钱，你刚到省城，花销也大，别老想着我。"

爹说着要把钱还给他，被他拦住，他说："我没事，你不用操我的心。我二哥这一直不找媳妇，得抓紧想办法，找个离婚茬儿也中啊。"

说起二哥的事，爹叹了口气："我都急死了。他别筋头，从云南贵州买个他不要。找又不好凑，前一段有人找到家，有个茬儿，男人死了，一打听，都死俩男人

第十九章　家事

了，妨夫，这可不中，书仲那活儿我本来就担心，找个妨夫的媳妇那不是找倒霉啊？我不愿意，就推了。"

宋书恩摇摇头："这事还真不能急，回头我也操操心，也跟金玲说说，不能光想着咱家这一块，总会有合适的。"

出殡前一天下午，棺材被移到大街上搭好的灵棚里，唢呐班早早地过来，做好准备，一有人来吊丧就吹起来。

半下午，鞭炮声、火铳声、唢呐声便响起来。对于葬礼，宋书恩既陌生又熟悉，二十多年前娘的那场葬礼，被白色的孝服激活。不同的是，娘的葬礼简单而冷清，爷爷的葬礼隆重而盛大。

宋书恩与所有的孝子一样守在灵棚下，大家都穿着宽大的孝衣，男的头上扎着白布条，女的扎一块白布方巾。灵棚中间用一个帘子隔开，棺材在帘子后边，前边摆着供桌，上边放着鸡、鱼、肉等供品。男孝子坐在帘子前边，每当有男客吊丧，唢呐声就响起来，男孝子就跪倒在地痛哭，客人礼毕，孝子便停止哭泣向前一步，叩头拜谢。帘子后边地上铺满了麦秸，女孝子就席地而坐，有女客人哭着过来，就齐声痛哭，然后从帘子后出来劝客人不哭。女客人吊丧吹唢呐的人是不吹的，多少年流传下来的男尊女卑风俗到现在仍然没有改变。

这一夜，亲近的人要通宵守灵，困了就歪在麦秸上打个盹儿。吴金玲带着孩子回家休息，宋书恩要在灵棚下过夜。深夜里，他没有一点儿睡意，坐在麦秸上，盯着灵前的供桌发呆。这些色泽光鲜的供品，爷爷在另一个世界能享用吗？还有那一对金童玉女，他们能为爷爷服务吗？还有纸扎的别墅、轿车、彩电，这些爷爷生前都没有的东西，到了另一个世界就可以拥有了吗？宋书恩胡思乱想着，突然有了一个想法：等来年的清明节，一定得给娘的坟前立块碑，也焚烧些别墅、彩电之类的现代物品，再放场电影，纪念一下。娘在另一个世界过得好吗？她会惦记自己的孩子吗？想起娘，宋书恩潸然泪下。

第二天临近中午，等到客人来齐，就该出殡了。棺材钉口之前，要给老人净面（拿棉花团蘸着水在老人脸上象征性地擦一下），净完面，让亲戚们上前最后看一眼遗容，就开始钉口。当天板合严，铁钉在咚咚的声音中钉进木头时，晚辈们嘴里一边叫着，一边喊着"躲钉了，躲钉了"，之后，伴随着悲怆的唢呐声和孝子们的痛哭声，长子宋恒元双手端着一个托盘，里边放着一片瓦，其他孝子也痛哭着，手拿外边包着白纸的高粱秆（被称作安常棍，传说是用来打鬼的）跟在后边，一起走出灵棚，到村里的庙上祭拜，然后返回灵棚，长子把瓦猛力摔在棺材头上，砰的一声，瓦被摔得粉碎，四下溅开，摔瓦人扑倒在地，发出惊天动地的恸哭，让在场的围观者也不由动容落泪。

在悲痛的气氛中，宋书恩感受到亲情的巨大凝聚力。一直都若无其事的父亲和大爷们，此时的悲痛感天动地。他明白了，他们把悲伤都集中表现在出殡的这一个时段。而前几天，他们生活如常，一直在冷静地筹备着葬礼。

随着鞭炮声、火铳声的响起，唢呐声也激昂起来，抬棺材的人一声呐喊，送殡的队伍便出发了。火铳开路，吹唢呐的、拿花圈的孩子们在前边领路，再往后，是男孝子，棺材紧随其后，棺材后边是女孝子。送葬的队伍浩浩荡荡，白花花的孝子们，穿着各色衣服的围观者，五彩缤纷的花圈、飘扬的纸钱、飞扬的尘土，在灿烂的阳光下蔓延；鞭炮声、火铳声、哭声、唢呐声此起彼伏。一向平静的乡村，此时被渲染得异常热闹。

坟丘刚刚堆起的时候，是一个梯形的方块，两个人用一根长长的木杠把坟丘四周的边刮得尽量规整些，然后把花圈放在坟上。其他纸扎在埋土的过程中都被烧掉，唢呐、火铳渐渐平静下来。孝子们停止哭声，脱掉孝衣原路返回。走在回家的路上，宋书恩想，葬礼成了爷爷在尘世的最后礼仪，接下来的日子，他将静静地长眠于地下，永远告别尘世喧嚣……

第二十章　职场

进了报社，宋书恩感觉格外舒展。与企业烦琐的事务比起来，记者工作要单一得多、简单得多。虽然天天采访、写稿子，紧张得不亦乐乎，但干得舒心，一点儿也不感觉累。他好像吃了补药，有用不完的精力，充满了朝气和激情。

三个月的试用期轻松过关。宋书恩进入角色很快，他私下里一边下劲学习新闻理论，一边在工作中虚心向老同志请教。业余时间，他又参加中文本科的自学考试，为自己充电。交际方面，他在企业的经验帮了他很大忙，无论什么人，他都能不卑不亢地去采访。业务方面，坚实的写作功底让他游刃有余。

稳定下来，他开始在文学上投入一些时间。没有活动和写稿任务的晚上，他会坐在客厅的沙发上看一个多小时的文学书籍。睡觉前，摊开日记本把一天所做的主要事情记下来。有时候也会写一篇散文或一首诗。他还准备根据自己的经历写一部长篇小说，书名都想好了，叫《潇洒年华》。

内心里，宋书恩一直有文学情结，这次辞职，文学的因素占了很大的比例。老四的成功、在北京的所见所闻，都给了他不小的刺激。他想好了，今后，要在文学上好好下点儿功夫。

他确定被录用后回到沙源县的那天夜里，可以说彻夜未眠。他没有想到的是，吴金玲没有反对。

他走进家门的第一句话就是："金玲，我要是离开彩印厂，你同意吗？"

吴金玲以为他开玩笑，说："见了几个同学，彩印厂就盛不下你了？"

"金玲,我是认真的,你回答我,同不同意?"

"我不管,想走你走呗。"

"那你是同意了,这我就放心了。"

宋书恩捧着她的脸亲了一下,然后把去省城的来龙去脉详细地说给她。她听完,久久地注视着他,脸上是他没有想到的兴奋。

"书恩,你是说你真的考上记者了?"

"是啊。"

"你真棒!"吴金玲紧紧地抱着他,"书恩,你真棒,真棒。"

"金玲,我还怕你不愿意我走呢,原来你这么支持我。"

兴奋之后,吴金玲又陷入沉默,好大一会儿,她说:"你要走,大哥肯定不高兴。"

过了一会儿,她又说:"我知道,我同意不同意、大哥高不高兴,你是非要走。这事放谁身上都一样,《中北晚报》,那是啥地方啊?这是一步登天,谁会不去呢?我就是不想让你走也拦不住你啊。"

"金玲,谢谢你理解我,支持我。"

接下来,两个人陷入了长时间的沉默。宋书恩抬眼看吴金玲,发现她满脸的泪,她一直在控制自己不哭出声来。

宋书恩拿出手绢给她擦泪,说:"金玲,你别哭。这么多年了,其实我也舍不得离开。"

"你走了,把我们娘儿俩丢在这儿,我能放心吗……"吴金玲终于憋不住,嘤嘤地哭起来。

"我先去,回头稳定住了你们都过去。"

"那可能吗?你走了,我再走,你叫大哥咋办?财务上没个牢靠人能中?"

吴金玲情绪渐渐稳定下来,对他说:"走一步说一步吧。明天这事你直接跟大哥说吧,别让我说了。我跟他说,挡不住他会多想。他问起来,说我不反对就中了。"

第二十章 职场

那天,宋书恩跟吴金玲特别有感觉,几乎恢复到了他们最恩爱时期的状态。他们并肩半躺在床上,话也特别多。先是吴金玲嘱咐他去了省城以后要学会自己照顾自己,一定得把工作干好,不能叫再撵回来。当然她也说到了让他规矩做人,不能拈花惹草,就是不想老婆,也得想女儿,要常想家、常回家。宋书恩都乖乖地答应,说到拈花惹草,他的表态就像入党宣誓一样铿锵有力:保证定时回家看老婆孩子,如有外心,天打五雷轰。

他对她说:"我出去,是为了寻求事业发展,哪有心思有工夫去胡作非为?你就放心吧,你跟省玉永远是我的最爱。"

几个月下来,宋书恩感到,报社也是一个"场"。这个"场",跟他在企业时候所在的"场"是不同的,当然也有相同的地方。不同的是,企业的那个"场"是不平等的,企业永远处于低位势,永远都是输出方;而报社这个"场",人与人之间的位势表面上看基本是平等的。位势的变化很微妙,与领导就是低位势,与同事就是平等的,而与打交道的被采访对象,很多时候处于高位势。相同的是,两种"场",都是建立在互相利用的基础上,其规则是互惠互利。

最初,宋书恩曾经想远离这个"场"。他的想法很简单,完成自己的采写任务,有时间就躲在家里或钻研业务,或读书写作,不掺和工作之外的交往。

但很快他就意识到,这种想法几乎是一种奢望。首先,工作中需要跟大家交往,选题分配、讨论稿件,包括情感交流等等。只要工作,就会有交叉,任何一个处在这个"场"的人,几乎不可能特立独行,立身"场"外。而工作与生活很多时候又是分不开的。加班时间晚了,一起吃个饭,一同出差,同住一室,谁来个朋友请同事作陪,单位的集体活动等等,都需要大家融在一起。

宋书恩不是一个个性张扬的人,他当然不愿意游离于集体之外。随着相处,大家越来越熟悉,属于他自己的时间越来越少。出了正月,他去看老四的时候两个人谈了很多,他豪情万丈,对老四说要把所有的业余时间都用在文学上,争取一年内创作出一本散文集。但不到半年,他的豪言壮语就变得苍白无力。一周里,其中四天都会忙到深夜，加上一些应酬，晚上除了赶稿子值夜班，偶然有时间了大家还会去歌厅、迪厅、洗浴中心消遣消遣。

面对同事的相邀，宋书恩不好意思说不。以前，跟党政部门及职能部门打交道，从来就不能拒绝。这种惯性让他随波逐流，心里充满了矛盾却又不得不答应。在最初的日子里，每当他深夜回家，躺在床上回顾自己一天生活的时候，别说读书写作，累得连想文学的心情都没有。没办法，报社的竞争机制是残酷的，末位淘汰制对谁都一样。保工作、保饭碗才是最重要的。

在这个"场"里，大家还自觉不自觉地把谁归到某个领导的门下。比如宋书恩，很自然地就被大家默认为"林总的人"。成为"林总的人"，当然不是坏事，很多人都想成为"林总的人"。林总原来是《中北日报》社的编委兼总编室主任，现在是《中北晚报》的总编，在晚报是实实在在的"一号"，指引着晚报的方向。谁不愿意跟着一号走？

宋书恩被大家认为是"林总的人"，也是林总有意透露的信息造成的。因为高上与林总关系的笃深（他们是大学校友，又很对脾胃），宋书恩本来不敢张扬，林总却在编采人员全体会上点了他的名字，说他有工作经验、有组织能力，又是党员，还是个作家，工作中要积极主动，发挥模范带头作用。那天的会上林总点名说到三个人：第一个是陈启明，原来是《中北日报》的资深编辑，被林总点将来晚报任总编室主任；第二个是常鸣，《中北日报》社的资深记者，也是林总点的将，任晚报采编中心主任，负责编采工作的协调；第三个就点到了宋书恩，那时候宋书恩还在试用期，很出色地完成了几次采写任务，小荷才露尖尖角。这中间，高上把林总请出来吃过一次饭，饭后去洗浴中心放松了一下，还给林总送了一张价值三千元的按摩卡——不用说都是宋书恩买的单。

宋书恩清楚，林总肯定不是因为那一点点物质利益才褒奖他。高上的关系也好，请客吃饭也好，没有他自己工作上的出色，林总万万是不会那样在会上抬举他的。

在宋书恩眼里，林总的形象几乎是完美的。他四十出头儿，高大魁梧，气宇轩昂,声若洪钟,幽默风趣。尤其值得夸耀的,他是"文革"后恢复高考的第一届大学生,科班出身,《中北日报》派他来扛晚报帅旗,水平不言而喻。

晚报社除了林总,还有两个副总编:一个是厉总,分管业务;一个是康总,分管人事、后勤。他们都是日报社的副处级干部,也是林总自己组阁搭班子拉来的,都能跟林总保持高度一致。因此,"林总的人"之外,即使有"厉总的人"或"康总的人",也只是交往密切一些,并形不成大气候。而被划为"林总的人",无疑就是嫡系了。

宋书恩能成为"林总的人",自己感觉也很荣耀,他只有工作得更卖力,才对得起林总对他的厚爱。

尽管是"林总的人",宋书恩在单位却非常内敛,从来不显摆自己与老总的关系。他的出色表现,也很快得到了回报:当他参加完爷爷的葬礼从老家回到报社,就被任命为特稿部副主任,之后不到一年,他又被提为特稿部主任,单位还给他配了手机。

第二十一章　重返母校

宋书恩知道自己在柳青县的影响力，是在爷爷的葬礼上，县直不少部门都带着花圈和礼品或礼金去吊唁，为他撑了面子。这时候他才发现，自己在老家也算个有影响力的人物了。

他到报社一年多，因为工作关系，与柳青县宣传部及一些部门有过接触，不光在本报社帮助一些单位灭过"火"，包括省会一些媒体去柳青县的舆论监督，他也帮助协调过。

柳青县出了这么一个记者，很自然地被刮目相看。老家不断地有人找，找帮忙的，请吃饭的，几乎没间断过。

而贾彻老师的电话，简直让宋书恩有点儿受宠若惊。算起来，宋书恩与贾彻已经接近十六年没有联系了。

贾彻大学毕业被分到县一中，宋书恩所在的班恰好赶上原来的语文老师兼班主任退休，贾彻接手。贾老师第一次批改作文，就发现了宋书恩那篇辞藻华丽的《春回大地》，立刻当作范文在课堂上朗读。

贾老师是个典型的文学青年，他热情发动爱好文学的学生成立了"春之声"文学社（据贾老师说，这个名字来源于王蒙的短篇小说《春之声》，有蒸蒸日上、充满希望的寓意），在校园里办板报、组织诗歌朗诵会、出版油印社刊，吸引了很多同学加入。宋书恩起初没有加入文学社，一方面是因为每年要交两块钱的会费，这笔对他来说不小的款项无论如何他都不会出；另一方面他不善于交往，贫穷带来的自卑让他有意远离这种近乎奢华的活动，使自己不至于受伤害。

贾老师慧眼识珠，发现宋书恩不光文采飞扬，还写得一手好字。他在课堂上称赞宋书恩："宋书恩同学的这篇《春回大地》，生动地描写了春天万物萌动和各种鲜花争奇斗艳的美丽，文笔优美、生动形象，读来如行云流水，仿佛身临其境……"

他夸奖宋书恩的字："宋书恩同学的字，是标准的楷体，工整大方，刚劲有力，可以做字帖来用。"

贾老师还积极推荐宋书恩加入"春之声"文学社，与几个老社友共同负责校园板报抄写和社刊刻印，会费当然免除了。一下子，宋书恩进入了全校同学的视野。

宋书恩开始表现得有点儿被动，但贾老师与他谈过几次话之后，他很快就变得积极起来——贾老师了解到他的家庭情况后，向学校提出，免除他的学杂费，只交课本费。宋书恩感激涕零，他把对贾老师的感恩化作积极参与文学社的活动和学习的热情。于是，在校园的黑板报前、诗歌朗诵会的台上、交流作文体会的讨论会上，都能看到宋书恩的身影，黑板报、社刊上也不断出现他的文章。低头含胸、穿着破旧的宋书恩，突然变得光亮起来，文学社的同学一说起宋书恩都会露出倾慕的神情，班里很多同学开始对他刮目相看。

宋书恩曾经感叹，一个老师对一个学生的态度，其影响真是不可估量。贾老师把他从一个不被注意、几近猥琐、处在集体边缘的学生，变成了一个令人瞩目、同学羡慕的校园名人。

高一的升级考试，宋书恩总分进入年级前十、班级第三，语文分荣登年级第一，他在学校更加闻名。

宋书恩赶上了高中恢复三年学制的第一届，进入高二前分科，重新分班，宋书恩选择了文科，仍在三班，班主任仍是贾老师。

也许是精神好的原因，他不光文思泉涌，写出了一篇篇美文与诗作，学习起来也轻松顺手，连平时不喜欢的物理、化学也变得容易。那时候，他真是意气风发，踌躇满志。他在给焦楚扬的信中写道："如今，我不光有着丰富的写作灵感，学习起来也轻松自若。我看到了自己的潜力，我看到了未来在向我招手，我看到了北大在召唤我……亲爱的，努力吧，让我们练好文章，学好功课，一起向大学开进！"

进入高二不久，贾老师突然调走，去了县团委工作。临走他还专门找宋书恩谈了一次话，告诉他要克服自卑心理，树立"我行"的心态，等考上大学一定要为他祝贺。

但这个微小的变故对宋书恩还是产生了不小的影响，他登时就感觉心里空落落的，好像被抽走了主心骨，好多天精神都恍恍惚惚的，期中小考下滑到班里第二十一名。新换的班主任邰老师是个五十多岁的老教师，对每个同学都很慈祥，但对哪个同学都不过分亲热。宋书恩的变化没有引起他丝毫的注意——在青春期的躁动中，一个人的变化可以说不可思议。宋书恩变得慵懒而消极，在抄写黑板报和刻印社刊的时候，字体变得潦草，还出现了不少错别字；上课老走神，甚至还打瞌睡；晚上老失眠，他躺在床上不停地翻动，弄得床咯吱咯吱响，同室的同学都很不满。有几次，他跑出校外，在黑暗的柳青河边，靠着一棵大树手淫（这是他初中毕业之后与马平川一起看手抄本《少女之心》时候学会的）。

这段时间，宋书恩的内心充满了失望与不安，他无心学习，无心写作。年终大考，他的成绩滑到班里第三十名，中游靠下。拿到成绩单那天上午，正好收到大哥寄来的二十元钱，宋书恩眼泪止不住地涌出来。晚饭后，他跑到操场，不停地围着煤屑跑道转圈，直到深夜。

我这是怎么了？不就是换了个老师吗？不就是不被老师重视了吗？而自己在贾老师重视之前，不是也默默无闻地在努力吗——那时候，虽然在班里不起眼儿，自己心中却充满了斗志，暗地里捏着一把劲。

他想起爹充满沧桑的面容，想起家里的破败，想象大哥在深深的矿井中挖煤的情景，还有那个为庆贺他考上一高设的酒宴……

他回到宿舍，拿起脸盆跑到水房，用冰冷的水把自己的头洗了个透，寒冷让他有点抖，他感觉自己的心在收缩。

宋书恩，你必须振作，必须振作起来！宋书恩在心里反复地对自己说。他举起双手，伸直颤抖的身体，又一次冲向操场。在四百米的煤屑跑道上，他足足地跑了

第二十一章 重返母校

三十圈，寒冷烟消云散，汗水把他的内衣浸得透湿。

当他躺在床上入睡的时候，已经是午夜两点。这一天要放年假，很多同学都早早地收拾好东西准备回家，宋书恩却一直睡到九点多，在散学会的集合铃声响起前十分钟，才爬起来跑向会场。

散会后，同学们都回家了，宋书恩却躲在宿舍里开始学习。他决定晚几天回家，在这几天里，把前边的功课好好复习一遍。他每天只吃一顿饭，学习时间都在十五个小时以上，眼圈都黑了。

直到腊月二十九（第二天就是除夕），马平川骑车来接他，他才回家。

假期在家的时间，晚上宋书恩住在马平川家里，邢梁也会跑过来，三个人在一起聊天，海阔天空，天南地北。当马平川进入梦乡的时候，宋书恩却趴在床头拼命地学习。春节期间，除了大年初一那天，宋书恩的心都在学习上。

他的努力，使他重新找回了信心，找回了希望。

贾老师从政十几年，也算顺风顺水，如今刚从邻县调到柳青县任县委常委、组织部部长，真正的地方要员。

宋书恩刚听到贾老师的消息，还犹豫要不要跟他联系。自己当年不光彩的事情，他肯定听说了。面对昔日钟爱自己的老师，宋书恩真有点汗颜。

这时候，贾老师竟把电话打过来了。他对宋书恩说："书恩，这么多年你也不跟我联系，把老师忘了吧？我从宣传部搞到你的手机号，干得不错，都当上主任了，很好嘛。"

"贾老师，我……我真不知道怎么给您说，一直不好意思跟您联系……"

贾彻打断了他的话："什么也别说，柳青一中一九四八年建校，今年是五十周年大庆，庆典活动定在五月二号、三号，今年第一次实行五一长假，你必须回来。必须！明白吗？这是命令。"

宋书恩一时语塞。这么多年，他曾经无数次地回忆起母校，而那个令人震惊的事件，梦魇般地折磨着他。他曾经想过，这辈子也许都没有勇气再踏进母校的大门了。

宋书恩甚至流泪了。他说:"贾老师,我服从命令,一定回去。"

当宋书恩踏进母校的时候,十五年的魂牵梦绕终于有了着落。校园还是那个校园,操场还是那个操场,杨树还是那些杨树……

校园的变化是巨大的。原来的旧瓦房变成了高楼林立,教学楼、办公楼、实验楼、公寓楼井然有序;操场更大了,煤屑跑道变成了塑胶跑道,篮球场的地面由泥土变成了水泥,又建了足球场,碧绿的草坪看起来很舒服;那些白杨树已经长得很粗,沧桑感更明显了。

四十出头儿的贾老师看起来还是那么朝气蓬勃,稍微胖了一些,身上多了一些威严。他作为柳青一中杰出的学生代表,又是这次校庆筹委会主任,很风光地坐在庆典仪式的主席台中间。本来也给宋书恩在台上安排了座位,但宋书恩反复跟贾老师说,才给撤掉了。他说:"无论现在怎样,我都没脸坐在台上。"

高上理所当然地坐在了台上。他已经晋升为副处长,与贾老师平级了。云丽霞、高小青、钟翔斌、王世理、杨石俊、水建兵、辛善宇等有头有脸的同学都来了。大家见了面都非常热情,说不完的话,叙不完的情。

中午的饭局异常地热闹。贾老师亲自主持宋书恩、高上、云丽霞等三班的十几个同学所在的饭桌。宋书恩与高上作为"重点打击"对象,一轮一轮的领导轮番敬酒,很快就进入了状态。宋书恩看那阵势,纵是铁人也得喝趴下,偷偷瞅了个机会跑到房间躲了起来。刚关上门,就听有人敲门,还大声喊:"我来抓逃兵。"

是云丽霞。宋书恩拉开门,云丽霞闪进来把门关上。他说:"你咋也跑出来了?"

"你能跑我咋就不能跑?"她头一仰,额前的长发甩到后边,"抱抱我!"

宋书恩伸开双臂,把她抱在怀里。云丽霞忽儿把他推到床上,俯下身子狂吻起来。他躺在那里,迎合着她。她开始解他的扣子,扯他的衣服。

他说:"你不怕来人?"

"不怕,不怕,天塌了都不怕……"

第二十一章　重返母校

恢复联系两年来一直没有跨越的这一步，就这么简单地完成了。自从上次分手，中间两人除了通电话，有好几个月都没再见面。后来她又来省城出差，他却在陪林总休闲，匆匆见了个面，没来得及多说，她就回去了。之后，他们曾经有一段时间连电话都不通，两人都在赌气，都不主动联系，最后还是云丽霞没憋住。

宋书恩感觉与云丽霞好有点儿不踏实。她眼下单身，一旦缠住他不放，势必会影响他的家庭。而他不想离婚，特别是到了省城两地分居，大概是因为见面不容易，亲热都来不及，没有时间吵架，夫妻俩的关系得到了空前改善。还有亲爱的女儿省玉，她越来越懂事，很有点儿"小棉袄"的体贴了。还有一个重要的因素，他还有个郭珂。郭珂虽然是带着一腔怨气离开，但他们还互相牵挂着。哪怕电话、信息都没有一个，其实两人心里都没放下。

因此，宋书恩虽然渴望与云丽霞有更深的发展，却一直不敢轻举妄动。云丽霞还在晚上跑到省城去找过他两次，他陪她吃饭、看电影、轧马路，手都拉到一起了，却没有突破那一关。每次到最后，他都变得犹犹豫豫、含含糊糊，她看他那样子，就赌气地跑到宾馆去住。

前不久的一次，两人再次不欢而散，云丽霞回到洹滨给他打电话，气急败坏地说："宋书恩，从今往后我们一刀两断，我要再发贱找你我就不是人……"

今天，两个人都喝得有点儿高，平日的矜持一扫而光。她就那么直接地表达，他就那么放松地去迎合。

一阵狂风暴雨过后，云丽霞妩媚地笑了。她满足地伏在他怀里，幸福地回味着这突降的甜蜜。

"书恩，你到底是我的了。"

"你也是我的了。"

"嗯，我愿意是你的。"

房间里，充盈着两个人的无限柔情。恍惚间，宋书恩分明感到，云丽霞就是那只白狐。

五月三号的活动,主要是去本县的几个景点转转。宋书恩跟贾老师打了招呼,顺道回家看看。云丽霞开着车,主动提出为他提供交通服务。他欣然接受,说:"贾老师,云总亲自给我驾车,我这待遇可真不低。"

云丽霞说:"哪有你这种人,得了便宜还卖乖。不是看在贾老师面子上,我才不搭理你。"

贾彻说:"你们同学中有车的不少,想回家就自由结合吧,解决不了的,跟我说,我安排车送。"

路上,宋书恩问云丽霞:"你不怕别人说闲话?你看高上看咱俩的眼神,全都是水。"

"谁爱说啥谁说啥,反正我不怕。"云丽霞说着在宋书恩脸上摸了一把。

宋书恩佯装害怕,双手捂头说:"非礼啊!"

把宋书恩送到家,云丽霞稍做停留,说好下午再来接他,就回娘家了。宋书恩打电话召集焦楚扬、马平川见面。焦楚扬一听说他的老师当了组织部部长,让他帮忙解决自己的编制问题。这些年焦楚扬在乡政府,办了"农转非",还托人办了个工厂的招工手续,下边却走不动了。宋书恩问下边怎么走,焦楚扬说从工厂调到行政或事业单位,这需要县编委的信,得县长签字,组织部部长肯定能办成。宋书恩看着已经显得沧桑的焦楚扬,心里很不是滋味。生活在他身上留下了很深的痕迹,几乎把他的雄心壮志涤清洗净。曾经附在他身上的文学梦早已烟消云散,他甚至变得粗俗不堪了。

他有些低声下气地说:"书恩,你得帮我,你不帮我谁帮我?你跟贾部长说说,我准备一万块钱,把我的编制解决了,弄到乡农技站、农经站都中,好歹是吃财政工资,这辈子就算安心了。"

宋书恩说:"这事,我马上帮你问。"

宋书恩当即给贾老师打电话,贾老师说他可以帮助协调,在县长面前还得打着宋书恩的牌子,再加上他们个人关系不错,问题应该不大。

焦楚扬一阵兴奋,在宋书恩肩膀上打了一拳,有点儿忘乎所以地说:"书恩,

第二十一章 重返母校

你牛啊，大记者，县长也得给你面子。"

焦楚扬的事情告一段落，马平川又说话了："书恩，你不是跟教育局长也熟悉吗？看能不能说说把我从三中调到一中，不中了调到城关第二高中也行，媳妇在县城，我不能老在下边啊。"

马平川的语气中也有了很多热情。当初他对宋书恩当记者非常漫不经心，如今也用得着了，与那时候说话大不一样了。

宋书恩当然不会计较，答应回头给教育局局长打电话。马平川脸上也有了一些讨好的表情。那一刻，宋书恩心里升起一股淡淡的忧伤。

下午四点多从家里出来，宋书恩对云丽霞说："委屈你了云总，让你跑这么远接我。"

"去去去，少给我涮。"云丽霞伸手掠了一下他的头，恶狠狠地说，"晚上收拾死你！"

"今晚上？你饶了我吧，昨天夜里我都被你掏干了。再说了，今晚贾老师专门给咱班同学设个摊儿，肯定扯秧，不知道熬到几点呢。"

"我不管，今晚我就要你，再晚还能不睡觉？"云丽霞说着右手趁挂挡在他腿上捞了一把。

"云丽霞，看着你挺淑女的，谁知道这么流氓？老搞性骚扰。我得重新认识你了。"

"不要脸你宋书恩，啥人，跟这事全都赖人家一样，一点儿也不绅士。不理你了。"

宋书恩笑看着她，突然把手从后背伸进她的裤子里。

"皮肤真好！"他的手在她的臀部蠕动着，"我喜欢你！"

云丽霞一脸肃穆地开着车，听了那句"我喜欢你"的话，突然把车停在路边，抱着他热吻了一阵。

"你终于敢说了句真话。"她说，"我告诉你，今晚不能喝醉啊，记着我在等你。"

　　大部分校友吃完午饭就走了，晚餐的时候自助餐厅显得冷冷清清。贾彻把八三届三班的十几个同学安排在一个二十人台的大包间。他一个人陪大家，连随从都打发走了。

　　贾彻把宋书恩拉到自己右首，让高上坐在左首，其他同学则随便就座。

　　贾彻说："这么多年了，值得我怀念的，也就是咱这班的同学。往后呢，大家加强联系，一辈同学三辈亲，咱起码这一辈得亲吧？大家呢，也别把我当老师，我比你们也大不了几岁。谁回老家了，提前给我打个招呼，吃住行我全管。"

　　酒过三巡，菜过五味，气氛更加热烈。他与他杯觥交错，她与她窃窃私语。十几年的话，都集中在这一刻，人人都打开了话匣子。

　　宋书恩和高上一直与贾彻说话。贾老师说到了自己的仕途，感慨万千，虽然对官场有很多不满，但言语中也透着成功者的成就感。他对高上大加赞赏，说他能分到省会，起点高，提副处很容易，再干几年提正处也不在话下。他对宋书恩的感情特别深，当初听到他失踪，很是痛惜，中间打听过他好多次都没有消息，一直是他心里一块落不下的石头。当他了解到他最近的情况，很是激动了一阵子。无论如何，他最终也算修成正果，比很多考上大学的同学还要好，贾彻心里也有了一丝欣慰。

　　有人提起了赵祥，贾老师说他正在南开大学上成人大学，全脱产的，没回来。"再上他那素质也高不到哪里。"云丽霞小声嘟囔了一句。贾彻说不能老眼光看人，赵祥虽然是接父亲的班，能力还是有的，现在也是县邮政局的办公室主任了。云丽霞对赵祥的偏见，仍然源于他在宋书恩醉酒事件中的责任。宋书恩都放下了，她还耿耿于怀。

　　饭局在九点多一点结束，贾彻又在宾馆的歌舞厅安排了一个大包间。酒精让大家都有些兴奋，唱起歌跳起舞来都激情四射。云丽霞一直跟宋书恩跳舞，一曲接一曲。高上到她面前说："云总，你跟我跳一曲行不行？也叫俺心理平衡一点。"

　　云丽霞这才勉强陪他跳了一曲，接下来干脆拉着宋书恩点了一首男女对唱的歌

第二十一章　重返母校

《心雨》，她唱得声情并茂，大家掌声不断。

宋书恩已经感觉到了她对自己的过分热情。有人说同学聚会给很多男女同学提供了旧情复发和新情建立的机会，看来真不假。宋书恩一向做事很谨慎，更喜欢隐藏。他与云丽霞的旧情已经燃烧起来，想刹车都刹不住。对她的表现，他也没有刻意回避，相反，他以为这样还有欲盖弥彰的效果。而云丽霞，处在这种胜似热恋的时期，她对自己的言行根本就没有自制力。

高上伏在他耳朵上说："书恩，可别情迷云丽霞。"

他笑笑点点头，说："多想了你，不会。"

云丽霞再约他跳舞，他就给她使眼色，让他陪贾老师跳一曲。云丽霞虽然有点不情愿，但明白他眼色的意思，就点了几首独唱歌曲。宋书恩则坐在一角抽烟。

接近十一点的时候，宋书恩的手机响了。接通电话，他惊呆了。打电话的人，竟是凌燕。

宋书恩跑到洗手间接电话，他怕正说着云丽霞过来。

凌燕说："书恩，我看见你回来了。本来我想一直躲着你，那件事啊，我真惭愧，对不起你啊，把你的前途都耽误了。"

"你可别这样说，那是我自己的事，怨我自己，跟你没关系。"

"是因为我。"她说，"这么多年，我一直都被这件事折磨着，这两天我反复想了，我必须跟你说说，把憋在心里十几年的话说出来，这就给你打电话，这么晚了，没打扰你吧？希望能跟你见一面，咱俩好好谈谈。"

宋书恩沉吟了一下，说："这样吧，我今晚不方便出来。明天上午我们约个地方见见，好吧？"

"你来家坐坐吧？家里就我一个人，在家说话方便。"

"好，明天见。"

清晨的阳光透过窗帘的缝隙照过来，在墙上画了一个三角形，房间里的光线因了那截光柱明朗起来，窗外也有了一些喧闹。宋书恩睁开眼，看到了身边的云丽霞。他一惊，马上打开手机看时间，已经七点四十。睡得晚，加上夜里体力透支，睡得这么死。这个时间肯定有人起床了。宋书恩本来跟高上住一个房间，水建兵与辛善宇吃过晚饭因为有急事先走了，把房卡给了他，他以晚上喜欢看电视影响高上睡觉为由跟他分开，当然也是为了跟云丽霞在一起。

云丽霞还在熟睡。她的睡姿很优雅，侧向一边，身体微微弯曲，头枕着胳膊，表情恬静，气息均匀。看着她长发掩面，皮肤光洁，宋书恩心里又升起一股怜惜。这么柔情的女子，这么美妙的身体，现在竟放单着。一个人的日子，想一想也挺令人心酸。他自己在省城两年多来的单独生活，让他有着深切的体会。

而她，已经单身好几年，孤单与寂寞不言而喻。从她的疯狂中，宋书恩可以感觉到她的饥渴。两次的缠绵，她在他的怀里不止一次地流泪。那眼泪中，有幸福，也有委屈与伤感。

她说："这辈子，能有你，不嫁给你我也知足了。"

宋书恩没有说话，把她抱得更紧一些。他知道，离婚娶她的可能性几乎是零。在省城的房子已经买好，十一前后即可入住，吴金玲跟省玉就可以搬来了。

"书恩，你醒了？"云丽霞妩媚地笑看着他，把被子掀开，露出一丝不挂的身体。那洁白刹那成了刺激宋书恩眼睛的一团火，他一把抱住她，再次把她压在身下。床头柜的手机突然响起来。

他看了看，是高上。接通，他装着没睡醒，说："昨夜失眠了，马上起来。"

"失眠？为谁失眠啊？是不是为云丽霞啊？"高上发出一阵坏坏的笑声，"抓紧起来回去啊，老婆催了。"

"我正准备跟你说呢，我今天上午还得等初中一个同学找贾老师办点儿事，估计今天回不去了，你先回吧。"

"早点儿说啊，要知道你今天不回我昨晚上坐建兵的车走了。"

宋书恩挂了电话，对云丽霞说："得赶紧起来，说不定他马上就过来。"

云丽霞匆忙地穿好衣服，说："我一会儿走就不跟你打招呼了，高小青知道我在你这儿，她跟你开玩笑你认了就行，她不会说出去。"

第二十一章　重返母校

"这辈子我在高小青面前算是抬不起头了,你快走吧。"

宋书恩拉开门看了看走廊上没人,云丽霞一闪身出了房间。

宋书恩从宾馆出来的时候,已经接近十点。他站在路边拦了辆的士,一边给凌燕打了电话。十分钟后,宋书恩来到了凌燕家大门口。远远地,他看见凌燕站在那里向他这边观望。她的身材还是那么苗条,穿着还是那么洋气,容颜还是那么妩媚。恍惚间,仿佛十几年前那个花骨朵般的凌燕又来到他面前。

"书恩,是你吗?真的是你吗?你真的来了?"

凌燕一连串的提问让他有些尴尬,他点点头,嘴里胡乱地发出些诸如"嗯"的声音。凌燕说着话,站在大门口抹起了眼泪,连让他进家都忘了。

"进家再说吧。"

凌燕住的是县搪瓷厂的家属院。她和前夫都是搪瓷厂的工人,现在搪瓷厂近乎倒闭,他们都下了岗。离婚后前夫去广州做生意了,孩子被婆婆领走,房子归了她,这几年她开了个服装店,生意兴隆,也算县城的富裕阶层。

房子在顶层五楼。凌燕在前边腾腾地领着向上爬,宋书恩在后边紧紧地跟着。到了屋里,两个人都气喘吁吁。

"你坐吧。小白,一边去,别在这儿烦人。"凌燕指指客厅的沙发,把一只白色的京巴狗抱起来关到一个房间,回来给他倒上水。

宋书恩看着她,这个把他前途毁掉的女人。他对她,说不上来是什么感情。恨?怎么能不恨呢!她就那么一声尖叫,让他转瞬间陷入了危险与恐慌。再仔细想想,那是恨吗?这么多年她始终赖在自己的意识里挥之不去,不仅仅是因为恨。很多时候,他在回味她,在向往她、渴望她。

如果不是她约他,也许他会跑到洹滨跟云丽霞待两天,他们火一样的激情刚刚燃烧起来,谁会不迷恋?可他一想到要见凌燕,内心就禁不住地潮涌。他得承认,凌燕一直在他的心里藏着,而且不可遏止地喜欢她。

对她相约的地方,他也充满了期待。房间收拾得干净整齐,两个关着门的房间，肯定有一个属于她的温馨卧室。里边会是什么主色调？粉色？玉白色？红色？也许是白色？卧室里会挂他们的结婚照吗？应该不会，都离婚了，挂在那里多别扭啊……

"书恩，都说是我毁了你。我这心里，都快被这说法压疯了。我不该叫喊，更不该跟老师那样说，我给你道歉，我向你忏悔，你能原谅我吗？你原谅了我，我就解脱了。书恩，你必须接受我的道歉，一定要原谅我……"

"这事我早就忘了，你放心吧。再说我从来就没有怨过你，你不用道歉。"他看着她，"我现在混得还算不错，你心里可以平衡了吧？"

她的眼睛里透出一丝喜悦，低着头说："俺知道，你都当记者了，了不起。"

"凌燕，别再想那事了，说到底我该有那场劫。没有这场劫，说不定我还到不了这一步呢，没啥遗憾的。我还得感谢你呢。"

宋书恩说着站了起来，他在客厅里一边走动，一边四下观看。凌燕也站了起来，她已经平静下来。就这么简单，压在她心里的那块石头，几句话就被移除了。听他说谢她，她不好意思地笑笑，摇了摇头。

接下来，宋书恩不知道说什么了，凌燕也不知道说什么了，两个人陷入了沉默。宋书恩看着眼前的凌燕，想起她当年作为校花时的高傲气质和风情，回忆起她柔软的身体、芳香的长发，感觉是那么美好。

宋书恩这小子真不简单，在学校学习好，考不上大学还能混个记者，运气真好。凌燕这样想着，偷偷地打量他。她感觉，他比那会儿多了份高贵与洒脱。

沉默了好大一会儿，宋书恩说："我走吧，以后知道电话了，多联系。"

凌燕急急地说："你不能走，我还有话没说完呢。"

她从容地走到他面前，几乎是身贴身了，她用双臂环绕着他的脖子，眼睛定定地注视着他，柔情地说："书恩，那天晚上说了谎之后，我心里曾经有个念头，如果哪一天有缘分见你，一定把自己给你。为了我，你经受了那么大的挫折。今天有缘见面，我愿意给你。"

宋书恩站在那里没躲闪，也没迎合，他冷冷地问："是为了补偿吗？"

第二十一章 重返母校

她赶紧摇摇头，小心翼翼地说："你心里应该知道，我喜欢你。要不那天也不会发生那样的事。"

宋书恩回想起那个初夏的夜晚，凌燕的眼光充满了妩媚与温润，他被那眼神迷住。以前，他想不通她为什么会拽住他不让走，不知道她究竟想干什么。现在他突然明白，她就是一个狐狸精，是一个怀春的女孩儿，渴望得到男生的温情。而他，是全校闻名的好学生，她对他有着偶像般的仰慕。

这样想着，他二话没说，弯腰把左臂伸出来放在她的腿弯处，把右手搭在她肩膀上，他左手一用力，她就向后倒去，整个人被他的两只手架在空中，她的双手扣住了他的脖子。他抱着她，走向她关狗的那个房间。

"这间是卧室吧？"

她点点头，伸手推开门。小白静静地卧在床边，好奇地看着它的主人被一个男人抱着放在床上。

他疯狂的时候，感觉身下娇喘着的凌燕那迷离的眼神，更像那只白狐。

宋书恩没有想到，他回了一次母校，无意中竟一下子解决了三件事。

第一件事是焦楚扬的编制问题。他把装着各项表格的档案袋给了贾老师，贾老师亲自找县长签了字，下边是一路绿灯，很快就办完。焦楚扬摇身一变就成了乡计生办的正式职工。当然，焦楚扬也没少做工作，没少花钱。光贾老师，他就给了五千。人事局、工资改革办公室、乡政府等部门，都得把香烧到。哪一路香烧不到，大神小神都会挡你的道，把事情给你放那儿。焦楚扬这些年知道了一些内情，很痛快地出手，该请客请客，该送东西送东西，该送钱送钱，事情办起来特别顺利。办成的当天，焦楚扬在电话里跟宋书恩说了很多好话，连"这辈子都不会忘你的大恩大德"都出来了。他太激动了，滔滔不绝地说着，电话里讲了近一个小时。而平时，他是万万舍不得用家里电话打长途的。

第二件事是马平川的调动问题。宋书恩给教育局局长打了个电话，局长让马平川去找他。马平川在焦楚扬的指点下，也按照请客、送礼、送红包等程序活动，水到渠成，没几天就拿到了调令，去了邻近县城的城关高中。

尤其让宋书恩激动的，是二哥宋书仲的婚事有了眉目。这件事是凌燕的功劳。那天上午，他们的身体合二为一之后，两个人在以淡定的浅蓝色为主调的卧室里，依偎着躺在床上说话。他向她诉说自己这些年的经历，说到他下了火车身无分文饥肠辘辘的时候，凌燕泣不成声。她抱着他，哭着说："都是我的错……"

看她为自己那么伤心，宋书恩有些感动。她是如此善良，如此富有同情心，如此心疼他、牵挂他。接下来再讲过去，他就尽量挑些轻松的事情，比如看菜园、教书、进工厂。她听着，还是动不动就流眼泪。听他讲完自己的故事，她动情地说："书恩，你真中，真中，也真不容易，真不容易。不上大学，让你受了多少苦啊。"

说着说着就说到了他的家庭。大哥病故，大嫂改嫁，二哥寻不来媳妇，不知不觉他就把这些事情倾诉给她。她当时没吭声，只是跟着他牵肠挂肚。等他回到省城没几天，凌燕给他打电话，说她有个表妹因为丈夫进城打工另有新欢离婚，特别想找一个老实本分的男人，感觉宋书仲特别合适。在凌燕的撺掇下，见面、订婚，宋书仲的婚事终于解决，把婚期定在了国庆。

为了这件事，宋书恩专程回柳青县见了一次凌燕。他对她说："小燕，真的得谢谢你。我二哥多年的老大难问题总算解决了。"

宋书恩按当地答谢媒人的规矩，要给她买一条裤子和一双鞋。凌燕欣然接受，她说："只要你买的，啥我都要。"

第二十二章　情惑

无论如何，宋书恩都没有想到，自己竟然在三天内一下子与两个女人发展到了床上。他在心里骂自己：宋书恩你简直就是一条发情的公狗，逮着漂亮女人就上床。

云丽霞吧，是自己的初恋情人，留存在记忆中的那份美好，很容易被激活。即使这样，他们身体的亲密，是经历了近两年的若即若离，在酒后的兴奋中才得以实现。而与凌燕发展的神速，简直令人难以置信。她曾经给他带来那么大的灾难，而且在学校他们几乎没有交往过。一见面就走上床笫，还那么默契，那么疯狂，好像是久别的情人见了面，连过渡都没有。更令他惊奇的，是事后他对她的那种熟悉和亲近的感觉，远远超过了云丽霞。

校庆活动分别后，云丽霞几乎每天都会给宋书恩打电话，思念、牵挂、渴望，占用了她相当多的时间，她像热恋中的少女，充满了幸福与躁动。没坚持到两周，她就在晚上开车来省城看他。这一次，他们没有坐在客厅喝咖啡，也没有到外边吃饭，而是买了东西在家里吃，吃过就躲到卧室里黏在一起，比新婚的小青年都狂热。

凌燕因为进货来省城很频繁，原来她是当天来当天回，现在有了宋书恩，她就头天下午到省城，在省城住一宿，第二天再回去。宋书恩没有把凌燕领回家里，而是去外边住宾馆。家里的那张床，本来应该归吴金玲独有，现在沾染了另一个女人的体味，加上郭珂那就是三个女人。他当然不是个淫棍，在一张床上与其他女人交合,他做不到心安理得。凌燕善解人意,他说去家里不方便就不去,也不多问。

宋书恩在享受性爱带来的愉悦的同时,也饱尝了内心纠结的煎熬。他不能不想家,也不会不想家。有了小别似新婚的感觉,金玲对他越来越好,他怎能不想念老婆?对孩子的想念也时时折磨着他。想起孩子,他为自己的行为脸热心跳。

当然,最初他曾经是得意的。云丽霞、凌燕走进他的生活,那是自己的魅力所在。十几年风风雨雨、坎坎坷坷,从落魄中走到现在,真是想都不敢想。丰富的经历、成熟的气质、成功的结果,让他自我感觉特别良好。女人,尤其是女人,对男人的倾慕,绝不会是无缘无故的。云丽霞曾经跟他有过蒙眬的爱情,但在经历了那场对他们初恋毁灭性的打击之后,如果他今天是个农民,穿着打扮不像回事不说,单单身上那种小农气质,她能会接受?别说上床,恐怕一起吃顿饭她都得捏着鼻子。而现在,她在他面前表现得那么温情,那么谦逊,那么不计前嫌,一切看上去都那么完美。

凌燕,这个曾经亲口说他耍流氓的风流校花,现在却对他反复忏悔,承认自己的过失,可怜兮兮的样子着实令人感动。宋书恩当然不会尖刻到认为她在矫情,那肯定大部分是真实的。但她慷慨献身的举动,也不能说不是对他的一种补偿——她尽管不承认,宋书恩也不愿意如此认为,但他清醒的时候还是止不住这样想。而这种补偿,是不是可以看作她对一个成功男人的讨好呢?对,就是讨好。宋书恩非常确定自己的判断,而且感觉这样想非常合乎情理——哪个女人愿意把自己献给一个碌碌无为且窝囊的男人呢?

想归想,做归做。宋书恩心里排斥着婚外情,却沉陷在这迷离的诱惑中不能自拔。不管是云丽霞还是凌燕,只要来省城,他都会推掉所有的事情去陪她们。事后,他总会内疚地想,怎么就不能找个理由推开呢?为什么如此沉沦,抵不住她们的温情呢?

自责困扰他的时候,他也会自我安慰,反正房子快整好了,等老婆孩子都搬过来,就毫不犹豫地斩断与她们的关系,开始过平静的生活。家庭,是男人事业赖以发展的后盾,坚决不能出问题。

第二十二章 情惑

这天,下午下班前终于把手头的所有工作干完,宋书恩松了口气,心想,今天终于有个悠闲的晚上了。下了班到菜市场买了点儿青菜和馒头,回到家,他一边坐锅开水,一边择菜。熬点玉米粥,炒个长豆角,家常饭多好啊。吃完饭看点儿书,有心情了再写点儿东西。做记者这么长时间,因为忙于工作,文学再一次成为镜里的烧饼,看得见却摸不着。他与老四,也只见过两次面。他向老四诉说自己对文学的痴迷的时候,老四给了他很大的鼓励,说他年轻、基础好、阅历广,肯定能写出好作品。可这么长时间过去了,他除了写了两个半拉子短篇小说,连一篇像样的散文都没写出来。

忙是个充分的理由。当然也有不忙的时候,而在不忙的时候,乃至他翻开书本想要读书或是铺开稿纸准备写东西的时候,脑海里想的却是另一些事情。比如:今天林总见了他好像不高兴,为什么呢?于是开始用劲回想自己做没做错事情。这次的采访中自己说的一些话是不是合适?自己的做法是不是有点儿愤青?等等。想着这些事情,不知不觉几个小时就过去了,一页书也没读进去,一个字也没写出来。他曾想,自己是江郎才尽了,还是与文学陌生到不能融合的地步?难道,自己心中的文学梦,就这么遥不可及?

今天得把一个半拉子小说写完,不能再拖了。宋书恩一边打算,一边在想着小说的情节。

刚把玉米糁搅到锅里,吴金春的电话就打过来,他在省城,要他一起吃晚饭。宋书恩只好把火关掉,把思绪打住,出门去见大舅哥。

在中北饭店的贵宾餐厅雅间里,宋书恩见到了吴金春。他情绪看起来很低落,除了司机只有他们俩。宋书恩有点儿奇怪。

"大哥,你自己啊?我以为还有其他人呢。"

"我有事跟你商量。"吴金春示意他坐在身边,"厂里情况越来越糟糕,我有点儿撑不住了。"

吴金春说着看了一眼司机,司机知趣地离开了,服务员也知趣地退出去。

"书恩，我想不到啊，咱家最大的客户说垮就垮了，三四千万打了水漂儿。"吴金春叹了口气，"当初你跟我说过，这两个酒厂欠账太多，得控制一下，我说没事，谁知道他们这么快能破产啊。"

宋书恩马上明白过来，他当初担心的欠账问题爆发了。一个年产值不足一个亿的企业，不可能经受得起外欠四五千万元的压力，而且债务还非常集中，百分之八十以上的债务都在三四个大厂。这几家大厂有一家出事，造成的损失就可能让企业元气大伤，甚至一败涂地。

"进入破产程序了吗？"宋书恩问。

"是啊，法院的通知。"吴金春拍了一下桌子，"别说现金，连东西都给不了多少。"

两个人沉默了一会儿，宋书恩安慰道："哥，你也别急，这又不是你决策失误，也是当前的大气候造成的，企业三角债又不是光咱厂。"

吴金春摇摇头，说："你清楚，这几年企业发展过快，财务报表上看着赚钱，其实全都是靠银行贷款运转，管理跟不上，今年光质量问题报废的成品就有三百多万，赚的钱又欠着，真走不动了。"

吴金春眼里竟然充满了泪水。十几年来宋书恩从来没有见过他流眼泪。

吴金春吸了一下鼻子，说："兄弟，我得想好退路啊。"

宋书恩点点头，说："舍得离开吗？"

吴金春没表态："就是来跟你商量的。"

宋书恩思索了一会儿，说："离开对你来说也许有点儿残酷，毕竟这个厂是在你手里一步一步发展起来的。但我认为，离开，对你是最好的选择。"

宋书恩帮助吴金春做了分析，他是副科级，又是县里的名人，活动一下，调到哪个乡镇或局委，做个副职应该不是问题。厂里接班人当然得选好。跟镇党委书记说一下，把几个跟他一起打江山的副厂长中关系最铁、能力最强的人推上去，也不会有啥阻力。最关键的是，他还在政界混，企业有点啥事他仍然可以罩着点儿。

"兄弟，我听你的，就这么定了。"吴金春想想也是这个道理，又拍了一下桌

第二十二章　情惑

子,"我明天回去就去找县委书记,得抓紧办妥。金玲不是马上要跟你来省城吗？厂里也别干了,她有会计证,来这儿找个工作也不难。"

九点多,宋书恩准备陪吴金春住在宾馆,传呼响了,是云丽霞:"手机怎么关了？我已进市,在家等我！"

宋书恩对吴金春谎称报社领导有急事找他,匆匆离开。一边走心里一边埋怨云丽霞,这才见过面几天啊？又跑过来了,这女人真是瘾太大了。

八月底,新房整好。开发商交的是简装房,地板砖一铺就可以入住。宋书恩给吴金玲打电话,让她有时间来一趟,选选家具,装装空调。

吴金春的事情已经有了结果,被调到城区的沙源镇任党委副书记,他很满意。还有令人想不到的,吴金玲的问题也得到彻底解决。吴金春到了镇里,跟党委秘书闲聊,说到吴金玲这么多年跟着自己干,没有考虑那么多,到现在还是农民身份。党委秘书帮他参谋:先找公安局办个非农户口,再到劳动局办个招工手续,然后找找县长,跟哪个乡镇书记打个招呼,调到一个行政事业单位,就可以拿财政工资了。凭着吴金春的关系,这根本没一点儿难度。

吴金玲的工作在一周之内解决,她成了城关镇企业办的一名正式职工。吴金春说,以前光想着干企业,谁想过这事啊？

宋书恩也突然意识到,自己可以帮助焦楚扬、马平川在老家办事,怎么就没想到自己老婆的事情？真是,局中人迷啊。好在,大舅哥想到了自己的妹妹,最终有了圆满的结局。

接到宋书恩的电话,吴金玲刚到企业办上班没几天,马上请假不好开口。加上镇里正在催缴两类八项等提留款,机关人员几乎全部包村到户,每天得下乡,连星期天都不过。等过了这一段再去,反正不急。

宋书恩两个月没回家了,吴金玲在电话里表示了自己的饥渴。平时工作忙,周末又要陪领导活动,加上有云丽霞和凌燕消解他的身体,不回家他也能坚持住。吴金玲却有点儿受不了,如狼似虎的年龄,加上大哥与自己的事情都很顺利,她的心情特别好,非常需要丈夫的雨露滋润。

宋书恩满口答应,说:"老婆,我也可想你,这个星期天我看能不能给领导说说,回去一趟。"

宋书恩对老婆承诺过之后,一忙却忘了。到了周一一上班,就接到云丽霞的电话,说晚上来省城看他。宋书恩连续打了两个通宵的牌,腰酸腿疼的,但对云丽霞的造访还是充满了期待。房子已经弄好,一旦搬进去,无论老婆是否能搬来,孩子到省城上学是肯定的。到那时候,他要照顾孩子,跟云丽霞就得断了。即使不断,也绝不能像现在这样见面如此频繁,最多趁出差见个面。

凌燕中间来过一次,他因为有事谎称出差没见她。凌燕很乖,很好说。云丽霞就不一样了,她只要说见他,他无论怎么推辞,她都不会放弃,最终她总是胜利者。她对他越来越深的依赖和思念,让他有了很大的压力。这样下去,什么时候是个头呢?真是太累了。宋书恩这样想着,脑海里冒出一句话——上贼船容易,下贼船难啊。

傍晚,炎热仍然笼罩着城市,宋书恩在小区门口接到了云丽霞。她像一棵干渴的小树,期待着宋书恩的甘霖。下了车直奔家里,进了屋就直奔主题。当她在宋书恩的努力下得到满足之后,才变得沉静而稳定。

只有几个月,云丽霞就减肥成功,现在体重已经在一百一十斤以下,小肚子下去了,肩膀上的赘肉也几乎消失了。爱情的力量真是无穷的,宋书恩在第一次"开垦"她的身体时候随口说了一句她有点儿胖,她就悄悄地付诸行动了。

吃过晚饭,宋书恩带着云丽霞去散步,在公园里坐到很晚才回家。为了不受打扰,他把手机和传呼都关掉。他们相互依偎着,悠闲地走在霓虹灯闪烁的大街上,犹如一对恩爱的夫妻。他们窃窃私语,诉说着情话,一点儿都不比热恋中的姑娘小伙儿逊色。

云丽霞屡屡地问他:"书恩,你会离婚吗?"

她清楚地记得,在重逢的第一次饭局上,宋书恩说过"回头我马上独身,与云丽霞小姐牵手相伴"。宋书恩是酒后胡说,只是一句玩笑话,早就忘了。云丽霞却

第二十二章　情惑

很当真，她离婚放单，能与宋书恩梅开二度，是再完美不过的姻缘，她做梦都是嫁给他的情景。

云丽霞的追问，宋书恩不能正面回答，当然也不能避而不答，更不能明确拒绝，他只能含糊地说："丽霞，这事还真不好说，有孩子呢。"

说起这个话题，两个人就会沉默一阵子，云丽霞的情绪也会低沉下来。但她很快会振作起来。她内心认为，只要自己有耐心，这样发展下去，一定会有那一天。她从来没有想过，拿宋书恩的性格，他根本就不会舍弃自己的家庭。

今天，云丽霞没有提那个话题，两人一直都很愉快。直到临近午夜，他们才回到家里。

当他们冲完澡准备上床复习亲热的时候，突然响起了拍门的声音。

"书恩，书恩，开门，是我。"

宋书恩惊呆了。她怎么这时候会来？他怔怔地站在那里，傻了一般。

"书恩，快开门，不是还没睡吗？"吴金玲的声音再次响起。

宋书恩惊慌失措，他让云丽霞躲在门后，颤抖着对她说："是我老婆，她一进来，我把她拉到屋里，你马上出去，注意，动静尽量要小。"

云丽霞也被吓住了，她站在门后灯光照不到的地方，腿竟有些发抖。

宋书恩一边答应着，一边开门。吴金玲一进门，他就把她抱住，说："老婆你真让我惊喜。"

他抱住老婆退回到卧室。惊慌中，他听到了不易觉察的门被拉开又被关上的声音。好险啊！他心里的石头落了地，云丽霞成功逃走——逃走这个词，让他对云丽霞有了一种负罪感。

次日早晨，宋书恩还在睡梦中，就被吴金玲的怒喝惊醒。她从现场看出了端倪，这屋里刚刚来过女人。

宋书恩睁开眼睛，看到从垃圾篓里倒出来的用过的安全套和卫生纸，脸上出现了特别复杂的神情，心里叫了一声：要命！怎么能犯如此低级的错误，连现场都没有清理。

"宋书恩,你说,这是啥?"

宋书恩突然有了灵感,眯着眼睛问:"啥呀?"

"你睁大眼睛仔细看!啥呀,你的作案工具。"

他揉揉眼,装作刚看清的样子,说:"唉,我当啥呢,避孕套啊,这个家伙!我昨天陪领导打牌了,他说家里有客在我儿这住一回,谁知道他还领个小妮过来啊。你等着,我打电话让他过来说清。这种人,今后说啥也不能让他住了。"

宋书恩煞有介事地拿起手机,拨了号,对着手机一阵训斥:"高上,你干的好事,带着小妮来我这儿,还不知道打扫战场,快来跟你嫂子说清楚,要不我得为你背黑锅了。"

宋书恩根本就没有打通电话,就是装样子说给吴金玲听。吴金玲看他认真的样子,信以为真,扑哧就笑了。

"别让他来了,不嫌丢人现眼啊。"

对高上吴金玲很熟悉,宋书恩把这事安到他头上,她也不好意思再让他来对质。不是自己的男人,她才不会关心高上花不花呢。

应付过这一关,宋书恩到了办公室就给高上打电话,交代了实情(只说是情人,没说是云丽霞),让高上帮他打掩护,万一金玲问起来就替他顶一下缸,认下这事。

高上开始笑得一塌糊涂,有点幸灾乐祸,后来又发了一通牢骚,为自己蒙冤叫苦。

"怎么不把你们摁到床上!靠,这事还得叫我给你顶缸,你偷人我替你背黑锅,真冤,下不为例啊。"

宋书恩叫苦道:"下不为例?哪还会有下一次啊,这一次都把我吓破胆了。"

这些天吴金玲实在忍不住了,她所包的村提前完成了任务,她就把女儿交给嫂子,坐火车跑来。来之前她本来想给他打个电话,却多了个心眼儿,搞了个突然袭击,想侦察一下宋书恩有没有不良行为。

第二十二章 情惑

也是宋书恩不该败露。到了小区，吴金玲只顾激动，却忘了自己侦察的目的，上了楼就拍门，没有发现他的私密行径。倘若她在窗外偷偷地听一会儿，不气炸肺才怪呢。

有了这次教训，宋书恩开始收敛。云丽霞那天也想到了逃走这个词。她连夜开着车回去的时候，眼泪流了一路。她亲眼看见他抱着他老婆那么亲热——哪怕是装模作样，她心里也充满了醋意。

接下来的几天里，云丽霞都蔫蔫儿的，提不起劲。她突然发现，宋书恩对他老婆是非常在乎的，他太怕败露了。他那夜的表现真令她失望。当时，她还想，这下败露是无疑了。而他们隐情的败露，对她来说也许是一件好事，这件事足以瓦解他的婚姻。他的婚姻瓦解了，她嫁给他那就是水到渠成了。

可接下来发生的事情却那么让人不可思议。他竟然会那样处理，而自己又那样听话。为什么自己不大胆地站出来去面对，与他老婆进行公平竞争？她一这样想，就对自己有了一丝嘲笑。说到底，自己是心虚。不光宋书恩认为他们是在偷情，潜意识里她也认为自己是在偷。因为是偷，所以拿不到桌面上，所以自己心虚理亏。

云丽霞心灰意冷的时候，感觉自己很可怜。她当然不是恨宋书恩，而是那种爬到高处被摔下来的上当感。是自己上了宋书恩的当吗？他是在骗自己吗？显然不是。思来想去，她终于明白，是自己上了自己的当。

只有不理他。云丽霞暗暗做了这样的决定。

纠缠在一起的时候，想得更多的是分手，真正分开了，却又禁不住地牵挂。无论是宋书恩，还是云丽霞，都处于这种矛盾之中。一眨眼，一个多月过去了，他们谁也没跟谁联系。很多时候，特别是夜深人静的时候，宋书恩非常想给她打电话，但总是拿着手机在那儿犹豫不决。这是分手的最佳时机，如果再次陷入，不知道会发生什么样的事情才能了断。但思念又是销魂蚀骨的，让人心神不宁。他在两难中进退维谷，最终，理智战胜了感情。

吴金玲的那次发现，虽然宋书恩解释得好像滴水不漏，但她心里还是有些疑虑。那天夜里，她一进屋就被宋书恩抱住，当时感动得心潮澎湃，事后想起，感觉有点儿奇怪。他的表现一向很收敛，很少有忘乎所以的时候。当然，也不排除因为分开时间长，他在饥渴状态下的特殊反应。男人嘛，总会有按捺不住的时候。还有，她隐隐的感觉里，房间里似乎飘荡着一种说不出来的让她不安的气息。她清楚，那是另外一个女人的气息。尽管，她把握不准。

吴金玲回去，就对大哥大嫂说了自己的担心。大哥大嫂一阵劝慰，说书恩是个稳妥的人，不会犯那种错误。吴金玲心里舒服了很多，她很快做出一个决定：不再拖延，马上迁居省城，哪怕刚跑好的工作不要。

吴金春也赞成妹妹的决定。至于她的工作，凭着吴金春的影响力，跟城关镇打个招呼，带薪请假不在话下。

搬到新家，宋书恩兴奋中也添了一份宁静，他渐渐地从与云丽霞的纠结中跳出来。他们的分手平淡得如白开水，他不给她打电话，她也不给他打电话。她当然不是不思念、不痛苦、不煎熬，她认为他应该主动安慰她，跟她说对不起。但一天一天过去了，他就那么保持着沉默。到最后，她甚至开始恼火，在心里无数次地骂他：宋书恩你真薄情寡义啊，真不是个男人，到这时候，连句话都没有……见鬼去吧宋书恩，老娘离了你还不过了！

宋书恩虽然还会时不时想起云丽霞，但她对他的家庭几乎不会有啥影响了。而凌燕，这个善解人意的女人就更好对付了。她从来没有奢望过能与他长相厮守。在没有男人的生活和生意的忙碌中，宋书恩就是她的甘露，给她带来了前所未有的滋润。当他提出来今后要少见面的时候，她没有感到惊讶，也没有感到伤心。她说，这辈子，能有你，在寂寞的时候能够想你，我就满足了。

她的话让宋书恩心里酸酸的。相好了一场，自己为了维护家庭做出这样的选择天经地义。但是，由此给她带来伤害在所难免。他现在才想清楚，婚外的风景再好，最后都是要终结的。

还有一件事情让宋书恩挂心，那就是二哥的婚事。宋书仲在矿上几乎不与人交

第二十二章　情惑

往，他也适应不了集体婚礼那种形式，婚礼选在老家办。

宋书恩想着回家给二哥办婚事的时候，抽个时间跟凌燕约会一次。他们之间没有发生啥变故，一直处在温馨浪漫的美好之中，哪能说断就断呢？

宋书恩一边为自己的做法暗自得意，一边与吴金玲积极地装扮自己的新家。当各种家具、电器置办齐全的时候，宋书恩慷慨地对吴金玲说："老婆，这么快我们就在省城有了一个家，还像模像样，真不敢想啊。"

老四来给宋书恩"燎锅底"的时候，赞不绝口："书恩哪，还是你速度，我比你来省城早，到现在才刚把买房子的定金交了，住上新房估计要到后年五一。"

"我哪能跟四哥相提并论，说到底我不过是个记者，而四哥是一个伟大的作家，你的作品要流芳百世，我干的无非是一份工作。"

宋书恩的家庭生活正处在一派祥和之中，一个他猝不及防的女人突然打破了这种局面，他的家庭一下子混乱起来，连宋书仲喜庆的婚礼都受到了影响。

这个女人是郭珂。两年前郭珂流着眼泪离开中北，回去不久就嫁人成家，过起了嫁鸡随鸡嫁狗随狗的生活。当然，她的生活绝不是苦难深重，她嫁的是一个中年丧妻的副县级官员，生活除了缺乏激情之外还算正常。如果不是家里发生了突发事件，她这辈子也许都不会再联系他了。

当郭珂身怀六甲，越来越离母亲这个身份靠近的时候，她的丈夫在外出考察中遭遇车祸身亡。这个打击一下子就让她蒙了，她在恍恍惚惚中处理完丈夫的后事，在家里挺着大肚子欲哭无泪。

这时候，她想起了宋书恩。她无力地歪坐在沙发上，拿起电话，拨通了宋书恩的手机。电话里传来长长的嘟嘟音，她渴望着话筒里给她带来温暖与安慰。

正是吃晚饭的时间，宋书恩偏偏在家吃饭。当手机在他口袋里响起的时候，他没有一丝一毫的犹豫，掏出来就接。

一句撕心裂肺的"书恩，我老公死了"之后，手机里响起了抽抽搭搭的哭泣声。那撕心裂肺的叫喊声和抽抽搭搭的哭泣声，吴金玲听得清清楚楚。她立刻晴转阴天，愤怒地盯着专注接听手机的宋书恩。

那哭泣声让餐厅陷入僵局。宋书恩拿着手机忘我地听着，吴金玲愤怒地瞪着他，省玉不安地看看爸爸，再看看妈妈，有点儿不知所措，好像做错了什么事。在良久的哭泣声之后，撕心裂肺的喊声再次响起："书恩，他死了，我怎么办？怎么办啊？！"

宋书恩这时候才想起吴金玲和孩子，他的眼神飘忽不定地从她们脸上掠过，然后站起来去了阳台。

郭珂的哭诉漫长而空洞，但宋书恩别无选择，他只有耐心地倾听，有机会了插一两句话抚慰她一下。这时候，他顾不上考虑其他，听她哭诉就是对她最大的安慰。

两个小时过去了，她的情绪渐渐平静下来。最后，她对他说："我盼着你来看我。"

他说："好，我会的，一定会。"

吴金玲的怒火压了两个小时，最后终于爆发。她伸手去夺他的手机，他下意识地躲了一下，问："怎么了？"

"怎么了？你说怎么了？宋书恩，一个女人哭哭啼啼跟你说了两小时，你说怎么了？"她左手叉着腰，右手一会儿指着他，一会儿捋一下头发，"宋书恩，你来省城这两年多，我真不知道你都做了多少不要脸的事情。"

宋书恩伸手把手机递过去，眼里闪过一丝怒火，马上又恢复平静。

"金玲，你能不能不胡乱猜疑我？丈夫出车祸死了，叫你你哭不哭？"宋书恩心里有愧，把话说得尽量平心静气，"东北一个文友，在北京开会认识的。你说，这么遥远，我们能有什么？"

"跟你没啥？那她为啥给你哭诉？哪个女人会对一个无关紧要的男人哭诉这种事？没啥，鬼都不信。"

"金玲，人家都这样了，别再说了好吧？"

吴金玲突然转身去了卧室，把宋书恩自己晾在客厅。一会儿，卧室里传来吴金玲嘤嘤的哭声。

宋书恩身子陷在布艺沙发中，显得特别颓丧。

第二十三章　温水煮青蛙

郭珂电话事件让吴金玲在宋书仲的婚礼中有点儿消极。当然，这种消极只有宋书恩能看出来。这件事，让宋书恩在老婆面前究竟费了多少口舌才起到一点儿作用，他已经记不清了。

这次的教训，让他心有余悸。他反复地告诫自己，一定得长点记性，坚决不能再红杏出墙了。

宋书仲的婚礼简单而热闹。大哥原来住的两间厢房做了新房，用鲜艳的花布扎顶、贴墙，配着床上大红大绿的被褥，显得特别喜庆热烈。几样简单的家具把屋子装得满满的，有点拥挤。

宋书仲兴奋得不知所措，他微笑着坐在新床上，脸上全是满足。三十四五才娶上媳妇，他想装得沉稳点都做不到。

傻改柱不会错过这样的热闹，他赶早就来了，却是一个人，不见了老七。宋书恩正疑惑，傻改柱神情黯淡地说："老七跟我过了二十多年，谁知道她还有个名字叫刘爱香，还有仨闺女一个儿。日他娘她这四个小孩儿说把他娘弄走就弄走了，我好歹也算他后爹吧？日他娘他不认我，把老子一个人扔这儿不管了。"

宋书恩突然发现，傻改柱明显苍老了，他艺术家一样的长发变得花白，脸上有了很多皱纹，肩膀也向前倾，有些弓腰驼背了。

有人问："改柱你想不想你媳妇？"

傻改柱大声说："咋不想啊，谁不想媳妇啊！过了二十多年，说走就走了，我又不知道她家在哪儿，要知道我就去找她了。日他娘说走就走了，心里闪得很……"

傻改柱说着竟哽咽起来，眼里流出浑浊的泪水。

爹告诉宋书恩，两三个月前，老七的孩子开着小卧车来接她那天，傻改柱哭得鼻涕一把泪一把的，老七也嗷嗷哭着不走。村里好几个年轻人才把傻改柱拉走，老七的四个孩子一边哭着，一边强行架着把她弄上车。老七被接走以后，傻改柱总是在深夜里狼嚎般痛哭，闹得街坊邻居都睡不安生。据说，老七，也就是刘爱香，在"文革"期间因为丈夫自杀被气疯后离家出走一直流落在外，孩子们找了她二十多年。

爹说："别看他傻，还怪有情有义哩。"

按照农村的风俗，新媳妇的表姐凌燕根本就没有参加婚礼的资格。因为电话事件的后遗症，宋书恩完全没了与凌燕约会的心情和胆量。他只能在心里偷偷地想想凌燕，再不敢轻举妄动了。

家里的情况越来越让宋书恩欣慰。宋书晖夫妻俩在广州的企业干得有声有色。几年拼打，宋书晖从车间工人干到总公司的人劳部经理，负责到各地招工；他媳妇也从超市调到公司机关，成了一名会计。他们趁着十一长假风光地回家参加二哥的婚礼。

宋书恩跟宋书晖交谈的时候，感觉到他变得成熟而有主见。记忆中还尖声尖气的毛孩子，忽而就成了独当一面的男子汉。宋书晖说，自己当年赌气放弃复读离家出走真是神使鬼差，现在吃后悔药也晚了。

"看来咱家真是不该出大学生。"宋书晖自嘲地说。

宋书恩在他头上摸了一下，说："别老拿我说事。"

焦楚扬、马平川、邢梁都来贺喜了。邢梁已经确定转业，刚刚回到家等待安排工作。他在部队一待就是十五年，年纪轻轻就提了正营，眼看着前途一片光明，却因为他跟的首长突然出事而不得不选择离开。

几个同学再次相聚在一起，不知不觉，他们的关系结构又发生了变化。宋书恩

第二十三章　温水煮青蛙

再次回到一号的位置，心里有些自满。二号位置应该是邢梁，正营级，分到地方虽然不会安排职务，但总算是干部，进党政机关肯定没问题。焦楚扬与马平川难分高下，按说马平川是干部身份，比焦楚扬这个刚转正的职工要好一些，但焦楚扬所处的乡计生办，位置似乎比教师更优越一些，在办准生证、收超生费方面有点小权力，亲戚朋友、街坊邻居不定谁会找他帮忙呢。

宋书恩突然感到，他们对自己开始客气起来。他有点儿小别扭，尽量把姿态放得低一些，但无论他怎么努力，他们对他都不像以前那样随意了。

在高上的引领下，宋书恩彻底进入林总的生活圈。这是他始料未及的，也是身不由己的。当他几乎天天身陷林总安排的应酬之中的时候，内心里有些迷茫，他感慨地想，原来领导也可以这么当。

林总是个很会用人的领导。当晚报创办初期的拼打忙碌过后，一切进入正常运转，他就开始从繁忙的创业激情中抽出身来，把主要工作交给两个副总，自己很省心。除了一两个月召开一次全体会议之外，他把主要心思都放在大的发展思路上。这样，林总就有了大量的业余时间。闲暇之时，林总有两大爱好：一是钓鱼，二是打麻将。

林总喜欢打麻将，以前在日报社是出了名的，一有时间就会召集朋友、同事拉起牌场，打得昏天地暗。他的牌技不错，很少输。后来到晚报扛起帅旗，为办好报纸，天天带领大家拼打，与大家一起讨论选题，策划运筹，基本戒了麻将。艰苦创业阶段一过，他便东山再起，重拾打牌嗜好，而且又喜欢上了钓鱼。

钓鱼与打麻将应该是截然不同的消遣方式。钓鱼是修身养性，讲究一个心静；打麻将则功利性很强，充满了欲望，计较输赢。林总同时喜欢这两种几乎是矛盾的娱乐方式，也很耐人寻味。

因为有高上，宋书恩很容易就进入了林总的私密生活。无论洗澡、打牌、钓鱼，约宋书恩成为林总的习惯。

第一次陪林总去钓鱼，是夏初的一个周六。林总先约了高上，让高上通知他。

等到打的去了鱼塘,发现还有常鸣。他已经从采编中心主任升任编委,与厉总及另外两名编委轮流值班负责报纸总审签了。

见了面,林总对宋书恩说:"书恩也是主任了,不能像以前那么拼打了,现在特稿部轻松多了,星期天也得抽时间放松放松。"

宋书恩说:"我听林总的。"

林总摇摇头,说:"别那么拘谨嘛,大家都是弟兄,没事了一起出来活动活动。"

林总又把目光投向高上,半认真半玩笑说:"你看人家高上,那业余生活真叫潇洒,钓鱼、打牌、洗澡、按摩,多美啊。"

高上马上回道:"看林总说的,跟学兄比我那只能算低级趣味。哪像林总,经常出入高尔夫球场、保龄球馆、健身房,你那才叫品质。"

林总笑道:"说真话,我还真不喜欢高尔夫、保龄球,偶然去一下也是装装高雅,我更喜欢打麻将,其次是钓鱼。"

夏初的气温已经热得像模像样,上午十点的阳光炽热难耐。林总与高上各执一竿并排坐在一棵垂柳树下垂钓,宋书恩与常鸣各执一竿在鱼塘一角陪钓。常鸣说他不光不喜欢钓鱼,技艺也特别差,从开始陪林总钓鱼有十多次了,从来没有钓到过一条鱼,很多时候都是坐在树荫下手握鱼竿睡大觉。宋书恩是第一次钓鱼,很新奇,所以很认真地做饵、下钩,然后耐心地等着鱼咬钩。没多大会儿,他硬是第一个钓到一条三四斤重的草鱼。

宋书恩拿起抄网准备把鱼拉上来,被林总看见,他喊道:"书恩你那样拉可不中,等我过去。"

林总说着把自己的鱼竿放下跑过来,手把手教宋书恩怎样遛鱼,把鱼遛得没劲了,才用抄网把鱼网住。高上也跑过来,说:"靠,书恩运气好啊,第一次钓鱼,还让你第一个钓住。"

林总说:"书恩稳,沉得住气,是个钓鱼的好手。常鸣性子急,钓鱼就不中。"

第二十三章 温水煮青蛙

高上说:"书恩听了吧,你们老总这是夸你呢。"

到中午,一共钓到五条鱼,林总钓了一条鲤鱼、一条鲟鱼,高上钓到一条生鱼,宋书恩钓到一条草鱼、一条鲫鱼,常鸣则稳稳地睡了一觉。

宋书恩去结账,林总不让,说他请客。带上鱼,常鸣开车,去市内有名的蓝天大酒店。路上,林总给酒店一个副总打电话,订好房间,交代有五条鱼,找个做鱼拿手的厨师,再随便安排几个素菜。

吃完饭,直接去蓝天酒店洗浴中心,要了个带麻将桌的包间,洗澡后打麻将一直到深夜。凡打麻将,都有赌注。他们赌得不大,"五一二",即推倒和,点炮五块,自摸十块,庄家翻倍。近十个小时下来,宋书恩输了近两百元,林总也输一百多,高上与常鸣是赢家。

事后,高上对宋书恩说:"打麻将你可别太仁义,本身就是玩的,能赢就赢,千万别因为他是领导就不敢赢啊。"

有了第一次,以后便没了顾忌。每到周末,他都会赴约陪林总进行休闲活动。陪林总钓鱼、打牌、打保龄球、洗澡按摩,几乎成为宋书恩业余生活的全部。他与文学当然是越来越远了,好长时间,他都不好意思跟老四联系,总感觉自己在文学上又放了空炮。

从老家回来,还在长假期间,当天晚上宋书恩就被林总召过去打牌。不知不觉中,宋书恩已经习惯了这种娱乐却又很累的生活。

宋书恩心里很清楚,能这么快成为特稿部主任,除了他的努力之外,还因为他是林总的人。其中,高上与林总的私人关系起了至关重要的作用。

宋书恩眼中的林总,以前是庄重而严肃、正派而幽默,那当然是伪装下的林总形象。进入他的私生活,看到的形象才是真实的。报社里只有很少的几个人,才能看到他的这一面。宋书恩能够成为其中的一员,也算是一种荣耀。能跟老总坐在一张牌桌上打牌,平等地享受麻将的游戏规则,或者不分高下地一起坐在鱼塘边垂钓,不是谁都有这种资格的。

这时候，老总就不是老总了，他是个与人家一样的男人。他会很自然地说粗话，说"轮船不是轮船——那叫贱（舰），水花不叫水花——那叫浪"这样的涮话，把二饼说成"奶罩"，把一条说成"小妮"。有时候还耍赖，显得小里小气的；也有时候咋咋呼呼的，像小男孩儿一样真性情和不成熟。大家也少了在办公室的拘谨，称呼虽然没变，老大的位置没变，却多了一些随便，多了一份亲密。

林总的好玩与洒脱，令人不得不佩服。他经常泡在洗浴中心、保龄球馆、棋牌室和鱼塘边，在报社出没无常，神龙见首不见尾，但管理却有条不紊，报纸越办越好。

林总说，一把手要会用人，把两个副总调动起来让他们干好，自己就可以轻松潇洒；办公室主任工作弹性大，安排好就行了；各部的主任管好自己的手下就够了。我们可以抽出时间玩，其他人不行，必须有人守摊干活。

近来林总一直在为自己的副厅级努力。为此，已经请省委组织部省直干部处的处长吃过好几次饭，每次吃完饭还要去打保龄球。

自从林总确定向副厅级迈进，大家都为他的副厅级挂心。当然大家谁也帮不上忙，只能挂心。大家都盼着他提，他提了，对大家有百益而无一害。

林总的副厅级没解决，招聘的编辑记者的工作关系也一直没解决，只能在省人才交流中心挂着。宋书恩的档案从沙源县调到省人才交流中心，说到底他还不是报社的正式人员。能够把关系正式调到报社，是宋书恩新时期的又一个心愿。

陪老总打牌钓鱼的代价，是身体的亏损。长时间坐在牌桌上打牌，加上平时的久坐和不活动，宋书恩的腰椎和颈肩因为过度劳损而酸痛难耐，他不得不去按摩诊所按摩治疗。

宋书恩固定在租房小区附近的一个阿英按摩诊所，其实应该叫按摩店。这个按摩店主要是针对相邻的一个保龄球馆开的，设施有点儿独特，除了按摩、足疗等服务，还有一个小型浴池，可以冲澡。老板是一个三十六七岁的女人，长相本分，性格温和，待人热情。女老板很有点手段，点穴按摩、拔罐走罐、刮痧放血、修脚打耳等一应俱全，而且手法独特，技艺非凡。她还带了两个男孩儿两个女孩儿，他们

第二十三章　温水煮青蛙

在女老板的教导下都认真卖力，手艺也像模像样。

林总通常在洗浴中心按摩，一般不会光顾这种中低档的按摩店。宋书恩在女老板的手下有过几次体验，感觉很好，就办了几百块钱的卡，隔三岔五就过去做做治疗。时间长了，跟女老板渐渐熟悉了，宋书恩知道她叫曹利英。

曹利英也是个命苦的女人，从小被父母送给养父母，虽然备受老人疼爱，但当她懂事知道自己的身份之后，小小年纪就有了被遗弃的伤感，变得少言寡语。从懂事起，她一直都在思考一个问题：爹娘为啥把我送给别人？思来想去，让她对亲生爹娘充满了恨。初中毕业她回到村里务农，与男孩子一样，下地干活，操持家务。后来招了个上门女婿，有了儿子，一家人和睦幸福，过着平淡而快乐的生活。再后来养父母相继去世，她跟丈夫在家开起了豆腐坊，小家庭也越来越富裕了。人有旦夕祸福，一场灾难从天而降，三十多岁的丈夫患了一种奇怪的软骨病，瘫痪在床近两年，治病欠了亲戚朋友一圈债，丈夫眼看自己痊愈无望，趁农忙喝农药撒手而去。办完丈夫的后事，她为了还债，带着儿子来省城投奔一个远房表姐，跟着表姐学按摩推拿，并很快开起了这个按摩店。

曹利英比宋书恩也大不了几岁，却非常像一个大姐。还有一点，她长得有点儿像他的姐姐宋书燕。

第一次见曹利英，宋书恩默默注视着她脸庞的时候，不觉就想起姐姐最后留给他的记忆……

那年，十四五岁的宋书燕已经出落成一个像模像样的大姑娘。还处在生产队时期，白面馒头不能敞开吃，主食还是红薯、胡萝卜等粗粮和蔬菜，但她身上一点也没有营养不良的迹象，身壮力足，丰乳肥臀，一副能干的农家姑娘样子。宋书燕初中毕业时"文革"还没有结束，上高中靠推荐而不是考试，她尽管学习成绩不错，却没有被推荐上，只好回到村里开始在生产队劳动。一年下来，她就掌握了各种农活，而且成了做家务的行家里手，照顾起弟弟们来一点儿都不比娘差。

那天下午放学，宋书恩听同学说集上放电影，回到家就缠着姐姐带他去看。在那个年代，可以说放电影是农村最盛大的文化活动（除了宣传队演样板戏、说书，几乎没有其他的文化活动），而看电影则是农民最主要的娱乐项目（与样板戏、说书相比，电影的形式既新鲜又生动），一个月或四十天才能碰到一次放电影，三里五里甚至十里八里的村放电影，大家都会跑过去看。金马村离集上有三四里，村里除了老的小的走不动，几乎全村人都去看。宋书恩让姐姐带他看电影的要求不算过分。

那时，宋书恩刚刚八岁，已经是个二年级的小学生了，也能很认真地看电影了。吃过晚饭，姐姐带着他跟二哥宋书仲高高兴兴地出发了（大哥宋书魁早就跟他的伙伴们结伙走了）。爹因为娘生病没有去——他们也很爱看电影，平时是断然不会错过这样的机会的。

天很冷，路边和地里的积雪白茫茫的。那时候，中原的雪下得很气派，下的时候铺天盖地，很快就把大地覆盖，而且是厚厚的一层。之后，还没等上一场雪化完，又一场大雪降临，如此，整个冬季里，积雪都不会消失。

书恩被书燕牵着手，因为穿着厚厚的棉衣，他像一个圆球一样骨碌骨碌地在路上滚动。姐姐的手柔软而温暖，他一点也不感觉冷，也不感觉累。二哥书仲在前边一蹦一跳地跑着，不时回过身对他说："小三儿，你走恁慢，还让姐扯着，放开姐姐的手往前跑。"

姐姐说："你不想跟俺在一块儿往前跑吧，我跟小三儿慢慢走。你个二猴儿。"

书仲因为瘦，又好动，人称二猴儿。

书仲只好放慢脚步，讨好地说："姐，你别生气啊，我是说小三儿的，让他跑快点。"

姐姐没好气地说："跑啥跑，绊倒磕住咋办？你个二猴儿。"

书恩在姐姐书燕的牵扯下走着，到了电影场身上热得出了汗，头上雾气腾腾，脚下也热乎乎的。电影还没有开映，电影机放在人海中间，靠着电影机立着一根竹竿，上边吊着一个瓦数不小的灯泡。因为他们个子矮，姐姐只好领着他们到前边离银幕很近的地方。电影开映了，是彩色片《海港》。对于书恩与书仲来说，这部电

第二十三章　温水煮青蛙

影的内容显然有些深奥，他们还有些懵懂。但他们还是专注地盯着银幕，从头看到尾。一边看，书仲对书恩说："不是打片，一点儿都不打，不好看。"

姐姐在书仲头上拍了一下，说："好好看，别吭声，就知道打片，打仗有啥好看的？"

宋书恩虽然看不懂，却一直看得很认真，他想说这片子没有《闪闪的红星》好看，姐姐一吵书仲，他就没敢说。

电影散场的时候，人流像决堤的洪水一样涌动，一直拉着姐姐手的书恩不知什么时候被挤开了，慌乱中，他抓住了不知谁的手，很快被甩开。他随着拥挤的人流身不由己地流动，嘴里喊一声姐姐，喊一声二哥，他的喊声虽然洪亮而焦急，但始终没有得到回应。当电影场上只剩下寥寥无几的人和在收拾东西的放映员的时候，宋书恩孤零零地站在大街上，连姐姐与二哥的影子都没有。他无助地站在那里，嘤嘤地哭起来。一个老太太问他："你是哪村的？别光站在这儿哭，知不知道路？"

他哭着说："我是金马村的，我知道回家的路，我把姐姐丢了。"

老太太说："那你快走吧，你姐姐丢不了，说不定在前边等你呢。"

宋书恩停止了哭，小跑着往回赶，一边走着，一边喊着："姐，宋书燕，二哥，宋书仲……"

宋书恩一边跑、一边喊，却一直不见姐姐与二哥。跑到家，见大哥二哥都回来了，却不见姐姐。他恼火地对宋书仲说："你光顾自己回来，咱姐呢？"

宋书仲说："咱姐不是跟你在一块儿吗，她还没来啊？"

宋书恩对爹说："爹，我把姐姐丢了。"

爹笑笑说："你个小屁孩儿，你自己回来就中了，你姐丢不了，一会儿就回来了，跟你哥去睡吧。"

宋书恩躺在被窝里，却睁着眼睛睡不着，他一直支棱着耳朵听院子里的动静，等着姐姐回来。过了很久，他仍然没有听到姐姐回来的动静。他对书仲说："二哥，咱姐怎么还不回来呀？"

书仲说："睡吧你，她可能都回来睡了。"

书恩说:"没来,我一直都听着哩。"

这时候,堂屋里有了动静,爹说:"这小妮咋还不来?我去找找她吧。"

娘说:"让书魁跟你去吧,你去他爷那儿骑个洋车,都恁晚了还不回来,我这眼老是跳,书燕可别有啥事。"

爹说:"能有啥事啊?我去看看,说不定跟她一茬儿的在谁家玩呢。"

爹叫着大哥出去了,书恩一会儿就睡着了。等他睁开眼,天已经亮了,他赶紧叫醒二哥起来去上学。大哥的床还空着。

宋书恩站在堂屋门前大声说:"娘,俺爹还没回来啊?"

堂屋里却没有声音,他又叫了几声娘,还不听娘答应,一看门锁着,才知道娘不知道啥时候也出去了。

书恩对书仲说:"二哥,你说咱姐能去哪儿呢?"

书仲说:"你问我我问谁呀?走上学吧,别瞎操心了。"

书恩生气地说:"咱姐丢了,咋叫瞎操心啊?咱姐对你恁好,你一点儿都不着急。"

宋书恩见到姐姐回家,已经是在半个月之后。聪明伶俐的宋书燕,回来之后成了一个傻子——在看电影的那天夜里,她被轮奸后扔在马路沟里,光着下身冻了大半夜,发现的时候已经奄奄一息,送到医院抢救了好长时间,保住了命,人却傻了。

姐姐出事的第二天,娘哭得一塌糊涂,爹也像霜打了一样整天不说话。宋书恩和两个哥哥也哭成了泪人。

一个月后,更大的悲剧再次降临——傻了的宋书燕跑出去掉到河里溺水而亡。宋书恩扑在被水浸泡得苍白而臃肿的姐姐身上,久久地哭叫着姐姐。

他清楚地记得,姐姐被装在一个小木匣子里抬走,埋在了离家很远的地里。每次他从那里经过,脑海里都会出现姐姐的笑脸。

曹利英激活了宋书恩的记忆,他把她当成了自己的姐姐,对她特别尊重,还特别体贴。他带着她的孩子玩,给孩子买玩具、买吃的,还总是趁人少的时候去,时

第二十三章　温水煮青蛙

不时地介绍朋友来照顾她的生意。她对他也投桃报李，每次他来治疗，她都会亲自动手，划卡也马马虎虎，很多时候，无论做几项服务都只按一次十元的划卡。不知不觉间，两个人的关系犹如亲姐弟般亲密了，在一起无话不谈，亲情浓浓。

今年，宋书恩又帮助曹利英解决了儿子入学的困难，不光孩子进了省实验小学，还让她省了五六千元的择校费。曹利英感激不尽，他们的关系更进了一步，开始像亲戚一样走动。

老婆孩子搬来之后，曹利英专门带着孩子去他家里做客。宋书恩告诉吴金玲她像自己的亲姐姐，一见面两人也很投缘，亲密得如同亲姐妹。新家虽然离按摩店远，宋书恩仍然经常去。吴金玲也有颈椎劳损，跟着他去的时候也做治疗。

曹利英经常说，书恩这个大记者，不嫌弃俺这个姐，跟俺来往，是俺的贵人，要不是他，小孩儿上学不知道咋作难哩，别说上重点学校，连个赖学校也不好进。

宋书恩笑笑，说："姐，你太客气了，你也是我的贵人，要不我这腰，还有颈椎，不知道得吃多少苦呢。"

曹利英说："那可不一样。你是大记者，能力大，我这么多客人有几个记者？会按摩的人就多了，我不给你按，总能找个好手给你按。"

听着曹利英的话，宋书恩一边摇头，心里却特别舒服。是啊，作为一个记者，除了按摩，他想不起来什么时候能用得着一个按摩技师。

特稿部，也算一个很特别的部门。在记者岗位上，与省会部、地市部、热线部等相比，特稿部有着特殊的地位。顾名思义，特稿部就是专门写特稿的，其中，包括很多深度的批评报道。报社内部都说，特稿部主要就是搞舆论监督的。

舆论监督，说起来也是一种权力。哪个单位、部门或个人，一旦成为被监督的对象，就得接受质疑，纠正错误，改正问题。不然就登报曝光，还要跟踪报道，让全社会都来鄙视你，让上级部门和执法部门来查处你。

当初，刚当上记者的宋书恩，热情得如同一匹吃饱喝足、精力旺盛的狼，把工作干得有声有色，不光高产，还写出了一篇篇文采飞扬的精品稿子。特别是他写批评类稿子，采访深入，事实准确，文笔犀利，一针见血，得到了单位领导、同事和圈内同行的称赞，成了中北省新闻圈里的一匹黑马。

那个时候，宋书恩真正体会到了什么叫"妙笔生花"。采访中，他思路灵活，反应敏捷，总是能发现新的东西；写稿时，他入木三分，独具匠心，妙语连珠，不但把文章写得趣味横生，还有独到的见解。

用"铁肩担道义，妙手写文章"形容宋书恩刚刚踏上记者之路的状态，一点儿也不夸张。曾经，他感觉自己就是正义，自己就是真理。他同情弱者，为弱者呐喊，向假恶丑挑战。当他拿起笔写作的时候，他甚至想到了鲁迅先生，手中的那支笔也沉重起来，真的像一把匕首了。

宋书恩曾经采访过一起恶性案件，几个基层干部指使工作人员殴打一个在朝鲜战场上立过三等功的老党员，最后导致老党员死亡。而这位老党员惹来杀身之祸的原因，竟是因为说了几句实话。据说，那位无儿无女的老党员在一间小屋里被关了四个多小时。村民们不知道他经受了什么样的摧残，当有人发现被扔在路边的他，他闭上的眼睛已经永远睁不开了。

宋书恩来到村里了解到真相以后，无比震惊，数百名悲愤的村民跪倒在他面前，他热泪盈眶，对村民们说了一句话："我用我的人格和良心保证，这件事我一定负责到底！"

为了写这篇稿子，宋书恩三下村庄，掌握了大量的证据和细节；采访中，当地有关部门几次请他吃饭，还给他送红包（那是他当上记者之后第一次遭遇红包），他都断然拒绝了。回到报社，分管副总编厉总找他，说有朋友来说情，只要不发稿子，地方上愿意给报社拿五万元赞助，他自己则可以拿到一万五千元的提成。

宋书恩冲动地说："五百万也不行，要是报社不发，我就把稿子给省外的媒体。"

厉总见他这么坚决，没有硬压，尊重他的意见把稿子发了出来，并引起了强烈反响，省领导迅速做出批示，责成有关部门进行查处，有关涉案人员被处理，

第二十三章　温水煮青蛙

村民们很满意，敲锣打鼓给报社和宋书恩送来锦旗，给他的锦旗上绣着金光闪闪的大字："人民好记者，为人民申冤。"

这件事过后，常鸣和他谈过一次话，告诉他这样做未免太书生气，有点意气用事，显得不够成熟，不光厉总不高兴，还得罪了当地有关部门，弄不好以后还会遭报复，自己也没有得到利益。最后，常鸣和他说出了另一个解决问题的办法：稿子不发，接受赞助，让当地有关部门安抚好村民，答应村民提出的条件。这样，既给了分管副总面子，又送了人情，也给村民解决了问题，而自己还可以心安理得地拿提成。

常鸣还意味深长地说："舆论监督的目的是督促解决问题，再说了，这个职业我们要做一辈子，还是多种花少栽刺吧，谁也没有生活在真空之中。"

时间长了，宋书恩发现，一些本报社和其他媒体的同行做得更露骨——拿批评稿子胁迫当事单位或个人送红包、出赞助、做广告等等，目的昭然若揭，直指采访对象的钱包，简直就是"阳谋"。

宋书恩很容易就想通了，自己在企业做的那些事情，比这有过之而无不及，只不过现在反过来了，他从原来的低位势转移到了高位势。但他还是有些不舒服，心目中曾经非常崇高的职业，竟然也有着令人不齿的黑幕。

从周五晚上到周一凌晨三点，宋书恩连续三天三夜都在洗浴中心陪林总打牌。在洗浴中心，衣服的文明便被抛到九霄云外。暖气十足的包间里，几个人全都赤身裸体，或围一条浴巾，或披一条浴巾，有的干脆浴巾也不要。

林总的情绪很坏，在日报社社长、书记调离之际，他提副厅的事情搁浅。这意味着，短期内林总的副厅级是没着落了。他不高兴的主要表现有两种，一是发了疯似的玩（打牌、唱歌、喝酒），这时候他绝不会找外单位的朋友，而是让本单位的亲信陪他——他像一个痞子一样流里流气，嘴里叼着烟，说着粗话；打牌的时候摸牌的动作老练而幽默，牌不好的时候还会拿打火机的火苗从牌上扫过，说烧烧牌旺；唱歌跳舞的时候更显得专业，标准的男中音充满了磁性，潇洒的舞姿充满了男性魅力。再就是出手不凡地花报社的钱,比如这次就花了四五十万元买了一辆子弹头商务车。他说,反正是公家的钱给公家买东西,省也是白省,老子啥都不顾了。

宋书恩的善解人意与乖巧,一直都很受林总欣赏,他任劳任怨地陪老总玩,弄得腰酸腿疼、精神萎靡也毫无怨言。他心里一直认为,林总对他有知遇之恩,他得感恩。这里边虽然有高上的功劳,但他与林总之间的感情不容置疑,那是一点一滴积累起来的,远远超越了上下级关系。

这次的失败对林总打击好像很大,他慷慨地对宋书恩说:"老弟,提拔也得有实力啊,不光要有工作实力,还得有经济实力,你也得挣钱啊。"

宋书恩笑笑没表态,他当然听出了林总的弦外之音——他这次提拔不成,可能跟钱有关。

买房子花了二十多万,宋书恩的家底一下子空了,还借了几万元的债,到彩印厂之后没有过的经济压力,再次摆在他面前。他真得考虑挣钱的问题了。

到报社的两三年时间,大家都知道宋书恩的正派与原则:从来不收红包,也不拉广告。他可以接受说情、别人收红包等一些潜规则,包括请吃饭或者送纪念品(价值太贵重他也会拒绝),但他向来不染指红包。有人找到他了,他就推给主管领导,至于中间如何运作,他不管。很多次有人给他塞红包,他都会说:"我不会收,你要是尊重我,就把红包收起来。"

开始有人以为他是在装,仍然坚持,他就会动情地说:"你是想让我收了红包失去内心的安宁吗?在我这儿,有些东西比钱更珍贵!"

林总也知道他这一点,有这样不为红包所动的同志,领导当然赞赏。而林总劝他挣钱,无疑是对他的关爱。老总的言下之意,是让他放开一点儿,活道一些。

宋书恩曾多次思考过这个问题,他信奉"君子爱财,取之有道"。曾经,贫穷让他饱受辛酸。结婚之后,他过上了富裕的生活,很长时间都好像在梦中。老婆一下子拿出好几千元帮助家里盖房子,家里还有了存折,不光一日三餐像模像样,还有可以放开吃的各种水果、零食。对于贫苦出身的他来说,包括他在何家的生活,相比起来简直就是从地狱到了天堂。

第二十三章　温水煮青蛙

离开彩印厂的时候，可以说宋书恩基本解决了金钱问题。在很短的时间内能买上房子，足以证明他的经济实力。家底空了之后，他才感觉到，自己那点儿积蓄，真是微乎其微，跟省城享受福利分房的人与大款们一比，自己是绝对的贫下中农。

夫妻俩开始节衣缩食的时候，省玉有点儿不理解，她对爸爸的选择开始怀疑，问他："爸爸，你说你放着别墅不住，跑到省城花这么多钱买个鸽子笼，图的啥呀？"

"乱讲，你爹当上记者你都不稀罕吗？你爹图的就是当记者。"

省玉又不解地问："当记者也不能越来越穷吧？"

宋书恩摇摇头，叹了口气，说："闺女啊，你这思想很危险啊，怎么叫越来越穷啊？暂时困难，暂时困难，明白吗？"

在挣钱这个问题上，宋书恩也有过多次的动摇。他想过，拉广告、赞助，可以理直气壮地拿提成；他还想过，在安全的时候，红包也不是不可以拿。但他为自己的这些想法所不齿，一直以来也就是想想，始终没有越过雷池。

宋书恩思来想去，有点儿无所适从。成为一名记者，堂堂正正做人的理想竟也这般难以实现，来自方方面面的诱惑在冲击着他的信念。

我能坚守住吗？面对林总的开导，宋书恩突然有些颓废，他发现自己已经没有底气回答这个问题了。

第二十四章　无意插柳

折腾了二十多天,林总逐渐从不快的情绪中解脱。宋书恩连续把三个双休日都奉献给亲爱的林总,三次牌局的单次绝对时长均远远超过往常。他打牌的收获,除了颈、肩、腰酸疼,外加输钱一千八百多块,一个月的工资还不够输的。

吴金玲不满,省玉也不满。吴金玲说,宋书恩你都成你们老总的秘书了,形影不离,你看这三个星期,你在家吃过几顿饭?宋省玉则埋汰他,爸爸现在都成啥人了,比纪晓岚都会溜须拍马,连陪我去逛书店的空都没有,天天围着领导转。

宋书恩对她们的话点头称是,说已经阴转晴,马上就是阳光灿烂,很快要过元旦了,一定抽出时间,多陪陪老婆孩子,争取改邪归正。

这天下午,宋书恩带着老婆去阿英按摩诊所做按摩。一个月都没去过了,他准备做完接上孩子请曹利英吃顿饭。吴金玲在家里闲不住,自己通过省印刷物资公司的熟人应聘了一个私人纸张公司的会计。公司离家不远,她只管做账,工作很轻松,月薪六百,不高也不算太低。

曹利英见他们过来,热情得手忙脚乱,叫学徒又倒茶又准备泡脚水。吴金玲拉住她说:"利英姐,泡脚就不用了,他做腰部,我做做颈部就中了。"

曹利英说:"这会儿没人,都得给我泡脚,泡完了叫他们做足疗,一会儿我给你们做按摩。"

他们推辞不了,乖乖地脱了鞋袜。吴金玲泡着脚,曹利英开始给她按颈部。按完,又给宋书恩做腰部,做完了又给他拔罐。拔过罐的印痕又紫又青,曹利英说是

第二十四章　无意插柳

受凉了。宋书恩想，肯定是在洗浴中心光着身子打牌造成的。

曹利英突然问他，《中北晚报》是不是归报业集团管。宋书恩肯定了她的说法，心里暗暗吃惊，报业集团成立才几个月，连她都知道了，看来她还很关心时事呢。

临近晚上六点做完，宋书恩让吴金玲领曹利英去饭店，自己打的去接省玉和曹利英的儿子。刚打上的，手机响了，一看号，是云丽霞。

三四个月没联系了，宋书恩已经确认跟她彻底断了。很多时候，他还会想她。与她相好的时间虽然短暂，但她给他带来的快乐令他难忘。倘若不是发生那惊险的一幕，他们也许还会继续婚外恋的游戏。是有事了？她怎么又想起来打电话了？

宋书恩猜想着云丽霞打电话的缘由，接通了电话，话筒里，传来了急切而炽热的声音："书恩，我想你，我放不下你……"

云丽霞的哭声充满了真情，他陷入无言，听着她呜呜咽咽地哭，一股怜惜之情慢慢在心底滋生，鼻子一酸，眼睛也湿了。

"别哭，丽霞，你别哭好不好？"宋书恩有点儿语无伦次，"孩子跟她妈都搬过来了，你看……"

"我不管，我就想你……我要去看你！"

云丽霞果断的声音让宋书恩无言以对，他拿着手机呆呆地听着她哭诉对他的思念和牵挂，还有几个月来的煎熬与痛苦。他做不到无动于衷，忘了自己曾经下过的决心，不时会对她的要求表示："嗯，好……"

挂了电话，他意识到自己又犯了心太软的错误。如今，自己的家庭生活平静而和睦，任何风吹草动都会影响来之不易的和谐。

不成，不能再纠缠了，不能再纠缠了！相好带来的愉悦，比起内心所受的煎熬，比起败露之后的痛苦，简直不可同日而语。

宋书恩做了这样的决定，又感觉有些于心不忍。她是那么真诚，那么可怜兮兮，那么让人怜爱，而自己怎么能狠心地置之不理？怎么能不负责任地抛开她不管？最少得安慰一下她，让她从这种情感里出来吧。

这样一想，宋书恩又感觉自己不够果断。长痛不如短痛，与其缠缠绵绵纠缠不清，不如快刀斩乱麻。她能从他们的情感中跳出来，可以再找个合适的男人结婚。对，她得再婚，她再婚了，一切问题就都迎刃而解了。

宋书恩被云丽霞的电话搅得心神不宁。见了女儿，他不得不装出轻松的样子。女儿却一眼就看穿了他，说他带着精神负担来接她，表示强烈抗议。

宋书恩叹了口气，说："闺女啊，你小孩子怎么能知道大人的烦恼呀？知足吧宝贝，就别再给你爹施加压力了。"

过了春节上班不久，报业集团办公室打电话给林总，让他通知宋书恩去董事长、党委书记谷煦阳的办公室一趟。

宋书恩一到林总办公室，感觉气氛有点儿怪怪的，垂着手站在老板台前，小心翼翼地叫了一声林总。

"宋书恩，你真中啊，看不出来，你跟谷总挂上了，了不起！"

林总的话阴阳怪气，宋书恩听出了他的不满与讥讽，可他不知道他指的是啥，他从来都没有找过谷总。除了他上任之初在全体大会上见过他一次，这么长时间看见他的机会都很少。

"林总，我没找过谷总啊，从来没找过。"

"哈哈，那就怪了，谷总怎么会找你呢？"林总一副不信任的样子，"书恩，这两年我对你不错吧？我能做到的都做到了，招聘人员中，你是提部主任最早的，还不知足啊？"

"没有啊，林总，真的，我一直都很感激您，一直很知足，从来没有过啥想法。没有您，我就进不了报社，更不会有今天。"

宋书恩委屈得眼泪都快出来了。林总看他不像在撒谎，示意他坐下。

"那就怪了，高上跟谷总熟悉吗？是不是他跟谷总打招呼了？"

"没听他说过，您知道的，他一直忙下去挂职锻炼的事，春节期间见了一面，啥都没顾上说。再说高上有啥事一直都找您，他不会找谷总。"

第二十四章　无意插柳

林总大度地说:"不管谁打招呼,老一找你都是好事,你先去看看,回来再说。"

宋书恩来到谷总办公室所在的楼层,楼道管理员拦住他问找谁,他说找谷总。又问他叫啥名字,他回答后管理员就拿起电话,对秘书说有个叫宋书恩的找谷总。电话里说了什么宋书恩听不见,管理员放下电话对他说:"让你过去,801房间。"

宋书恩说了声谢谢,朝着谷总的办公室走去。他心里有点儿忐忑,谷总找他究竟是福是祸,他没一点儿底。思来想去,他都想不通集团老总怎么会找他。

谷总刚调来,原来在一个地级市任市长。据说他本来要晋升这个市的书记,却因为官场的变化莫测被安排到现在的位置,从仕途走向来说不算重用。省委机关报的一把手尽管也不错,但跟一个地市的一把手相比,毕竟虚了不少。往常的惯例,都是日报社的一把手下地市,很少有地市一二把手来报社,尤其是年富力强的领导。报社内部的舆论分析,只有四十五六岁的谷总肯定不会安分地待在报业集团,一有机会还会重整旗鼓,下地市做个地方大员。

看起来有三十岁左右的关秘书站在走廊上,他看见宋书恩,马上迎过去,伸出右手,很热情地跟他握手。而传说这位关秘书是一向对老一以外的人很傲慢的。

关秘书面带笑容说:"宋主任,谷总等了你一会儿了。"

宋书恩有点儿诚惶诚恐,说:"关秘书,你还是叫我小宋吧,在你面前我哪敢称主任啊。"

"主任就是主任嘛,我又没叫错。"关秘书诚恳地说,"咱俩级别也一样,都是正科,你还比我大两岁,是我的老大哥啊。"

"不敢当不敢当,我一个招聘人员,哪有什么级别?你才是真正的正科。"

关秘书领着宋书恩来到谷总办公室门口,尽管门敞开着,关秘书还是敲了敲门,看见谷总抬起头,他快步走到老板台前说:"谷总,晚报的宋书恩主任来了。"

谷总把老板台上的一堆晚报往前推了推，指了指他对面的椅子，对宋书恩说："坐，坐。"

关秘书给谷总的水晶茶杯添了些水，又转身拿了一个一次性纸杯给宋书恩倒上水，然后不声不响地退出办公室。

"小宋啊，你这组写省会城市建设的报道很有深度，做到了客观公正、有理有据、分析透彻，确实为政府决策提供了切实可行的资讯。你是学城市建设的？"

谷总说着拿起桌上的报纸扬了扬。宋书恩这才看清，那是刊发他关于省会城市建设无序混乱的系列报道的几期晚报，这也是他春节上班后的第一个选题。宋书恩暗暗地高兴，来之前的担心也随之消散。谷总原来是看上了自己的文章，这是难得的好事。看来，关于谷总是个政客、不懂新闻的传言是错误的，他很懂新闻嘛，能坐下来读自己的报纸，还专门找记者谈话，实在难得。

"谢谢谷总，我是学中文的，大专、本科还都是自考的文凭。"

"文凭不重要，我看你的水平跟科班出身没啥差别。"谷总从烟盒里抽出一支烟，把烟嘴插进烟哨里，"我一来到报业集团，很多朋友都说，晚报太不负责任了，光乱批乱报，给基层党委政府添了不少麻烦。省领导很不满意，这种局面必须得改变，坚决不能再乱报乱批了。我们得清楚，晚报是党报的子报，也是党报的一部分。小宋，我想把你这组报道当作典型，让晚报记者学习一下，必须树立起责任感、使命感，做到帮忙不添乱。你抓紧写一个体会文章，不光我亲自写点评，还要组织人员写心得、体会，集中发一期简报。"

宋书恩看见谷总拿烟，马上从口袋里掏出打火机，打着火小心翼翼地递过去。谷总也不客气，点着烟深深地吸了一口，喷出一团烟雾，说："我还有个想法，小宋，准备让你挑头做一个内资杂志，也是内参性质的内资。现在日报的内参面太窄，影响也不大。再办一份面向全省县处级以上领导的内参，一些不宜公开报道，群众反映的热点、焦点问题也有了出口，内参发批评稿子也不会惹省领导生气。"

谷总的话让宋书恩震惊，真的是震惊，一点儿都不夸张。他的大脑处于一种极度的兴奋中，眼睛里流露的，几乎是火焰。一个新上任的厅级领导，在很短的时间

第二十四章 无意插柳

内去关注一个子报的特稿部主任,而且还委以重任,对他产生的强烈刺激使他一时不知道东南西北。

从谷总办公室出来,宋书恩兴冲冲地直接去了林总的办公室。林总正抽着烟在电脑上玩双升。宋书恩敲门的时候,他一边示意他进来,却旁若无人地继续玩游戏。宋书恩有点儿失态,没等林总让就坐了下来。

他兴奋地说:"林总,谷总是看上了咱那组城市建设的报道,他让我写一个采写心得。"

林总这才关了游戏。他直起身子坐好,眼睛一亮,说:"详细谈谈。"

宋书恩喜形于色地汇报了谷总的指示。他没有说内参的事情,按照谷总的授意,这件事进入正式运作之前,处于保密阶段。

宋书恩以为林总会高兴,但听到后来谷总强调的"不能乱批乱报"精神,他撂出一句粗话后,不满地说:"他这是否定晚报的舆论监督,献媚省委。"

宋书恩不知道说啥了,瞪着眼睛,期待地看着林总。

林总又说:"你只管按他说的做。官大一级压死人,咱得听啊。"

果然,伴随着围绕城市建设系列报道编发的简报,一场对晚报批评报道太多太滥和由此造成很多负面影响的整改汹涌而来。在几次关于"晚报自查自省问题"的座谈会上,林总不得不做深刻的自我批评。

一个多月的整改活动结束,宋书恩被调到《中北日报》总编室,表面上是协助主任工作,实际上是秘密筹备新的内参——《零度中北》杂志。

离开晚报,他很不情愿,这是他进入新闻职业的第一个平台,也是他培养能力、施展能力的摇篮。这里有实现理想抱负的环境,有亲密的同事,尤其是对他关照有加的林总,还有记者生涯中成长的痛与乐……但是,他不能说不,他得毫不犹豫地离开。虽然办公在一栋楼上,但从走向上来看,他是从低处走向高处。

谷总没说,但宋书恩心里比镜子都亮。到了日报社,离他的关系正式调进来就不远了。对他来说,这是又一个崭新的台阶,可以说是质变的台阶。

最初，宋书恩处在谷总与林总的夹缝中间，有点儿左右为难。谷总对晚报过去一些工作的否定，也是对他的前任的否定，这无疑也否定了林总的部分工作。林总心里不服，开始甚至做出了一些过激的抵触举动，对一些问题进行辩解，说一些不满的话。谷总表面上表现得很大度，但在是非问题上寸步不让，明确表示：可以暂时保留意见，但必须抓紧学习思考，提高认识，转变思想。倘若转不过来弯儿，思想觉悟长期上不来，那就只能采取果断措施，不换思想就换人！

这一家伙，林总被镇住了，他乖乖地收起自己的不满与牢骚，开始顺应谷总的精神。在晚报自查的会上，他也改变了风向，左一句"严格按照集团党委指示精神"，右一句"积极响应谷总号召，提高认识，转变思想"，弄得大家好像都犯了错误一样。

宋书恩看着林总从抵触转向妥协，说不出什么滋味。晚报自创办以来，林总带领大家拼搏，正是靠舆论监督打开了局面，树立了威信。这是晚报引以为荣的举措，现在反过来去对这种做法说三道四，一棍子打死，每一个记者、编辑心里都不舒服。宋书恩也曾怀疑过谷总的动机，但谷总对他的承诺和赏识，很快就打消了他的怀疑。被肯定和被赏识，任何一个人都会接受。宋书恩只能选择否定过去，在谷总面前对以前的一些做法给予批评。

不知不觉中，宋书恩与林总的那种亲密就淡化了。因为晚报的整改活动，林总也收敛起来，麻将和保龄球都不好好打了，鱼塘不去了，饭局也减到很少。

在谷总与林总之间，傻子都会做出选择。宋书恩很自然地走近谷总。这时候，他想到了林总的很多好处，招聘中对他的网开一面，对他的重用，第一批给他解决了中级职称，等等；他也想到了林总的不好，拉他打牌、钓鱼，让他沉溺在玩乐中不能读书写作，尤其是染上赌博恶习，让他不光输了不少钱，还消磨了意志。当然，他对林总，更多的还是感激。再说了，他选择谷总，并不是背叛林总。况且，林总自己都妥协了，他与谷总之间，并不是你死我活的敌我矛盾。宋书恩凭自己的判断，只要林总不太抵触，谷总一定能容下他，不但会继续用他，还有提拔的可能。

第二十五章　春风得意时

春天在不知不觉中就溜走了,省城的夏天来得令人猝不及防,昨天还是羊毛衫毛背心,今天就是单衬衣或者半截袖T恤了,一些恨不得把自己美丽的身体暴露给人们的少女少妇,已经穿上了轻薄的裙子和低领上衣,完全是一副夏天的打扮了。

周六,宋书恩吃过早饭就去了单位。内参的运作已经公开,集团给出的时间表很紧迫,进入下半年必须出版第一期,绝对时间不足三个月。宋书恩忙得不亦乐乎,遴选、招聘编采人员,填写各种表格去省新闻出版局跑内资准印证,起草理事会章程等文件,制作内参参事证,包括去省委文件交换站协调交换证,都需要宋书恩亲自过手。

明眼人一看就明白,宋书恩要被重用了,组织人事部已经开始着手调他的档案了。他暗暗高兴——步入官场,他多少年来梦寐以求的愿望就要实现了。虽然他以前在企业转了干,但说到底还是个从商的人,离仕途还很远。调到报业集团就不一样了,说是企业,实质上就是官场,又是媒体,甚至比党政机关还有着更多的方便与实惠。尤为让他满足的,是内参编辑部主任这个位置。从谷总的话中,他知道这最少是个副处级岗位,也可以是正处级。眼看着正式调入、副处级梦想成真,宋书恩表面上沉静如水,心里却是春风得意,浪花飞溅。

他一个人坐在办公室,很投入地审阅各种文字材料。集团已经给他配了一个助手小朱和一个打字员小徐。助手是从日报群工部调过来的一个文学学士,中文专业,很本分的男孩儿;打字员是从印刷厂照排车间调过来的一个少妇,年龄与他相伪，长相近乎丑，不苟言笑，让男人绝不会有想法的那种。这是谷总的有意安排，他特别提醒他，千万不能搞出办公室绯闻，这是大忌，兔子还不吃窝边草呢。

加班只有他自己，他不想拉他们一起加班。小朱正谈恋爱，小徐有孩子，都盼着过星期天。平时抓得紧，都忙得够呛，也需要喘喘气。

临近十一点，手头的活儿告一段落，去了趟厕所，加了杯茶，刚点上一支烟，手机就响了，一看是高上。他已经如愿以偿，下去挂职当副县长了。

高上说："宋主任，忙啥呢？好长时间都不见你的影子。"

宋书恩笑道："是你高县长日理万机，俺见不上你啊。"

"今天下官就召见你，快过来。钓鱼没让你去，现在去吃饭，你去蓝天宾馆三〇六，我们二十分钟到。"

宋书恩看看桌子上一大堆文件，只好用档案袋装起来，拿回家看吧。他不用猜，高上肯定跟林总在一起。离开晚报以后，林总就没再找过他玩，这么长时间只在一次活动中一起吃过饭。林总的吃醋情绪已经消散，再说他跟集团一号吃哪门子醋？自己都臣服了，当然对以前的兄弟也没了怨气。不过，他始终想不通，一个厅级领导凭一组报道为何就如此地看重一个人？而且这么无所顾忌地重用他？宋书恩这小子运气是真好。

宋书恩到了饭店，高上、林总已经到了，还有常鸣。林总很客气地与宋书恩握手，夸张地说："看这一段把你忙的，人都瘦了一圈。"

宋书恩不好意思地笑笑，说："谢谢林总关心，我再忙也没林总忙，你干的都是大事，我干的都是具体活儿。"

林总拍拍他的肩膀，说："兄弟，你干的也是大事，筹备《零度中北》，那么多人都不用，让你牵头，可不是闹着玩的。我看你这副处级很快就能解决。"

宋书恩说："这都是林总帮忙的结果。"

林总摇摇头："这事我还真没帮上忙，我当然想让每个弟兄都进步，但我说了不算啊。就说常鸣，本来我也想推一下，按说晚报编委也是班子成员，但副处还没解决，我做不了主啊。"

第二十五章　春风得意时

常鸣自嘲道："我坐的是拖车，书恩坐的是直升机。"

生活多变，世事难料。内参筹备得刚有点儿眉目，正当宋书恩将要办理正式调进报业集团手续的当儿，却冒出了一件对他很不利的事情：一个周末的晚上，宋书恩、关秘书、谷总的侄子谷小亮（刚从中北市电视台调到日报广告部）在迪厅和人发生斗殴事件，谷小亮被啤酒杯多次"亲密接触"，头上留下两道超过十厘米的伤口，眉骨被砸折，险些丧命，住院二十多天，后经法医鉴定有三处重伤；关秘书也受了轻伤，手被玻璃碴划破，脸上被一只手拍出了指印；宋书恩却安然无恙，连根头发都没掉。

这件事在集团上下传开之后，影响很坏，谷总大急，把宋书恩与关秘书叫到办公室一顿呵斥："你们有毛病不是？去什么地方不行，偏偏去迪厅那种地方！那里有好人吗？我看你们是吃饱撑的……"

谷总暴风骤雨般地训斥过后，关秘书说："谷总，都怨我，我不该领着他们去那种地方。我检讨，我深刻检讨。"

宋书恩说："谷总，主要错在我，我不应该叫小亮喝那么多酒，没有照顾好他。"

"这不是追究责任的时候！"谷总点燃一支烟，语气有些缓和，"你们必须接受教训，引以为戒。一个我赏识的人，一个我的秘书，一个我的亲属，你们出这样的事情，让人家咋看我？是我管教不严啊。"

这件事让宋书恩顾虑重重，心惊胆战，生怕因此影响到自己的调入。后来，同事间关于那件事又传说：关秘书勇敢，挺身而出保护谷小亮受了伤；宋书恩胆小退缩，躲了起来才毫发无损。

这种说法更让他不安，他很怕谷总误解。事实上，也根本不是那回事。那天，他们三个人到了迪厅，开始坐在酒吧的吊椅上喝啤酒。正喝着，从他们桌边过去了一个穿着很露的领舞女孩儿，还没结婚的谷小亮眼睛一亮，嘴里说了句"真正点"，就站起来朝着女孩儿所在的吧台走去。临走还对宋书恩与关秘书摆摆手，眨巴眨巴眼，说："我去挂挂看咋样。"

晚饭时候三人喝了一瓶六十五度的二锅头，谷小亮喝得最多，有点儿小晕。宋书恩看他那样子，对关秘书说："他可别惹事啊，你去把他叫过来吧。"

关秘书说："没事，我们来过好几次了，不会有事。"

话音没落，就听到谷小亮跟那女孩儿吵了起来。原来，谷小亮喝醉酒有个习惯性动作：喜欢把手往人家肩膀上搭，他跟那领舞女孩儿说话的时候不知不觉就把手搭人家肩膀上了，女孩儿一弯腰，一抬手把他的手推掉，厉声说："你想干啥？走远点儿！"

谷小亮尴尬地笑笑，说："我啥也不想干，说句话不中啊？"

"没工夫跟你闲扯，滚一边儿去！"

被酒精作用着的谷小亮很冲动，尴尬的笑凝固在脸上，恼火地说："你叫谁滚一边儿？老子不怕你！"

如果他只说这句粗话，也许矛盾还不会升级，废几句话就不了了之。但他加上了手上动作，用手在女孩儿肩上推了一把。女孩儿奋起还击，把手里拿着的一个塑料茶杯摔到了他身上。矛盾迅速升级，在谷小亮伸手甩了女孩儿一个耳光之后，吧台后边的男服务生拿起扎啤杯朝着他的头部用力砸去。

关秘书从听到他们开始争吵站起来快步走过去，也就一两分钟时间，等到他赶到，殴斗已经进入高潮，谷小亮的脸上开始淌血。他举起双手想挡住谷小亮，谷小亮却倒在了地上，男服务生手中的扎啤杯只剩下了带手柄的一块弧形玻璃，他毫不犹豫地向关秘书砸去，在他的右手虎口处划了一个深深的口子。随着一声尖叫，关秘书左手捂着右手弯着腰呻吟起来。

一两分钟，战斗就结束，等到宋书恩跑到谷小亮身边，服务生早就没了踪影，两个穿着迷彩服的保安架着谷小亮向场外推。这时候谷小亮还不服气，他的两只胳膊被两个保安架着，腿还可以活动。他有力地踹保安，保安也用腿还击，在他身上留下了很多脚印。宋书恩冲过去，一边护住谷小亮，一边小声怒斥保安："我们是晚报记者，这是什么迪厅？你们保安还敢动手打人？"

第二十五章 春风得意时

两个保安这才收住手脚,一个说:"快走吧,别让他再闹了。"

宋书恩拽着谷小亮出了迪厅,却不见了关秘书,打他手机,又无法接通。他顾不得多想,当下最急迫的是送谷小亮去医院。

到了医院,折腾到深夜两点才处理完伤口。谷小亮头被剔光,三处伤口缝了三十多针,脸上血迹斑斑,还弄成了熊猫眼。

刚想合眼,关秘书打来电话,说他在派出所。殴斗结束之后,他看着宋书恩跟谷小亮出来,赶紧跟着走,却被看热闹的人挡住,等到他跑出来,他们已经打的走了。他拿出手机想打电话,却发现手机没电了,就打的去医院包扎伤口,从医院出来便到派出所报了案。

事后,宋书恩真是后怕。谷总弟兄几个的子女中,只有谷小亮是男孩儿,肩负着谷家传宗接代的重任,从小就跟着谷总,他对这个侄子甚至比对自己的独生女还亲。谷小亮要是有个三长两短,他跟关秘书就成了罪魁祸首,怎么做都弥补不了这个过失。谷总纵是再欣赏他,也会对他产生隔阂,他自己的前途,也许也就到此打住了。

上天保佑,有惊有险,好歹谷小亮安全康复,除了留下几处疤痕,身体一切功能如初,跟受伤前一样聪明伶俐。

迪厅事件的后果并没有宋书恩想象得那么严重,特别是他担心的关于他胆小退缩的传说,一点儿也没有影响谷总对他的关爱。调动手续继续办理,他的工作也没有变动。而且,为了他们不再惹是生非,谷总直接操作,给在省委党校当书记的老伙计打了招呼,让他们都报考了在职研究生。党校的研究生虽然不颁发学位证,但也是充电、镀金的机会,学历在党政部门也认可,提拔、评职称都管用。

正式调入手续办完不久,宋书恩很快就被任命为《零度中北》编辑部主任,主持日常采编工作。

《零度中北》的规格相当高,属于保密内参,秘密级,由分管意识形态的省委副书记任理事长,省委常委、宣传部部长任副理事长,省人大、政府、政协等有关领导任理事，谷总任编委会主任、主编，日报社的一个副总编任编委会副主任、副主编，还有包括林总在内的十几个编委。宋书恩虽然只是主持编辑部工作，但采、编、校他一手抓，实际上就是杂志的掌门人。内参的筹备工作，让宋书恩接触了方方面面的人，长了不少见识。他知道了省委还有一个文件交换站，各厅局委在这儿都设有专柜，专门有持交换证的机要员每周一、三、五上午来这儿负责收发机要文件。

从晚报到内参杂志，宋书恩像坐过山车一样，还没弄清咋回事就到头了。没有竞争，没有活动做工作，甚至连好话都没说，简直就是没费吹灰之力，在短短的时间，他就从一个招聘记者晋升为副处级干部。虽然日报社改制为报业集团之后变成了企业，行政级别似乎也随之弱化，但实际上还沿袭着以前的体制，保留事业单位身份，报业集团副处级以上干部依然享受公务员待遇，可以按原级别调到党政机关任职。

因此，宋书恩这个台阶，是真正的质变。副处级，在县里就相当于副书记、副县长，这不光在他们家族史无前例，在金马村也是独一无二。

调动和提拔就这么简单，顺利得就像做了一场梦。民意测评、组织考察、组织谈话，像设计好的电脑程序一样流畅，一路绿灯，他胆战心惊的情绪还没有平复，集团的任命文件就下发了。

宋书恩成了报业集团备受关注的人，而谷总对宋书恩的关爱，被传为他爱惜人才、选拔人才的佳话。宋书恩更加铁心地跟着谷总，恨不得把心都掏出来。

内参的工作，主要是反映问题，说难听了就是专门给领导打"小报告"的。宋书恩干这项工作也算有天分，他带领七八个编采人员不光把内参编得有声有色，集团领导满意，省四大班子也满意，不断有省领导对内参刊发的一些稿件做出批示，协调解决了不少很棘手的问题，在社会上产生了很大影响。在各地市、县，提起这份内参，领导们都有点战战兢兢，谁都怕自己地盘的问题上《零度中北》。

内参的社会影响，具体地说就是它在高层领导中的影响，给报社带来了不菲的经济效益，政府、企业等各方赞助雪片般飞来——冠冕堂皇地说，内参也算实现了

第二十五章 春风得意时

社会效益、经济效益的双丰收。

宋书恩天天处于忙碌之中。他的忙碌，不是因为采编工作，每月一期杂志，48个页码，除去封面、封底，为了照顾省领导们眼睛不好又采用了较大的字号，一个月的文字编辑量也就三万多字，两个专职编辑干起来非常轻松。他也不用字斟句酌地细审，大致看看标题和主要稿件的重点内容签字即可。他的忙碌，主要是应付前来活动说情的批评稿件当事人。从周一到周日，几乎天天都有安排。他听完当事人的解释和请求，一些重大事件还要跟领导汇报。当然，这个过程中不仅仅是靠说话，很多时候他也得接受当事人的请客吃饭，甚至更暧昧的东西。

宋书恩感觉特别充实，内心也非常满足。在他看来，自己干的是大事，这是领导对他的信任，他得不遗余力地干好。他曾经魂牵梦绕的文学，再次被更彻底地遗忘。他在心里再跟老四对比的时候，有了一种很强的优越感：我是副处级，很风光的副处级，你一个专业作家，写不出畅销书，稿费少得可怜，说到底还是一个工薪族。

忙碌可以让人没工夫胡思乱想，包括谈情说爱。忙得恨不得分成几瓣的宋书恩，几乎把自己是个男人都忘了，跟老婆"写作业"的兴致降到最低，更顾不上招惹其他女人。

云丽霞、凌燕这两个曾经让他迷恋的"编外"女人，如今也淡出了他的生活。

云丽霞在憋了一段时间不见他之后，最终情感的潮水决堤，不光打电话诉说衷肠，还无所顾忌地跑到省城来看他。

重新靠近宋书恩的云丽霞，更加疯狂而痴迷。她在修复关系的第一次电话后的第二天傍晚，就出现在中北报业集团的大门口。她在高速路上的开车速度史无前例，时速超过了一百八十迈。

她把车停在马路边，站在大门口给他打电话："宋书恩，快点儿下楼，出大门右转，我等着你。"

宋书恩正在赶一篇稿子,一听她在人门口,埋怨她说:"你来也不打个招呼,我出差了咋办?"

"你在哪儿我去哪儿找你,全省地市,最远的不就两三百公里?"

宋书恩无奈地说:"好,你稍等一会儿,半个小时就写完。"

云丽霞想了想,说:"你别急,我去宾馆登记好房间再来接你。"

宋书恩拉开车门坐在副驾驶位的时候,云丽霞盯着他看了好久,一句话没说,双手环抱着他的脖子,深深地把脸埋在他胸前。

"书恩,我离不开你!"她抬起头,满是泪花的双眼透着渴望。

宋书恩一直在克制自己,他的激动被表面的平静遮掩。他微笑着拍拍她的脸,说:"这么晚了,走,去吃饭。说,想吃啥?我带你去。"

"我想吃韩国烧烤。"她的撒娇风情万种,"我要你开车。"

宋书恩点点头,发出了一声"嗯",拉开车门下去,与她换了位置。

宋书恩开着车,说:"找个邓丽君的歌放放吧,轻松一下。"

云丽霞武断地说:"不,啥都不听,我要你跟我说话。"

二人进了一家韩国料理,点了牛肉、五花肉和一些青菜,围着烤炉津津有味地吃着,一边说着悄悄话。

绕来绕去,云丽霞还是说到了那次险情。她说:"你为啥那么怕她发现?"

宋书恩愣了一下,无言以对,赶快给她夹了几片五花肉,殷勤地帮她撒上芝麻盐,说:"五花肉美容养颜,你多吃点儿。"

"我不吃,你要让我胖成猪啊?害我!"她一股脑儿把自己碟子里的五花肉全倒给他。

宋书恩笑着夹起五花肉放到嘴里,吃得很香的样子,还发出了吧唧吧唧的声音:"真美啊,好吃。"

云丽霞又端起他前边的碟子把五花肉都倒进自己碟子里,一下子塞进嘴里好几片,一副暴饮暴食的做派。

"这就对了,想吃,还装得那么矜持。"

第二十五章　春风得意时

停了一会儿，云丽霞又说："宋书恩，你说，那次她发现了会有什么后果？她会休了你吗？"

"不是怕她休了我，是怕女儿休了我。我不能没有女儿啊。"宋书恩摇摇头，做出可怜兮兮的样子，"别说了好吧？你再说估计我就吃不下东西了，吓破胆了。"

因为担心她纠缠着不放，满脑子都在想着如何摆脱，宋书恩在床上总集中不了注意力，显得心不在焉。火一样的云丽霞得不到迎合，完全失去了以前的那种契合与销魂。完事后，云丽霞失落地躺在那里一言不发。

好久，她淡淡地说："你不稀罕我了。"

宋书恩没有否定，也没有肯定，他默默地穿好衣服，坐在茶桌边的椅子上抽烟。抽完一支烟，房间里充满了烟味。他站起来又点燃一支烟，来回走动了几步，吐出一个很立体的烟圈，像一个长者，用语重心长的口气说："丽霞，你得考虑找个人成家了。"

云丽霞瞪着吃惊的双眼看着他，长时间地注视着他的眼睛，几滴泪珠静静地趴上她的脸颊。她问他："你是叫我找个男人嫁掉，对吧？"

"一个人的生活太孤单，你得认真考虑这个问题。"

云丽霞点点头，冷笑了几声之后，突然大声喝道："滚，滚滚滚，宋书恩，你给我滚蛋！我再也不愿意看见你……"

宋书恩惊慌地看看她，然后拉开门溜之大吉。他一边走一边想，这一分手，这辈子肯定就是仇人了——仇人就仇人吧，这样的女人太危险，远离才是硬道理。

凌燕就省心多了，可以说，她是呼之即来、挥之即去。混迹生意场上的离婚女人，已经没有了对爱情的幻想。她非常清楚自己在宋书恩心中的位置，却从来都不说透，不强求。如此松散的关系，倒让他一直保持着那份美好。偶尔，他会想起她，给她发个信息，打个电话，说几句温情话，有机会了当然也约会，所谓重温旧梦。

在繁忙的工作中，宋书恩突然会心血来潮，有时候想起云丽霞——尽管她已经变成一个仇人，只能想而不能亲近，但他还是喜欢想她，想她的身体，想跟她在一起的美好，也想她少女时候的清纯。有时候想起凌燕，就给她打一个电话说会儿话。如果恰好她来省城，他就会迫不及待地去见她。

更多地，他会突然想跟高上或老四一起喝酒。但很多时候他们并不能陪他喝，每个人都有自己的事情。

他与谷小亮、关秘书已经彻底戒了迪厅、酒吧，再也不敢去那种地方宣泄激情了。在那里不用遮掩的率真与放纵，还真让宋书恩有点儿怀念。

宋书恩也思考一些深刻问题，比如，对人生，对生活。他的总结，人生就是一个人从出生到死的过程，人们努力、奋斗就是为了这个过程更舒服一些；生活就是一个人来到世上活着，活着就是为了等到死的那一天。

这样想的时候，他似乎参透了人生，参透了生活。但一转眼，他又陷入紧张的工作之中，淋漓尽致地挥洒自己的才能。

他满足地对自己说："人有身份真好。"他又偷偷地笑笑，提醒自己，当然这个身份不是普通公民。

第二十六章　功夫在诗外

二十世纪的最后一天，被人们赋予很多特别的意义。宋书恩感觉这一天也没什么特别，除了更加繁忙别无二样。这天下午搞了一个内参理事会的新年茶话会和新春酒会。一些重量级的省领导要亲临现场，听取谷总的汇报并做重要讲话和指示，然后去酒店共进晚餐，一起度过世纪末日，共同举杯祝贺新千年的到来。

在这个会上，宋书恩只有服务的份儿，最多就是指挥几个手下工作人员摆好水果、瓜子和茶杯。他一身黑色西装、浅灰驼绒衫、白衬衣、红领带、棕色皮鞋，打扮得像个新郎官。但他脸上的笑容却是谄媚的，特别是在谷总等领导面前，他的身架似乎被抽去了骨骼，弯曲得有些夸张，表情中，也充满了讨好与奴性。而他指挥部下的时候，显现出来的风度也是很威风的，宛若一个将军。

这当然不仅仅是宋书恩一个人的表现，谷总也一样。省领导没来的时候，谷总严肃庄重，威风凛凛，有一种君临天下的气度，那笑容显得尤其深沉。而在省领导面前，谷总魁伟的身躯也有些弯曲，高昂的头也微向前倾，脸上绽开了灿烂的笑容，伴随着洪亮而夸张的笑声，那表现也很明显地有了一些轻薄。

酒会结束之前，宋书恩不敢有半点儿放松。谷小亮已经被调到内参部给宋书恩做副手。这个年轻而散漫的小伙子自从到了内参就像变了个人，工作上、生活上都处处注意，看起来几乎成了一个严谨的人。整个茶话会上，他不敢有半点儿张狂，一直乖乖的，不是坐在角落地方待命，就是殷勤地送水倒茶，像一棵含羞草一样低眉顺眼。

酒会在互相祝愿的欢声笑语中终于结束，领导们心满意足地用餐巾纸擦擦嘴，用湿巾擦擦手，站起来握手道别。等到人去屋空，宋书恩看看表还不到九点，遂给家里打电话，让吴金玲带着孩子去按摩店，然后带曹利英母子一起去国际影城看电影，看完电影去小吃大排档吃夜宵。新年嘛，热闹一下，也松散松散。

到了按摩店，曹利英母子俩正斗争，孩子要玩，曹利英不让玩，要他描红二十页钢笔字。宋书恩不便当着孩子的面表态，偷偷把曹利英拉到一边，劝她给孩子放一晚上假，还告诉她打算去看电影。

曹利英欣然答应，她愿意听他的话，总以为他有文化，说的话都有道理。等到吴金玲带孩子赶到，两家人高高兴兴去看电影了。省城的大街上比往日更加绚丽，正常的霓虹灯之外，又多了一些装饰节日的彩灯，一些大的商场、门店前边，还摆着各种各样的圣诞树。

宋书恩说："中国有几个人信耶稣？看着这满大街的圣诞树，还以为都是信徒呢，不光商家拿圣诞节说事，大家还都在认认真真地过圣诞节。"

省玉接道："爸爸，你说话不算话，答应给我买圣诞礼物，到现在也没见。"

宋书恩摇摇头说："我们跟耶稣又无关，过什么圣诞节呀？等过春节给你压岁钱。"

省玉乜斜了他一眼，小声对妈妈说："爸爸真老土，连圣诞节都不想过。"

宋书恩叹口气，说："你们这些孩子啊，早晚得被西方的文化侵略所俘虏。"

他又感觉自己对孩子说得有些深奥，讨好地抚了一下省玉的头，说："闺女，你爹有点儿跟不上时代步伐，等明年一定给你买圣诞礼物，陪你过圣诞节。"

回来的路上，曹利英告诉他，二号星期天中午请他一家去烤鸭店吃饭。宋书恩推辞说，今晚刚吃过小吃，过几天再说吧。曹利英说好几天前已经订好了，还有其他客人，他一定得去。宋书恩说你也是，随便找个小饭店就中了，还去那么高档的饭店，太破费了。

曹利英说你不用管，有人买单。问起还有什么客人，曹利英说得很神秘，她说："反正不是外人，到时候你就知道了。"

第二十六章 功夫在诗外

宋书恩也没多想,她要请客,估计也是庆贺一下今年生意的兴隆。据她说,按摩店今年的收入突破五万元。照这样下去,还清债务指日可待,积攒几年买个房子也不是幻想。她看到了生活在向她微笑。

快点儿让她摆脱困境吧,命运该眷顾一下她了。宋书恩在心里默默地为这位苦命的异姓姐姐祝福着,衷心地为她的成功而高兴。

新千年的第一天,宋书恩足足地睡了一个大懒觉,直到临近中午才起床。他穿好衣服,刺挠着头,不刮胡,不洗脸,也不刷牙。在老婆孩子搬来之后,每逢周六周日,只要在家不出门,他都很慵懒,懒得洗漱,有点儿放浪形骸。省玉老笑话他,说爸爸小时候肯定是个肮脏孩子,几天不洗脸,脸上花里胡哨的跟花狸猫差不多,鼻子里还滴溜着两筒鼻涕。

宋书恩点点头,说闺女的分析很准确,自己小时候别说洗脸,连手都很少洗,养兔子的时候身上还有一股子兔粪味,女同学都不愿意跟他坐在一起。特别是手背上的黑泥,又厚又硬,还很有规律地分布着一道一道的裂纹,看上去很"美"。

"美?老爸你是真能吹,手上的黑泥美?"省玉撇撇嘴,露出不屑的神情,"老爸你说,你不洗手脸爷爷打过你吗?"

"闺女,我声明,我是个乖孩子,从来没挨过打。再说了,咱村里有比我更肮脏的人,人家好几年都不洗一次手脸,锅碗都没刷过。"

省玉又撇嘴,说他骗人。他便若有其事地虚构了一个叫二毛的懒汉,一年四季不洗手脸,不刷锅,还随手把一个不知从哪里听来的故事安到了二毛身上:说有一天有个贼到二毛家去偷他的锅,到厨屋揭了锅背着就跑。第二天二毛起来去做饭,一进厨屋就惊呼,谁这么勤快,给我把锅刷了?那贼偷走的,原来是锅里的锅巴。

省玉已经不是个随便相信故事的小学生了,她义正词严地说爸爸是胡扯八道。

正当父女俩津津有味地谈论懒汉故事的时候,手机突然响了,是很少打电话给他的二嫂打来的。

二嫂吞吞吐吐地说了好大一阵,他才听清楚怎么回事:他们结婚一年多了,二嫂一直没怀上孩子，爹有点儿着急，想让他们去医院看看，可书仲无论如何就是不去，她没办法，就打电话向他求助。

宋书恩让二嫂把电话给二哥，二哥接着电话说："我不去医院，丢人。"

宋书恩说："二哥，你总不能就这不管吧？丢啥人啊你？有病看病丢啥人？"

宋书仲说："反正我不去，我没病。"

宋书恩哭笑不得，像哄孩子一样耐心地劝二哥，最后勉强说通，他答应去医院做做检查。刚挂了电话，手机又响了，是林总。

林总不是叫宋书恩打牌的，大冬天更不会是钓鱼，他要他一起去算卦。宋书恩真不想去，但林总叫他，他不去说不过去。以前，林总对他不薄，现在他进步了，有幸成为谷总的亲信，不能忘了旧情，尤其是面上，不能太势利。

宋书恩赶紧刮胡子洗漱，收拾好拿起一片面包一边吃一边下楼，站那儿刚点着一支烟，车就到了，正是林总一不高兴就买的那辆子弹头商务车。司机打开玻璃喊道："宋主任，上车吧。"

"林总呢，还在家？"宋书恩坐在副驾驶位子上，给司机点着一支烟递给他。

"他在家呢，咱先去接高处长，再去林总家接他。"司机接住烟笑笑，"还是宋主任体贴兄弟，谢谢啊。"

宋书恩问："去哪儿算卦啊？林总怎么突然就想起这一出？他还相信这。"

"好像是去南郊吧，主要是去吃鲜羊肉，现杀现煮，羊头、羊脑、羊肚、羊鞭、外腰一起炖，过瘾得很。"司机说，"吃完饭再去算卦，听说南黄村有个《易经》研究员，挂牌营业，算得很准。"

"全羊宴啊，不错，谁踩到的这个点啊？"

"林总也是听说的吧，星期天去南郊吃羊肉很流行，省直机关的小车司机差不多都去过。"

宋书恩不禁慷慨，这事真是奇怪，农村人一股脑儿往城里涌，城里人一放假就往农村跑。

见了高上，宋书恩把一张女士美容卡塞给他，说："一个朋友送了几张，一年

第二十六章　功夫在诗外

的服务，让嫂子没事去做吧，吴金玲去过了，她说还不错。"

高上也不客气，收下装好，调侃道："有洗脚按摩的卡给我弄几张，也叫我沾沾宋主任的光。"

"放心吧，有了一定不会忘记高县长。"宋书恩说着，拍拍高上微微隆起的肚子，"你可是胖多了，一百七多了吧？"

高上也拍拍肚子，有点儿发牢骚，"已经突破一百八十斤了。咋能不胖呢？天天陪客吃饭，鸡鸭鱼肉，暴饮暴食，啤酒白酒通喝。"

见到林总之前，高上告诉他，这次吃羊肉、算卦都是次要的，主要是说晚报帮扶金柳县谷寨村的事情——那是谷总的老家。宋书恩这才弄明白，林总为了讨好谷总绕了这么大的圈子，真不容易。

出市区的时候，已经接近中午一点。林总情绪很好，打扮得很休闲，上身是一件半大的大红色羽绒服，没有拉拉锁，里边是一身浅色运动装，配上一双红白相间的运动鞋，就像高尔夫球场上的贵公子。见了宋书恩，他很亲昵地把胳膊搭在他肩上，说："书恩很争气，干得不错，没啥变故，解决正处应该很快。"

宋书恩在林总面前一直很矜持，从来都不轻狂。即使最初在林总对谷总的做法有情绪的时候，他确定选择谷总，对林总也没敢轻慢过。《零度中北》的影响力越来越大，在某些方面（特别是在领导层）甚至超过了晚报，作为杂志的直接操作人，宋书恩被谷总赏识是众所周知的，在集团中层干部中他虽然是副处，也算有头有脸的人物。但他一点儿也不敢张扬，特别是迪厅殴斗事件之后，他一直都默默地做事，低调做人。

路上，林总说了帮扶谷寨村的思路：一是赠送全年晚报一千份，谷寨村每户一份约四百份，剩下的给乡里让他们分；二是出资六十万元，帮助谷寨村修通通往国道的八公里柏油路，村街主干道路面也铺上柏油。

说完设想，林总对高上说："六十万肯定不够，剩下的由你高县长想办法啊，跑跑省里的村村通项目，我这也是帮你的忙，要不你在那儿干两年啥事都没干，谁会记得你？"

高上连连点头,"学兄说得极是,我一定竭尽全力把这事干成。"

林总又对宋书恩说:"书恩啊,内参也得大力支持金柳县,监督的稿子坚决不能有,这我就不用多说了,正面的稿子一方面晚报尽量多发,一些深度报道你那儿可以做。"

宋书恩点头称是,说内参一定全力配合晚报的帮扶活动。

林总又交代,这事在完成之前一定要保密,尽可能不让谷总知道,等路修好了,再向谷总做专题汇报。

听了林总的计划,宋书恩暗暗佩服他的用心。以公事公办的程序,冠冕堂皇地干这么一件事,送给谷总这么大个人情,即使他不提拔他,最少不会再难为他。这要比送礼高明许多,送礼不光要花自己的钱,送出去送不出去还在两可,特别是高级领导,家里不缺钱不说,收受钱财的风险太大了,真不好送出手。

仕途的升迁,得费多少神,下多少功夫!宋书恩想想林总的情况,比比自己的顺利,感觉无比地庆幸与欣慰。

宋书恩回到家里,已经是夜间十一点。老婆孩子已经入睡,他蹑手蹑脚地到了卧室,悄悄地钻进被窝关上台灯。

"又打牌了吧?"老婆冷不丁一句话吓了他一跳。

"可不是,真不想打,可林总说打,咱也不能说不打吧?"

"没人埋怨你,睡吧。"

宋书恩躺在床上,感觉腰酸腿疼。这会儿要是能按摩一下多好。他一想到按摩,又想起曹利英请吃饭的事。她挣点儿钱不容易,说有人替她买单,估计是怕他过意不去。她还能请谁?她在省城人生地不熟的,没有几个亲戚朋友,中间好像也没有特别富裕的人。等明天先给她打个电话,看能不能把这个饭局取消。如果推不掉,那就准备好自己买单,不让她花钱。

中午,吃了全羊,喝了羊汤,个个都弄得肚儿溜圆,打着饱嗝离开农家院,直奔南黄村。天阴着,天空中飘荡着浓浓的水汽,眼看着云彩厚重,雪却下不来。

林总说:"这种阴沉沉的天真让人闷得慌,乌云遮日啊。"

高上说:"林总这么伤感,新千年到来了,一切都会好起来。"

林总右手把额前的头发向后捋了捋,说:"借兄弟的吉言,一切都会好起来吧。"

南黄村紧邻国道,路边有很多小卖部、小饭店。到了村口,司机停车向一个小卖部的女老板打听《易经》研究员的住处,回答却不知道。

林总打开后窗玻璃对女老板喊道:"就是算卦的那个。"

女老板说:"你说算卦的不妥了,还什么研究员,一说研究员把我说迷糊了。"

女老板手指方向,详细地说着路线。到最后,她却收住话题不说了,她拿起一盒烟说:"要盒烟吧,这烟好抽得很。"

司机拿出十块钱拍在柜台上,说:"好,买一盒。你说咋走?"

女老板收了钱,才把路线说完整。司机把烟放到仪表盘的凹槽里,有点儿牢骚,说:"靠,问个路还得买盒烟。"

一个规整的农家小院,堂屋竟是三间低矮的草屋,屋墙是土墙,上边糊着拌有麦糠的胶泥,倒V字形屋顶则是一排一排的麦秸铺成;门窗都是暗绿色,门是按照甲骨文的"门"字形状做的,显得特别畅大;门两边是对称的两个正方形的窗户,窗户中间又有木撑分成若干个小正方形,玻璃则在木撑里边镶着。整体看起来,草屋的正面就像一个方形的人脸,屋檐好似眉毛,窗户犹如眼睛,门就如嘴巴了,门前的台阶,则酷似下巴。

走进院子,几个人都好奇地端详草屋。司机说:"靠,弄个草屋,不漏啊?"

"这是故意整的,古朴嘛,还有特点,好找。"林总说,"肯定不会漏,麦秸下边肯定有油毛毡或是塑料薄膜。"

进了草屋,正当门摆着一个实木本色的旧八仙桌,八仙桌正中坐着一个四五十岁的男子,他后边的墙上挂着一个半人高的"易"字。此时,他正手拿一本线装书给一个人文绉绉地解卦辞。八仙桌两边摆着两个长条凳,一边坐着三四个人,都以虔诚的目光看着算卦先生。

　　林总仰头一看,发现屋顶上铺着石棉瓦,笑笑,小声说:"没想到还有石棉瓦。"

　　屋内的木架全是方木、方梁、方檩、方椽,显得简洁而稳定。看前边还有好几个人,就让司机排队,他们三人去门外抽烟。

　　高上说:"你看这车号,全是省直厅局委的,看来有很多人需要指点迷津啊。"

　　林总说:"其实就是寻找精神安慰,我也是半信半疑,你嫂子让我看看,就看看吧,也算开开眼。"

　　等了近两个小时,终于轮到。林总一坐在算卦先生面前,先生就说:"八字就不用查了吧,肯定不错,你想看看官运吧?用金钱课爻一下吧。"

　　先生说着从口袋里掏出一个铜圈,上边挂着三枚铜钱,他把铜钱从铜圈上取下递给林总,又说:"把铜钱捧在手里,望空高举,心中默念所求之事,然后把铜钱撒在桌上,连爻六次。"

　　林总接过铜钱,捂在手里,按先生所嘱虔诚而为。他每撒一次,先生就用笔在纸上画个符号,六爻完毕,先生笑道:"此卦大吉。"

　　林总说:"请先生详细说说。"

　　先生便拿起那本发黄的线装书,用手指蘸着唾沫翻到一处,念道:"晋卦第三十五,火地晋,离上坤下,《晋》:康侯用锡马蕃庶,昼日三接。《彖》曰:晋,进也,明出地上。顺而丽乎大明,柔进而上行,是以康侯用锡马蕃庶,昼日三接也。《象》曰:明出地上,《晋》,君子以自昭明德……"

　　林总打断他说:"先生,你念这我听不明白,你直接说吧。"

　　先生便停止念咏,说道:"锄地之意利其苗,只有苗壮收成好;务必争取众人信,人生运气才能好。这个卦是异卦相叠,下坤上离。离为日,为光明;坤为地。太阳高悬,普照大地,大地卑顺,万物生长,光明磊落,柔进上行,预示事业蒸蒸日上。"

先生又说:"根据卦辞,眼下,你的事业处于不断上升的趋势,发展不会有太大的阻力,不要犹豫不决,更忌优柔寡断,要做到败不馁,勇往直前。注意耐心等待时机,积极地创造条件,最终会有好的结果。"

林总满意地点点头,掏出两张百元钞票,说:"谢谢先生。"

先生并不推辞,将钱装进口袋,笑道:"你是富贵双全,不必多虑。"

林总让宋书恩、高上也占一卦,他们都摇摇头,遂跟着林总出门。

上了车,高上说:"林总,这下你放心了吧,放手干吧。"

"这么多年,该到时机了,"林总情绪很高昂,"回去我请你们洗澡,洗完澡打牌。"

刚进市区,天空飘起了雪花,阴沉的天空似乎明朗了一些。宋书恩看着林总算完卦之后的表现,感觉那卦似乎也很适合自己。

不到八点钟,宋书恩就坐在被窝里给曹利英打电话,打了好大一阵她才接。

"这么早,没睡懒觉?"

"你电话真难打,回头你住的房间也扯个分机。对了,我跟你说,姐,中午吃饭的事,要是没别人就算了,过几天咱们去吃火锅。"

"你听我的就中了,你不用管了。我还不知道你,怕我花钱,没事,我说过有人买单,就是你姐买单一顿烤鸭我还请得起。"曹利英的态度异常坚决,"给姐点儿面子,别跟我客气了。记住,打扮得精神点儿,早点儿过去。"

曹利英不等宋书恩说话,就把电话挂掉。他对着电话摇摇头,自言自语道:"那就给你点儿面子,你请客,我买单。"

宋书恩起来,掏出钱包看看,只有两百块钱,对吴金玲说:"你包里有多少现金?要不多了再去取点儿。"

吴金玲说:"好像有二三百吧,去烤鸭店一顿饭得多少啊?"

宋书恩说:"也没准儿,带上酒和饮料,人不多,菜钱五百块钱应该差不多吧。不过还是多准备点儿吧,你记住再取点儿。利英姐不容易,咱不能让她花钱。"

吴金玲说知道，开始去准备早餐。宋书恩敲敲省玉的房间门，喊道："省玉，起床了，中午跟你曹阿姨去吃烤鸭，你起晚了我就走了啊。"

不到十一点，宋书恩带着老婆孩子打的去赴宴。部门没有专车，平时用车都是集团办公室派，在市里的活动他主要还是靠骑车和打的。

省城大的烤鸭店也就两家，一家是北京烤鸭的分店，生意火爆得很，包间要提前预订，大厅也经常要排队等座。另一家就是今天要去的中北烤鸭店，据说风味跟北京烤鸭不相上下，生意也很火，但地方大，很大一栋楼，除了包间需要预订，大厅一般都会有座。这样冠以某种名馔或菜肴的专业饭店，顾客大都是奔着其特色而去，因此，来这里消费的主流群体，多数是家庭、朋友之间的聚餐。

曹利英跟孩子已经在包间等着。宋书恩一看，是十二人的大台，就说："姐啊，这么大个包间，都有谁啊？"

"反正人不少，菜我都点好了，你看看中不中。"曹利英叫来服务员把菜单给他，"六凉六热，还有一个汤，主食回头再要吧。"

宋书恩拿着菜单看了看说："有点儿多吧？几个人啊？"

曹利英说："不多不多，大概有十个人呢。"

看见宋书恩手里拿一瓶白酒，她笑笑说："我也买了一瓶，可能没你的好。"

宋书恩看她买的是三十多块钱一瓶的酒，说："在省城喝酒并不讲究，三十多块钱的酒够好了，你出手可真大方。"

给服务员交代好泡菊花冰糖茶，把凉菜先上来，一边等人，曹利英跟吴金玲说话，宋书恩跟两个孩子逗乐。他已经问过曹利英三次，究竟还有什么客人，她却一直不说，他也就不再追问。等吧，马上就该来了。

接近十二点，客人一来，宋书恩就惊呆了。她请的，竟然是谷总一家，还有谷小亮。

谷总很随和地与宋书恩握握手，说："宋书恩，你面子可真大，利英非要请你一家参加我们的家宴，你可别拘束啊，都是自己人。"

第二十六章　功夫在诗外

宋书恩一头雾水，赶紧给谷总敬烟点烟，让服务员倒茶。谷小亮与他摆了摆手，乖乖地坐在下首。

谷总坐在东道主位置，说："书恩，这是你嫂子，这是闺女谷苗，名字不错吧？你光认识利英，不知道她是我妹妹吧？是我不让她给你说的。"

宋书恩眼里满是疑问，又不好问。谷总又说："知道我为啥不让她说吗？她极力替你说情，我总得了解一下你吧。你要是经不起考验，恐怕这个秘密你就永远不知道了。"

宋书恩更加迷惑。曹利英为何在谷总面前说话有如此大的分量？她是他的妹妹，是什么样的妹妹？是表妹还是有其他特别的关系？他也突然明白，谷总对自己的赏识，也是因为曹利英，那组报道，无非是一个噱头。宋书恩突然感觉自己的脸有些发热，以前一直感觉自己有恩于她，谁知道她对他的恩更加深重。

在谷总面前，宋书恩矜持得像个新女婿，话都不多说。谷总又说："听利英说了，你对她很照顾，还帮了她大忙，我也替她谢谢你。"

宋书恩连连摇头，说："哪里哪里，都是小事。"

曹利英接道："大哥，你们别光说话，喝点酒吧。"

谷总说："还是喝我拿的酒吧，不是茅台，也不是五粮液，绍兴花雕，怎么样书恩？"

宋书恩连连点头，说："这绍兴花雕，光听说过，还真没喝过。"

谷小亮两手抱着一个古朴典雅的紫色瓷坛，让服务员拿启瓶器，鼓捣了一大会儿才把瓷坛的木塞子弄开。

谷总很专业地介绍，这绍兴花雕，其实就是绍兴黄酒，酒坛外面的五彩雕塑色彩斑斓、图案瑰丽、题材多样，四时花卉、灵禽神兽、历史典故，无所不有，故取名花雕。

谷总拿起大玻璃杯，说："喝黄酒就不用小杯子了，用大杯子，放点儿姜丝，加加热最好。"

他转向服务员，问："姑娘能不能把黄酒热一下，加点儿姜丝？"

服务员满口答应。谷总又说:"咱们中原地区喜欢喝白酒,喝多了伤身体又出洋相。这黄酒,度数低,喝了又好,又不会喝醉,还不贵。"

宋书恩只是点头,嘴里答应着。在谷总面前,他从来不表达反对意见,哪怕是不赞成的观点,他也会点头称是。

这顿饭从头吃到尾,宋书恩一直都恍恍惚惚,脑海里一直在思考曹利英与谷总的关系问题。她竟然是谷总的妹妹,而且还神不知鬼不觉地替自己说了话。

事后他才弄清楚,曹利英是谷总一娘同胞的亲妹妹,因为家里穷孩子多,她出生几个月就被送给了养父母,直到前不久谷总费了好大周折才找到她相认。

.

第二十七章　叨菜

周一上午例会，宋书恩按部就班地给编辑部的全体人员布置完工作，最后专门跟几个记者交代：近段时间多搞创收拉赞助，一是提高个人的收入，再就是集团领导已经发话，这两个月从内参的创收中拿出点儿钱买部专车。

宋书恩给几位记者扔了支烟，自己一边点烟一边说："马上过年了，弟兄们多叨菜，这也是公私兼顾，既有利于集团经济建设，又有利于个人提高物质生活水平。"

"叨菜"是中原地区的说法，说白了就是挣钱，但很多时候是说挣来路不正的黑钱。大家通常把送礼、行贿说成"上菜"，那么收礼、受贿就成"叨菜"了。

买车这事，是谷总私下跟他说的。与他吃饭那天，吃完饭临走，谷总看他打的，就小声对他说："书恩啊，这两个月你们努努力，多搞点创收，给你们买部车，你也不用天天打的了。"

内参杂志的"叨菜"，在报业集团是众所周知的，但究竟有多少，很少有人能说清。而杂志给宋书恩本人带来的利益，并没有引起大家的注意。这里边，一方面是宋书恩办事的稳妥与内敛，再就是杂志传播的范围很小，集团内部除了处级以上干部可以看到，其他人看不到。

《零度中北》发放有两个渠道，一个是从省委文件交换站转送到省领导和省直厅局委主要领导手里，一个是通过邮政机要渠道送达地市书记、市长和县区党委、政府一把手。

杂志的主要内容，有一半都是反映热点、焦点问题的，其中大部分都是批评稿子，这使杂志有了很大的威慑力。要知道，杂志的读者都是举足轻重的领导。而杂志发稿的生杀大权，基本上都在宋书恩手里——这无疑也是一种无形的资本。很多时候，外出采访的记者前脚刚回来，被采访单位的领导后脚就到了办公室。

当事人除了跟记者交涉，肯定也想见宋书恩，这就给宋书恩提供了很多"叨菜"的机会。为了不让发稿，请吃饭、送土特产等礼品、送红包、拿赞助，当事人是什么办法都能想出来。人情还是要讲的，宋书恩也不是个铁人，这么多年他对这种潜规则已经司空见惯，不足为耻了。但开始他是很小心的，吃饭、送礼品他就半推半就地接受了，一遇到红包，他是坚决拒绝，让记者跟对方洽谈，走公事公办的路子，当事单位出资赞助，内参提供发票。

但时间长了，这样的机会多了，在多次的诱惑面前，宋书恩也会根据自己对安全程度的判断做出选择，在采访事件能妥善处理，他认为万无一失的前提下，红包该收也就收了；如果有一点隐患，他都会拒绝或上缴财务。以前在晚报他一直坚持不收红包的底线，林总也委婉地劝过他。但这种大气候下诱惑太多了，他是个凡人，最终底线被打破，被无形的力量拉下"水"。

刚刚下"水"的感觉是紧张的，总担心事情会败露，被投诉到省委宣传部——那该是多么丢人的事情，轻了会受处分，重了会注销记者证，甚至撤职查办。当然，除了担心，还有金钱带来的愉悦。不费吹灰之力，就那么一伸手，三两千甚至更多的钱就装到自己口袋了。这钱来得太快、太容易了，跟工资比起来，每月要盼到月底的那种等待，这简直就是天上掉馅儿饼。

时间长了，那种担心和不安也随之淡化，逐渐变成了麻木。每每有"黑"钱到手，他都会很大方地给自己和老婆孩子买东西，吃穿用度，出手不凡。当然，这种令人不齿的收入，他是不跟老婆说来源的。通常，他会跟老婆孩子说，又发奖金了，犒劳全家一下。吴金玲对奖金的说法深信不疑，孩子更不会有什么想法。在她们看来，报业集团太牛了，经常发奖金。

宋书恩曾经这样想过，自己因为去了彩印厂，找了吴金玲，经济上一下子翻了

第二十七章 叨菜

身，在以后的几年中，曾经困扰他很多年的缺钱问题，再也不是问题了。在县城，他成了很风光的富人。第一拨用上传呼机，腰里挎着会叫的方盒子出入各种场合的时候，那并不动听的鸣叫给了他很大的面子；第一拨用上了"大哥大"，县邮电局一有那种拿在手里不用接线的电话，吴金春就毫不犹豫地花了六七万买了两台"摩托罗拉"模拟机，他很荣幸地成为厂里除了老一之外唯一一个拥有"大哥大"的人，几个副厂长都眼馋得冒火。

他总结自己来报社前的人生：到初中教学，基本解决精神饥饿问题；初到彩印厂，基本解决喝酒问题；结了婚，基本解决花钱问题。

正是因为有了殷实的经济基础，他在进入晚报后对钱才有了比一般人更强的免疫力。如今，他的这种免疫力付诸东流，也开始迷恋"叨"来的黑钱。他清楚，这结果，缘于他对城市生活的更高欲望。

如果说宋书恩起初的下"水"是被动的，那么后来的"叨菜"慢慢就成了谋划。当记者采访到一些内幕，而当事方不愿露面接受采访时，按照内参的性质，编辑部完全可以根据反映的情况撰写稿件刊发，不用像公开媒体那样必须对投诉内容进行核实。工作经验让宋书恩明白，批评稿子发不完，即便发了也不一定能解决问题，而有些事件是可以"叨菜"的。能"叨"就"叨"吧，既有利于单位创收，又有利于个人增收，何乐而不为呢？

在"叨菜"理念的支配下，宋书恩对部分有"叨菜"契机的稿件改变了以往直接刊发的做法，换成"操作"。操作的程序很简单，打字员把记者的稿子打好，然后加"《零度中北》内参清样"文件头，并在稿件下方打上"请某某单位领导阅。如有异议请在三日内反馈信息，不反馈将视作无异议按此清样刊发"，后边是"联系人宋书恩"、办公室电话、手机，然后将稿件传真到当事单位。这稿子传过去，很少有置之不理的，大多都是火速联系，来人"灭火"。而"灭火"，无疑是需要经济成本的，对宋书恩来说，"菜"就来了。

在屡屡得手之后，宋书恩也暗暗得意。其实，这些经验，来自他结交的一帮

"新闻游击队"朋友。所谓"新闻游击队",就是不在正规新闻队伍的人员。这些人没有记者证,不在媒体的采编岗位。他们有的是省内媒体的广告业务员,有的是媒体外包版面、栏目的业务员,有的是一些北京媒体驻地记者站、工作站的工作人员,总之不是采编人员,但他们是什么样的事件都敢采访。他们拿着媒体自制的采访证或工作证,有的仅仅是一个过塑的胸牌,租辆车或坐长途车全省到处跑,专找问题。他们的目的很明确,就是为了钱,要么是直接拿钱,要么是通过做广告拿提成。

这些人之所以找宋书恩,就是奔《零度中北》能发批评稿子。由于他们的身份问题,如果在采访中当事人不买账,不给他们"上菜",后边的事情就麻烦了。他们在单位是没有采写稿件资格的,很多时候,他们操作不成,要么把线索给正规的记者,要么认栽。也有一种情况,就是投诉人会出点儿钱让发稿子。他们就会找各种各样的媒体解决稿子出路,《零度中北》也在其列。开始,他们说拿钱发稿子,宋书恩看选题可以做,会派记者再去采访,用本部记者的稿子。后来多了,就开了一个《八面来风》的栏目,把外来的稿子稍做修改直接刊登,既省事,也快捷。

别看这些游击队员身份不地道,神通却很广大。当国家对草浆造纸污染开始整治的时候,他们就穿梭于全省大小纸厂,纸厂为了息事宁人,不被环保局处罚,就给他们塞钱,他们自称为领"排污费";当国家开始整治"地条钢"的时候,他们就四处打听地条钢厂,然后跑过去以曝光威胁老板拿钱摆平,他们自称为"收电费";当国家对小煤矿安全进行整治的时候,他们便频繁地出现在小煤矿安全事故现场,领取"封口费";各种各样的突发事件中,在庞大的采访队伍中,有很多都是"游击队员"。宋书恩当然知道,"叨菜"也不仅仅是"游击队员"的专利,很多正规的记者照样干。比如他自己,当初对红包曾经非常鄙视,现在不也随波逐流,甚至开始想方设法谋划"叨菜"了?

这时候,他对圈内流行的那句"妓女是卖身的,记者是卖心的"戏谑之言,有了新的理解与认识。这句话曾经对他的刺激,早就没有痛感了。

这样下去,不出三年,买辆私家车,换套更大的房子,都不是问题。在"叨

第二十七章 叨菜

菜"带来的满足中，宋书恩为自己的前景做了新的规划。

宋书恩突然感觉到，那双让他淡定、沉静的眼睛远离他好久了。

这天中午，处理完投诉一个与他同姓的县委常委兼国企老总的经济问题事件，那位国企老总在与他共进午餐之后，将一个大大的红包塞进他包里，他连看都没看，独自一人去洗浴中心放松。在做过按摩、打耳和足疗之后，他躺在暖和的包间里进入梦乡。

梦中，他回到了工地上，在氤氲的黑夜，他再次看到了那只白狐。它默默地蹲在他面前，沉静而淡定，静静地注视着他。

突然，那只白狐一声尖叫扑过来，他一个激灵被惊醒。暖气片发出嗞嗞的响声，房间里暖融融的，开着的电视正在播着一部电视剧，女主人公因为失恋而失声痛哭。那声惊醒他的尖叫，大概就是女主人公撕心裂肺的痛哭。他笑笑摇摇头，对女主人公的表现有些怀疑——现在，还有因为失恋如此伤心欲绝的人吗？

回忆起白狐的眼睛，宋书恩心里突然一阵莫名的慌乱。他坐起来，用湿毛巾擦擦脸，然后拿起茶几上的手提公文包，拉开拉链一看，竟是用报纸包着的厚厚的一沓钱，不用数，他就知道是个不小的数。打开报纸，他头上冒出了冷汗。那位老总出手真大方，五捆崭新的粉红色钞票，整整五万元！这作为一个给他本人的红包，显然数目过大。如果以这个数目按受贿立案，足够判刑入狱。不行，必须上缴。他没有过多的犹豫，立即拿起电话给小朱打传呼留言，让他马上打的来洗浴中心把钱拿走交到财务。按规定，这个钱交上，单位会按百分之五十的比例给他奖金，虽然少得了一半，但这样做是安全的，不会有什么后遗症。

打完传呼，宋书恩为自己的决定而欣慰。人，需要见好就收，不能太贪。否则，很容易出问题。就像沙源县原来那个县委书记，就是因为太贪，最后沦为阶下之囚。

宋书恩又给那位老总打电话，想问一下发票怎么开，但那位老总一直不接电话。他马上穿好衣服去大厅，小朱已经赶了过来。

他对小朱说:"这钱是一个企业的赞助,企业全称我写的有,你交到财务上先开个收据,发票等问好怎么开再换。"

小朱一走,他就给老四家里打电话,问他忙不忙,方便了请他喝酒。老四已经举家搬到省城。这两年因为写了两本畅销小说,卖得不错,年收入也上了六位数,经济基础日渐雄厚。

老四满口答应。目睹宋书恩从一个贫寒的落魄学子,成为一个省级媒体的副处级干部,他真为他高兴。

这些年,宋书恩与他联系很少,老四能理解。一个要学历没学历、要后台没后台的农家子弟,凭着自己的打拼,一步步走来,其中的艰辛他能想象到。老四知道,宋书恩的心全都在他的前途上,光运筹那个圈子,就能把人累死,他哪还有心叙旧啊?

今天肯定他是有事,要么是有高兴事,找我说道说道;要么是有苦恼的事,找我倾吐倾吐。老四有切身体会,能找个知心人分享自己的快乐与苦恼,在城市真是太难了。老四想着,把案头正写着的书稿放在抽屉,给老婆打过招呼就下楼了。

两人一见面亲热地拥抱了一下,嘴里都说着想念的话。老四见宋书恩是打的过来的,就问:"没带车,准备大喝一场?"

宋书恩说:"我们内参还没专车,不过春节前应该能解决,老一已经说过了。"

老四说:"想开了其实无所谓,有了专车不一定就好。"

宋书恩点点头,问:"四哥,你看咱俩用不用再找个人?"

老四摇头道:"不用不用,咱好好说说话,找谁能说到一起啊?还是咱俩吧,随便。咱就去十字口那个'三大锅',猪蹄、羊肉、驴板肠,过瘾又实惠。"

这"三大锅"宋书恩以前跟老四来过,饭店后院垒着三个很大的筒子火,上边坐着三口大锅。一锅煮猪肉,猪杂什、肥肉方、排骨、肘子全都有;一锅煮羊

第二十七章　叨菜

肉，羊腿、肋条、杂碎齐全；一锅煮驴肉，驴肚绷、驴腱子、驴板肠、驴鞭等样样俱全。三盘火在鼓风机下火势冲天，火舌在锅底摇曳；三口锅上烟气腾腾，飘着浓郁的肉香，肉在锅里翻滚，诱人食欲。

"四哥啊，小时候家穷，吃一回肉不容易，到这会儿对肉还是亲，你一说我就流口水，哈哈。"

"谁不是呢，什么鲍鱼海鲜、猴头燕窝，叫我说都没猪马牛羊鸡鸭肉好吃。"

"英雄所见略同，英雄所见略同。"

时间尚早，大厅里还没几拨客人，二人在一角落处坐好，先点了带壳花生、毛豆两个素菜，又要了猪蹄、猪耳、猪嘴拼盘，两个羊脑，半斤羊肚，半斤驴板肠，每人四两饭店自酿高粱白干。

"书恩啊，四哥那时候就看到你不是个平庸之人，奇迹啊，奇迹。"老四抿一口酒，竖起大拇指，"兄弟，你真是个传奇。"

"四哥，混到这一步，我知足了。"宋书恩满足地喝了一大口酒，"得感谢你对我的帮助与教诲啊。"

宋书恩已经不再跟他谈论文学了，在老四面前，他有了很大的优越感。他举起酒杯与老四碰了一下，豪爽地说："四哥，经济上，有困难了你张嘴，言语一声，多了你兄弟没有，三万两万还不在话下。"

老四点点头，说："有啥难了我会跟你说。"

四两六十度的高粱白干下肚，两个人都变得兴奋。吃完饭，宋书恩跟着老四去家里喝茶。

"四哥，想想那时候，谁知道有铁观音？在工地上连开水都喝不上，吃肉就更别说了，几个月都见不到一回肉。"品着清香四溢的铁观音，宋书恩感慨地说，"我想清了，四哥，反正无论如何，都要改变生活状况。当初，我爱好文学，是文学让我改变了命运。现在，我实现了自己的愿望，文学这块敲门砖对我来说没用了，这辈子我是不再说文学了。"

他不无骄傲地说:"四哥,改变命运需要啥?需要钱,需要权力。现在,我也算都有了吧?官不大,级别也不高,但我挺满足,还算叨菜吧?四哥,我一个没上过大学的人,能有今天,够我的了,够我的了……"

"四哥,搞文学太难了,我不再做文学梦了,我得好好干我现在的事业,争取早日弄个正处,多挣点儿钱。"

老四只笑而不语,他一道道地冲茶。从茶具和他泡茶的娴熟来看,他品茶应该有很深的功夫了。

一直到深夜,宋书恩才从老四家离开。老四发现,他已经彻底变成一个在乎官职和金钱的人,更不把文学当回事了。

"叨菜"也是存在风险的,因此也需要斗智斗勇。

以前在晚报,宋书恩采写批评稿件是为了发稿,从大处说是为了解决问题、抨击邪恶、伸张正义。那时候,他怕采访对象活动搞小动作,虽然也能通融,但从来不想"叨菜"的事,从骨子里排斥红包。

而现在,他在处理选题的时候,开始按能否"叨菜"划分选题。问题复杂、影响较大的恶性事件,不宜"叨菜"。这类稿件的采访,派个年轻记者能把问题调查清楚,写成稿件即可。对能"叨菜"的选题,就要派有经验、能交涉的记者,事前还要进行周密策划,记者采访完他要介入操作。一些重大"叨菜"选题,他还要亲自采访。

靠批评稿子"叨菜",是一门很微妙的艺术。采访者目的很明确,就是为了钱,但表面上,却是一副公事公办的样子。第一步接触投诉人,搞清楚问题的来龙去脉,拿到有关证据;第二步采访批评对象,摆出事实与证据,提出质疑。如果批评对象很积极,马上摆出主动求和的姿态,安排住宿、吃饭,这离"叨菜"就不远了。一般情况,在饭桌上就会说到解决办法,沟通友好的,就拉背场直接给记者塞红包,记者接了红包角色就转换了,开始站在被批评者一方,"帮助"他们想办法找领导"协调"摆平,请吃饭、送红包、拿赞助,当事方破财"灭火",媒体得利

第二十七章　叨菜

不发稿子，最后皆大欢喜。至于投诉者的问题，有些记者会把此条件提出来，要求当事方解决，而有些不负责任的记者一推六二五，随便找个理由敷衍一下完事。

倘若第二步做完，当事方并不积极，不予理睬，接下来就得走第三步：写稿发传真。发过传真之后，大多当事方就会行动起来，找到省城"协调"，这"菜"也就"叨"成了。当事方看到传真不予理睬，好，还有第四步：发稿。发完稿，并且把报纸或杂志寄往有关部门和当事方上级领导，接下来继续跟踪报道。这一弄，当事方还得出面活动，花钱摆平。如果还置之不理，就继续发稿，继续督办，直到当事方举白旗求和。当然，也有发了几次稿子最终仍然"叨"不成"菜"的，只能不了了之了。

对于"叨菜"策略，宋书恩有自己独特的见解。他不光自己做到，也要求每个记者做到，一定不能主动张嘴要钱，要让对方"自觉"。交涉的时候，谈赞助不能摆到桌面上，一定要拉背场，这时候要注意防范对方录音、拍照。如果有第三方就直接多了，第三方一般是批评对象找的人，跟双方都熟悉，双方对他都不戒备。在这个过程中，有勇有谋才能把"菜"做大，而且不出问题。

宋书恩很清楚，几个搞舆论监督的记者少有不拿红包的，他自己也在拿，但他公开要求却很严格，办公室墙上挂着"收受红包杀无赦"的大字幅，谁敢私收黑钱，除名没商量。但大家都心照不宣，只要安全，不出事，没人投诉你，就没人说啥。

宋书恩自己也很谨慎。他在收钱的时候，嘴上的推辞是很坚决的，手也不会主动接钱，做出让对方强迫把钱塞到口袋或包里的样子——这是为了防范对方录音和拍照。

无论在办公室还是在饭桌上，宋书恩都会拿出一副俯视对方的派头，不多说话，更不轻易表态。第三方或记者跟对方谈妥的时候，他会装出一副漫不经心的样子，或借机提前退场，或顾左右而言他。

宋书恩有个理念，越是想"叨菜"，越要做出坚决发稿的样子，还要让对方明白发稿的代价；越是想发稿，越要和颜悦色，对当事方说没事，不然他一活动发稿就泡汤了。

他自己采访的选题，需要他自己操作，那就更劳神费力了。想"叨菜"，就得把握住，如果当事方留吃饭，一定得留，留下来吃饭是最好的洽谈机会。但又不能一让你吃饭就答应，要推但又不能推掉，留又不能让看出来你想留，得恰到好处。谈话就更要艺术了，既要强调问题的严重性，强调发稿产生的严重后果，强调领导的重视，强调发稿的决心，又要让对方感觉到有通融的可能，同时感觉到摆平的难度很大。

比如那位县委常委兼企业老总，宋书恩反复说投诉材料中他本人的敏感问题：贪占公款、生活作风等。说过这些，他又开始说在基层干的难处，混到副处不容易啊，绕了一大圈，他最后说："老兄啊，辛辛苦苦十几年，你才干到这一步，咱不能因小失大，影响进步啊。"

"老弟啊，咱是一家子，一笔写不出俩宋字，这事我只有拜托你了，无论如何，你都得帮我啊。"宋总握住他的手，"需要打点谁你看着办，坚决不能发稿。"

宋总趁他去洗手间把钱塞到他包里，临分手对他说一点儿小意思，有啥事了回头再联系。宋书恩也想，先收了红包，过几天再让小朱给他打电话弄点儿赞助。他一出手就是五万，宋书恩也见好就收，没再找他。宋书恩当然也清楚，投诉材料中那些关于他的问题，也是反对派在做他的文章，内参部也不能被当枪使。

宋书恩的聪明才智，在"叨菜"中得到锻炼与发挥。那个时期，他感觉过得很充实。在他的主持下，杂志影响力日渐扩大，对集团也有了不小的贡献，一种满足的成就感油然而生。

第二十八章　迷在当下

感觉"2000"还没写顺溜,就到了四月。城市开始鲜亮起来,大街上女人的衣服五彩缤纷;路两旁的树木花草都开始绽放青春,用"春暖花开"形容这个季节真是恰如其分。

过了春节,在高上的协调下,晚报帮扶谷寨村的工作进展很顺利,当天气一天天变暖,各项资金全部到位,修路工程如期动工。宋书恩跟着林总跑了几次金柳县,对金柳县大力推进农业结构调整和促进县域经济发展工作做了一组系列报道,在《零度中北》及《中北晚报》重点推出。谷总对此报道非常满意,他在中层干部会上明确指出,无论是内参还是晚报,就是应该抓住基层有典型意义的工作方法和思路,大力宣传推广。

当林总的帮扶计划实施完毕,谷总对他的意图已经心知肚明。真难为他了。晚报几年来的发展有目共睹,林总功不可没。仕途出身的谷总,有他的工作思路,他必须树立自己的权威——而要做到这一点,就必须对报业集团的权力结构进行重新组合。在这个过程中,林总成了一个靶子,还差一点儿成了牺牲品。

林总的主动求和修好,谷总当然不会麻木不仁。当领导的都会把握分寸,当他感觉林总彻底臣服的时候,就不失时机地接过下属递来的橄榄枝,主动让林总跟他回老家参加道路通车仪式,还在好几次中层干部会上表扬了他。林总有点儿受宠若惊,还偷偷地流了几滴眼泪,可谓感激涕零。

谷总对林总的接纳,在宋书恩看来也是好事,他跟林总交往从此也少了很多顾虑。工作之余，一起吃饭、休闲，又恢复到以前的频繁交往状态。当然，跟林总在一起的感受，宋书恩心理也发生了微妙的变化。以前，他总是无限地去奉迎林总，把自己看作林总的一个马仔，更多的是奴性。而现在，从级别上他虽然比林总低半级，但自己作为内参的掌门人，又是谷总的红人，自然就有了很明显的优越感。虽然表现出来的仍然是尊重，却没有了以前的那种献媚，加上其他人的殷勤，宋书恩俨然成了重量级人物，再不用他掂茶倒水跑腿儿了。

林总对宋书恩也客气起来，他是谷总亲妹妹的干兄弟，当然不能轻看。很多时候，他还要向他打探谷总的行踪。

宋书恩混迹于报业集团的官场之中，坐在内参编辑部主任的交椅上，天天有饭局，还有菜"叨"，加上与林总的一些休闲活动，忙得不亦乐乎。尽管很累，他却乐此不疲，忙且享受着。

他已经很少读书，甚至连报纸都不认真阅读，更不会想起文学了。那个曾经温暖过他落魄、寂寞的梦，与他彻底决裂。此时，他心里装的，除了职位升迁和"叨菜"，就是打牌与泡澡。洗浴中心，成了他消磨时间最主要的场所。不知不觉，他的肚子渐渐隆起，身体慢慢发福，而腿和手，却是越来越不想动了。

他也不再内疚。人生在世，干啥都是干，只要快乐、舒心，何必非要跟自己过不去，逼迫自己干不愿意干的事？当然，他绝对没有因为"叨菜"和玩乐而影响到自己的进步。在集团中层干部中，论表现他名列前茅——他盼着自己在副处级熬上两年，有机会再升半格，弄成正处，也算修成正果，别无他求了。

几乎没有任何征兆，林总的副厅级终于尘埃落定。当然，这跟谷总的极力推荐有直接关系。组织部考察过一个月，公示就下来了：林总升任报业集团党委委员、编委，仍兼晚报总编。

可以说，这样的安排正是林总别无选择的企盼。为了实现这一跨越，林总在谷总面前究竟都做了什么，宋书恩也不得而知。

在小范围的庆祝宴上，林总不光郑重其事地给宋书恩敬了酒，酒席结束后还抱

第二十八章 迷在当下

着他的肩膀久久不松开，动情地说："好兄弟，好兄弟……"

对宋书恩另眼相看的，当然不仅仅是林总。在集团内部，中层以下的职员对他都很客气，几个副厅级领导在他面前也都不端架子。

林总还言之凿凿地预测：宋书恩年纪轻轻能坐到这个位置，又如此稳重能干，前途不可限量。宋书恩乍一听到这话只是笑了笑，并未上心。等到静下来一想，还真是，以前不在编，不在趟上，啥也不敢想。现在不同了，不但编制、级别解决了，还有了这样一个举足轻重的职位，不由得不多想，有点儿小野心也正常。加上林总已经如愿以偿，于是，他打破原来混到正处就打住的计划，重新规划了自己的仕途：三年内解决正处，再用三至五年向副厅跨越。

这是一个长远的计划，急不得。有了这个野心，宋书恩变得更加谨慎，他把《论语》中那句"君子不重则不威"的话用毛笔放大后贴在床头，还工工整整地写在常用的笔记本扉页上，常常提醒自己要庄重，树立威信，保持形象。

因了这个野心，宋书恩也放弃了很多东西。比如偷情，他收敛到几乎断绝了与所有情人的关系。遥在东北的郭珂，曾经是他的牵挂，在趁出差偷偷地飞过去看了她一次之后，有几个月两个人联系非常频繁，发电子信件、发手机信息、打传呼留言、通电话、通信，可谓心心相印。郭珂就是依靠他的信息与声音熬过了生孩子前的黯淡日子，顺利生下了女儿。就在郭珂热切盼望与他再次相聚的时候，他没有任何征兆地，突然给她写了一封长长的分手信，陈述了若干条分手的理由，毅然决然地断绝联系。郭珂打传呼、打手机、打办公室电话都无法找到他，最终不得不选择放弃。

偶然会见面的凌燕，也彻底被宋书恩打入冷宫，几个月他都不会给她打个电话。有两个关系暧昧的党校女同学，也被他巧妙而委婉地拒绝了。他很清楚，儿女私情会耽误大事，女人会坏大事。

在这个"一夜情"已被广泛接受的时代，远离女人，对一个正值盛年的男人来说，是需要有坚强的意志力的。曾经越过雷池品尝过偷情甜头的宋书恩，做到这一点更不容易。虽然繁忙的工作消耗了他大部分的精力，但蠢蠢欲动的雄性激素与工作的精力是两个系统，再忙再累也抑制不住雄性激素的躁动。他只有在吴金玲身上寻找出口。而吴金玲这时候心思都在女儿身上，加上不适应城市生活造成的情绪波动，对他的示爱表现得一点儿也不积极，她甚至还态度强硬地拒绝过他几次。夫妻关系再次陷入僵局，宋书恩曾经一度出现过阳痿。

在一点点压力堆积起来把宋书恩压得喘不过气来之后，他曾经想过，在中国，当官真是太不容易了，不敢做这，不敢做那，小心翼翼地还怕触雷，弄不好就落得个粉身碎骨，最后连自己都找不到。

但当官的诱惑是那么强烈，让宋书恩迷恋、向往——他从各个方面，看到了自己当官后的影响。无论是在沙源县，还是在柳青县；无论是在新老同事中，还是在同学朋友中；无论是在熟人中，还是在陌生人中，宋书恩的影响力都越来越大了。柳青县的老师同学、亲戚朋友、街坊邻居，一提到晚报有相当一部分人都会想到宋书恩。他当年的丑闻也变得微不足道，早就被扔到九霄云外了。

一大早，宋书恩突然接到高小青的电话，云丽霞五一要结婚。

挂了电话，他拿着手机发了好一阵呆。她怎么说结婚就结婚了？心里有一种莫名的酸楚——他意识到，那是醋意。自己当初不是劝她找个人结婚吗？人家结婚了，你醋个啥？

宋书恩摇摇头，把身子深深地缩进老板椅里，点上一支烟，然后拿起电话。

"高小青，是云丽霞让你告诉我的，还是你自己做主告诉我的？还通知了谁？"

"她让我告诉你？做梦吧你！她列了个名单，本来就没几个人，根本没你。"

"我要是去了不受欢迎惹云总不高兴咋办？可别把我轰出去啊。"

"宋书恩你真不是个男人，反正我跟你说了，你爱来不来！"

接下来是挂电话的声音。宋书恩开始拨云丽霞的电话，拨到一半，又把电话放下。去就去吧，去参加她的婚礼她能怎么样？大不了她不理我，最多叫她挖苦一顿。挖苦就挖苦吧，谁让你招惹人家之后又不理人家呢。

第二十八章 迷在当下

确定了去，又开始想，是自己单独去，还是带上老婆孩子？还是自己去吧，带着老婆孩子，一副家庭和睦、夫妻恩爱的样子，她不知道会怎么想呢。五一假期，先带着老婆孩子回老家，等婚礼那天自己再独自去洹滨市。

想好这个问题，他看了一眼桌上的台历，上边写着今天要办的主要事情："上午十点派人去出版局拿内资准印证（去时候给管内资审验的关副处长和小梁每人捎一套大豆纤维内衣）；中午约晚报常鸣等与柳青县计生委来人吃饭（焦楚扬介绍）；下午三点某县宣传部来人处理某乡政府因催缴提留尾欠款致使农妇服毒自杀身亡事件；五点集团大会议室处级干部政治学习；晚上与某市教育局来人见面，处理该市中小学发放违规劳动教材事件（可能一起吃晚饭）。"

宋书恩拨了内线电话，把小朱叫来，安排他去出版局，回来再拐到饭店订个房间，中午一起吃饭。

焦楚扬已经是乡计生办的副主任。在乡计生办的工作人员中，他算个秀才，能说会写，又会来事，转正没多久就提了副主任。虽说这乡计生办副主任只算个副股级，却也实惠、风光，天天有小酒喝，有小菜"叨"，日子过得很舒坦。据他自己喝醉酒扬言，还有女下属和村计生专干投怀送抱，他挑拣了两三个"上品"作为预备队，有机会了就风流一回。

焦楚扬这次来找宋书恩，是因为晚报记者去县计生委采访计划生育造假事件（几个乡镇有拿钱"买"结扎、引流产证明弥补任务不够的现象）。焦楚扬与宋书恩的关系全县计生系统都知道，计生委主任一个电话，他就义不容辞地跟着来了。

处理完手头的杂事，刚消停没几分钟，宋书恩的手机就响了，是焦楚扬。他已经带着计生委主任、县委宣传部分管副部长、新闻科长到了，问是直接到饭店，还是先去办公室。宋书恩看看表，说："直接去饭店吧，已经十一点了。房间已经定好了，你们先坐会儿喝点儿茶。常主任和采访的记者我都说过了，我们下班就过去。"

临近下班，宋书恩给常鸣打内线说好，准备提前走一会儿，关秘书打来电话，说谷总要召见他。他不敢怠慢，只差没有跑着去谷总办公室了。

又有什么事了？宋书恩的心里有点儿毛。内参正常运转之后，谷总一般不直接过问日常工作，有说情的找到他，他会让当事人直接找宋书恩，最多让秘书打个招呼。他找我肯定不是小事。宋书恩想着，气喘吁吁地来到谷总办公室。

"谷总，您找我？"

"坐吧，近段很忙吧？"谷总把一盒中华烟扔到他面前，"这烟不假，吸吧。"

"我再忙也赶不上您忙啊。"宋书恩拆开烟盒点着一支，心里松了一口气。肯定不是坏事了，谷总的和颜悦色已经告诉他。

"我们忙的不一样，我忙的是会议、活动，你忙的是具体事。书恩啊，内参这一摊，从筹备到现在，弄得不错，省委很满意。办公厅让集团写一个关于办好内参的经验材料，本来该办公室写。但谁也没你熟悉情况，还是交给你吧，辛苦辛苦，这对你也是小菜一碟。我先列了一个提纲，你看看。"谷总把一张写满字的稿纸递给宋书恩。

"好，我尽快赶出来给您。让我干啥您只管吩咐。"宋书恩认真地看着稿纸上谷总写得龙飞凤舞的提纲，频频点头。

"这个材料，关键在高度。一定要把集团党委跟省委保持高度一致，既重视舆论监督，又不影响中北整体形象这个思路写深、写透；再一点，办好内参，也是有效解决日报、晚报批评稿子过多而造成负面影响的有效途径……"

谷总滔滔不绝地说着，宋书恩一边聚精会神地听，一边在笔记本上用心地记。——到领导办公室，拿笔记本是他的习惯，无论用不用记，拿出笔记本做出一副认真听、认真记的样子，都是对领导的一种尊重，即使不喜欢，哪个领导也不至于讨厌。

他在认真听取谷总指示的半个小时里，手机在他的裤袋里多次振动，他却顾不上它。再大的事，跟老总的事放到一起全都微不足道。这一点谁也无法改变，老总掌握着生杀大权，谁会拿自己的命运开玩笑？

走出谷总办公室，宋书恩才拿出手机。三十多个未接来电，除了常鸣和焦楚扬

第二十八章 迷在当下

的，还有家里和曹利英的。他赶紧给常鸣回电话，常鸣说："哥们儿，困河东啊？这么晚了还不出来，我以为你会跟一号去吃饭呢。"

"不好意思老兄，不好意思，你知道我在谷总那儿就好。赶紧走吧，真饿了。"

一边下楼，宋书恩又给焦楚扬回电话，说了情况，让他们先点菜。到了停车场，他把钥匙交给常鸣。

"你开着老兄，我还得回几个电话。"

"宋主任是真忙啊，一号经常接见，我不当司机谁当司机？"

宋书恩对常鸣双手抱拳，嘴里一边说着多谢多谢，一边拨电话。

回家里电话问老婆有啥事，老婆说想问问中午吃饺子是用牛肉大葱馅儿，还是用猪肉豇豆馅儿，这么久才回电话，晚了。宋书恩笑笑，说中午不回去了，有应酬。吴金玲对他不回家吃饭早就习惯了，说你不来我们吃。

给曹利英回过去，她的一个服务员接的电话，说她出去请防疫站的人吃饭了，找他可能就是说这事的，刚来了两个小姑娘没办健康证，说要罚款。

宋书恩马上给谷小亮打电话，谷小亮说他跟姑姑在一起，防疫站的事已经摆平。不过也该请他们吃个饭，以后有啥事好说。

宋书恩对谷小亮说："你把电话给你姑，我跟她说几句话。"

"姐，不好意思，我刚在谷总办公室，没接你的电话。"

"客气啥，工作才是正事。知道你忙，我就给小亮打了，他都说了，事也说好了，你放心吧。"

常鸣说："兄弟牛啊，一号家的私事都找你办。"

宋书恩摆摆手，说："老兄见笑了，你也知道其中的关系。"

常鸣点点头："兄弟运气好啊！"

看着常鸣羡慕的表情，宋书恩暗自得意。当然，对常鸣的话他也有点儿不舒服，难道仅仅是运气好吗？还得有能力。有句话不是说吗？成功等于努力加机遇，机遇则总是光顾有准备的人。我宋书恩拼搏这么多年，吃了多少苦，付出了多少努力,只有我自己清楚。

宋书恩真想把这些想法给常鸣说说,但他知道人得意不能忘形,随即露出谦逊的微笑,言不由衷地说:"都是弟兄们帮忙抬举,特别是你老兄,我刚来那阵你没少帮我,大家对我的好,我都记着呢。"

他心里却自信地说,此一时彼一时,我的努力终有回报了。

中午的饭局祥和而热烈。

柳青县计生委晁主任对宋书恩、常鸣等人的热情与殷勤有些过分,但绝对不假,满脸的真诚与献媚,让人都有点儿过意不去了。

"宋主任,柳青县有你,家乡为你骄傲,为你自豪。你为家乡做了多少贡献啊。"晁主任说着自己先喝了半茶杯白酒,又给宋书恩酒杯里倒了一点点,"你放心,宋主任,我总是心太软,看着倒了三次,这叫凤凰三点头,是礼节,礼节坚决不能少,你看看,实际倒的酒也就一百个酒分子,约等于没有。"

这位晁主任在乡镇当过乡长、书记,是个久经沙场、经过摔打的人物,在县里也算牛人。他能如此献殷勤,实在是难得——谁让他的工作有把柄被记者抓住了呢?计划生育一票否决,他的工作出现问题,直接影响到县委书记、县长的政绩,县领导受了处分,当然也不会放过他,不免了他才怪呢。用他的话说,就是下跪磕头,扒一层皮,也得把这事摆平。来的路上,他就对焦楚扬说:"兄弟,你大胆跟你同学说,不惜一切代价,坚决不能发稿。"

宣传部分管副部长童欣安慰他:"有宋书恩,摆平应该没问题。"

"不能是应该没问题,得一定没问题。"晁主任坚决地说。

童欣干了几年副部长,这些年几乎净干"灭火"工作,自嘲为"消防队长"。他听晁主任如此说,心里有了底,只要肯花钱,几乎没有摆不平的事。

等到酒足饭饱,童欣把宋书恩叫出来,拉背场商量。他跟宋书恩很熟悉,也不避讳,直来直去问:"你说,让他出多少?计生委有钱,你也别手软,也给兄弟你弄个烟酒钱。"

第二十八章 迷在当下

"我就不用考虑了,咱老家的事,我做啥都是应分,哪能拿钱啊?"

"你不用管了,公家的钱,又不是他个人出。我说说你看中不中,你跟常主任一人五千,去采访的小柴三千,咋样?"

宋书恩想了想,"我们这中了,你老兄也不能白忙活啊,多跟他要点儿,你也得留点儿啊。"

"老弟你不用管我了,这是我的工作。"

说好,童欣又把晁主任叫出来,把钱分装在三个信封,然后他私下里再把信封塞给他们。在童部长面前,宋书恩再三推辞,最终还是没把信封从包里掏出来还回去。常鸣也是半推半就,嘴里说着不中,却任童欣把信封塞进包里。小柴干脆就没有推辞,接过信封,他还捏了捏,估测了一下里边有多少钱,然后把信封折了一下,很自然地装进了西装的内口袋里。

等到每个人都再次坐在饭桌上,刚才议论的关于计划生育的话题告一段落,都不再提起。三个信封终结了那个举报人反映的问题,一篇关于计划生育造假的稿子胎死腹中。此时,大家脸上都带着微笑,充满了友善与温情。

晁主任说:"欢迎常主任、柴记者多到柳青县指导工作,啥时候去提前给我打个电话,吃住行我全包了。宋主任也常回家看看,别光住在省城不回家。家里有啥事,你让楚扬跟我说。"

饭局结束,宋书恩要去买单,晁主任哪里肯让,早就让司机去结过了。宋书恩也是做做样子,他知道一定不会让他买单。

宋书恩一副真诚的样子,把钱包从口袋掏出来拿在手里,说:"晁主任太客气了,你们来到省城就是客人,我得做东请客啊。到了柳青你们再请我。"

晁主任说:"你自己工资有多少?老家天天来人,你经常请客还不把工资花光啊?啥时候都不能让你自己掏腰包请客。你记住,家乡人民欢迎宋主任。"

这话听起来虽然有点儿假气,宋书恩心里还是很受用。他再次想起爷爷的那句话——用得着你咱是孙子。晁主任脸上三孙子一样的媚笑,让人看出了求人的不易。常鸣,包括自己,那种高高在上被人求的快意,真叫爽!

放了假，宋书恩赶回老家，正赶上槐花盛开。满树泛着绿光的白花散发出一股又一股香气，吸引了大批的蜂蝶在槐树上盘旋，整个村庄都笼罩在花香之中。

自从提了副处，特别是拥有了自己的坐骑之后，宋书恩回老家就方便多了，不足二百公里，开车两个多小时就到。清明节他一个人回来给娘上坟。以前光顾着为生计奔波，没心思也没条件回家，感觉亏欠娘很多。这次上坟，他不光给娘烧了金山、银山、冥币，还烧了别墅、小轿车、电视机，还有保姆。现在做死人生意的人也与时俱进，凡是阳间有的东西，在殡葬用品店都可以买到，大到房子、轿车，小到手机、电脑，包括伺候人的金童玉女，甚至还有小姐（妓女）。夕阳西下的黄昏，他跪在坟前，回忆起娘去世的那个上午，回忆起娘出殡那天的灰暗，泪水在脸上奔流，在竹篾和彩纸燃烧的火光中，他独自默默地与娘相对。

娘啊，三儿来看您了。这么多年，清明节我们都不来看您，不给您烧纸钱，在那边，您是不是像原来一样贫穷啊？我们不孝，原谅我们吧，娘，前些年我们顾不上，往后，清明节、十月初一我都来看您，给您送钱，送东西，让您过上好日子……

车停在家门口，像每次来一样引来很多人围观。宋书恩发现，围观的人群里，没有了咋咋呼呼的傻改柱。

路上，省玉还对他说："爸爸，我可讨厌那个傻改柱，他老是可烦人，别让他闹呗。"

"傻乖乖，他是个傻子，别理他就中了，咱车停那儿还能不让他看？"

傻改柱不出现，宋书恩感觉有点意外，心里感觉好像缺点什么。见了爹，他就问："咋没见傻改柱啊？"

爹说："他呀，怕是回不来了，没过正月十五他就出去找他傻媳妇了，走了就没再回来。"

"他知道他媳妇家是哪儿的吗？"

"不知道吧，光说是啥县的，几百里地哩。"爹说，"找着了人家孩子也不会

第二十八章 迷在当下

让娘跟他过，他是瞎找。"

尤为难得的是，二哥宋书仲与二嫂也回来了。有了老婆，宋书仲的生活发生了巨大变化，比如五一请假，之前他是万万舍不得的。他认为人就不能闲着，闲着不光不挣钱，还得花钱。更大的喜事，是二嫂已经怀上了孩子。宋书仲虽然有点儿不好意思，但从精神面貌上一下就能看出，他的情绪特好，平素木呆的脸上有了些灿烂，说话似乎也不那么结巴了。宋书恩偷偷问他原来怀不上究竟是谁的问题，这么快就解决了。宋书仲红着脸，吭哧了一大会儿才说清，夫妻俩都没问题，就是在一起的时间少，老赶不上时候，后来按照医生的嘱咐，他请了一个月的假，问题就迎刃而解了。

宋书仲夫妻俩还商量好了，等孩子出生后，就把她娘接过去带孩子，二嫂腾出手来开个服装店，到时候二哥也就不再去挖煤了，帮她做生意。二哥都快四十的人了，挖了十几年的煤，没少受累，也该换个轻松点儿的活儿了。再说了，天天下井，总叫人提心吊胆的。

"我再拼着干上一年半，得多攒点儿钱，做生意也有本钱了。"宋书仲对未来充满了憧憬。

"悠着点儿二哥，你也别太苦了自己。"宋书恩看着二哥有些驼的背，心里突然一阵酸楚。这些年，二哥掏了太多的力，吃了太多的苦。

五月一号一大早，宋书恩自己驾车去洹滨市参加云丽霞的婚礼。他已经摸清参加婚礼的同学名单，很有限，不超过十个人，都是在市里或县里的。贾老师倒是知道，他是意外得到的消息。前几天贾老师给宋书恩打电话，说好一起去。宋书恩先到贾老师家——他早就把家安在了市里。长期以来的惯例基本是这样：乡级干部家在县里，县级干部家在市里，市级干部家在省里。

第一次去贾老师家里，不能空着手，宋书恩想来想去却想不起合适的东西，最后很俗气地花四百块钱买了两条烟。贾老师一见，笑了笑，说："净乱花钱，我这儿又不缺烟。"

"没啥孝敬贾老师，也是别人送的，顺手拿过来了，您别嫌赖。"

"中了，二十多一盒的烟还赖？我平时抽都是十块钱一盒的。"

"看来贾部长还保持着艰苦朴素的优良作风啊，难得。"

"拉倒吧你，我也想抽好的，县里的情况你还不知道，乡镇财政都很困难，教师干部工资都发不来，你以为都能抽起大中华？"

贾老师说着，从卧室拿出一条中华烟递给宋书恩，宋书恩哪里敢接，说："贾老师这可不中，我可不要你给我压兜。"

"啥压兜啊，你放车上抽吧。这烟我也不敢拿出来抽啊，影响不好。"

宋书恩经不起硬塞，只好接住。想想，他颇有同感，也真是，很多来路不正的钱物，用起来是前怕狼后怕虎，于心不安呐。

婚礼简单而隆重。说简单，是程序简单，都是再婚，双方父母都没到场，省去了台上的拜天地程序，也没有司仪主持。说隆重，是人多，新郎是洹滨县副县长，有身份，虽然控制了消息，但还是有不少不在名单上的人前来贺喜。

云丽霞没有穿婚纱，穿了一套金红的中式套裙，头上盘了一个高高的发髻，一侧插着一枝粉红的百合花，显得端庄大方，妩媚风情。新郎是白衬衣、红领带，灰蓝西装，三七分头乌黑发亮，很是精神。高小青说黑头发是染的。宋书恩自己都有点儿出乎意料，完全没有一点儿醋意。那位年逾半百的新郎，倒并不显老，看起来也就四十出头儿，比云丽霞略显大点儿。从云丽霞脸上幸福的微笑可以看出，十六岁的差距不算什么。

云丽霞看见宋书恩的时候，一点儿都不惊讶。她优雅地走过去，先跟贾老师握了手，又跟宋书恩握手，然后向新郎介绍他们。

大概是穿得有点儿薄，宋书恩感觉到她的手冰凉。宋书恩说："祝贺你！"

"谢谢你这么远跑来！"

高小青小声恶狠狠地说："宋书恩同学，是不是心里特别酸啊？你可放了空炮，又一次伤害人家丽霞了。你就是她的天敌，扫帚星！"

宋书恩不敢接茬儿，咕哝了一句"乱扣帽子"，赶紧去找贾老师了。

第二十八章 迷在当下

洗完澡睡了一觉，贾彻就开始打电话约人。他专门为宋书恩设了个饭局，约了市委、市政府的几个关系亲密的朋友。起初宋书恩没打算留下来，但耐不住贾彻盛情挽留，加上中午喝了点儿酒，就顺水推舟，也有时间与这位对他有深刻影响的老师谈谈心。

中午的婚宴上，大家喝酒都很矜持。宋书恩跟着贾彻，与云丽霞的几个大学同学坐在一起，邱夏雨做了这个桌的主持人。

邱夏雨如今已经是城关镇的党委书记了，仕途正劲。她虽然不认识宋书恩和贾彻，但听云丽霞说过多次，加上他们的身份，她劝酒显得格外热情。

"贾部长，早就耳闻你的大名，今天能认识，很荣幸，丽霞的老师也是我的老师，酒你就随意吧。"邱夏雨端起酒杯与贾彻碰了一下，象征性地沾了沾嘴唇，又转向宋书恩说，"宋主任，你的大名更是如雷贯耳，丽霞都把我耳朵念叨出茧子了，俺给你敬个酒，你可不能跟贾部长比，你得喝三杯。"

"夏雨是个大才女，仰慕已久，今日相见，果然名不虚传，既漂亮妩媚，又英姿飒爽，佩服佩服，等量代换，俺也攀个同学。要不是开着车，咱非得碰六杯不可。"宋书恩一手端着酒杯，一手与邱夏雨握手。

"宋主任别拿开车说事，吃过饭休息一下再走，再不然住下来，好不容易见一次，不喝三杯回头我去省城找你你不认我咋办？"邱夏雨一再坚持，宋书恩只好喝了三杯，又与她碰了三杯。

接下来，对其他人的劝酒、敬酒，邱夏雨马马虎虎走了走过场，显得有点儿潦草。虽然大家都不愿意多喝酒，但从劝酒、敬酒的热情程度，可以看出对客人重视的程度。宋书恩明显感到，邱夏雨对自己和贾老师是另眼相看的。仕途上，讲究级别。平级的，可以随便些，开玩笑调侃都不成问题；级别比自己高的，即使不是领导，也得矜持点儿，不敢放肆，需要把姿态放得低些。

晚上的饭局就充满激情了，宋书恩不再是贾彻的学生，而是来自省报的宋主任。宋书恩坐在主宾席上，心里不觉飘飘然。一个市委副秘书长，一个市政府副秘书长，还有市委、市政府办公室的三个科长，跟贾老师共同陪他，表现出来的热情让他备感温暖，喝起酒来也格外顺畅。

这在几年前，是宋书恩想都不敢想的事情。身份的变化，给人际关系带来的相应变化，是显而易见的。宋书恩想，假如我以一个农民工的身份来找贾老师，他会怎样对待我呢？也许，他不至于不认我，但吃饭呢？他会请我吃饭吗？也许会管我饭，但肯定没有这么隆重了，大不了到门口的小饭店，要上两个小凉菜，喝上两瓶啤酒，或是二两二锅头，再要一大碗肉丝面、烩面什么的。陪客的人肯定是免了——即使不免，也万万不会请市委、市政府的秘书长了。

宋书恩陶醉在饭局的热烈之中，豪爽地喝酒，很有风度地说话。当记者好，当官更好。喝得晕乎乎的宋书恩满足地舔着嘴唇，打着酒嗝儿，仿佛飘了起来。

第二十九章　多事之秋

2003年的那场非典疫情在全国闹得沸沸扬扬的时候，宋书恩刚刚结束新闻从业人员资格培训。十天的培训紧张而有序，按时上课下课，不敢迟到，不敢早退；上课时间手机、传呼全得关机；考试更不敢作弊——只要作弊，一经发现立即取消资格，下一期再学再考。上级有精神，学习态度不端正的，一律按不合格算，不发资格证，换发的记者证就拿不到手。拿不到新记者证，就等于没有采访资格——对于新闻从业人员来说，不仅仅会影响到工作，也是一件丢人的事。

宋书恩不敢马虎一点儿，十天如一日，像中学生一样遵守纪律，虽然考试成绩要过一段时间才公布，但他心里有底，过关肯定不成问题。考试完当天下午，他松了一口气，打电话约老四喝酒。其实他最想找高上喝酒，高上却跟随局长参加活动不能出来。高上挂职锻炼两年，回到局里没多长时间就顺理成章地晋升为正处，当了局办公室主任，还进入后备干部系列，前景阳光灿烂，引人注目。

老四刚参加完一个企业家作者的作品研讨会，他已经被作者强拉硬拽到餐厅，宴请与会评论家、作家的酒会马上就要开始。接到宋书恩的电话，他没敢跟作者打招呼就跑了出来。近些年，老四埋头创作，已经成为在全国颇有影响的作家，但他更加低调，特别不喜欢应酬性的活动。用他的话说，那种应酬太累人了，烦琐、虚套，每个人说的很少有真话，浪费时间不说，还浪费感情，真是煎熬。写作之余，他喜欢与少数几个特别脾胃相投的朋友喝茶聊天儿。

宋书恩接上老四，去了一个高档的咖啡厅。进了包间坐定，宋书恩把菜单递给老四说:"四哥,你放弃大餐不吃,跟小弟来吃小餐,你尽管点,别客气。"

"有肉有酒就中,你全权代我点,你知道我喜欢啥。"老四把菜单推过去,"看老弟春风满面,又有啥喜事了?"

"喜事倒没有,失去自由十天,都快憋闷死了,今儿个解放了,找四哥聊聊啊。"

宋书恩接过菜单一边翻看,在老四的劝阻声中,点了一壶铁观音,又点了极品鹅肝、卤水金钱肚两个凉菜,蒜香鸡翅、鱼翅炒鸡蛋、大葱爆海参、清炒芥蓝四个热菜,最后点了一瓶法国白兰地(咖啡厅没有白酒)。

宋书恩很潇洒地把菜单合上,说:"四哥,我的正处马上就要解决了,应该在上半年里头吧,民主测评过了,光等着考察了。"

老四淡淡地笑了笑,说:"不错,祝贺你。"

老四的笑容是淡定的,他的头发已经有些花白了。在他眼里,宋书恩这几年的变化太大了,大得惊人,但又说不上他哪里变了,总感觉他身上多了一些官气,虽然仍然不失稳重,却多了一些张扬。当然,老四还是很能理解他,年轻人谁不渴望进步升迁?人之常情嘛。

品茶、喝酒、吃饭、聊天,宋书恩滔滔不绝地说,说媒体圈的一些内幕,说自己深陷其中的感受。话语中,虽然有牢骚,更多的却是成功者得了便宜卖乖的那种满足。出了咖啡厅,宋书恩又拽着老四去洗脚城洗脚。老四的时间很宝贵,用他的话说,生命是以时间计算的,占用别人的时间,就等于占用别人的生命。愿意为之付出生命成本的人,肯定都是知己。比如宋书恩,他非常愿意跟他在一起。虽然老四对他的生活状态有所成见,对他的追求也不赞同,但这么多年来一直把他当自己兄弟看,与他在一起的愉悦和舒展是任何人取代不了的。

宋书恩送过老四回到家,已经过了零点,他却兴奋得没有一点儿睡意,坐在书房发呆。每次跟老四在一起,他都很尽兴,那感觉是享受,是幸福——没错,就是幸福!他所处的活动圈子,哪敢如此畅所欲言,哪敢如此无所顾忌,常常绷着神经,不敢有半点儿懈怠,生怕一个细节导致一败涂地,若干年的拼搏、奋斗转瞬付

第二十九章 多事之秋

诸东流，甚至更惨。他突然对"用得着人靠前，用不着人靠后"这句话有了新的理解：那只是人性深处的劣根，是一种庸常的世态。而绝大多数人，内心都是排斥这种势利做法的。每个人，都需要真情的温暖，尤其是知己朋友的温暖。想想与高上、老四之间这么多年的交往，能发展到感情如此笃深，虽然不能说没有一点儿功利在里边，但最关键的，还是与他们之间的深厚友情在起作用。在繁杂而充满竞争的社会中，他们互相温暖，彼此得到慰藉，享受本真。

回到卧室，宋书恩躺在床上继续畅想。不知过了多久，迷迷糊糊睡去，眼睛却是睁开的，他突然感觉有一束幽蓝的光闪了一下，一双沉静而淡定的眼睛与他对视。一会儿，那双眼睛又消失在黑暗中，一只白狐款款来到床前，静静地蹲坐了好久，忽地跳到床上，扑在他身上……

他惊叫了一声，忽地坐起来，把给他拉被角的吴金玲吓得跌坐在地上。早上的阳光从窗外照过来，斑驳地洒在卧室里。

"哎哟，你吓死我了。做噩梦了？"吴金玲从地上站起来，"睡不睡了？爹去买早餐了，孩子们都起来了。"

"不睡了，十天没去单位了，得早点儿上班。"宋书恩回想了一下梦境，心里不觉有点儿不安。好久不想它了，它在哪里呢？还好吗？

一到单位，宋书恩就被集团纪检委叫去。省纪委三处与某县纪检委来人调查他受贿的案件。三年前那位同姓的县委常委兼国企老总因经济问题落马，供出曾经给宋书恩行贿五万元。刹那间，他出了一身冷汗。这时候，他真为自己当时把钱上缴单位的决定而庆幸，脑海里再次浮出那沉静而淡定的目光、气定神闲的姿态。

但错误和麻烦还是有的。当时因为没打通那位老总的电话，搞不准发票怎么开，只开了一张内部的收款收据。后来，想着那位老总没说要发票，一忙就把这事给忘了。当初如果把发票给他，怎么也不会招来纪检委的调查啊。

谷总狠狠地批了他一顿，说他犯这种错误太低级了，没一点儿责任意识，给集团造成了严重的不良影响，责令他写出深刻检查，在党委会上通报批评。宋书恩心里一沉，这次提正处看来是泡汤了。但好在谷总跟省纪委三处的处长熟悉，加上县纪委主要是核头那位老总的供词,最后宋书恩写了一个情况说明,又补开了一张发票,这事就算过去了。

宋书恩暗暗叫苦,一点儿小小的失误,就让他弄了一个趔趄。官场无常,眼看剜到篮里的菜,一会儿就没了。心里郁闷得厉害,又无法向谁诉说,弄得他好长时间都闷闷不乐,心事重重。

进入四月,非典带来的影响在省城蔓延。药店的口罩、体温计、消毒液、板蓝根、金银花、抗病毒口服液被抢购一空;大街上很多人都戴着口罩,平时拥挤不堪的公交车变得稀稀拉拉;饭店也变得萧条,很多饭店都免费赠送熬制的中药汤剂;各大医院都开设了发烧门诊,门口还安装了自动测体温的设备;每天到单位首先要测体温,严格控制外出;公园里,锻炼身体的人多起来,人们对健康的渴望显而易见;人心惶惶,人们都被那个看不见摸不着却能夺人生命的SARS病毒闹得紧张兮兮,不得不对疾病与死亡这样的沉重问题进行思考。

宋书恩坐在办公室无所事事,他翻开日历,用笔在四月份的某一天画了个圈,他的眼睛开始潮湿,禁不住有泪水涌出——那是二哥宋书仲的祭日。一眨眼,二哥已经去世两年。宋书仲是真没福气,老婆生下他们可爱的女儿不到两个月,宋书仲在即将离开矿井、开始新的生活的当儿,却在矿难中丧命。

宋书恩从父亲口中得知消息匆匆赶到煤矿的时候,宋书仲的善后工作已经处理完。留给家属的,除了一个骨灰盒,还有他的一些零碎遗物,其余啥都没有了。二嫂领了抚恤金,带着女儿离开了,连去了哪里都没人知道。后来宋书恩通过凌燕打听,二嫂也没回娘家。

宋书恩跟爹说,也别再找二嫂了,她既然不想见宋家人,那咱就不见,不就几万块钱吗?她能把孩子养大就行了。

爹伤心得哭干了眼泪。即使这样,他还没忘传宗接代的事,哭着说:"你大哥这一股头还有个立志,书仲连个男孩儿也没留下来,他这一股头算是绝户了。"

宋书恩安慰爹说:"不是还有个闺女吗?啥时候她都是咱宋家人,都是二哥的

第二十九章　多事之秋

骨血。"

爹咬牙切齿地说:"这会儿找不到啊,你二嫂这个娘们儿做事真绝,男人一死她就没影了,肯定是跟哪个男人跑了。"

"你别多想了,她还养着咱家的孩子呢,跑就跑吧。"

二哥的死让爹病了一大场,宋书恩把他接回省城,卧床一个多月才起来。从此爹的身体状况一落千丈。宋书恩把立志、立玉接到省城上学。此时,他已经搬到集团公寓(集资建房)四室两厅的大房子中。全家六口人住在一起,宋书恩感到前所未有的满足。爹舍得离开家来到省城,宋书恩费了很多口舌。当初,他把立志、立玉俩孩子弄到省城,就没有征求爹的意见。孩子来了,宋书恩以照顾不过来为由,最后说通了爹过来照顾孩子。爹每天都起得很早,先是做早饭,后来习惯了豆浆、胡辣汤、豆腐脑儿和包子、油条,就跑出去买早餐。宋书恩两口子一说让他歇着,不让他干家务,他就拿回老家要挟他们,他们看着爹乐此不疲地跑来跑去,也就心安理得地享受爹准备的早餐了。

这个家庭,经历的灾难一桩接一桩,宋书恩真不敢回头去想。爹这大半辈子,太苦了。他不敢想象,在宋书晖稍大些之后不再哭闹爹的无数漫漫长夜里,爹靠着那部翻看了无数遍的《毛泽东选集》,如何排遣无边的寂寞与痛苦;他更不敢想象,作为一个男人,从三十多岁失去妻子便再也没有女人的二十多年里,爹如何消解旺盛的雄性激素……爹太伟大了,为了家,为了孩子,他牺牲了自己的后半辈子。宋书恩坚信,支撑爹的,一定是他对娘和孩子们的爱。

非典的影响越来越大,人们都猫在家里不出门,上班也变得松散。平日里忙忙碌碌,突然一下子没事情做了,宋书恩真有点儿不适应。内参的同志们都不下去采访了,应酬也没了,每天测测体温,坐在办公室看看报纸、喝喝茶,是真清闲。在重大疫情面前,在生命遭到威胁的时候,一切都变得无关紧要。

这时候,传来了奶奶去世的消息。奶奶九十五岁寿终正寝,也算喜丧。但爹还是失声痛哭,他为自己没能在奶奶最后的时间里守在她身边而遗憾。因为非典,回家奔丧多了很多麻烦。出市要过关、测体温、给车消毒,谁体温有点儿异常,事情就大了，肯定要滞留。进村也要接受检查，如果是从广州等重点疫区返乡，对不起，就得去村口的小学校住一周，确认没问题了才能回家。全村人的生命安全，马虎不得。

回家还算顺利，六个人体温都没问题。本来宋书恩想自己跟爹回去，吴金玲跟三个孩子都不回去。特殊时期，外出总是叫人担心，车上也挤。但爹坚决不同意，奶奶出殡这么大的事，都得回去。

青壮年大多外出打工，还不到返乡的时候，村里少了很多人，奶奶的丧事也显得有点儿冷清。这种时候，宋书恩谁也没敢通知，外出都不方便，万一体温异常被滞留在哪里，就麻烦大了。

非典给人们的观念带来了很大的冲击。与健康、生命相比，功名利禄等一切，都可以忽略不计。宋书恩也不例外，恍惚间，他对一切都看淡了。那个即将到手的正处级的失去，还有他以前很在乎的风光，都变得微不足道。因此，对奶奶的葬礼，宋书恩不再在乎形式的隆重。让老人稳稳当当地入土安息，家人能够表达哀悼之情，也就没有什么遗憾了。

在夏季的炎热中，SARS病毒悄然而去，一切恢复了正常。

宋书恩低落的情绪却恢复不过来，心里总感觉空荡荡的，干什么事都打不起精神。林总喊过他几次打牌，他都以有事拒绝了。

林总以为他是正处没提成闹情绪，劝道："没提成正处就这么沮丧啊书恩？机会多着呢，还不是早一天晚一天吗？可不能消沉啊。"

宋书恩笑笑："林总你误会了，我已经把那事忘了。"

宋书恩也不知道自己为什么打不起精神，心里很迷茫。自己一向热心的晋升、"叨菜"、应酬等等，怎么一下子就失去了兴趣？他已经不再想那个正处级了，也不再想如何实施以前的仕途计划了。就想做一个普普通通的记者，勤勤恳恳地工作、采访、写稿，下了班回家陪爹说话，陪老婆逛街，陪孩子们玩。

周六上午，宋书恩陪爹去公园散步。爹进城这么长时间，因为忙，他这是第一

第二十九章　多事之秋

次陪爹散步，爹很高兴。看到公园里很多人都在锻炼，爹说："书恩，你也得多锻炼，看你肚子大的。"

他笑笑，点点头："以后每天早上都来这儿转转，活动活动。多少年不干体力活儿了，身上越来越没劲。"

正说着，手机响起来。宋书恩猜是林总找他玩，有点后悔没关手机，星期天也不得安生。但又不能不接，拿出来一看，来电显示竟是谷总办公室。

他不敢怠慢，赶快按通手机，听筒里传来谷总威严的声音："小宋，你来一下吧，有重要的事情跟你说。"

尽管谷总不在面前，宋书恩还是连连点头，对着手机一连说了好几个是。挂了电话，他对爹说："爹，你自己在这儿转转，看看下棋，我得抓紧去单位一趟。"

到了谷总办公室，谷总把一个文件递给他，说："你的问题总算解决了，没情绪吧？"

宋书恩说："没有，我没有情绪谷总，真的。"

宋书恩扫了那文件一眼，竟然是关于他的任职文件，他新的职务是：报业集团编委办公室主任兼内参编辑部主任，被遗忘的那个正处级，突然毫无征兆地降临在他头上。一时，宋书恩有点儿发愣。

"我工作马上要变动，昨天下午临时召开了党委会，我提议解决你的正处问题，也没啥阻力，这也是你工作努力的结果。散了会马上就把文件印出来了，周一就下发。"谷总顿了顿，又说，"我走了你也不用担心，好好干，我过去等一段时间把你也调过去，在市政府给你安排个秘书长，将来会有更大的发展空间。"

宋书恩脑子有点蒙，好像没听明白谷总的话，呆呆地坐在那里，茫然地看着谷总，连句感谢的话都没有。

谷总有些兴奋，没在意宋书恩的反应。省委已经找他谈过话，要他下去当市长，而且很快就会赴任。对谷总来说，这肯定是重用。就他现在的年龄，不出意外，他应该有机会当一任市委书记。当上市委书记，掌管一个地级市的政治、经济，那是施展自己政治抱负和自身价值的平台，他盼望已久。

宋书恩却没有太强烈的感觉。他没有为自己的晋升而兴奋，也没有为谷总的调动而失落。

谷总对他的淡然好像没有发现，继续跟他谈话，内容无非是让他注意团结、努力工作的训诫，最后是让他照顾好谷小亮。这两年谷小亮进步不小，跟宋书恩一起拿到了党校的研究生毕业证，虽然还是内参编辑部副主任，但提了副处级。宋书恩听着谷总滔滔不绝地说着，到最后竟不知道他都说了些什么。

直到夜里，宋书恩才突然意识到，自己在报业集团的这个庞大靠山，转眼之间就没有了。谷总对自己真是太好了，一个官员，能在调离之际为一个下属专门召开一次党委会，实在难得。

离开谷总这个靠山，我该如何去应对呢？坐在书房里发呆的宋书恩，一直为自己以后在报业集团的前途苦思冥想。但他打定主意，无论如何都不会跟随谷总下去，他不愿做他的附着品。

宋书恩的任职文件下发之后，平静得有点出人意料。也许是大家都认为提拔他理所应当，不足为奇；也许是非典之后人们观念的改变，大家已经对此看得很淡。没有人议论，除了几个关系密切的同事碰面后的口头祝贺，再无人提及此事。宋书恩表现出来的淡然，他自己都有点儿吃惊。很多同事都发现，宋书恩脸上的笑容变得本真了；他身上原来那种过分的热情和锐气消失了，人也显得从容、平和了。

之前，谁晋升了，相好的同事都会热情祝贺，本部门的、关系密切的还得请客吃饭。这次却例外，连内参部的同事也没人提让宋书恩请客，最初他也有请客的想法，却懒得张罗，一直没设一个饭局。

周五下午下班，林总打电话，让宋书恩到省城最高档的鲍鱼翅饭店。行动要保密，具体啥活动却没有透露。宋书恩有点儿摸不着北，在谷总即将离任、新老总还没有上任之际，林总神秘兮兮地找他，想必有什么重要信息发布。

到了包间，已经升任晚报副总编的常鸣在点菜，谷小亮也在。

宋书恩小声问谷小亮："都有谁？"

谷小亮递给他一支烟，说："还有我叔和林总。"

常鸣点完菜，坐在宋书恩身边，亲昵地把一只胳膊搭在他肩上，说："宋主任，文件下了，你也不说请客。"

宋书恩淡淡地笑笑，说："一会儿借花献佛给常总敬三杯。"

常鸣打了一个暂停的手势，笑道："书恩，我咋感觉这一叫职务咱弟兄们就远了呢？还是叫名字吧。"

宋书恩也笑笑，说："老兄说得很对，我也是这么想的。"

常鸣让服务员把点好的菜单拿过来，对宋书恩说："老弟吃得多，见识广，最关键的是你知道谷总喜欢啥，看我点的菜咋样？林总的意思是在精不在多，咱好好研究研究。"

宋书恩摆摆手道："哪里哪里，老兄笑话俺啊。你点菜，林总放心，大家更放心。"

常鸣硬是把菜单塞到宋书恩手里，他一看，菜点得还算精：有牛鞭牛宝双拼、三文鱼片、蜜汁木瓜、什香菜拌桃仁四个凉菜，八仙过海闹罗汉、清蒸龙虾、天麻炖乳鸽、清炒芦蒿四个热菜，一个砂锅鱼翅汤，一个银耳莲子羹。

"老兄点得好，佩服。"宋书恩朝常鸣竖竖大拇指。

"别光说好，看有没有疏漏。"

宋书恩做沉思状片刻："老兄，俺瞎说你可别笑话啊，这到了鲍鱼翅，不吃鲍鱼不中吧？还有，是不是再点个过瘾的菜，红焖肘子或是烤羊腿？"

"装的还是真不知道？八仙过海闹罗汉这一道菜里，就有鲍鱼，还有鱼翅、海参、鱼骨、鱼肚、活青虾、鸡脯肉、火腿好几样。"常鸣拍了宋书恩一下，有点儿得意，"肉我还真没考虑，得点个。谷总更喜欢肘子还是烤羊腿？"

"都很喜欢吧，不过从健康的角度，还是烤羊腿吧。"宋书恩把菜单给常鸣，"喝什么酒呢？谷总喜欢喝花雕或者红酒。"

"今天是林总私人宴请谷总，怎么都得喝点儿白酒吧，林总带的有真品茅台，好像他车里也有花雕，酒咱就不用操心了。"常鸣一边招呼服务员下单上凉菜，又问，"茶呢？喝啥茶？好像谷总很喜欢普洱，生普吧？"

"夏季，还是毛尖吧，绿茶降火。"宋书恩说过突然有点儿后悔。显然，这是显摆自己与谷总关系的不同寻常。但常鸣并不介意，在宋书恩面前，他早就没有了老领导的意识。再说，到目前他仍然比宋书恩低半级。

虽然是送行的饭局，但与往日的庸常没什么两样。谷总仍然是一副王者风度，林总仍然是一副臣服的温顺，宋书恩与常鸣、谷小亮则是一副专心听两位老总交谈的虔诚。

宋书恩没有想到的，是谷总的一番私话。宋书恩给他敬酒的时候，他拍拍他的肩膀，说："书恩兄弟，我平时太忙，顾不上不说，利英跟我也生疏，你跟小亮多往她那儿跑跑，不能再叫她吃苦了。我代表全家谢谢你了。"

宋书恩感动得眼泪都涌了出来，点点头，没有说话。他感觉此时说什么都是多余的。他对曹利英的那种亲情，起初没有功利，后来因为谷总曾经让他对她的感情有些变化，但曹利英却始终如一，在他面前从来没有过一丝一毫的优越感。她的不势利，远远超越了她作为一个农村妇女的高度。她不止一次地对吴金玲说过："书恩帮我的时候我只是一个按摩师，还不是谷总的妹妹。我啥时候都不会忘记他的恩情。"

趁星期天得一起吃个饭了。宋书恩想。好长时间都没在一起吃饭了。曹利英如今已经不用亲自动手了，原来的房子早就嫌小了，在一个商务楼租了一层，按摩店变成了养生中心，足疗、按摩、针灸、刮痧、拔罐等服务项目繁多，按摩技师就有二十多位，收入当然可观。她跟吴金玲透露过，孩子大了，生意也稳定了，她想找个男人结婚成家。

帮曹利英找一个合适的男人，真不是一件容易的事。一直没把这件事放在心上，宋书恩有点愧疚——倒不是因为谷总的提醒，而是作为弟弟的责任。

不能再拖了，得发动一切关系和力量，尽快解决利英姐的婚姻大事。宋书恩开着车回家的时候，满脑子都是这件事。

第二十九章 多事之秋

这时候,手机又响了。深夜来电,会是谁呢?宋书恩把耳机插上。

"书恩,我是凌燕。你二嫂不让跟你说,当初她做得太绝了,她没脸面对你们一家。可现在她得了尿毒症,马上不行了,这孩子是你们宋家的,不能留给别人吧?我一想得跟你说……"

凌燕告诉他,二嫂带着二哥的赔偿金和全部积蓄,先躲在煤城郊区的一个村庄,后来嫁给了一个搞建筑的民工,按揭买了房,她开始做服装生意。谁知道没多久她就得了尿毒症,治病花了不少钱,换肾无望,眼下就等死了。那个民工说把她送回娘家住几天,自己却偷偷把房子卖掉跑了。

报应,真是报应,活该!这是宋书恩冒出的第一个念头。他对二嫂真是恼得牙根疼,心里泛起的火气让他难以平静。

他把车停在一个广场,点燃一支烟,坐在路边的台阶上,心里混乱成一团乱麻。良久,不知道抽了多少支烟,他把手里的烟头在地面上摁灭,掏出手机拨通了凌燕的电话。

"你告诉她,我明天去接孩子。"

宋书恩放下电话,在霓虹闪烁的路上缓慢地开着车。把一个两岁多的孩子抱回家,也许,吴金玲会不高兴,甚至会反对。但他知道,爹会高兴。这是二哥留在世上的骨血,与宋家有着割舍不断的关系。他顾不了太多,这是唯一的选择。他相信,吴金玲会想通的,一定会的。

第三十章　心向何方

报业集团欢迎新的掌舵人就任的宴会异常热闹。这样的欢迎宴会，只有中层干部才有资格参加。宋书恩在角落处一个坐满老同志的桌上坐定，静静地看着一拨接着一拨人为新一号敬酒。他心里冷笑了一下，想起为谷总送行宴会上的情景。一个欢送酒会，一个欢迎酒会，参加的人员几乎是重合的，都同样热闹。宋书恩却体察到了不同：送行的酒会，热闹中洋溢的是放纵，很多人尽情地表达留恋、感激之情，少了一些拘谨，多了一些洒脱与自然——领导走了，无论如何升迁，总算离开了辖制自己的权力圈，也不用再担心顶头上司给自己小鞋穿了；欢迎的酒会，热闹中掺杂了讨好与矜持，刚才跟同桌的同事还纵情碰杯的人，到了老一面前却变得谦逊而文雅——在新的领导面前，很多人传递的不仅仅是橄榄枝和臣服的态度，还投送了奴性十足的谄媚。

宋书恩跟一帮子老同志坐在一起，这些老同志升迁无望，在一些无关紧要的部门混日子，对谁当老一漠不关心，只管自己吃喝闲侃，少有人去给老一敬酒。宋书恩也就一直拖着，心里想着去敬酒，身子却不动。蔫蔫地坐在那里，吃喝也不积极。

一个他可以叫阿姨的女同志看他发呆，说："你是内参部的宋书恩吧，年纪轻轻的你咋跟俺一帮老家伙坐在一起啊？去吧，快去给新领导敬酒吧，不然把你给忘了。"

宋书恩笑笑，不接老同志的话茬儿，随后站起来说："我去个洗手间。"

第三十章 心向何方

他站在便池前才感到自己并没有尿意,站了好一阵才有一点儿尿液哩哩啦啦地出来。转身到水池前捧着凉水洗了几把脸,站在镜前静静地看自己那张毫无生气的面孔。

宋书恩,你究竟怎么了?你想怎么样?他对着镜中的自己问。然后苦思冥想如何回答这个问题,但思来想去却找不到答案。

不是好好的吗?谷总虽然走了,正处级却解决了;谷总还有望把你调到身边,那将会给你的仕途带来新的机遇。难道是谷总的离开让你受到了打击?自己虽然曾经受过谷总的恩惠,但最初也是靠自己的拼搏与能力干出来的,还不至于谷总一走自己就颓废吧?

"书恩,喝多了啊?站在这里发什么呆?"林总的话把深思中的宋书恩吓了一跳。他朝林总笑笑,点点头,转身想走,林总却喊住了他。

"书恩,这些天看你蔫蔫的,咋回事?谷总一走魂都没了?"林总揽住他的肩膀,小声问他。

宋书恩摇摇头,说:"我没事。"

"是不是正处解决了,感觉没啥干头儿了?你得打起精神啊。"

"没有,就是感觉没意思,心里很茫然。"

"茫然什么啊?年纪轻轻的,还得好好干,前边的路还宽着呢。"林总搭在他肩上的胳膊用了用力,"走,兄弟,听我的,跟我去给阚总敬酒,我向他介绍你。"

宋书恩跟着林总来到主桌——这个桌坐的都是集团高层,全都是副厅级以上领导。林总拉着宋书恩,向坐在第一把椅子上的新任掌舵人介绍道:"阚总,这是内参部主任宋书恩,干过晚报特稿部主任,有思路,顾大局,还写一手好文章。"

阚总漫不经心地瞥了宋书恩一眼,坐在那里没动,嘴里发出了一个含混的嗯,指指下手的一个座位示意他坐下。宋书恩准备握手,已经抬起的右臂,没有得到阚总的回应,只好尴尬地缩了回去。

在酒会即将结束的时候来敬酒,显然是不合时宜的。除了那帮无所谓的老家伙，年轻干部谁不争先恐后地跑来献殷勤？这个宋书恩却姗姗来迟，什么意思？这是明显不在乎新任领导。

接下来阚总的做法更让宋书恩难堪，宋书恩端着酒杯站在他身边敬酒的时候，他推开他伸过来的酒杯，说："不行了，今天同志们敬酒太多了，一滴也喝不下去了。"

宋书恩脸上的笑僵住了，他不知道怎么办，好大一会儿才说："阚总那你多喝点儿水，我过去了。"

宋书恩离开主桌，心里不知道是啥滋味。一个厅级领导，在下属面前如此嚣张，真是莫名其妙。这个下马威，让宋书恩不知所措，如鲠在喉。

刚回到家，宋书恩坐在书房里抽闷烟，林总的电话打过来。

"看来阚总还是有点儿小心眼儿啊，你别往心里去，抓紧拿出内参下一步的思路，做个文案，给他送过去。你只要主动些，应该不会有啥变故，他仍然会重用你。哪个领导都需要干活的人。"

"好的，林总，我这两天抓紧做。谢谢你，林总。"宋书恩有点儿感动，林总这样关心自己，难得啊。

放下手机，宋书恩却又犹豫不决。为什么要如此不顾尊严地去讨好他？就为了保住自己的位置吗？我不犯错误，努力工作，不信他能拿我怎么样。大不了换个部门，把职务给撤了，还能不让我工作？

他一会儿又想，我为什么就不能往好处想啊？这几年内参取得的成绩有目共睹，他凭什么把我调出内参？又凭什么撤我？

宋书恩心里有了点儿底气，突然有了一种倾诉的冲动。在这静寂的深夜，向谁倾诉呢？他左思右想，拿着手机把电话簿从头翻到尾，没有找到一个合适的对象。高上、老四、焦楚扬、马平川、邢梁，包括凌燕，他们谁能理解自己的心思呢？而郭珂和云丽霞，早已淡出他的生活，也许她们的生活已经习惯了没有他，现在去打扰谁都不合适。这时候他才明白，自己的心是孤独的，孤独到找不到一个倾诉

第三十章 心向何方

对象。

他拿上烟和打火机，拉开书房门准备去外边走走。屋里太沉闷了，他感觉压抑得喘不过气来。

爹竟在客厅里坐着。他蹑手蹑脚地拉着宋书恩出了家门，到了楼下才说："是不是因为毛妮的事跟金玲闹别扭了？你做得也不对，好歹先跟她说说再抱回来，招呼都不打就把个占手孩儿抱回家，叫谁都不痛快。"

"你别多想爹，金玲没不高兴，她很喜欢毛妮。"

"那就是有啥心事了？有啥给爹说说，兴许我能给你出个主意。"

宋书恩心里突然有一股暖流涌来，他鼻子一酸，眼泪涌出来。自己怎么就没有想起自己至亲至爱的爹呢？他曾经是一个多么高傲的热血青年，曾经无数次地读过毛泽东的《矛盾论》，有着深邃的思想和丰富的生活阅历。

"爹，其实也没啥。这一段时间老想过去，这么多年走过来，以前感觉自己挺成功的，可经历了非典之后，我突然感到自己争来争去的功名利禄，全都是虚的。"

"书恩啊，也别这么想。谁不想当官？谁不想富有？谁没有理想？谁不走弯路？只有在生活的磨炼中，才会一步步参悟。干啥都别勉强，顺其自然吧。只要你们都好好的，当不当官，发不发财，都不重要……"

宋书恩惊诧爹的变化与睿智（之前他非常在乎宋书恩的身份与职务），他的话像哲学家一样充满哲理。

父子俩在小区大门前的广场上坐到深夜，他们聊了很多。宋书恩第一次与爹说这么多，第一次发现爹是如此丰富。自己是爹的骄傲，儿子在爹心中的位置何等重要？他无时无刻不在牵挂着孩子们。而爹在自己心中呢？经常口口声声要尽孝，而自己又何曾真正理解过爹，为爹着想过？这么多年，自己都在为功名利禄奔波忙碌，却从来没有考虑过鳏居近三十年的爹的感情生活。爹把自己的一生，都献给了孩子们。

爹才六十多岁，该给他张罗一个老伴儿了。宋书恩暗下决心，一定得让爹晚年的生活更加幸福。

宋书恩突然明白,自己这些天的郁闷,根源在于他对过去的回忆。

回忆过去,让他无法面对自己。倘若说离校失踪是年少无知的莽撞所致,尚可原谅,但对何玉凤的背叛呢?即使在特殊时期与玉凤的爱情并不纯粹,但与吴金玲的爱就纯粹了吗?可以说,在自己落魄的那段时光里,玉凤点亮了我心中的黑暗。她把自己的真爱全心全意地呈献给我。而我,却那么绝情地弃她而去。自己害怕失去那份得来不易的工作,期望成为厂长的妹夫,改变自己的命运——而良心,还有人格和诚信,被自私和物欲所遮蔽。

这是他永远的痛,是他一生的耻辱。一个为了自己背弃爱情的人,灵魂何以安宁?

自己对不起何玉凤,也对不起吴金玲。婚后生活的短暂幸福后,自己对她的漠然成了破坏幸福生活的主要杀手——选择了她,心里却放不下何玉凤,因为自己内心的煎熬,让吴金玲成为自己的牺牲。而后来对她的不忠,更是不可饶恕的堕落。想起那些放纵的日子,真是无脸面对妻子、面对自己。

在彩印厂的那段日子,自己心安理得地请客、送礼、行贿,虽然是受人之托,却从来没有想过是否合法,还飘飘然自得。受辱之后的毅然辞职,也许是自己良知的觉醒。但没多久,自己便又陷入另一种堕落——为了往上爬,不惜赔笑脸,请领导洗澡,陪领导打牌、钓鱼,等等,那种奴性现在想来真叫人无地自容。在物欲的诱惑下,不择手段地去"叨菜",大肆捞取不义之财,真真切切成为一个"卖心"的无耻之徒,失去了原则,连起码的做人底线都没有了……

在很多人看来,宋书恩是成功的。这么多年奋力打拼,图的究竟是什么?宋书恩问自己。其实,他最初的想法很简单,落魄时,就是想改变自己窘迫的生活状况,渴望温饱。而后来,让他向往的,就是那个所谓的体制内身份。没机会上大学,渴望拿到文凭;有了工作,渴望"农转非"跳出农门;在企业转干了,又想拥有编制,成为"正规军"。即使成了令人羡慕的记者,自己仍然有新的期许——当官。而当了官，还不满足，渴望当更大的官。

仔细想想这些年的所作所为，宋书恩的脸火辣辣的热——自己的品质是何等卑劣？自己的灵魂是何等丑陋？曾经，自己是那么的排斥爷爷那句"用得着你咱是孙子"的口头禅，而在实际生活中，自己的很多行为都在不知不觉地论证着那句话。为了达到目的，随波逐流，不辨是非，阿谀奉承，什么都可以做，什么都可以放弃，什么都可以忽视，简直就是没有人格。

回忆过去，让宋书恩对自己不断地质疑与拷问。为什么自己如此没有定力，屡屡陷入一个个污泥之潭？也许有人会说是这个物欲横流的时代影响了我们，也许有人会说我们年轻不谙世事，也许有人会说是生活所迫，也许还会有人说我们缺乏理论与修养，等等。

在不断地质疑与拷问中，宋书恩最终找到了自己的答案：自己之所以随波逐流、趋炎附势，就是因为缺失信仰！对，是信仰。活到三十八岁，将近不惑之年，他才意识到，自己没有信仰。

可是，我们又该拥有什么样的信仰呢？宋书恩陷入深深的思索中不能自拔。

老一在全体员工大会上的讲话，让宋书恩看到了他心胸狭窄和否定前任的做派——这样一个老总，有何德何能凝聚人心？又有何魅力让人追随？宋书恩对他失望到家，甚至有些颓废。

老一在大会上振振有词："我虽然到报业集团的时间很短，但还是看到集团有着不少的问题。比如：在用人方面，存在着严重的不公平；在财务方面，也存在不小的跑冒滴漏问题；尤其是集团内部拉帮结派，这个是谁的人，那个是谁的人，黑社会啊？这是极不利于开展工作与事业发展的歪风邪气。我们不要忘了，报业集团是党的，是省委的，是大家的，我们绝不能容忍这样的问题存在。因此，大家要坚决遏制这种风气蔓延，树立正气，全体员工要紧密团结在集团党委周围，纠正问题，开辟报业集团工作的新局面……"

否定前任是很多中国人的习惯，好像不否定前任就显示不出来自己的魄力与水平。宋书恩非常清楚这位阙总的态度，言辞中，他很明确地透露将重新洗牌，对报业集团内部权力重新结构，从而实现自己操控全局的目的。

宋书恩把打印好的文案撕了个粉碎。他断定，这个文案送给老一，那就是自取其辱。他会看都不看就把文案撂回来，然后咄咄逼人地羞辱他、否定他。

林总也不再打电话劝他了，这位明哲保身、见风使舵的政客，正在积极谋划自己在新一届班子中的地位，宋书恩这老部下的命运，在他心中已经无足轻重了。

宋书恩心里豁然开朗。爷爷点头哈腰的奴性模样，曾经是他内心的痛，意识中，他何尝不蔑视那没有尊严的奴性。但，自己骨子里，又何尝不是充溢了这种奴性？自己三十多年的人生经历，正是这种奴性在折磨、压迫、扭曲自己的灵魂。为什么不能做个真正的人呢？一段时间以来困扰他的心魔，就是自己与人的距离越来越远。就做个普普通通的人，自然而洒脱，这就够了。宋书恩握紧右拳，在自己眼前晃了晃，感觉浑身充满了力量。

他不再去计较那些自寻烦恼的问题，开始用心地去工作。干好工作才是本分，至于那位阙总会如何"结构"自己，任他去吧，自己做到问心无愧，坦然面对就行了。

心中的块垒被自己消解，宋书恩心里变得异常轻松，晚上睡得特别安稳。

梦里，他再次梦见了那只白狐。